Yvonne Westphal
Queen of Blood and Night

AF151234

Yvonne Westphal schreibt romantisch-schlagfertige Geschichten für alle, das laute, bunte Leben lieben. Mal verspielt, mal dramatisch, mal sexy – und (fast) immer über Bad Boys mit Herz und classy Girls mit Biss. Sie hat die zwei großen Lieben ihres Lebens (das Schreiben und ihren Ehemann) schon früh gefunden und könnte ohne Urlaub, Schlaf und Zucker leben, aber nicht ohne ihre Familie, ihr Macbook und die Farbe Rosa. Die gebürtige Regensburgerin lebt und arbeitet als Filmproduzentin in der Nähe von Köln. Ihre Romane sind bei Ullstein Forever, Piper und Saga Egmont erschienen.

Yvonne Westphal

Queen of Blood and Night

Roman

PIPER

Mehr über unsere Autoren und Bücher:
www.piper.de

Wenn Ihnen dieser Roman gefallen hat, schreiben Sie uns unter
Nennung des Titels »Queen of Blood and Night«
an empfehlungen@piper.de, und wir empfehlen Ihnen
gerne vergleichbare Bücher.

Dieser Roman beinhaltet potentiell triggernde Inhalte.
Eine Aufzählung folgt am Ende des Romans.

Wir behalten uns eine Nutzung des Werks für Text und Data Mining
im Sinne von § 44b UrhG vor.

Wir produzieren
nachhaltig
www.piper.de

ISBN 978-3-492-50749-3
© Piper Verlag GmbH, München 2024
Redaktion: Cornelia Franke
Satz auf Grundlage eines CSS-Layouts
von digital publishing competence (München)
mit abavo vlow (Buchloe)
Covergestaltung: Giessel Design
Covermotiv: Bilder unter Lizenzierung von Shutterstock.com genutzt
Printed in the EU

Für alle, die mit Liebe und Geduld in den Schatten Wunder vollbringen,
selbst wenn niemand hinsieht. Ihr seid wertvoll.

Für Cornelia, Alex und Paula,
die dieser Geschichte aus Liebe das Herz herausgerissen haben,

und für Nadja, Melli und Aileen,
die es mit Mut und Geduld wieder zusammengesetzt haben.

Liebe Leserin, lieber Leser,

dieser Roman enthält potenziell triggernde Elemente und Beschreibungen. Dazu gehören unter anderem Alkoholkonsum, physische und psychische Gewalt, Folter sowie Tod nahestehender Personen. Zu deiner Sicherheit findest du eine Auflistung potenziell triggernder Kapitel am Ende des Buchs. Wir wünschen uns für dich das beste Leseerlebnis.

Deine Yvonne
   und das PIPER Verlagsteam

Playlist

Foreigner – LEDGER
Just One Yesterday (feat. Foxes) – Fall Out Boy
It Won't Kill Ya (feat. Louane) – The Chainsmokers
Total Eclipse of the Heart – Bonnie Tyler
Sweet Dreams – Marilyn Manson
Carnival of Rust – Poets of the Fall
Angels Fall – Breaking Benjamin
Call Me – Shinedown
Careless Whisper – Seether

https://spoti.fi/3T7wBWc

Geboren aus der Nacht und geschrieben in Blut
führt uns die Erlösung aus der Dunkelheit.

– *VD 1, Heilige Schrift des Propheten*

1
Schlafen ist was für Tote

Alyssa

Die Oktobernacht ist eisig und schmeckt nach Blut und Tod.

Letzteres könnte daran liegen, dass wir uns gegen schäbiges Mauerwerk drücken wie gesuchte Verbrecher. Was wir gewissermaßen sind, selbst wenn mein einziges Verbrechen daraus besteht, die Regeln ein wenig zu dehnen, um Beweise für meine Theorie zu sammeln. Und ein bisschen Spaß zu haben. Die Nacht ist schließlich noch jung.

Ich hülle mich tiefer in die Kapuze meines schwarzen Capes und konzentriere mich auf mein inneres Zentrum, wie immer, wenn ich die Außenwelt ausblenden will – oder muss. Eigentlich ist Portland eine schöne Stadt. Atemberaubende Wälder ringsum, sanfte Regentage und saubere Luft – zumindest, wenn man nicht durch eine stinkende Gasse schleicht.

Die Gedanken meiner besten Freundin sind indes ein einziges wirbelndes Chaos. Als wir unser Ziel erreichen, dringt ihre rastlose Hitze bis zu mir, während sie ungeduldig auf den Fußballen wippt.

»Heilige Güte, ich verdurste! Wie lange dauert das noch? Und warum noch mal nehmen wir den Hintereingang? Ich hoffe so was von, dass die Drinks es wert sind. Ich kann's kaum erwarten, mir den Ersten zu genehmigen.«

»Lucy«, zische ich, halb belustigt, halb besorgt. »Lass es mich nicht bereuen, dich mitgenommen zu haben.«

Kichernd wirbelt sie zu mir herum, wobei ihre Kapuze leicht verrutscht und ihre roten Locken hervorblitzen. »Ach, Süße, ich mach nur Spaß. Du weißt doch, ich würde dir bis in den Tod folgen. Und wenn der Laden wirklich so gute Drinks hat, mache ich es sogar gern. Ich sterbe vor Durst.«

Ich will den Kopf über meine unverbesserliche Freundin schütteln, aber ich muss gleichzeitig mein schlechtes Gewissen unterdrücken. Denn die Wahrheit ist: Wir stehen am Hintereingang, weil ich nicht hier sein dürfte.

»Denk daran, was ich dir gesagt habe: Wir sehen uns nur um. Wenn mich jemand erkennt, machst du dich aus dem Staub, okay? Ich will nicht, dass du Schwierigkeiten bekommst.«

Lucy streicht mir eine blonde Haarsträhne aus dem Gesicht, die sich aus meiner Kapuze gelöst hat, und umarmt mich fest. Ihre Hitze bringt mich fast um. »Mach dir um mich keine Sorgen, Alyssa. Ich werde eine Menge Spaß haben – und wenn du meinen Rat willst, solltest du dir den auch gönnen, bevor sie dich wieder einfangen … Spürst du eigentlich schon was?«

Unwillkürlich versteife ich mich in unserer Umarmung. Sie spricht vom Blutrausch, der die vollen Kräfte von Jungvampiren entfesselt und sie nach der anschließenden Blutweihe zu vollwertigen Mitgliedern der Gesellschaft macht. Denn ja, das sind wir: Vampire.

Aber nein, leider spüre ich rein gar nichts.

»Kein unbändiger Durst oder Hitzewallungen?«, fragt sie nach. »Vielleicht ist es bei dir auch anders? Immerhin musste sich dein Organismus nicht erst umstellen. Vielleicht nimmst du es subtiler wahr. Wie ein Kribbeln?«

Oder vielleicht werde ich nie einen Blutrausch haben, denke ich bei mir. Aber ich spreche es nicht aus. Sogar Lucy hat ihn schon seit ein paar Tagen und wird ihn in spätestens zwei Wochen überstanden haben, und sie ist halb so alt wie ich.

Es ist grausam, die einzige Anomalie unter Anomalien zu sein.

Bevor ich weiter darüber nachgrübeln kann, wird die Tür ruckartig nach außen geöffnet, sodass ich Lucy zurückreiße und instinktiv meine Fangzähne ausfahre. Schlagartig bebt die Luft vor Basswellen, die vom unteren Ende der schmalen Treppe heraufpulsieren wie Blut aus einer geöffneten Schlagader.

Doch es ist bloß einer der Türsteher auf dem Weg zu seiner Raucherpause. Dieser hier ist ein hochgewachsener Mann in einem einigermaßen gut sitzenden Anzug, mit schwarzem Pferdeschwanz und akkurat getrimmtem Bart. Er ist kein Vampir. Ich spüre seinen Herzschlag und höre seine Gedanken, als wären es meine eignen.

Es sind obszöne Gedanken, die noch obszöner werden, als er unsere ewig jungen Züge mustert.

»Müsstet ihr nicht längst schlafen, ihr zwei Hübschen? Es ist schon nach Mitternacht.«

Ich höre Lucys amüsierte Reaktion bis hierher: *Er hält uns für jünger als einundzwanzig? Vielleicht sollten wir ihm verraten, wie alt wir wirklich sind, Aly.*

Bevor Lucy etwas erwidern kann, zeige ich ihm unsere derzeitigen Ausweise, die uns als dreiundzwanzig deklarieren.

»Schlafen ist etwas für Tote«, sage ich und lächle.

Er lacht leise. »Tut mir leid, Mädels. Wenn ihr vorne abgewiesen wurdet, kann ich auch nichts für euch tun.«

Mir gefällt der Blick nicht, mit dem er Lucy mustert. Doch sie erwidert ihn mit dem süßesten Lächeln, seit Gottes Engel vom Himmel fielen. »Du könntest uns trotzdem reinlassen, weil wir so nett fragen?«, gurrt sie.

Ich spüre einen Hauch ihres Willens in ihrer Stimme, doch er ist nicht stark genug, um Wirkung zu zeigen. Vielleicht ist sie vom Durst benebelt. Unsere Fähigkeiten gegen Menschen einzusetzen, ist ohnehin nicht der richtige Weg. Ich will die Menschen nicht unterdrücken wie mein Vater, sondern mit ihnen koexistieren.

Ihnen unseren Willen aufzuzwingen, ist da eher kontraproduktiv.

Ich trete vor, während er sich gegen die Wand lehnt und eine Zigarette hervorholt. Die letzte aus der verbeulten Schachtel. Neben ihm schließt sich die schwere Feuerschutztür behäbig. Wir könnten hindurchschlüpfen, ohne dass er dies bemerken würde, aber auch das wäre ein Ausnutzen unserer Fähigkeiten.

»Was ist für mich drin?«

Ich halte ihm einen Hundert-Dollar-Schein unter die Nase.

»Du könntest dir neue Zigaretten kaufen«, schlage ich vor.

»Oder deinem kleinen Sohn ein Geburtstagsgeschenk.«

Er hält inne. Sein Herzschlag beschleunigt und die Wärme, die sich in seine Gedanken und seinen Blick schleicht, beweist mir, dass das, was ich hier tue, das Richtige ist. Niemand ist nur herzensgut oder nur verdorben, nicht einmal Heilige sind ohne Fehler und selbst der Teufel war einst ein Engel.

»Los, rein mit euch.«

Euphorie flutet mich, weil mein Plan funktioniert hat. Ich habe ihn umgestimmt, ohne ihn zu manipulieren. Gedankenlesen ist im Graubereich, oder? Bevor ich ein schlechtes Gewissen bekomme, fokussiere ich mich auf die Umgebungsgeräusche. Autoreifen rollen über den regenfeuchten Asphalt, totes Laub weht kratzend über die Bürgersteige. Menschen lachen, atmen, treten frierend von einem Bein auf das andere. In der Ferne heult eine Polizeisirene, irgendwo bellt ein Hund.

Der Türsteher hält uns die Stahltür auf, bevor sie sich klickend schließen kann, und ich stecke ihm den Schein in die geöffnete Zigarettenschachtel. Er kann das Geld besser gebrauchen als ich.

»Danke«, murmelt er, während wir durch die Tür schlüpfen.

Sofort werden wir von bassgeschwängerter Dunkelheit verschluckt, die mit jeder Treppenstufe, die wir hinabsteigen, dichter wird, bis ich sie förmlich schmecken kann. Süßlich, schwer und metallisch. Ich wusste es! In diesem Club verkehren eindeutig Vampire. Durst lässt mein Zahnfleisch kribbeln, meine Euphorie wird abgelöst von Neugierde, gepaart mit Vorfreude und ...

Sex.

Alles hier verströmt Dekadenz, Lust und Sünde, angefangen von der verwinkelten Architektur mit den samtig-roten Wandbezügen, bis hin zur indirekten Beleuchtung. Die antiken Wandlampen könnten ein Vermögen wert sein, wenn es Originale sind.

Blutroter Nebel wabert über der Tanzfläche, auf der sich Dutzende von Körpern tummeln.

Überall tanzen, lachen und flirten Menschen, als gäbe es kein Morgen. Ihre Energie ist geradezu elektrisierend, als Dutzende ihrer Gedanken und Empfindungen über mich hereinbrechen. So also fühlt es sich an, zu feiern.

So fühlt es sich an, zu leben.

Während ich meinen mentalen Schutzschild hochziehe, um die Eindrücke auf ein erträgliches Maß zu justieren, quietscht Lucy vor Begeisterung und dreht sich im Kreis wie ein Kind an Weihnachten – im Körper einer Verführerin und mit Blutdurst in den Augen.

»Scheiße, Aly, ich glaube, ich bin im Himmel!«

2
Zwischen Himmel und Hölle liegt nur das Leben

Lincoln

Gleißendes Licht schießt mir ins Gesicht wie Säure. Es blendet nicht nur, es brennt mir geradezu die Augäpfel weg.

»Was zur Hölle, Kyle?«, zische ich, obwohl ich eigentlich sehr viel deftiger fluchen will. Im letzten Moment beiße ich mir auf die Zunge, weil nur erbärmliche Typen aus der Unterschicht fluchen. Ich bin nicht erbärmlich.

Kichernd knipst mein bester Freund die kleine Taschenlampe aus, die stets an seinem Schlüsselbund hängt, genau wie ein Kugelschreiber, weil dieser Kerl überall etwas zum Schreiben braucht.

»Sorry, wusste nicht, dass du gegen Licht allergisch bist. Das war das optische Signal, dass du seit sieben Minuten und dreiunddreißig Sekunden frei hast, also lass uns endlich abhauen. Sonst beginne ich die fünfte Staffel *Supernatural* ohne dich.«

Er grinst schief, dann schiebt er seine rahmenlose Brille zurück auf die Nase. Mit seinem strubbeligen, rötlichen Haar und den Hosenträgern über einem Button-down-Hemd passt er so wenig in diesen Elite-Club wie ein Reggae-Song in eine Gruft.

»Sorry, bin gleich so weit ...« Wir haben zwar schon alle Staffeln zweimal durch, aber irgendwie ist es unser Ding geworden, am Wochenende mit den Winchester-Brüdern paranormale Wesen zu jagen. Ich werfe einen flüchtigen Blick auf die Uhr. Wenn ich es schaffen kann, die Stunde vollzumachen, sind das locker hundert Dollar mehr – je nach Trinkgeld.

Es ist Samstag – genauer gesagt mittlerweile Sonntag – und wie immer ist das *Scarlet* rappelvoll. Ich frage mich ungefähr zehn Mal pro Schicht, was die Leute an den überteuerten Drinks und diesem Edelschuppen finden. Aber ich beschwere mich nicht, denn das Trinkgeld ist top und die Einrichtung der Hammer. Allen voran die goldgerahmten Spiegel entlang der Bar, die aus dem Schlafzimmer König Ludwigs XIV. höchstpersönlich stammen könnten und mir erlauben, den gesamten Club zu überblicken. Ich schätze die Spiegel auf französisches Rokoko, spätes achtzehntes Jahrhundert, vielleicht älter.

Genauer könnte ich es bestimmen, wenn man mich endlich zu diesem Studium in Kunstgeschichte zulassen würde.

Ich schüttle den Gedanken ab, während ich der Kundin mit den faszinierend dunkelgeschminkten Katzenaugen ihre Bloody Mary über den Bartresen schiebe. Ihr Augenaufschlag ist noch hypnotischer als ihr eng anliegendes Metallic-Outfit, und als ich ihren Blick auffange, legt sie den Kopf schief und lächelt sehr eindeutig.

Schöne Brüste und schöne Zähne, nicht schlecht.

Selbst Kyle starrt sie an wie eine Erscheinung. Doch ich nicke ihr bloß unverbindlich zu und widme mich wieder der Campari-Großbestellung aus dem VIP-Bereich. Egal, welchen Kick sie heute sucht, sie wird bestimmt fündig zwischen all den schweißglänzenden Körpern unter dem blutroten Nebel, der dem Club die surreale Atmosphäre eines Gothic-Romance-Musikvideos verleiht.

Als ich Kyle wieder ansehe, kritzelt er sich mit gehetztem Blick etwas auf die Handfläche.

»Wo ist dein obligatorisches Notizbuch?«, necke ich ihn und recke den Hals, aber sein Gekrakel ist schwieriger zu entziffern als verwitterte Holzinschriften. Dann schließt er ohnehin die Faust und schiebt sich die Brille zurück auf die Nase.

»Vergessen«, murmelt er, bevor er mich mit forschem Blick fokussiert. »Geht's dir gut? Kopfweh oder so?«

Irritiert wische ich den Tresen. »Nein, alles bestens. Wieso?«

Er nickt. »Kanntest du die Frau von eben?«

Der Lappen in meiner Hand hält inne, als ich Kyle ernst ansehe. Was sind das für Fragen? »Nein, das war eine Kundin. Wieso?«

Jetzt grinst er so breit, dass seine Augen hinter der rahmenlosen Brille zu Schlitzen werden. »Weil ihr euch so intensiv angestarrt habt. Ich war kurz davor, einzuschreiten, damit du nicht über das arme Mädchen herfällst.«

Die Spannung löst sich, lachend werfe ich den Lappen neben sein Glas. »Spinner. Nur zu deiner Information: Das arme Mädchen war eine junge Frau und die meisten Frauen können sich selbst retten.«

Typisch für meinen verpeilten besten Freund verschränkt er die Arme hinter dem Kopf und lehnt sich auf dem Barhocker gefährlich weit nach hinten. »Was ist aus der Jungfrau in Nöten geworden, die auf ihren Ritter auf dem weißen Pferd wartet?«

Ich verziehe so heftig das Gesicht, als hätte ich in die Zitronenscheibe gebissen, die ich gerade schneide.

»Oh, Nöte hat sie viele und Ritter kann man immer gebrauchen«, gurrt plötzlich eine sinnliche Stimme neben uns. »Nur Jungfrau ist sie nicht mehr. Ist hier noch frei?«

Wie vom Donner gerührt starren Kyle und ich auf die Rothaarige, die sich keine Handbreit neben ihm weit über den Tresen lehnt.

»Hi, ich bin Lucy. Und du?« Sie streckt ihm die Hand hin, aber er ist zu beschäftigt damit, sie anzustarren.

Ich grinse in mich hinein. Kyle wird nicht jeden Tag von so selbstbewussten Frauen angequatscht, die obendrein zum Sterben schön sind.

Um ihm noch etwas Zeit zu verschaffen, seine Gedanken zu

sortieren, ziehe ich ihre Aufmerksamkeit auf mich, indem ich das Kinn hebe. »Willkommen an meiner Bar, Nicht-Jungfrau mit eventuellen Nöten. Was darf's für dich sein?«

Als sie ihre Aufmerksamkeit auf mich verlagert und mich aus schmalen Augen mustert wie eine Katze ihre nächste Beute, beginnt mein Nacken zu kribbeln. Entweder versuchen ihre Gedanken gerade, hinter meine Stirn zu sehen – oder mich auszuziehen.

Shit, jetzt versuchen meine Gedanken dasselbe.

In der Sekunde greift sie ungeniert über die Theke hinweg und schnappt sich die Orangenspalte, die ich gerade geschnitten habe.

Kein Problem, bedien' dich ruhig.

Sie grinst breit, während sie hineinbeißt. Ich stelle ihr den Campari hin, den ich gerade garnieren wollte, und mixe einen neuen für die Bestellung aus dem VIP-Bereich.

»Behalt ihn, aber trink nicht alles auf einmal.«

»Uuuh, er ist nicht nur heiß wie die Hölle, sondern auch verantwortungsbewusst! Machst du dir Sorgen, dass ich einen über den Durst trinke?«

Ich überhöre den ersten Teil ihres Satzes, als Kyle auf seinem Barhocker zusammenschrumpft, und zucke bloß mit den Schultern. »Die Dosis macht das Gift.«

Sie lässt nicht locker. »Wenn du es sagst, Professor.« Ihr Blick ist weiterhin verstörend intensiv. Meine Augen huschen zu Kyle, der sich immer noch nicht gerührt hat.

»Kyle Benowitz.« Ich stelle geräuschvoll einen starken Wodka Lemon vor ihm ab, den er nicht bestellt hat, und lenke damit ihre Aufmerksamkeit wieder auf ihn. »Er ist hier der nächste Professor. Hat mich in der Schule hängen lassen, weil er zwei Klassen übersprungen hat, und schreibt schon seine Doktorarbeit.«

Während ich noch nicht mal mit dem Studium angefangen habe ...

Lucys Augen blitzen, als sie sich abermals meinem besten

Freund zuwendet. Jede ihrer Bewegungen ist so geschmeidig wie die eines Panthers, jedes ihrer Worte so betörend wie das einer Sirene. »Wenn das so ist, Professor Kyle Benowitz. Wann wurdest du das letzte Mal flachgelegt?«

Er spuckt in seinen Drink. Ich wische grinsend den Tresen.

»War nur Spaß. Was studierst du denn?«, kichert Lucy und endlich kriegt Kyle die Zähne auseinander. Wenn Kyle über alte Bücher erzählen kann, ist er voll in seinem Element. Und Lucy hängt geradezu an seinen Lippen. Na also.

Gern geschehen, Kumpel.

Ich lasse den Blick aus Gewohnheit zum Spiegel gleiten, bewundere die Goldornamente, betrachte die sinnlich wogenden Körper auf der Tanzfläche. Da durchzuckt mich ein elektrischer Schlag, als hätte ich in eine Steckdose gefasst – ausgelöst von dem Augenpaar, das mich vom anderen Ende des Raums aus ansieht. Festhält. Einsaugt.

Sofort lehne ich mich über die Theke, suche und finde die Frau, zu der das Augenpaar gehört. Es ist fast so, als würde sich der Blutnebel eigens dafür teilen, um die Sicht auf sie freizugeben.

Was natürlich völlig absurd ist. Luft hat keinen Willen.

Ich blinzle nicht.

Sie auch nicht.

Sie steht mindestens zwanzig Meter weit weg, tief in den wabernden Schatten, aber ich sehe sie so deutlich, als stünde sie direkt vor mir. Ich erkenne sogar ihre Augen, die so unfassbar blau sind, fast violett, wie ein Meer aus Kornblumen auf einer Waldlichtung im blutroten Dämmerlicht.

Und für einen Moment fühlt es sich fast so an, als würde die Welt in ein Vakuum gesogen, in dem es nur noch sie gibt. Diese Augen. Diese Frau. Ich höre mein Blut in den Ohren rauschen, spüre, wie Adrenalin durch meine Adern pumpt und ein mir unbekannter Instinkt die Kontrolle übernehmen will. Eine irrationale Mischung aus Begeisterung, Begierde und Verdammnis, die mich gleichzeitig verstört und …

Irgendjemand schiebt sich durch die Menge und unterbricht unseren Blickkontakt. Die Clubmusik wird wieder lauter, das Basswummern löst das hohle Schlagen meines Herzens ab. Ich blinzle und sehe – was zur Hölle? – in die Augen meiner Schwester.

Anna?, formen meine Lippen, während ich die Spiegelung der antiken Wandleuchten auf ihrem blonden Pferdeschwanz betrachte, den sie wie immer hoch am Hinterkopf trägt. Das Tattoo, das sich von ihrem Oberarm bis zur Seite ihres Halses schlängelt, passt perfekt zu ihrer Amazonen-Optik, genauso wie die schwarze Korsage.

Sie zeigt mit zwei Fingern auf ihre eigenen Augen, dann auf die teuren Flaschen hinter mir, was ich übersetze mit: »Weniger fremde Frauen angaffen, mehr arbeiten!«

Jetzt bin ich derjenige, der unbeeindruckt eine Augenbraue hebt, was ungefähr bedeutet: Lass du dich lieber mal wieder zu Hause blicken!

Ohne ihre Reaktion abzuwarten, widme ich mich dem Flaschenregal und lausche halb dem Gespräch von Lucy und Kyle. Dennoch ertappe ich mich dabei, wie mein Blick zum Spiegel huscht, auf der Suche nach violettblauen Augen. Der Nebel ist wieder so undurchdringlich, dass alles hinter der Tanzfläche in Schemen und Schatten verschwimmt.

»Tja, ich muss los. War nett! Danke für den Drink, Lincoln.« Lucy schiebt drei Scheine zu mir, bevor sie vom Barhocker rutscht. »Bye, Professor Kyle Benowitz.«

Irritiert zähle ich nach. Zwanzig Dollar und – ich lege den Kopf schief. Eine Visitenkarte? Lädt sie mich etwa zu sich nach Hause ein?

»Hast du ihr meinen Namen gesagt?«

»Wie?« Kyle blinzelt mich an, völlig neben der Spur. Seine Augen sind glasig, sein Blick verklärt, als er Lucy nachsieht.

»Sie hat Lincoln zu mir gesagt.«

»So heißt du ja auch.«

Ich verenge die Augen. Ja, aber woher weiß sie das? Kyle

sieht immer noch aus wie Newton, nachdem er das Gesetz der Schwerkraft entdeckt hat, also spare ich mir eine weitere Nachfrage.

»Heilige Scheiße, Linc …! Ich glaube, ich bin verknallt. Bist du jemals jemand so Perfektem begegnet?«

Ja, vor dreißig Sekunden. Leider am anderen Ende des Raums.

»Ich meine, Heilige Scheiße!«, wiederholt Kyle völlig durch den Wind. So etwas nennt man wohl ›schockverliebt‹. Passiert den meisten mit vierzehn, aber da hat Kyle vermutlich das Alte Testament aus dem Altgriechischen übersetzt, oder so.

Mein Handy vibriert und ich ziehe es heraus. Eine Nachricht von Anna.

Anna: Kleiner Bruder, wir müssen reden! Beende endlich deine Schicht und triff mich in 10 Minuten vor dem Hinterausgang. Und sag Kyle, er soll auf sein verdammtes Handy gucken und drangehen, wenn ich ihn anrufe!

»… schwöre bei Gott, ich würde sofort alles stehen und liegen lassen, wenn dieses perfekte Wesen dafür auf ein Date mit mir geht«, beteuert Kyle gerade in sein halb leeres Glas.

Ich beschließe, ihm die Nachricht meiner Schwester nicht zu überbringen. Vermutlich will sie nur, dass er wieder eine ihrer Hausarbeiten für die Uni schreibt. Anna wird es überleben, wenn Kyle erst in ein paar Stunden antwortet. Stattdessen schiebe ich ihm seinen Wodka Lemon hin, der immer noch halb voll ist. Die meisten Dinge sind sehr viel einfacher, als unsere Angst uns oft einreden will.

»Trink den und dann frag sie nach einem Date. Was kann schlimmstenfalls passieren? Sie sagt nein. Dann kommst du zurück und ich spendiere dir einen zweiten gegen den Herzschmerz. Hast du sie nach ihrer Nummer gefragt?«

Ein neuer Gast kommt an den Tresen. Während ich seine Bestellung aufnehme, rauft sich Kyle mit beiden Händen die rötlichen Haare. »Gott, ich bin so ein Vollidiot. Natürlich nicht!« Er sinkt in sich zusammen, als der Analyst in ihm übernimmt und alles zerdenkt. »Ach, vergiss es. Selbst wenn ich ihre Nummer hätte, wie kann ein Loser wie ich jemals bei so einer Frau landen? Ich kann sie unmöglich in meine winzige Studentenbude einladen, das wäre viel zu peinlich und – Warte mal, wie machst du das eigentlich? Du wohnst bei deiner Mom und bist ... na ja ...«

Er bricht ab und ich weiß nicht, ob ich dankbar oder frustriert sein soll. Ich bin: am Arsch. Seit meine Mom vor ein paar Jahren im Krankenhaus einen schlimmen Fehler gemacht hat und nicht nur ihren Job als Nachtschwester verlor, sondern auch jeglichen Rückhalt in unserer Nachbarschaft. Von heute auf morgen waren wir das moderne Äquivalent von mittelalterlichen Geächteten. Anna und ich mussten die Schule wechseln und Mom wurde nicht mal mehr als Aushilfe irgendwo eingestellt. Seitdem leben wir drei Stadtteile weiter, aber es fühlt sich an wie auf einem anderen Kontinent, in dem alles winzig und heruntergekommen ist und die Sonne niemals scheint.

Anna ist schon nach einem Jahr ausgezogen, aber ich konnte Mom nicht im Stich lassen. Seit Anfang des Jahres arbeitet sie die Nachtschichten in einem 24-Stunden-Kiosk um die Ecke, ihr Gehalt ist so mickrig, dass ich wiederum zwei Jobs habe.

Ich hatte all meine Hoffnungen darauf gesetzt, dieses Semester endlich an der University of Oregon angenommen zu werden. Neustart. Freiheit. Doch sie haben mich erneut abgelehnt, obwohl ich mittlerweile – nach drei Jahren Berufserfahrung im historischen Holzhandwerk – fast überqualifiziert bin.

Das ist kein Zufall mehr. Irgendjemand hat noch eine Rechnung mit unserer Familie offen. Tja, und deswegen bin ich immer noch Barkeeper.

»Du bist kein Loser, bloß, weil du intelligent und nett bist, Kyle.« Ein Teil von mir würde gerne ergänzen, dass Dinge wie

Aussehen, Wohnungsgröße oder Kontostand Oberflächlichkeiten sind, die keine Rolle spielen. Aber das Leben hat mich etwas anderes gelehrt.

Kopfschüttelnd schiebe ich den Gedanken beiseite und ringe mir ein Lächeln ab, während ich in meiner Hosentasche herumtaste. Dann müssen wir unseren sonntäglichen Serienmarathon eben wann anders abhalten.

»Weißt du, was der Trick ist, Kyle? Du lädst sie nicht zu dir ein.« Ich halte ihm die Karte mit Lucys Adresse hin. »Sie muss dich zu sich einladen.«

3
Die morbide Faszination

Alyssa

Der Club ist atemberaubend. Alle sind damit beschäftigt, zu tanzen, zu trinken und zu sündigen, als gäbe es kein Morgengrauen. Die Musik übertönt das meiste, doch die Luft ist erfüllt von atemlosen Seufzern, gedämpften Lustschreien und gierigem Stöhnen. Ich muss mich buchstäblich daran erinnern, zu atmen, während ich fasziniert beobachte, wie die Menschen Spaß haben und tanzen. Mit anderen Menschen und mit Vampiren.

Ich hatte also recht!

Ihre Faszination für uns ist größer als ihre Furcht oder ihr Hass.

Mir kommt die Passage aus dem Evangelium in den Sinn, die mein Vater zitiert, wenn er untermauern will, dass Menschen und Vampire natürliche Feinde seien.

Nichts fürchten die Menschen mehr als den Tod
Außer ihre eigene Vergänglichkeit. Und uns.
Unsere Existenz ist ihre größte Obsession
Und unser Tod ihre einzige Rettung.
Blut verlangt nach Blut.
– *VD 12, Heilige Schrift des Propheten*

Was mein Vater dabei stets ignoriert, ist der Kontext des Verses. In dem Absatz geht es nicht um einen Aufruf zum Blutvergießen, sondern um eine Beschreibung des komplexen, teilweise widersprüchlichen und höchst faszinierenden menschlichen Geistes. Ja, wir sind ihre Angst vor Tod, Schmerz und Krankheit, manifestiert durch ihre kreative Schöpfungskraft. Aber vor allem sind wir ihre morbide Faszination für das ewige Leben und unvergängliche Schönheit. Und genau diese Gründe sind es, aus denen wir unbemerkt unter ihnen leben können.

Warum das System funktioniert, ohne dass unsere Existenz publik wird? Aus demselben Grund, aus dem es im einundzwanzigsten Jahrhundert immer noch Drogenkartelle, Menschenhandel und Zwangsarbeit gibt: die simple Mischung aus Abhängigkeit, Machtrausch und Angst.

Vampirbisse machen süchtiger als die stärkste Droge, unsere bloße Präsenz verschafft jedem das Gefühl, wichtig und mächtig zu sein. Und unser entfesselter Wille verbreitet genug Angst, dass selbst diejenigen, die über diese beiden Gründe erhaben sind, keinen Ungehorsam wagen.

Zufrieden mache ich mir ein paar mentale Stichpunkte und merke mir einige Gesichter der Vampire, die hier verkehren, für eine spätere Recherche potenzieller Mitstreiter. Abermals huscht mein Blick zu den Spiegeln an der Bar, wo Lucy kichernd neben einem Rotschopf sitzt. Denn ja, natürlich haben wir ein Spiegelbild. Wieso sollten wir auch nicht, unsere Körper existieren und selbst unser Blut zirkuliert, wenn auch sehr, sehr langsam. Meine Cousine Cassandra hat es mir früher wie einen sehr langen Winterschlaf erklärt, nur, dass wir überhaupt nicht schlafen müssen. Trotzdem ist unser Metabolismus auf ein Minimum heruntergefahren. Genug zum Leben, zu viel zum Sterben. Deswegen können Vampire auch nicht auf natürliche Weise sterben.

Gerade will ich mich in Bewegung setzen, als mich ein Blitz vom Scheitel bis zur Fußsohle durchfährt.

Augen aus Bernstein und Jade erwidern meinen Blick, und

für einen Moment wird die Welt still und mein Herzschlag viel zu laut. Ich versinke in erstarrtem Feuer und verliere mich in verwunschenen Wäldern. Der junge Mann, zu dem die Augen gehören, reißt den Blick vom Spiegel los und lehnt sich über die Theke, um mich direkt anzusehen. Athletische Muskeln spannen sich unter dem schlichten Shirt, seine Körperhaltung strahlt Unerschütterlichkeit aus. Und alles zusammen ist gleichermaßen beängstigend und berauschend.

Er weicht meinem Blick nicht aus, senkt nicht demütig die Lider wie jeder andere. Sondern hält ihm stand. Hält mir stand.

Begeisterung peitscht durch meine Glieder, vorsichtig taste ich nach seinem Geist, neugierig darauf, wie seine innere Stimme klingt und die Welt durch seine Augen aussieht.

Ich finde ... nichts.

Warum finde ich ihn nicht? Zu viele Eindrücke um mich herum? Zu viel Entfernung zwischen uns?

Ist er womöglich kein Mensch?

Und warum rieselt plötzlich Eiswasser in meinen Nacken?

»Hast du den ganzen weiten Weg auf dich genommen, um einen Barkeeper zu betören?«, wispert eine tödlich-süße Stimme neben mir. Zu dicht neben mir.

Wie gelähmt verharre ich, während meine Augen nach rechts wandern. Sofort erkenne ich meine älteste Cousine.

Cassandras Zähne blitzen auf, als sie lächelt. Ihre dunkel umrahmten Katzenaugen lassen ihre Iriden hypnotisch grün erscheinen, ihr Metallic-Jumpsuit schmiegt sich wie eine zweite Haut um ihren Körper. Und ihr Tonfall sagt mir, dass die Tochter der Sicherheitskonsulin meines Vaters nicht zu ihrem Vergnügen hier ist. Er ist scharf wie eine Silberklinge.

Wie hat sie mich gefunden?

Cassandra hebt eine geschwungene Augenbraue. »Es ist mein Job, Dinge zu finden, Liebes. Antworten. Intrigen. Geheimnisse.« Ein vielsagender Blick. »Oder leichtsinnige Prinzessinnen.«

Ihre Stimme ist leise, für alle Umstehenden in der lauten Musik unhörbar, doch ich verstehe jedes Wort.

»Ich bin nicht leichtsinnig«, entgegne ich zerknirscht. »Ich recherchiere. Dieser Club ist der Beweis dafür, dass eine Koexistenz möglich ist! Hier mischen sich Vampire und Menschen.«

»Sie mischen sich nicht, die Vampire nähren sich von ihren natürlichen Wirten. Das ist ein Unterschied.«

»Vampire sind keine Parasiten«, widerspreche ich.

Cassandra hebt eine dunkle Braue. »Sondern? Bevorzugst du neuerdings die orthodoxe Bezeichnung? Raubtier und Beute?«

»Nein, ich bevorzuge die evangelistische Bezeichnung: Symbionten«, stelle ich klar. »Sie sichern unsere Existenz, dafür sichern wir ihren Wohlstand.«

Ob in Nachtclubs, und Blutbanken, die unsere Nahrungszufuhr gewährleisten; den Geldinstituten, denen wir seit Jahrhunderten unsere Familienfinanzen anvertrauen; oder den Auktionshäusern und Museen, zu dessen größten Primärquellen, Gönnern und Klienten wir zählen – und nicht zu vergessen die Menschen, die sich uns als Nahrungsquelle zur Verfügung stellen, ob als Mätressen oder Blutspendende. Warum auch nicht? Wir bezahlen sie fürstlich und behandeln sie gut. Die Mätressen in unserem eigenen Haus verdienen mehr Geld als Edelprostituierte für Superreiche – und haben weitaus besseren Sex. Vampire sind gute Liebhaber, denn nichts schmeckt so süß wie das Blut eines erregten Menschen während des Orgasmus. Leider tun die meisten Menschen das nicht freiwillig, sondern unter Zwangsmanipulation oder Gedankenkontrolle.

Menschen brauchen uns genauso sehr wie wir sie. Ohne Vampire gäbe es noch mehr Kriminalität, Drogensucht und Armut, weniger Kultur und historische Überlieferungen – und weitaus weniger Spaß.

Nachdem ich geendet habe, sehe ich meine Cousine erwartungsvoll an. Sie muss doch einsehen, dass die evangelistischen Thesen einer Symbiose ohne Manipulation stichhaltig sind!

Cassandra teilt diese Auffassung nicht. Meine Cousine ist durch und durch orthodox, indoktriniert von ihrer Mutter und den restlichen Konsuln meines Vaters. Unbeeindruckt nimmt sie einen langen Schluck aus dem hellroten Getränk in ihrer Hand. Warte, ist das etwa Tomatensaft?

»Bloody Mary«, erklärt sie, obwohl ich meine Gedanken nicht wissentlich mit ihr geteilt habe. Sofort verstecke ich meinen Geist hinter den Schutzmauern und verstärke sie so sehr, bis die dröhnende Musik nur noch ein fernes Echo ist. Wieder seufzt Cassandra. »Und genau deswegen hast du nichts unter Menschen verloren, Alyssa. Du bist zu offen, zu neugierig. Zu unvorsichtig.«

»Ich bin sehr wohl –«, fahre ich auf, doch sie spricht einfach weiter, als wäre meine Meinung nicht von Belang.

»Du denkst, es reicht, dich gegen die Reizüberflutung der Menschen abzuschirmen? Weißt du, der Nachteil daran ist, dass du dich damit auch gegen alles andere abschirmst. Ich hätte dir vorhin mitten auf der Tanzfläche den Hals brechen können, ohne, dass du mich bemerkt hättest.« Ein Schauer fährt mir über den Rücken, denn ich habe sie tatsächlich erst bemerkt, als sie mich angesprochen hat. »Mit wem bist du hier? Lucy?«, wechselt sie das Thema, bevor ich widersprechen kann.

Sofort verstärke ich die Mauer, bis ich außer meinem eigenen Atem nichts mehr höre. Ich werde Lucy nicht ans Messer liefern. »Allein«, behaupte ich.

Cassandra verengt die katzenartig geschminkten Augen. Ich spüre sie am Rande meines Bewusstseins, aber wenn die Großmeister meines Vaters mich eines gelehrt haben, dann, meinen Geist zu schützen.

»Na schön. Zurück zu meiner Frage.«

Du hast drei Fragen gestellt, seit du hier aufgetaucht bist, erinnere ich sie stumm. Zum Teil, weil meine Fangzähne vor Frust hervorstehen und ich den Mund nicht öffnen will. Jedoch vor allem, um ihr zu zeigen, dass ich ihr zumindest mental weit überlegen bin und senden kann, ohne meine schützende Barriere fallenzulassen.

Außer, wenn ich es nicht kann, wie vorhin bei dem Barkeeper...

Anstatt mir Anerkennung für meine Fähigkeiten zu zollen, nickt Cassandra bloß.

»Ob du ihn betört hast.«

Sofort kribbelt meine Haut beim Gedanken an den Halbgott hinter der Bar, dessen sündiger Sex-Appeal bis hier reicht.

›Betören‹ nennen wir den subtilen Einsatz unserer mentalen Manipulationsfähigkeiten, mit denen wir Menschen vorübergehend in Verzückung versetzen, ähnlich einer starken Verknalltheit oder einem Drogenrausch, damit sie zulassen, dass wir von ihnen trinken. Sie ist nur von kurzer Dauer und endet spätestens nach dem Biss, bei dem unser Gift gewisse Rezeptoren im Gehirn blockiert, sodass es zu einem kurzzeitigen Gedächtnisverlust kommt, wie bei einem Filmriss durch zu viel Alkohol.

Es liegt kaum eine Messerschneide zwischen Betörung, Obsession und Verdammnis. Es ist leicht, einen Menschen zu betören. Es ist schwierig, seine Abhängigkeit zu kontrollieren. Und es ist unmöglich, seine Seele zu retten, wenn sie uns restlos verfallen ist. Der einzige Ausweg ist Tod, Wahnsinn oder Wandlung.
– *VD 756, Heilige Schrift des Propheten*

Für gewöhnlich bin ich kein Fan von Betörung, denn unser Prophet hat recht, sie kann viel zu schnell in Abhängigkeit enden.

Ich schüttle die Gedanken ab und setze einen unbeteiligten

Gesichtsausdruck auf, von dem ich hoffe, dass er meine Faszination nicht preisgibt. »Nein.«

Bis auf die Tatsache, dass ich seinen Blick bis in die Zehenspitzen gespürt habe ... Das ist mir noch nie passiert. Er ist anders als die meisten hier, und dass ich noch nicht weiß, ob das Angst oder Begeisterung in mir auslöst, macht ihn noch interessanter.

Wieder spüre ich Cassandras wachsamen Blick auf mir und ihren Geist am Rande meines Bewusstseins.

»Es hat nicht funktioniert, oder?«

Woher weiß sie das?

Ich beschließe, endlich aus der Defensive auszubrechen, straffe die Schultern und bohre meine Augen fest in ihre. Eine der obersten Regeln der orthodoxen Schule: Schau nie als Erster weg. Wie im Tierreich: Der Leitwolf starrt seinen Gegner nieder, bis dieser sich unterwirft. Wegsehen ist Schwäche. Aber ich bin nicht schwach, ich darf nicht schwach sein.

Stärke ist hingegen, Wissen gezielt vorzuenthalten, Wahrheiten zu verschleiern – und verfängliche Fragen zurückzuspielen. Ich entscheide mich für Letzteres: »Warum interessiert dich das so, Cassandra? Hast du etwa versucht, ihn zu betören und es hat nicht funktioniert?«

Jetzt stiehlt sich ein Lächeln auf ihr ebenmäßiges Gesicht und zum ersten Mal erinnert sie mich wieder an die Vampirin, die immer wie eine große Schwester für mich war. »Ach, zur Hölle, Aly. Ich mag deinen klugen Kopf – wenn du ihn mal einsetzt.« Endlich lässt sie ihre feindselige Ausstrahlung fallen. »Wann ist diese ganze Staatspolitik so verflucht kompliziert geworden? Versprichst du mir, dass du auf demselben unauffälligen Weg gehst, wie du gekommen bist, wenn ich dir verspreche, deinen kleinen Ausflug nicht meiner Mutter zu berichten?«

Als ich nicke, könnte mein Grinsen den Raum erhellen.

Wir umarmen uns fest und jetzt lasse auch ich meinen mentalen Schild fallen. Sofort dröhnt die Musik in meinen Ohren, sodass ich nachjustieren muss.

»Es wird mit der Zeit besser«, beschwichtigt mich Cassandra, der mein Zusammenzucken nicht entgangen ist. »Drink? Ist nicht übel, der Typ kann was.«

Ich verziehe angewidert das Gesicht. Es ist mir ein Rätsel, wie manche Vampire immer noch Lebensmittel zu sich nehmen, wo doch alles nach Pappe und Staub schmeckt. Alkohol ist spaßig, weil wir ebenfalls den Effekt spüren, genau wie die Wirkung bestimmter Teesorten und Heilkräuter. Aber Tomatensaft geht eindeutig zu weit.

Allerdings wäre ein Drink die ideale Gelegenheit, ihm näherzukommen ...

»Du hast es also bei ihm versucht und es hat nicht funktioniert «, stelle ich fest.

Cassandra grinst, nicht nur aus Stolz auf meine Antwort, sondern auch auf eine verruchte Art, die mir sagt, dass ich mitten ins Schwarze getroffen habe. »Vielleicht.«

Ein leises Brodeln regt sich in meinem Bauch, das ich schnell niederringe.

»Wieso willst du das wissen, Alyssa? Willst du ihn etwa für dich beanspruchen?«

»Fragst du mich als Aly oder als die Tochter meines Vaters?«, hake ich misstrauisch nach. Ich will nicht noch eine Lektion von ihr.

»Als Aly.«

Sofort entspanne ich mich. »Natürlich nicht, ich beanspruche niemanden. Mit welchem Recht sollte ich das tun?«

»Geburtsrecht?«, fragt Cassandra rhetorisch. »Immerhin bist du die Tochter deines Vaters und mir fallen auf Anhieb ein Dutzend Gründe ein, aus denen ich ihn dir überlassen müsste – und da ist nicht der offensichtlichste dabei.« Sie zuckt mit den Schultern. »Dein Vater würde es tun.«

Schlagartig verfinstert sich meine Miene. »Ich bin nicht

mein Vater«, sage ich mit derart endgültiger Bestimmtheit, dass Cassandra kurz die dunkel geschminkten Lider senkt.

»Also gleiches Recht für alle?« Ihr raubtierhaftes Grinsen entblößt eine Reihe makelloser Zähne, und bei ihrem Anblick regt sich unwillkürlich etwas in mir. Etwas, das allein bei der Vorstellung von ihr und dem Sexgott hinter der Bar ein kleines Blutbad anrichten möchte.

Völlig irrational, ich weiß. Ich kenne ihn nicht einmal – wenn man den seltsamen Moment vorhin außen vorlässt, in dem sich das Universum auf ihn und mich reduziert zu haben schien.

Cassandras Schnurren unterbricht mein Gedankenchaos. »Keine Regeln? Keine Fesseln? Also … zumindest keine beim Wettkampf.«

Okay, streichen wir ›klein‹. Es wäre definitiv ein größeres Blutbad. Aber ich glaube an eine neue Weltordnung der Gleichstellung, ohne Gottkönige und alberne Prophezeiungen. Also muss ich da jetzt durch.

Mit Mühe ringe ich die Bestie in meiner Brust nieder und zwinge ein Lächeln auf meine Lippen. »Keine Zwänge«, bestätige ich.

Unsere Blicke bohren sich so fest ineinander, dass mein äußeres Sichtfeld zu flimmern beginnt. Da ist nur noch Cassandras goldener Teint und ihre kaffeebraun gesträhnte Mähne, genauso durchdringend und schön wie die griechische Sagengestalt, deren Namen sie trägt.

Cassandra starrt geschlagene sechs Sekunden zurück. Dann hebt sie die Mundwinkel und ihr Glas.

In dem Moment stößt Lucy zu uns – im wahrsten Sinne des Wortes, als sie mir fast ihren Ellenbogen ins Gesicht rammt. Ich weiche ihrer feuerroten Lockenpracht in jahrelanger Übung aus. Lucilla ist die jüngste von uns, aber meine beste Freundin seit Kindertagen, und das nicht nur, weil ihre Eltern die wichtigsten Vertrauten meiner Eltern sind.

»Hi, Cassandra! Was machst du denn hier?« Unsere Cousine antwortet nicht, wofür ich ihr dankbar bin, also greift Lucy nahtlos unseren Gesprächsfaden auf: »Fesselspiele? Ich bin dabei! Um wen geht's?« Sie trällert so laut, dass es mit Sicherheit der ganze Club hören kann.

»Um Lincoln Gabriel«, antwortet Cassandra in angemessenerer Lautstärke.

Ich halte inne. Woher kennt sie seinen Namen?

Blöde Frage, es ist buchstäblich ihr Job, alles zu wissen.

Lincoln Gabriel.

Ich schließe kurz die Augen, um dem Namen mit allen Sinnen nachzuschmecken. Allein der Klang jagt ein Prickeln durch meinen Körper und elektrische Spannung über meine Haut. Und wieso stellen sich meine Nackenhaare auf, als wäre ich nicht mehr allein?

Unauffällig lasse ich den Blick zum Spiegel schweifen, finde jedoch nichts. Keine schwelenden Augen. Kein gefährliches Lächeln in diesem unfassbar sexy Gesicht. Keine sündige Ausstrahlung, die nicht in diese Welt zu passen scheint. Hinter der Bar steht jetzt eine Frau.

Die einzigen Blicke, die auf mir ruhen, sind die von Cassandra und Lucy. »Ist was?«, frage ich irritiert.

»Ja. Du sagst seinen Namen, als wäre er die Offenbarung«, teilt Cassandra mir mit.

Ich habe seinen Namen ausgesprochen? Laut? Ich muss dringend an meiner Konzentration arbeiten!

Entschlossen lasse ich den Blick durch den Club gleiten. Suchend. Jagend. Aber nicht findend. Im Halbdunkel der Tanzfläche betören sich Seelen, in den Wandnischen bewegen sich ekstatische Leiber. Es riecht nach Sex, Lust und Blut, und ich verstehe den Reiz, den das *Scarlet* auslöst. Der Begriff ›Blutrausch‹ wurde geradezu für diesen Club erfunden, in dessen Winkeln man seinem Durst freien Lauf lassen kann.

Ich streife einige Augenpaare, die mich verstohlen angestarrt haben, jedoch schnell den Blick senken. Ein paar andere starren ungeniert weiter. Das gefällt mir deutlich besser. Mitten in diesem Gedankengang fällt mir auf: Lincoln Gabriel hat nicht weggesehen. Abermals verliere ich mich in der prickelnden Erinnerung an seinen Blick. Seinen Körper. Seine Aura.

Da tanzt Lucy mich an und schmiegt die Arme um meinen Hals. »Warum so ernst, Aly? Entspann dich. Der Club ist voll, such dir jemanden aus, hab Spaß. Carpe Noctem! Heute Abend bist du frei!« Cassandra räuspert sich, doch Lucy hört sie nicht. »Im Ernst, Süße: Wann hast du das letzte Mal direkt von einem Menschen getrunken?«

Schlagartig wird meine Kehle trocken. Die Erinnerung ist über sechzig Jahre her, doch ich sehe sie deutlich vor meinem inneren Auge. Schmecke ihr würzig-scharfes Blut auf der Zunge, voll von früherem Selbstbewusstsein und neuer Verzweiflung. Das war in Paris. Seitdem habe ich nicht einmal die Mätressen angerührt, die meine Eltern in unserem Haus halten, sondern ausschließlich von Blutbanken gelebt. Wie eine Vorstufe der Puristen, die vollständig auf Blut verzichten – und damit auch auf alle vampirischen Kräfte.

Lucy zieht mich so dicht an sich, dass ihre Hitze auf mich übergeht. Als ihre vollen Lippen nur noch wenige Zentimeter von meinem Gesicht entfernt sind, ist plötzlich alles Tollpatschige an ihr verschwunden und ihre Stimme die reinste Verführung.

Und dann flüstert sie so leise, dass sich meine Nackenhärchen aufstellen: »Was ist, wenn du noch keinen Blutrausch hast, weil du nie von einem Menschen trinkst? Schnapp ihn dir, bevor es jemand anders tut. Ich zum Beispiel.«

Das Kribbeln im Nacken schwillt zu einem ausgewachsenen Feuersturm an. Lucy grinst breit, dann drückt sie ihre sinnlichen Lippen auf meine und schnappt sich ihre Tasche von unserem Stehtisch. Sie hinterlässt einen Hauch von bitter, süß und salzig. Auch ein Getränk von der Bar?

»Und nun entschuldigt mich, ich muss wirklich was trinken. Wartet nicht auf mich!«

Sie verschwindet und lässt mich mit trockener Kehle und

heißem Verlangen zurück. Abermals muss ich an schwelende Augen und sündige Lippen vor aufgereihten Barflaschen denken, die mein Herz nicht so aus dem Takt bringen sollten, wie sie es tun.

Tja, ich schätze, es gibt nur eine Lösung für beide Probleme. Ich stoße mich vom Tisch ab, um mir diesen Barkeeper vorzunehmen.

»Ich bin auch weg. Danke noch mal, wir sehen –«

Der Rest meines Satzes geht in einem erschrockenen Laut unter, als ich buchstäblich gegen einen großen Körper pralle.

Wie ist der dahin gekommen, und warum habe ich seine Aura nicht bemerk...?

Jeder Gedanke verliert seine Bedeutung, als ich auf eine breite Brust starre, deren Muskeln sich geradezu obszön definiert über dem Kragen des ausgewaschenen Shirts abzeichnen. Nur die Lederjacke wirkt teuer, und sie schmiegt sich perfekt an seine athletische Figur, sodass ich den Drang bekämpfen muss, die Hand auszustrecken und über seine Brust zu streichen. Also, über die Jacke!

»Hoppla. Vorsicht. Du könntest dich verletzen.« Seine Worte lassen meinen Nacken prickeln, doch seine Stimme lässt meine Seele vibrieren. Rau und dennoch sanft, wie eine in Samt gewickelte Klinge.

Starke Hände umfassen meine Ellenbogen und halten mich fest, während mich ein überwältigender Duft aus Pinienwäldern, dunklem Amber und etwas Verbotenem einhüllt wie der schwarze Umhang der Nacht, wie eine sündige Versuchung und gleichzeitig wohlige Vertrautheit.

Langsam, wie in Zeitlupe schweift mein Blick über einen sehnigen Hals bis zu einer Kieferlinie, an der man sich schneiden könnte. Zu Augen wie erstarrter Bernstein und verwunschene Waldlichtungen.

Wie funktioniert Atmen noch mal?

4
Vorsicht, bissig!

Lincoln

Sie ist es.

Und aus der Nähe ist sie noch atemberaubender.

Mir bleibt für einen Moment die Luft weg, und es liegt nicht daran, dass sie in mich reingelaufen ist. Es liegt am Duft ihrer Haut, sinnlich fremd und doch vertraut. An ihrer Nähe, an ihren Augen – und an der Dunkelheit darin. Ich bin nicht sicher, ob sie mich bei lebendigem Leibe verbrennen oder augenblicklich über mich herfallen will. Aber beides macht mich gerade so an, dass ich beinahe über sie herfalle. Ich kann mich gerade noch beherrschen, nicht ihr Kinn zu umfassen und sie rückwärts zu drängen, bis ihr Rücken mit dem Stehtisch kollidiert und meine Lippen mit ihren.

Vergessen ist die Kasse, wegen der ich zurückgekommen bin, um den Wodka Lemon zu bezahlen, den ich Kyle spendiert hatte, damit er sich endlich aufrafft und zu Lucys Adresse fährt.

Ihre Augen sind von einem tiefen, satten Blau, wie ich noch nie eines gesehen habe. Ich erwidere ihren Blick, ohne zu blinzeln.

Eine Sekunde. Zwei. Fünf.

Lass dir ruhig Zeit. Ich bin ausdauernd.

Als hätte sie meine Gedanken gehört, hebt sie die Mundwinkel.

Ich schwöre, ich habe noch nie etwas Heißeres gesehen als dieses teuflische Lächeln im Gesicht eines Engels.

Schließlich tritt sie einen Schritt zurück und legt den Kopf in den Nacken. Nicht, dass sie das müsste, denn sie ist fast so groß wie ich. Aber irgendwie sieht es dadurch so aus, als würde sie mich von oben herab mustern. Und scheiße, ich bin so was von erledigt.

»Lincoln Gabriel.« Ich habe keine Ahnung, woher sie meinen Namen kennt, aber, Shit, ihre Stimme ist noch heißer als ihr Blick. Vermutlich, weil sie auf dem Weg an mein Ohr über diese fantastischen Lippen muss. Blutrot geschminkt und so verlockend, dass ich mit dem Daumen darüberfahren will, nur um zu sehen, wie das Rot verschmiert und ihre elfenbeinhelle Haut befleckt. »Du bist kleiner, als ich es mir vorgestellt habe.«

Ihre Augen blitzen frech, also spiele ich mit und hebe eine Braue.

»Du hast dir vorgestellt, wie groß ich bin.« Ich trete näher an sie heran, bis ich ihren Atem auf meinem Hals spüre. Der Duft ihrer Haut ist überwältigend. »Wo genau?«

Jetzt verziehen sich ihre Lippen zu dem atemberaubendsten Lächeln, das ich jemals gesehen habe. Das tiefe Rot ihres Lippenstifts harmoniert perfekt mit ihrer hellen Haut, genau wie süße Red-Velvet-Cupcakes mit salzigem Cheesecake Topping.

»Warum findest du es nicht heraus?«, geht sie auf meinen Flirt ein. »Willst du mich weiter anstarren oder spendierst du mir einen Drink?«

Sie hat Biss, das mag ich.

Was ich nicht mag, ist, dass ich eigentlich mit meiner Schwester vor der Tür verabredet bin. Aber wann habe ich jemals eine vernünftige Entscheidung getroffen?

»Ich muss in fünf Minuten los«, teile ich ihr mit.

Sie schiebt sich an mir vorbei in Richtung Bar. »Das ist kein Nein.«

Verdammt richtig, Cupcake.

»Wie heißt du?«, frage ich eine Minute später, um diesen

spontanen Spitznamen – und das Bild dazu – möglichst bald aus meinem Kopf zu verbannen. Sie ist alles andere als süß. Aber sie verführt genauso sehr zum Anbeißen. Ich stehe wieder hinter der Bar – neben Chris, der mich irritiert ansieht – und sie nimmt auf dem Hocker Platz, auf dem vorhin noch Kyle saß. Ich hoffe, er hat eine Menge Spaß mit Lucy.

»Falsche Frage, Lincoln.« Cupcakes Blick kann verdammte Gletscher schmelzen.

Ich stütze die Unterarme auf dem Tresen ab und lehne mich vor, um ihr tief in die Augen zu sehen. »Was darf's sein?«

Und wo?

»Schon besser. Was empfiehlst du?«

Sie lehnt sich ebenfalls vor. Anders als die meisten Frauen an meiner Bar trägt sie keinen Ausschnitt bis zum Bauchnabel. Während ich oft einiges darum gebe, dass Oberteile wenigstens ein bisschen der Fantasie überlassen, wünsche ich mir hier das exakte Gegenteil: Dieses langärmelige, schulterfreie Oberteil aus schwarzer Spitze überlässt so ziemlich alles der Fantasie – und das treibt mich schier in den Wahnsinn. In Gedanken zeichne ich bereits die sanften Kurven ihres Körpers nach. Die nackten Schultern hinauf über die Erhebung ihres Schlüsselbeins bis zu ihrem anmutigen Hals, der sich mir so verlockend präsentiert.

Ich schlucke, um mich auf unsere Unterhaltung zu konzentrieren.

»Kommt darauf an, worauf du stehst. Wie magst du es?«

»Hart und intensiv. Ein bisschen süß, ein bisschen bitter. Gerne prickelnd.« Holy shit, der Boomerang kam unerwartet. Ich konzentriere mich auf meinen Atem, um nicht die Kontrolle zu verlieren. Sie neigt den Kopf leicht, um meinen Blick festzuhalten. »Und auf keinen Fall mit Obst, Gemüse oder Milch. Kriegst du das hin?«

Fuck, ja.

Während ich ihr einen Negroni mixe – Gin, Campari und Vermouth –, beobachte ich sie dabei, wie sie mich beobachtet.

Ich kann nicht in ihr lesen, verstehe nicht den faszinierenden Gegensatz ihrer aristokratischen Haltung, schlüpfrigen Wortwahl und melancholischen Augen. Aber ich will jedes Detail von ihr ergründen, und wenn es eine Ewigkeit dauert.

Hellwache Neugierde mischt sich in ihre Miene, wie bei einer Katze, die einen Lichtpunkt an der Wand entdeckt hat, als sie den dünnen Messinglöffel mustert, mit dem ich ihren Drink umrühre.

»Du benutzt keinen Shaker?«

Zur Antwort ziehe ich den Löffel betörend langsam aus ihrem Glas. Ihr Blick verhakt sich mit meinem, und ich bin sicher, dass wir uns gerade dasselbe vorstellen, und es beinhaltet weder ein Glas noch einen Löffel.

Dann löse ich die Anspannung auf und schüttle lächelnd den Kopf. »Es kommt auf den Cocktail an. Im Shaker vermischen sich heterogene Zutaten wie Saft und Sahne besser. Aber man kann die Verwässerung nicht kontrollieren, dadurch wird der Cocktail milder. Und da du explizit einen harten Drink wolltest, wird er gerührt. Merke, harte Drinks: gerührt, nicht geschüttelt. Deswegen hat James Bond keine Ahnung von Cocktails.«

Ihre Mundwinkel zucken im Anflug eines Lachens, das sie jedoch erfolgreich bezwingt. Ich grinse, stolz darauf, dass sie fast gelächelt hätte. Sie sieht nicht aus, als würde sie das oft tun.

Cupcake stützt das Kinn in die Handfläche. »Du bist gut darin.«

Ich stelle ihren Drink vor sie. »Ich hätte große Lust darauf, dir zu beweisen, dass ich in allem gut bin. Aber ich muss wirklich los, sonst bringt mich meine große Schwester um.«

Kurz wirkt sie überrumpelt. Dann huschen ihre violettblauen Augen zu der viktorianischen Uhr hinter mir und sie zieht einen Schmollmund.

Scheiße, ich will ihre Lippen erobern. Doch bevor ich den Gedanken ausgekostet habe, greift sie nach ihrem Drink und gleitet von dem Barhocker, als hätte sie die Unterhaltung beendet und nicht ich.

»Also dann.« Gott, ihre Stimme ist so samtig und wohltönend. »Wir sehen uns, Lincoln Gabriel.«

Und damit verabschiedet sich der Rest meiner Selbstbeherrschung. Noch nie, ich wiederhole, *noch nie* hat sich mein Name so höllenscharf angehört.

Ich brauche einen Moment, um mich zu sammeln. Als ich wieder aufblicke, streift sie anmutig in Richtung des wabernden Blutnebels.

»Cupcake!«, rufe ich ihr nach. Sie dreht sich um, scheint aber nicht sicher zu sein, ob ich wirklich sie meine. Anders kann ich mir die steile Falte zwischen ihren Brauen nicht erklären. Unwillkürlich grinse ich in mich hinein, dann hebe ich das Kinn zum Gruß. »Wir sehen uns.«

Sie lächelt, und die Mona Lisa kann so was von einpacken, denn nichts war je faszinierender als dieses Lächeln. Wie benebelt räume ich die Utensilien weg und übergebe die Bar an Chris. Ich habe immer noch das Gefühl, ihre Stimme zu hören, obwohl der dröhnende Bass alle Geräusche schluckt.

»Lincoln Gabriel!«

Schlagartig zucke ich zusammen. Nichts könnte mich besser abtörnen als Lous Schiefertafelstimme. Keine Übertreibung, er klingt wirklich, als würde man mit Nägeln über eine Schiefertafel kratzen.

»Was glaubst du, was du da tust, Junge?«

Ich werfe den Lappen, mit dem ich gerade noch die Theke gewischt habe, in die Spüle. »Klar Schiff«, erwidere ich ungerührt. »Ich bin jetzt weg, Chris hat Schlussdienst.« Nur für den Fall, dass er seine eigenen Schichtpläne vergessen hat.

»Das weiß ich, Junge.« Als ich mich umdrehe, steht er so dicht vor mir, dass ich zusammenzucke.

Noch näher, alter Mann, ja?

Lou ist ein in Würde gealterter Mittsechziger. Zumindest sieht er so aus. Keine Ahnung, wie alt er in Wirklichkeit ist.

Fünfzig? Siebzig? Hundert? Clint Eastwood ist schließlich auch über neunzig.

Lou ist der Boss im *Scarlet*, und er hat mich anstandslos eingestellt, obwohl ich ... na ja, der Sohn meiner Mutter bin. Er ist wirklich in Ordnung. Nur das Konzept von angemessenem körperlichem Abstand kennt er nicht.

»Ich meine, was machst du da mit ihr? Hat dir keiner gesagt, dass sie die Prinzessin ist?«

Interessiert horche ich auf. Müssen meine Ohren halt kurz bluten. »Im metaphorischen oder wörtlichen Sinne?«

Lous Blick macht deutlich, dass er diese Frage nicht beantworten wird. »In jedem Sinne, den ein Sinn haben kann. Das ist Alyssa Ferrara, und du willst dich nicht mit ihr einlassen.«

Alyssa Ferrara. Der Name zerfließt wie ein guter Whisky auf meiner Zunge. Samtig warm und beißend, bis er brennend meine Kehle hinabbrennt und meine Sinne betäubt. Entfernt klingelt etwas bei mir. Ferrara ... Ja, so ähnlich heißt die Luxuswagenmarke, aber ist das nicht der Name des Senators von Oregon? Mehr noch, heißt so nicht die Stiftung, zu der einige gemeinnützige Einrichtungen in der Stadt gehören – einschließlich dem Krankenhaus, in dem Mom früher gearbeitet hat?

Wenn es so ist, dann ja: Vielleicht sollte ich dann wirklich die Finger von ihr lassen. Aber wann habe ich je das getan, was vernünftig war?

Doch, ich will mich ganz sicher mit ihr einlassen.

»Schlag dir das aus dem Kopf, Junge«, knarzt Lou, weil meine Gedanken heute offenbar durchgehend auf meiner Stirn geschrieben stehen. »Selbst, wenn das mit deiner Familie nie passiert wäre, kämst du nicht an sie heran. Sie ist zehn Klassen über dir.«

Augenblicklich lodert die altbekannte Mischung aus Wut, Frust und Schmerz in mir hoch. Ich kann vieles erdulden. Aber niemand schreibt mir vor, was ich erreichen oder nicht erreichen kann.

Ach ja? Versuch doch, mich aufzuhalten, alter Mann.

5
Sehe ich aus wie ein verdammtes Törtchen?

Alyssa

Cupcake?!

Mir wurden schon viele Namen gegeben, aber *Cupcake* schießt den Vogel ab.

Gegen meinen Willen steigert das nur noch meine Neugierde auf Lincoln Gabriel. Ich konnte seine Gedanken auch aus der Nähe nicht lesen. Außer denen, die deutlich in seinem spitzbübischen Gesicht abzulesen waren und jetzt noch meine Fangzähne vor Verlangen kribbeln lassen. Entrückt streiche ich mit der Zunge über die Spitzen.

Hatte Lucy recht? Was, wenn ich wirklich erst in den Blutrausch verfalle, wenn ich frisches Blut von jemandem trinke?

Dann würde ich Lincoln Gabriel für diese Rolle auswählen.

Obwohl ich ihn nicht betören kann.

Weil ich ihn nicht betören kann.

Und deswegen bin ich dabei, mein Versprechen an meine Cousine, schnellstmöglich nach Hause zurückzukehren, ein wenig zu dehnen, und stehe am Hintereingang des *Scarlet* wie eine Attentäterin: den Stiefelabsatz gegen die Backsteinmauer gelehnt und die weiche Kapuze meines Capes gegen die kühle Oktoberluft hochgeschlagen. Weil ich auf diesen Idioten von einem Barkeeper warte.

Zugegeben, ein heißer Idiot. Und süß.

Und Cocktails machen kann er auch, denn sein Drink hat tatsächlich nach etwas anderem als Papier mit Alkohol geschmeckt. Ich spüre jetzt noch die bittere Note auf meiner Zunge. Verdammt, ich spüre immer noch seinen Blick auf meiner Haut.

Ich frage mich gerade, wie *er* wohl schmeckt, als die Tür auffliegt.

Er ist es. Ich erkenne ihn in der lichtlosen Finsternis der Gasse, ohne sein Gesicht zu sehen. Seinen Gang, zielstrebig und federnd. Seinen Geruch, betörend maskulin und warm.

Am Ende der Gasse biegt er um eine Kurve auf den eingezäunten Parkplatz des Clubs und ist fast bei seinem Wagen – einem abgenutzten Chevy – als ich mich endlich bewege.

Ich bin bei dem Wagen, kaum, dass er die Fahrertür geöffnet und seinen Rucksack auf den Rücksitz gewuchtet hat.

»Lincoln.« Allein bei der Erwähnung seines Namens überzieht Gänsehaut meine Arme.

Sein Körper versteift sich für den Bruchteil einer Sekunde, seine Muskeln spannen sich wie die eines Raubtiers. Begeisterung peitscht durch meine Blutbahnen. Dann umspielt ein Lächeln seine Lippen, als er mich erkennt.

»Cupcake.«

»Hör auf, mich so zu nennen. Sehe ich aus wie ein verdammtes Törtchen?«

Das Lächeln auf seinem Gesicht wird zu einem ausgewachsenen Grinsen. Himmel, weiß er, wie gut er aussieht? Verdammt, er weiß es garantiert.

Er sieht auf seine Armbanduhr, ein altes Modell, analog mit römischen Ziffern, dunklem Lederarmband und schweren Silberschnallen, das mindestens seit siebzig Jahren aus der Mode ist. Familienerbstück oder Sammlertrieb? »Darauf kann ich leider keine salonfähige Antwort geben. Soll ich dich irgendwo hinfahren?«

Schon ziehe ich die Beifahrertür auf. »Fahr einfach dahin, wo du hin wolltest.«

Das macht ihn einen Moment so sprachlos, dass ich einge-stiegen bin, bevor er reagiert. Er sieht fast ein bisschen verlo-ren aus, wie er sich durch die dunklen Haare streicht, bis sie in alle Richtungen abstehen. Wie kann jemand so heiß sein und gleichzeitig so niedlich?

Trotzdem steigt er ein. Immerhin.

Begeisterung peitscht durch meine Glieder, während ich mich vorbeuge, um ihn aufreizend anzusehen. Ich kann ihn vielleicht nicht auf Vampirart betören, aber sehr wohl auf Menschenart.

»Lässt du Frauen immer so lange warten?«

Das Lächeln auf seinem Gesicht ist zu gleichen Teilen höl-lisch sexy und himmlisch sanft. Er dreht den Zündschlüssel und meine nächste Frage geht in dem Röcheln unter, mit dem der Motor zum Leben erwacht. »Bist du sicher, dass der Wa-gen fahrtüchtig ist?«

Noch ein Halblächeln, das die feinen Härchen auf meiner Haut aufstellt. »Hast du Angst?«

Jetzt muss ich fast lachen.

Du hast keine Ahnung, was Angst ist.

»Nein«, sage ich schlicht, um das Thema nicht zu vertiefen.

»Na dann.« Ich sehe sein Grinsen im Zwielicht, bevor er das Gaspedal durchdrückt und der Wagen nach vorne schießt.

Wir rasen über die nächtlichen Straßen von Downtown Portland, dem Fluss entgegen. Ich kenne jede Ecke hier wie meine Westentasche. Deswegen erkenne ich auch, wohin wir fahren, als wir nach Norden in Richtung Williamette River ab-biegen.

»University District?«, frage ich, weil dort sonst nur Indust-riegebiete liegen.

Ein anerkennendes Lächeln huscht über Lincolns umschat-tete Züge. »St. John's«, korrigiert er. »Ich kenne da eine gute Billard-Bar.«

»Wir kommen gerade aus einer Bar«, erinnere ich ihn. »Warum fahren wir nicht zu dir?«

Er hebt eine Braue. »Erstens kann man im *Scarlet* nicht Billard spielen. Und zweitens: So gut, dass ich dich mit nach Hause nehme, kennen wir uns nicht. Du hast mir nicht mal deinen Namen verraten.«

»Na und? Du hast mir auch nicht verraten, warum du mich ›Cupcake‹ nennst.«

Lincolns Mundwinkel zucken. »Weil du mich an einen Red-Velvet-Cupcake erinnerst: eine kleine, blutrote Sünde, die zum Anbeißen verführt. Versteckt unter einem kühlen Frosting aus salzigem Cheesecake, in dem ich meine Zunge versenken will.«

Auf diese Worte folgt: Stille. Weil ich jeden Funken Willenskraft brauche, um nicht augenblicklich über ihn herzufallen. Ich werde nie wieder einen Cupcake ansehen können, ohne an Lincolns Zunge zu denken.

»Fahr rechts ran.«

»Was?« Er lacht. »Nein. Wir unterhalten uns gerade.«

»Fahr rechts ran, Lincoln«, knurre ich.

Sofort!

Jetzt ist sein Lachen rau, sein Blick gleitet kurz ab. Aber er schüttelt den Kopf. »Du machst hier nicht die Regeln, Cupcake.«

Ich bin überrascht. Noch nie habe ich einen Menschen getroffen, der einem so unmissverständlichen Befehl widerstehen konnte. Seine Standfestigkeit ist gleichermaßen verstörend wie elektrisierend, und sie weckt eine verbotene Neugierde in mir wie lange nichts mehr.

Schweigend sehe ich aus dem Fenster, zähle aus Gewohnheit die vorbeihuschenden Lichter. Straßenlaternen zucken vorbei, während wir parallel zum Williamette River fahren, der sich wie eine zähe schwarze Masse an uns vorbeischiebt. Ich liebe es, nachts das Wasser zu beobachten. Endlos. Sorglos. Erbarmungslos.

»Wo kommst du her?«

Was ich eigentlich fragen will, ist: *Was bist du und warum bist du gegen Gedankenkontrolle immun?*

Lincoln stützt den Arm gegen die Fahrertür und hat wieder dieses süffisante Lächeln auf den Lippen. »Wie wäre es, wenn du mir zur Abwechslung etwas über dich erzählst, Cupcake?«

Ich unterdrücke ein Zischen. »Ich mag keine Cupcakes«, grummle ich schließlich.

Lincoln schießt auf seinem Sitz in die Höhe. »Wer mag denn keine Cupcakes? Hast du eine Zuckerallergie oder so was?«

»Oder so was.«

»Laktose?«

»Auch.«

»Scheiße. Im Ernst jetzt? Du verträgst keinen Zucker und keine Milch?« Als ich nicke, verzieht er das Gesicht. »Mein Beileid. Lebensmittelallergien sind zum Kotzen.«

Obwohl ich mich dagegen wehre, muss ich lachen. »Im wahrsten Sinne des Wortes.«

Er stimmt mit ein und ich stelle fest, wie ungezwungen unser Gespräch ist. Wie befreiend es ist, nicht ständig seinen Geist vor dem Willen anderer abschirmen oder jedes Wort genau abwägen zu müssen.

»Okay, also kein erstes Date in einer Konditorei«, resümiert Lincoln, »Was noch? Studierst du?«

»Erstes Date?«, wiederhole ich, um der letzten Frage auszuweichen. Der Gedanke an ein Date mit ihm löst ein seltsames Kribbeln in meinem Bauch aus. »Wer sagt, dass ich mit dir auf ein Date will?«

»Lass mich überlegen.« Er reibt sich über das Kinn und ich kann nicht anders, als mir vorzustellen, wie sich sein dunkler Bartschatten unter meinen Fingern anfühlen würde. Dann zählt Lincoln auf: »Du hast dich von mir auf einen Drink einladen lassen, du hast mir auf dem Parkplatz aufgelauert, du bist in mein Auto gestiegen – und du wolltest, dass wir rechts ranfahren. Ich denke, das zählt streng genommen bereits als mindestens drei Dates, findest du nicht?«

Schon wieder muss ich gegen ein Lachen ankämpfen. Wann

habe ich das letzte Mal so viel in so kurzer Zeit gelacht? Wann habe ich mich so frei gefühlt? So lebendig?

»Entschuldigen Sie bitte. Wer ist dieser Witzbold neben mir und was haben Sie mit dem sexy Barkeeper gemacht, den ich heute abgeschleppt habe?«

Sein Blick löst ein Prickeln auf meiner Haut aus. »Du mich abgeschleppt? Vergiss nicht, *du* sitzt in *meinem* Auto.« Ein verruchtes Grinsen. »Cupcake.«

Plötzlich ist das Wageninnere zu eng für die knisternde Hitze, die sich zwischen uns ausbreitet.

Die Gebäude werden spärlicher und die Straßenlaternen weniger, als die Industriebauten des Northwest-Industrial-District in Sicht kommen. Nebelschwaden vom nahen Fluss wabern über die Straße und feuchten Grünstreifen. Offenbar will er über die Außenbezirke in das nördliche St. John's Viertel. Um mir nicht jedes Mal, wenn er mich anspricht, seine Zunge in cremigem Vanille-Frosting vorzustellen, sage ich schließlich: »Alyssa. Ich heiße Alyssa Ferrara.«

Da, jetzt ist es raus. Ich blicke geradeaus und gebe mich stoisch, kann aber nicht anders, als aus dem Augenwinkel zu beobachten, wie er reagiert. Kennt er den Namen überhaupt?

Lincoln umklammert das Lenkrad fester und drückt den Kopf gegen die Nackenstütze, woraufhin mir beim Anblick seiner angespannten Halsmuskeln das Wasser im Mund zusammenläuft. Erst recht, als er unterdrückt stöhnt. Er *stöhnt*?

»Shit ... aus deinem Mund klingt dein Name noch tausendmal heißer als in meinem Kopf.«

Okay. Diese Reaktion auf meinen Namen ist neu, und sie gefällt mir definitiv besser als alle vorherigen.

Warte mal!

»Du *wusstest*, wie ich heiße?«, fällt mir auf. Sein Grinsen ist Antwort genug. »Und du nennst mich trotzdem Cupcake?«

»Ja.«

»Warum?«

Als er jetzt den Kopf zu mir dreht, ist sein Grinsen dem höl-

48

lischen Lächeln gewichen, das mich vor ein paar Stunden angelockt hat wie eine Venusfalle die Fliege. »Weil es dich anmacht.«

Was mich gerade tierisch anmachen würde, wäre, ihn zu strangulieren.

»Fährst du jetzt rechts ran?«

»Nein. In dieser Gegend willst du nicht – FUCK!«

Mitten auf der dunklen Straße vor uns steht plötzlich eine hochgewachsene, in schwarz gekleidete Gestalt, als hätte sie sich aus dem Nebel materialisiert. Ich stemme mich gegen das Armaturenbrett, bereit für den Aufprall, doch Lincolns Reflexe sind erstaunlich: Er reißt das Lenkrad herum und tritt auf die Bremse, woraufhin wir um Haaresbreite an dem Mann vorbeischlittern. Fliehkräfte drücken mich gegen die Beifahrertür, als der Wagen ins Schlingern gerät. Reifen quietschen abscheulich auf dem Asphalt, verbranntes Gummi betäubt meine Nase. Es grenzt an ein Wunder, dass wir uns nicht überschlagen haben.

»Fahr weiter!«, rufe ich, doch es ist zu spät. Wir kommen von der Fahrbahn ab, die Räder drehen im durchweichten Schlamm durch. Es ist zu spät.

»Was ist das denn für ein Idiot?«, flucht Lincoln. Ich höre seinen hämmernden Herzschlag überdeutlich, während er ruckartig den Rückwärtsgang einlegt. Doch er wird nicht schnell genug sein.

Rasch werfe ich einen Blick nach hinten: Die Gestalt steht immer noch da. Regungslos. Gefühllos. Skrupellos.

Verdammt. Das ist alles meine Schuld. Ich hätte nie zu Lincoln in den Wagen steigen dürfen.

Mit fahrigen Fingern taste ich nach dem Türgriff.

»Bleib hier. Ich kläre das.«

»Spinnst du?«, fährt Lincoln auf. »Auf gar keinen Fall lasse ich dich aussteigen!« Schon schnallt er sich ab.

Ich reiße ihn an der Schulter zurück. »Nein, Lincoln!« Er reagiert nicht. Gott, ich wünschte, ich könnte seinem Geist Befehle erteilen. »Bitte! Ich kenne ihn. Und er ist nicht wegen dir hier.«

Zumindest hoffe ich das.

»Du kennst den Typen?« Lincolns Stimme überschlägt sich fast. »Oh Gott, bitte sag nicht, dass du einen psychopatischen Stalker-Ex-Freund hast.«

Schlimmer.

Ich spreche den Gedanken nicht aus, aber er steht mir wohl ins Gesicht geschrieben.

»Okay, du hast einen psychopathischen Stalker-Ex.« Abermals fährt sich Lincoln durch die hinreißend zerzausten Haare. Dann steigt er schneller aus, als ich nach ihm greifen kann. »Warte hier.«

»Spinnst du?« Schon habe ich meine eigene Tür geöffnet, da lehnt er sich noch einmal zu mir und sieht mir so eindringlich in die Augen, dass ich blinzeln muss.

»Ich meine es ernst, Alyssa. Bleib im Wagen.«

Das legt für einen Sekundenbruchteil mein gesamtes System lahm, weil ich damit beschäftigt bin, wie er meinen Namen ausgesprochen hat. Als würde er etwas bedeuten. Als würde ich etwas bedeuten.

Bevor ich mich wieder gefasst habe, hat er schon die Tür zugeschlagen und stellt seinen Kragen gegen den kalten Herbstwind auf, der auf dieser ungeschützten Straße unbarmherzig peitscht. Wie er so dasteht, seine Gestalt im scharfen Licht der Scheinwerfer gegen den Wind gestemmt, verstehe ich mit einem Mal die Faszination der Menschen für paranormale Gruselgemälde in nebelverhangenen Nächten. Doch Lincolns Erscheinung ist nichts im Vergleich zu dem Vampir, dem er gegenübertritt.

Kingston Hearst Ecclestone ist niemand, den man nachts auf einer verlassenen Straße treffen möchte. Oder überhaupt irgendwo.

Ich bin aus dem Wagen, noch bevor Lincoln versucht, Kingston in die Flucht zu schlagen. Er ist entweder unfassbar mutig oder unendlich dumm. Vielleicht beides.

Prinzessin, honoriert Kingston meine Anwesenheit in meinem Kopf, ohne seinen stahlgrauen Rasiermesserblick von

Lincoln zu nehmen. Alles an ihm strahlt Kälte aus. Macht. Und Kalkül. Von den wie aus Granit gemeißelten Gesichtszügen über die herrische Haltung bis zu seiner exquisiten Garderobe, wie immer im perfekt sitzenden Zweireiher-Anzug aus schwarzer Merinowolle.

Lass ihn in Ruhe!, fauche ich stumm zurück.

Indes hebt Lincoln beschwichtigend die Hände, als wäre Kingston ein tollwütiger Bär – oder ein ungehorsamer Raptor aus ›Jurassic World‹.

»Kumpel, ich weiß, dass eine Abfuhr wehtut, aber du kannst deiner Ex-Freundin nicht nachts auf der Straße auflauern, erst recht nicht –«

»Lincoln Gabriel.« Kingstons Stimme zerschneidet die Nacht wie eine Klinge. Ohne, dass ich es will, spannen sich meine Muskeln an. Woher kennt er seinen Namen? »Du hast etwas bei dir, das nicht dir gehört.«

Eine Gänsehaut überzieht meinen Körper, doch Lincoln ist offenbar genauso immun gegen unterschwellige Drohungen wie gegen Gedankenkontrolle.

»Alles klar«, stellt Lincoln fest. »Stalker *und* Narzisst. Keine Ahnung, ob Lou dir meinen Namen gesteckt hat, ist mir auch egal. Falls du mit ›etwas‹ auf meine Begleiterin anspielst, muss ich dich enttäuschen: Wir leben im einundzwanzigsten Jahrhundert. Frauen sind keine Besitztümer und Alyssa gehört niemandem.«

Ich spüre, wie mein Herz aussetzt. Einen Schlag, zwei, drei. Das Vakuum in meiner Brust füllt sich mit Wärme, ein mir fremdes Gefühl und gleichzeitig unendlich vertraut.

»›Nein‹ bedeutet ›Nein‹. Also, wie wäre es, wenn du deinen spooky Macho-Scheiß einpackst und …« Lincoln verstummt, als sich ein weiterer Schatten aus der Nacht löst und ins Scheinwerferlicht tritt.

Joaquin. Natürlich. Wie konnte ich davon ausgehen, dass Kingston mich ohne seinen lautlosen Fährtensucher aufgespürt hat? Oder dass er ohne seinen Handlanger als Bodyguard unterwegs ist? Nicht, dass er einen brauchen würde, aber er findet, das zeugt von Autorität.

Ich finde, das zeugt von ausgeprägten Minderwertigkeitskomplexen.

Trotzdem ist die Gefahr, in der Lincoln schwebt, exponentiell angewachsen. Fährtenleser sind nicht besonders stark, aber unwahrscheinlich flink.

Ich kann nicht zulassen, dass Lincoln stirbt, weil ich egoistisch war. Bei den Heiligen, das ist alles meine Schuld. Ich hätte auf Cassandra hören und mein Versprechen halten sollen. Ich hätte mich nie ins *Scarlet* stehlen sollen.

Er hat nichts damit zu tun!, fahre ich die zwei stumm an. *Lasst ihn gehen, präsentiert mich meinem Vater wie eine Jagdbeute und wir vergessen das Ganze.*

Letzteres kann Joaquins Interesse wecken, denn Fährtensucher leben für die Jagd. Doch von Kingston kommt keine Reaktion. Ich schlucke jeden Stolz herunter und sehe den Vampir direkt an, den mein Vater für mich als Gefährten ausgewählt hat.

Bitte, Kingston.

Ein Muskel zuckt in seinem geschliffenen Gesicht, während er Lincoln nicht aus den Augen lässt. *Das wird dich etwas kosten, Alyssa.*

Widerwillig beiße ich die Zähne zusammen. *Einverstanden.*

Kingstons Mundwinkel hebt sich. *Wir haben einen Deal, Prinzessin.*

»Ich gebe dir fünf Sekunden, um in deinen Wagen zu steigen und diesen Zwischenfall zu vergessen«, sagt er dann laut zu Lincoln, und ich bin nicht sicher, ob er dabei Gedankenmanipulation benutzt, um den Befehl in seinen Willen einzupflanzen.

Doch Lincoln Gabriel ist entweder der mutigste oder der dümmste Mensch auf der Welt. Anstatt die Beine in die Hand zu nehmen, legt er mit einer Überlegenheit den Kopf schief, die von extremer Leichtsinnigkeit zeugt – oder von ... nun ja, echter Überlegenheit. Aber das ist nicht möglich. Niemand außer meinem Vater ist Kingston überlegen, so sehr ich es auch hasse, das zuzugeben.

»Sonst was ...?«

Sonst werde ich dich töten, höre ich Kingstons Gedanken so deutlich, als hätte er sie verbal ausgesprochen. Seine Stimme ist so eiskalt, dass ich mich frage, wie ich einst eine Verbindung mit ihm in Erwägung ziehen konnte.

Ich muss Kingston ablenken, bevor er erkennt, dass er Lincolns Gedanken nicht manipulieren kann und das hier nicht nur vielleicht, sondern ganz sicher in einem Blutbad endet.

»Hört auf damit, alle beide!«, gehe ich dazwischen. »Ich bin diejenige, die *ihn* entführt hat, okay?«

Kingston hebt einen Mundwinkel, doch sein Blick scheint sich immer noch in Lincolns Schädel bohren zu wollen. Er will ihm immer noch seinen Willen aufzwingen.

Schlechte Wahl, Prinzessin.

Tja, offenbar habe ich einfach keinen guten Männergeschmack.

Volltreffer. Jetzt zuckt sein Blick zu mir. Es ist nur ein Sekundenbruchteil, aber seine Gedanken sind endlich mit etwas anderem beschäftigt als Lincolns Geist.

Und was macht dieser Idiot von einem Barkeeper? Tritt seinerseits einen Schritt vor, um *mich* vor Kingstons verlagerter Aufmerksamkeit zu schützen. Wenn ich ihm dafür nicht am liebsten den Kopf abreißen würde, wäre ich fast gerührt.

»Da hat sie nicht ganz unrecht. Wie wäre es also, wenn du deinen Wachhund mitnimmst und dahin zurückgehst, wo du – *shit*!«

Die fünf Sekunden sind abgelaufen. Gleichzeitig springen Joaquin und Kingston vor und stürzen sich auf Lincoln.

Ich reagiere in Sekundenschnelle, springe Kingston in den Weg und werfe die Arme um seinen Hals. Sein Körper reagiert instinktiv auf meinen, zögert für einen Sekundenbruchteil, in dem Gedankenfetzen, Wut und Wünsche zwischen uns in der Luft hängen wie erstarrte Eiskristalle aus einer Phase, die kei-

ner von uns zurückhaben will. Doch es ist ein Sekundenbruchteil, der Lincoln Zeit verschafft.

Ich sehe nicht, wie sich Lincolns Körper hinter mir anspannt.

Ich höre bloß, wie Joaquin auf ihn zustürzt.

Und dann vor Schmerz aufschreit.

6

Kein Grund, gleich den Kopf zu verlieren

Lincoln

»Lincoln.«

Die Stimme eines Engels schält sich aus der Nacht.

Ich blinzle. Mehrfach.

Mein Schädel!

Endlich formt sich so etwas wie ein Gesicht vor meinen Augen. Mit sanften Konturen und rosigen Wangen. Sofort denke ich an eine atemberaubende Schönheit mit feurigem Blick und losem Mundwerk. Ich spüre ihre Hände auf der Brust, ihren Atem auf meinem Gesicht.

»Wach auf, Schatz.«

Sekunde ... das ist nicht Alyssas Stimme. Nicht Alyssas Duft. Nicht Alyssas Hand auf meiner Stirn.

Mom?!

Wo bin ich?

Oh Mann, und wie viele?

Endlich kehrt auch der Rest meiner Sinne aus der geistigen Umnachtung zurück. Harter Beton in meinem Rücken, raues Holz an meiner Schläfe. Sieht aus, als läge ich in der Nische eines Hauseingangs. *Unseres* Hauseingangs?

»Hast du den Schlüssel vergessen oder wolltest du bewusst ein Nickerchen im Türrahmen machen?« Mom hilft mir auf die Beine, doch selbst ihr Humor schafft es nicht, zu meinem vernebelten Hirn durchzudringen. Was ist hier los?

Mein Körper schmerzt, als hätte ich mich mit einer Horde wilder Stiere angelegt. Und mein Schädel dröhnt, als hätte ich den Kater des Jahrhunderts. Nur, dass ich nichts getrunken habe.

Steif lehne ich mich gegen den Türrahmen und zermartere mir den Kopf, während Mom aufschließt.

»Ich kann auf jeden Fall empirisch bestätigen, dass die Sorge um das eigene Kind nicht proportional mit dessen Alter abnimmt. Wenn du von der Nachtschicht nach Hause kommst und deinen Sohn im Hauseingang liegen siehst, ist es egal, ob er fünfzehn oder dreiundzwanzig ist.«

Ich wende den Blick ab und murmle eine Entschuldigung. Kurz bevor unser sozialer Abstieg anfing, war ich öfter nachts unterwegs, um entweder Unruhe zu stiften oder mich mit Kids aus der Nachbarschaft zu betrinken. Seit Anna ausgezogen ist und Mom nur noch mich hat, habe ich damit aufgehört.

»Kann ich nur zurückgeben. Du solltest keine Nachtdienste mehr in diesem lausigen Kiosk machen«, seufze ich, während sie mich auf einem Küchenstuhl platziert und die Schränke aufzieht, um einen ihrer Supertees zu kochen. Mom hat so viele Sorten, dass die englische Queen stolz auf sie wäre.

Als sie meine finstere Miene sieht, lächelt sie. »Es macht mir Spaß, Lincoln.«

Ich schnaube. Niemandem macht es Spaß, sich die Nächte mit Betrunkenen und Hooligans um die Ohren zu schlagen. Mom hat etwas Besseres verdient. Sie ist klug, empathisch, geschickt und kreativ – und sie hat sogar einen Abschluss in Psychologie. Sie wäre eine hervorragende Professorin, eine erfolgreiche Managerin oder begnadete Künstlerin. Oder eben eine verdammt gute Krankenschwester, die durch einen einzigen Fehler bei einem Patienten durch dessen einflussreiche Verbindungen ruiniert wurde.

»Soll ich mir das mal ansehen?« Sie nickt zu meinem Hals und sofort schnellt meine Hand an meinen Kragen. Ich zucke leicht zusammen, als ich eine empfindliche Stelle spüre, dann ziehe ich mein Handy aus der Hosentasche und aktiviere die Selfie-Cam, um die Stelle zu begutachten.

Eine lange Schramme zieht sich über meine Haut, nicht tief genug, um blutig zu sein, aber leicht geschwollen. Wie, wenn man eine Katze geärgert und sich einen warnenden Prankenschlag eingefangen hat. Zur Brust hin wird er schwächer, als wäre die Tatze abgerutscht.

Bin ich in der Bar irgendwo hängen geblieben, ausgerutscht und auf den Schädel gefallen?

»Ist halb so wild«, wiegele ich ab, auch wenn Mom meine Verwirrung bemerkt. Doch sie nickt bloß und füllt schweigend zwei Teetassen, während ich vergeblich in meinem Gedächtnis krame.

»Na gut. Soll ich dir etwas vom Bäcker mitbringen? Einen Bagel? Oder einen Cupcake, die magst du doch so gern?«

Cupcake.

Wie vom Blitz getroffen schieße ich auf meinem Stuhl in die Höhe.

»Lincoln?«, fragt meine Mutter, doch ich höre sie kaum. Ich höre nur eine samtig-weiche Stimme, sehe violettblaue Augen. Spüre ein Kribbeln auf der Haut wie von elektrischer Spannung.

»Alyssa«, murmle ich. *Alyssa Ferrara.*

»Was hast du gesagt?« Plötzlich ist Moms Stimme wachsam, ihre klugen braunen Augen mustern mich ernst.

»Nichts. Nicht so wichtig.«

Lüge.

Ich wende das Gesicht ab und blicke aus dem Fenster, als sie sich zu mir an den Tisch setzt, und eine Minute lang tun wir beide so, als stünde meine untypische Verschlossenheit nicht wie ein rosa Elefant im Raum.

Schließlich schiebt Mom die zweite Tasse auf dem Tisch ein Stück näher an mich heran. Unausgesprochene Aufforderung: *Trink!*

Ich trinke.

Ekelhaft.

Ich werde nie verstehen, was Leute an Tee finden. Team Kaffee durch und durch. Stark gebrüht, aber mit Zucker.

Sofort muss ich wieder an Alyssa denken. Wie viel Pech muss ein Mensch haben, keinen Zucker *und* keine Milch zu vertragen?

Unwillkürlich stiehlt sich ein Lächeln auf meine Lippen.

»Also habe ich doch einen Frauennamen gehört«, kombiniert Mom aus meinem Gemurmel über das, worüber wir nicht sprechen, und meinem Lächeln.

Da es mir offenbar ohnehin auf die Stirn geschrieben steht, kann ich es auch zugeben. »Ich habe ein Mädchen kennengelernt.«

Ha, Mädchen? Du meinst wohl Frau, noch dazu die sündigste Versuchung, seit Eva sich der Schlange hingab.

Okay, das klingt falsch. Aber verdammt, der Gedanke erzeugt Empfindungen, die nicht in die Gegenwart meiner Mutter gehören. Immerhin bedeutet das wohl, dass zumindest mein Körper wieder vollständig anwesend ist.

Verrückt, was der richtige Tee alles kann. Ich beäuge die halb leere Teetasse vor mir, während Mom mich unverwandt ansieht.

»Ist sie nett?«

Nett ist nicht der richtige Ausdruck.

Ich spreche den Gedanken nicht aus, aber ich kann mir ein Grinsen nicht verkneifen, das Mom vermutlich völlig falsch – also absolut richtig – auffasst. Deswegen schiebe ich schnell nach: »Sie ist … *anders.*«

Mom nickt. »Stellst du sie mir irgendwann vor? Ich würde sie gern kennenlernen, wenn ihr so weit seid.« Sogleich mustert sie mich wieder voller Sorge. »Was macht dein Kopf? Ist dir schwindelig? Hast du Spannungsgefühle? Ein Taubheitsgefühl?«

Ich horche kurz in mich hinein, dann verneine ich. Warte mal, hat Kyle mich gestern Abend nicht etwas Ähnliches gefragt? Ich krame noch eine Sekunde in meinem Gedächtnis, dann gebe ich es auf. »Ich habe gestern Anna gesehen.«

Mom hebt den Kopf, auch wenn nun Skepsis in ihrem Blick liegt. Sie hatte nie das beste Verhältnis zu meiner großen Schwester, aber es ist völlig eskaliert, als Anna vor ein paar Jahren mitten in der Nacht betrunken und blutüberströmt nach Hause kam. Ich weiß bis heute nicht, warum, denn keine der beiden hat je mit mir darüber gesprochen. Aber damals ist Mom so wütend geworden, wie ich sie noch nie erlebt habe, und die beiden hatten einen heftigen Streit. Anna hat noch in derselben Nacht ihre Sachen gepackt und ist zu einem Freund gezogen. Ein paar Mal habe ich versucht, sie auf den Vorfall anzusprechen, doch jedes Mal hat sie geblockt und gesagt, ich müsse Mom danach fragen. Natürlich habe ich das nie gewagt – schließlich wollte ich nicht auch rausgeworfen werden –, und irgendwann ist es in Vergessenheit geraten.

Seltsam, dass ich gerade jetzt daran denken muss.

Ich vermisse Anna, und ich vermisse die halbe Familie, die wir waren. Aber ich habe gelernt, zwei willensstarken Frauen nicht in die Quere zu kommen, wenn sie nicht von sich aus um Hilfe bitten.

Anstatt weiter über Anna zu grübeln, stehe ich auf, um meine Tasse in die Spüle zu stellen. Außerdem sollte ich mal Kyle anrufen, der mittlerweile aus Lucys Bett gekrochen sein sollte.

»Ich bin drüben.«

»Es ist Sonntag«, erinnert mich meine Mutter, denn ›drüben‹ bedeutet: ›in der Werkstatt‹. Unsere Wohnung liegt neben einer Schreinerwerkstatt mit kleinem Antiquitätenladen, und ich helfe dem alten Graham aus. Ich bin gut mit Holz und habe geschickte Hände, und der kinderlose Endfünfziger braucht jede Unterstützung, die er kriegen kann.

Moms Blick fragt mich stumm, ob ich mich nicht erst einmal hinlegen oder etwas frühstücken möchte. Ich lächle. Im Gegensatz zu ihr habe ich geschlafen. Zwar wie ein abgelegter Kleidersack in einem Hauseingang, aber immerhin.

»Nein, *du* musst jetzt schlafen«, entgegne ich auf ihre unausgesprochene Frage, dann gehe ich zur Tür.

Mom winkt mit einem müden Lächeln ab. »Schlafen ist was für Tote.«

7

Biss im Morgengrauen

Alyssa

Zu Hause riecht es nach Blut, Betörung und Wahnsinn.

Vielleicht bilde ich mir das nur ein, denn mein Hirn fühlt sich immer noch benebelt an, ist unfähig zu begreifen, was ich vorhin gesehen habe.

Joaquins Verletzungen, als hätte ihm unsichtbares Feuer die Haut versengt. Mein eigener Schock, als Lincolns Körper erschlaffte wie eine Marionette, deren Fäden durchtrennt worden waren. Kingstons Entsetzen, als ich dazwischen ging und die erschlaffte Marionette für mich beanspruchte, während viel zu nah Notarztsirenen aufheulten.

Lincolns heiße Haut, als ich ihn in seinen Wagen verfrachtete und zu der Adresse auf seinem Führerschein fuhr, noch bevor die Lichter des Streifenwagens auftauchten. Wie konnte der Notarzt so schnell vor Ort sein? In Portland liegt die durchschnittliche Reaktionszeit bei einundzwanzig Minuten – wohlgemerkt, *nachdem* ein Notruf eingeht. Wir haben keinen Notruf abgesetzt, und ein GPS-Sender in Lincolns Schrottmühle kann es auch nicht sein, sonst wäre die Streife mir gefolgt und nicht am Unfallort stehengeblieben – an dem außer ein paar Bremsstreifen und Reifenspuren im Schlamm natürlich nichts mehr von dem nächtlichen Aufeinanderprallen zweier Welten zeugt. Ich habe sogar die antike Armbanduhr mitgenommen, die mitten auf der Straße lag.

Der Deal, den Kingston und ich dafür geschlossen haben, ist simpel: Wir alle vergessen, dass diese Nacht jemals passiert ist. Es gibt keinen lebensmüden Barkeeper, Joaquin hat keine Verletzungen davongetragen und ich war die ganze Nacht in unserer Villa hinter den übermannshohen Mauern mit den ebenso dekorativen wie gefährlichen Speerspitzen aus feuergebranntem Stahl.

Ein letztes Mal drehe ich mich um und blicke auf die Stadt im Tal, die wir seit drei Jahrzehnten unsere Heimat nennen. Lichtpunkte von Straßenlaternen durchbrechen das schmutzige Grau der Morgendämmerung, bald werden sich die roten Lichter des Berufsverkehrs wie Perlen an einer Kette aufgereiht durch die Stadt schlängeln. Dinge, die ich stets nur aus der Ferne von hier oben betrachten kann, wo es kein anderes Haus gibt, kein anderes Lebewesen, soweit das Auge reicht. Ein perfektes Refugium. Ein perfekter Käfig, um mich unter Kontrolle zu halten.

Unsere Villa liegt in den Arlington Heights, einem der exklusivsten Wohnbezirke von Portland, und abgesehen von unserem Personal, den Mätressen und ausgewählten Vertrauten geht hier niemand ein und aus – außer, meine Eltern laden zum Mitternachtsball, der zu jedem Vollmond stattfindet.

Die viktorianische Villa und das umliegende Parkgrundstück fühlt sich leer an, tot. Doch der Schein trügt. Ich lausche auf die leisen Schritte im Kies, mit denen die Patrouillen ihre Runden drehen, zähle im Geiste mit. Vierundzwanzig nach Osten, Drehung. Vierundzwanzig nach Westen, Drehung. Diesen Sekundenbruchteil der Drehung, in der die weichen Sohlen etwas lauter auf dem Kiesbett knirschen, nutze ich, um die Mauer zu erklimmen. Bei der nächsten Drehung bin ich auf den versteckten Stufen der steinernen Treppe verschwunden, die in das Tunnelsystem der Katakomben unter dem Haus führt und von dort aus über eine versteckte Bedienstetentreppe in den Korridor zu meinem Flügel. Dort angekommen, lausche ich kurz in die riesige Villa. Bodentiefe Sprossenfenster werfen kreuzförmige Schatten des ersten Tageslichts auf den Marmorboden. Vor den Fenstern erstreckt sich das sorgsam angelegte Parkgrundstück, dessen kunstvoll geschnittene Bäume und Hecken im Zwielicht der Dämmerung aufragen.

Rechts von mir liegt die Eingangshalle mit der majestätischen Treppe ins obere Stockwerk, doch ich wende mich nach links zu meinen Gemächern. Die Orchideengestecke, die auf hüfthohen Sockeln zwischen den goldgerahmten Ölgemälden stehen, verströmen einen intensiven Duft der Betörung und heißen mich in meinem Reich willkommen. Sie sind neben den Gemälden und der Einrichtung meiner Gemächer alles, worüber ich bestimmen darf. Meine Mutter verbringt ihre Nächte vor Monets getupften Landschaften, aber ich liebe die ausdrucksstarken Szenerien von Rembrandt und Rubens, auf denen man selbst nach zwei Jahrzehnten noch etwas Neues entdecken kann. Doch heute habe ich weder ein Auge für das den Naturgewalten ausgelieferte Fischerboot im ›Sturm über dem See Genezareth‹, noch für die ebenso verstörende wie imposante ›Aufrichtung des Kreuzes‹. Der dichte Teppich schluckt meine Schritte und die schweren Brokatvorhänge meinen Herzschlag, als ich lautlos wie ein Schatten den Korridor entlang husche.

Abgesehen davon: Stille. Die Villa liegt wie ausgestorben da.

Das war leichter als gedacht.

Beschwingt knöpfe ich mein Cape auf und ziehe den Schlüssel zu meinen Gemächern hervor. Als:

Tochter.

Zwei Silben, die meinen Körper erstarren lassen.

Ein Wort, das mein Dasein diktiert.

Eine Stimme, die meine Angst und Wut zu einem brodelnden Klumpen verschmilzt.

Komm.

Süße Verführung, bittere Galle. Widerstand hat keinen Zweck.

Widerstrebend mache ich auf dem Absatz kehrt und marschiere erneut an Rembrandt und Rubens vorbei in den entgegengesetzten Teil des Anwesens, in dem anstatt goldgerahmten Gemälden historische Schwertsammlungen an den Wänden hängen und Ritterrüstungen anstatt von Blumengestecken den Korridor säumen. Als ich dabei die Eingangshalle durchquere, eilt mir unser Butler Horrace mit einem samtbezogenen Kleiderbügel entgegen.

»Euer Cape, Principessa?«

Er hat mich erwartet. Natürlich hat er das. Wie konnte ich glauben, dass mein Ausflug unentdeckt bleiben würde?

Je näher ich dem Audienzzimmer meines Vaters komme, desto intensiver wird der Geruch nach Blut und Sex. Vor der schweren, zweiflügeligen Tür verharre ich kurz, um den Gefühlssturm in mir hinter die mentale Steinmauer zu sperren.

Der Wille meines Vaters durchbricht meine mentale Wand, als wäre sie ein Raumteiler aus Reispapier.

Hör auf, vor der Tür herumzulungern. Komm.

Ein Stöhnen zerreißt die Luft. Weiblich. Erregt. Auf der Schwelle zwischen Schmerz und Erlösung. Ich weiß nicht, wer sie ist, aber ich weiß ganz sicher, dass sie nicht meine Mutter ist. Vampire nähren sich nicht von ihren Gefährten.

Halb wütend, halb ohnmächtig stoße ich die Tür zu seinem Audienzzimmer auf, ohne anzuklopfen. Er schert sich nicht um die Privatsphäre in meinem Kopf, dann schere ich mich nicht um seine.

Augenblicklich ist der metallische Geruch überwältigend, das ekstatische Wimmern um mehrere Dezibel lauter. Schallisolation ist eines der größten Statussymbole für ein Vampirdomizil – neben UV-undurchlässigen Fenstern, die wir bei unserem Einzug eigens nachrüsten ließen – natürlich, ohne den historischen Charme der Villa zu ruinieren. Zwar kann uns Sonnenlicht nicht töten, wie es viele Überlieferungen behaupten, dennoch brennt die Strahlung unangenehm auf Haut und Augen. Immerhin können wir auf andere Sonderausstattungen verzichten. Wer braucht schon Fußbodenheizung, wenn man nie friert, oder Hochglanzküchen mit zwei Back-öfen, wenn man nie kocht?

Ich zwinge mich, das Bild zu ertragen, das sich mir bietet, betrachte den nackten Körper der Frau, die sich lustvoll auf dem Schoß des Mannes hinter ihr windet, den Rücken durchgestreckt und den Kopf zur Seite gelegt, um ihre pulsierende Halsschlagader zu offenbaren. Und das schmale rote Rinnsal, das ihren Hals hinab über die Rundung ihrer Brüste fließt und zu Boden tropft, bevor es gerinnen kann. Unser Biss hemmt die Blutgerinnung, damit wir länger trinken können. Und so wie es aussieht, trinkt mein Vater schon eine Weile von ihr.

Ausdruckslos betrachte ich den Mann, dessen tiefe Stöße und noch tieferen Schlucke ihre Sinne betören und ihren Körper an den Rand der Verzweiflung treiben. Was sehen nur Cassandra und die anderen in ihm? Er ist fast dreihundert Jahre alt und doch sieht er aus wie ein Mann Mitte dreißig, dessen stets perfekt frisiertes schwarzes Haar, stechend blaue Augen und athletischer Körperbau nicht nur die Titelseiten der Politikmagazine zieren könnte, die ihn regelmäßig ablichten, sondern auch die von *Men's Health* oder *GQ*.

Starke Muskeln spannen sich rhythmisch unter seiner Haut an, mächtige Hände beanspruchen den Körper der Mätresse, ein scharf geschnittener, glattrasierter Kiefer umfasst noch schärfere Fangzähne. Möglicherweise könnte man ihn als attraktiv bezeichnen, gar atemberaubend.

Für mich ist er bloß der Mann, der mich in dieses Zwischenleben geworfen hat und glaubt, er könnte mein Leben genauso kontrollieren wie das seiner anderen Abkömmlinge. Aber da hat er sich getäuscht. Wenn er eine weitere willenlose Sklavin hätte haben wollen, die ihm zu ewiger Treue und Dankbarkeit verpflichtet ist, hätte er mich auf dieselbe Weise erschaffen sollen wie alle anderen Vampire.

Ich bin nicht wie alle anderen. Auch wenn ich nicht mit Gewissheit beurteilen kann, ob das ein Segen oder ein Fluch ist.

Das Stöhnen der Frau verebbt zu einem heiseren Wimmern,

bevor ihr Körper vor Erschöpfung kapituliert. Er hüllt den schlaffen Körper der Mätresse in einen seidenen Morgenmantel und trägt sie zu dem gigantischen Himmelbett, das wie ein Überbleibsel aus einer anderen Epoche in dem ansonsten modern eingerichteten Schreibsalon thront.

»Du warst fort.«

Es ist keine Frage. Denn Salvatore Ferrara, der Gottkönig und Erlöser der Vampire, stellt keine Fragen. Er ist allwissend und unfehlbar. Weil er mich als Zeichen seiner Macht besitzt.

Plötzlich höre ich das Echo einer anderen Stimme in Gedanken.

Sorry, wir leben im einundzwanzigsten Jahrhundert. Frauen sind keine Besitztümer und Alyssa gehört niemandem.

Wieder pocht diese seltsame Wärme unter meiner Haut, die ich hastig wegsperre, bevor mein Vater sie entdecken kann. Statt einer Antwort verschließe ich meinen Geist sorgfältiger.

»Ein Barkeeper?«, erkennt er trotzdem und reißt meinen fragilen Schutzwall nieder. Er lässt die Frage beiläufig klingen, wie eine Erkundigung nach dem Wetter, was meine Wut anfacht, obwohl alles in mir zu Eis erstarrt. Ich will nicht, dass er von Lincoln erfährt. Ich will nicht, dass er überhaupt in meinem Kopf umherspazieren kann, als wäre es eine offene Bibliothek. Aber ich kann ihn nicht aussperren. Vielleicht bin ich nach der heutigen Nacht zu aufgewühlt, vielleicht sind seine Sinne auch geschärft, weil er gerade getrunken hat.

Salvatore schnalzt tadelnd mit der Zunge und nimmt ein Spitzentaschentuch vom Tisch, um sich Blut aus den Mundwinkeln zu wischen. Erst danach besitzt er die Güte, sich endlich etwas anzuziehen.

Wenn ich ihn nicht aussperren kann, kann ich ihn zumindest ablenken.

Schon visualisiere ich jedes Detail von Kingston auf der nächtlichen Straße. Seinen Maßanzug aus Merinowolle, seine scharfkantigen Wangenknochen und die akribisch zurückgestylten, hellblonden Haare.

»Du hast Kingston getroffen«, erkennt mein Vater prompt.

Begeisterung flutet mich, weil meine Taktik tatsächlich funktioniert, doch um mir nichts anmerken zu lassen, hebe ich bloß das Kinn.

Seine eisblauen Augen blitzen mit einem Hauch von Fanatismus, doch das kann auch von seinem erst kürzlich gestillten Durst kommen. Seine Pupillen sind immer noch geweitet und katzenartig.

»Wie ich es vorhergesagt habe. Er ist dein vorbestimmter Gefährte, und die Tatsache, dass du die Verbindung endlich zulässt, heißt, dass die Zeit der Erlösung bald gekommen ist.«

»Du irrst dich. Du könntest mich noch tausend Jahre mit ihm in einen Raum sperren und ich würde nichts als Hass und Verachtung für ihn empfinden.«

Er zieht die Bettvorhänge vor und schließt die Verbindungstür, dann geht er zu seinem Schreibtisch und überfliegt die jüngsten Berichte, als würden wir bloß Neuigkeiten aus Europa diskutieren und nicht meine Zukunft.

»Liebe und Hass sind zwei Seiten derselben Medaille, Tochter. Du kannst dich nicht ewig dagegen wehren, immerhin besagt es die Prophezeiung: *Aus der Nacht geboren und in Blut geschrieben.*«

Ich kann nur die Augen darüber verdrehen, wie abergläubisch Vampire sind, insbesondere die Orthodoxen. Mein Vater behauptet, Vampire seien den Menschen in jeder Hinsicht überlegen. Wie kommt es dann, dass Menschen mittlerweile abgeklärt und rational über die Welt nachdenken, während Vampire noch an Propheten, Evangelien und Prophezeiungen glauben, als hinge ihr unsterbliches Leben davon ab?

»Jeder Vampir wurde aus der Nacht geboren und in Blut geschrieben«, widerspreche ich. »Oder willst du nur, dass Kingston mich kontrolliert, für den Fall, dass du dich irrst und dein Anspruch auf den Thron verfällt, wenn ich –«

Eine klauenbewehrte Hand schließt sich um meine Kehle, bevor ich den Satz beenden kann. Mein Vater, der vor einer

Sekunde noch am anderen Ende des Raums Berichte las, steht plötzlich dicht vor mir und drückt so fest zu, dass meine Füße vom Boden abheben. Instinktive Furcht flutet mich, als ich keine Luft mehr bekomme, obwohl mein Verstand weiß, dass ich davon nicht sterben kann. Aber der Verstand lässt uns als Erstes im Stich, wenn die Angst überwältigend ist.

Meine Finger zucken zu seinen, zerren daran, obwohl ich weiß, dass es sinnlos ist. Mein Vater ist mir in jeder Hinsicht überlegen.

»STELLE MICH NICHT IN FRAGE, TOCHTER!«, dröhnt seine Stimme durch den Raum und meinen Kopf, hallt von der Salondecke wider und rüttelt an den Grundmauern meiner Seele.

Unbeschreibliche, irrationale, alles verdrängende Panik ergreift Besitz von mir, lässt meinen Körper unkontrolliert zittern und Trümmerteile auf den schwarzen Boden meiner Seele regnen. Der Fluchtinstinkt wird übermächtig, meine Augen beginnen zu tränen, meine Kehle ist längst verdorrt, doch ich verbiete mir, zu zerbrechen. Ich verbiete mir, schwach zu sein. Er kann mich nicht brechen. Nicht mehr. Ich bin kein Mädchen mehr, das um die Liebe seines Vaters bettelt und um ihr Leben fleht.

Ich bin die Frau, die weiß, dass er sie nicht töten kann.

Salvatore Massimo di Ferrara ist ein sehr alter Vampir und hat unzählige Menschen zu Vampiren gewandelt. Aber er hat nur eine einzige Tochter. Er wird mich nicht töten. Er braucht mich.

Bist du dir da so sicher?

Jetzt ist seine Stimme die des Manipulators, mit der er schon unzählige Menschen subtil unterworfen hat. Sanft und beinahe verführerisch, während seine Fangzähne über meinen Hals gleiten, gerade tief genug, um ein leichtes Brennen zu verursachen. Sein Atem riecht nach Blut und Verdammnis. Ich ringe die Furcht nieder und verdränge die zahlreichen Erinnerungen, wie er Vampiren und Menschen gleichermaßen die Kehle herausgerissen hat.

Mein Puls beschleunigt sich. Ich weiß, dass er das spüren

kann, also wähle ich die einzige Tarnung, die mir zur Verfügung steht: Wut. Mit aller Stärke, die ich aufbringen kann, stemme ich mich gegen die Macht seines Willens.

Ich werde nicht nachgeben, ich werde nicht wegschauen. So, wie Cassandra es mir beigebracht hat. Furcht ist Schwäche. Ich bin nicht schwach.

Ich habe keine Angst vor dir.

Sein Lächeln ist sanft, beinahe väterlich, als er mich langsam zurück auf den Boden stellt und die Finger von meinem Hals löst.

Unwillkürlich atme ich tief ein.

Da schnellt seine Hand vor und sengender Schmerz schießt quer über mein Gesicht. Meine Hand zuckt zu meiner Wange, rötlich-schwarzes Blut tropft von meinen Fingerspitzen und läuft über meinen Hals. Es gerinnt nicht wie üblich binnen Sekunden, und erst da fällt mir auf, dass er meine Haut zuvor mit seinem Gift eingeritzt hat. Dasselbe Prinzip, das uns erlaubt, lange von unseren Opfern zu trinken.

Ich weiß, dass ich nicht verbluten kann, weiß, dass ich nicht sterben werde, doch das Gefühl, wie das Blut über meine Wange strömt und in meinen Kragen sickert, weckt eine instinktive Furcht.

Oh doch, du hast Angst vor mir, Tochter. Und das ist gut so.

Der Gottkönig der Vampire wendet sich ab.

Unwillkürlich presse ich meine Hand stärker auf die Wunde, während mir Tränen in die Augen schießen. Erleichterung, Hass, Scham, Niederlage.

Und als wäre unser Gespräch damit beendet, wendet sich mein Vater wieder dem Schreibtisch zu und nimmt einen Bericht zur Hand. Ich bin nicht mehr als eine Bittstellerin für ihn, der er eine Audienz gewährt.

Mein Blick gleitet aus dem hohen Sprossenfenster, vor dem das Zwielicht mittlerweile einem trüben Morgen gewichen ist. Oregon hat die zweithöchste Wolkendichte und die meisten Regentage der Vereinigten Staaten. Einer der Gründe dafür, dass so viele Vampirfamilien hier leben, seit Europa unsicher geworden ist.

Ich vermisse Europa. Ich vermisse Paris, noch mehr als Perugia im italienischen Umbrien, wo ich geboren wurde.

»Was wäre, wenn es Menschen gäbe, die immun gegen Gedankenkontrolle sind?« Meine Stimme klingt nicht annähernd so fest, wie ich sie gern hätte, der Schrecken steckt mir noch zu tief in den Knochen. Das Blut an meinen Fingern beginnt endlich, klebrig zu gerinnen.

»Das ist ausgeschlossen.«

Klar, ich vergaß: Weil er ein Gott und unfehlbar ist.

Weil es Regeln gibt, Alyssa!

Verdammt, war mein Geist so durchlässig?

Seine Stimme ist leise, kaum mehr als ein gefährliches Zischen, jedoch so scharf wie die Spitzen seiner hervorblitzenden Zähne. »Wer einmal dagegen verstößt, bezahlt mit Blut – also sieh das in deinem Gesicht als Warnung an. Wer zweimal die Regeln bricht, bezahlt mit dem Leben.«

Er bleckt die Zähne, doch ich kämpfe meinen Fluchtinstinkt nieder und zwinge mich dazu, ihm weiterhin in die Augen zu sehen. Ich weiß, was ich erlebt habe. Und nachdem auch Kingstons Wille bei Lincoln nicht zu funktionieren schien, muss es stimmen.

»Was, wenn du dich irrst?«

Ich irre mich nicht.

Was, wenn ich es dir beweise!, widerspreche ich mental.

Jetzt hält mein Vater inne. Seine Augen verengen sich kaum merklich, während er versucht, in meinen Gedanken zu forschen. Ich spüre ihn am Rande meines Bewusstseins und konzentriere mich mit aller Kraft darauf, seinen Willen auszusperren.

Ein winziges Lächeln umspielt seine Mundwinkel. Nicht sein patentiertes wissendes Lächeln, sondern so etwas wie … Stolz?

Gut gemacht, meine Tochter.

Seine Anerkennung brennt wie Gift in den Narben meiner

Seele, die sich immer noch nach seiner väterlichen Liebe sehnt. Nein! Sehnsucht ist Schwäche, und ich kann diese Schwäche nur auf eine Weise bekämpfen: Wut.

Was ein Fehler ist, denn augenblicklich lodern die Flammen meines Zorns höher als meine Selbstbeherrschung und schmelzen die Eiswand um mein Bewusstsein.

Joaquins verbranntes Fleisch. Ein düsterer Schemen in einer Lederjacke. Ein sündiges Lächeln hinter der Theke. Grüne Augen, in denen erstarrte Feuerwirbel –

NEIN!

Bevor er noch mehr sehen kann, durchschneide ich die Erinnerung. Zu spät. Sein Blick ist wachsam geworden, nachdenklich. Ich muss ihn ablenken. Schnell.

»Gibt es Vampire oder Menschen, die besondere ... Fähigkeiten haben? Oder entwickeln, zum Beispiel in Stresssituationen?«

Für einen Sekundenbruchteil lodert etwas in seinem Blick auf, das ich nicht sofort zuordnen kann. Hass? Unglaube? Gar Furcht?

Bevor ich es entschlüsselt habe, wird es von Interesse überlagert.

Ist das bei dir passiert, Tochter?

Ich blinzle, völlig überrumpelt von dieser Gegenfrage und der Tatsache, dass er sie nicht verbal gestellt hat, sondern in meinem Kopf. Warum?

Als mich die Erkenntnis trifft, beginnen meine Handflächen vor Aufregung zu kribbeln. Er *weiß* es nicht. Mein Vater weiß etwas nicht!

Und er würde sich niemals die Blöße geben, das verbal zuzugeben.

Salvatore Ferrara ist vielleicht der allwissende, allmächtige König der Vampire, aber ich bin anders als alles, was er kennt.

Und in dieser Sekunde begreife ich etwas, worauf ich fast neunzig Jahre lang gewartet habe. Ich besitze Macht und Wissen über etwas, das nicht einmal mein Vater kontrollieren kann: mich selbst.

8
Date mit dir oder mit mir?

Lincoln

»Silberpolitur?«

Skeptisch stelle ich den Versandkarton beiseite und sehe Graham an. Der Tischlermeister, der mit dem buschigen Schnauzbart und seinem Bauchumfang an Obelix erinnert, nimmt die Schutzbrille ab und späht herüber. Sägestaub hat sich auf seinem Gesicht und Kragen festgesetzt.

»Haben wir davon nicht noch eine fast volle Flasche?«

»Haben wir«, bestätigt er, »Aber die wird nicht reichen. Wir kriegen nächste Woche eine Lieferung historischer Messer rein.«

Ich hebe eine Braue, während ich den Kanister im Regal verstaue und den Karton fürs Recycling auseinanderfalte. »Messer wie Besteck oder wie Dolche?«

Jetzt werden seine Fältchen zu Schluchten, als er die Augen zusammenkneift. »Beides.«

»Silber für Monster, ja?«, grinse ich.

Ich erwarte ein Glucksen, stattdessen sieht Graham mich bloß nachdenklich an.

»The Witcher?«, füge ich hinzu, obwohl ich ziemlich sicher bin, dass er die Bücher im Regal zu stehen hat.

»Geh wieder an die Arbeit, Junge.«

Also begebe ich mich an die Arbeit, immer noch völlig

neben der Spur wie nach dem schlimmsten Kater meines Lebens. Nur, dass ich nichts getrunken habe.

Es sind keine zwei Stunden vergangen, als ich plötzlich einen Geist sehe.

Natürlich sehe ich nicht wirklich einen Geist, aber wenn sich der Inhalt deiner rastlosen Gedanken so unvermittelt in der Realität manifestiert, bist du entweder verrückt – oder das Schicksal hat einen verdammt schrägen Sinn für Humor. Hin und wieder sind ein paar bruchstückhafte Erinnerungen der letzten Nacht zurückgekehrt, wie, wenn man sich im Verlauf eines Tages noch an einen sehr lebhaften Traum erinnert. Alyssa auf der Straße vor Grahams Geschäft zu entdecken, fühlt sich fast an wie ein Déjà-vu.

Gerade löse ich die antike Spindel aus Rosenholz aus der Schleifbank – ganz schön spitz, diese Dinger, kein Wunder, dass Dornröschen sich daran gestochen hat – und höre zum dritten Mal Kyles Mailbox anstatt seiner echten Stimme aus meinem Handylautsprecher, als sie am Schaufenster vorbeigeht.

Ich erkenne Alyssa sofort. Obwohl sie eine riesige Sonnenbrille trägt und ihr blondes Haar von einem hauchzarten Seidentuch bedeckt ist, wie das einer Hollywood-Schauspielerin aus den Sechzigern. Ihr hoch erhobener Kopf, der zielstrebige Gang, die vollendete Haltung einer Ballerina – oder eben einer ikonischen Vintage-Lady – fasziniert mich genauso wie letzte Nacht.

Sie ist zehn Klassen über dir, Junge.

Lous Worte schießen mir durch den Kopf, und bei diesem überirdischen Anblick sind sie sehr leicht nachvollziehbar.

Tz, na und? So ziemlich jeder in Portland ist Klassen über mir, und der Tag, an dem ich mich damit abfinde, ist der Tag, an dem ich draufgehe.

Ich habe das Gefühl, mich kaum bewegt zu haben, als ich schon die Tür aufreiße, neben der Alyssa den gusseisernen

Briefkasten inspiziert. Das schrille Glöckchen schmerzt in den Ohren, doch wir beide ignorieren es.

»Suchst du was Bestimmtes, Cupcake?«

Sie schürzt die Lippen, was wohl ein Tadel für den Spitznamen sein soll, aber viel zu sehr nach ertapptem Interesse aussieht. Ich neige den Kopf, doch ihre Miene bleibt so undurchdringlich wie ihre Sonnenbrille.

»Sonnig heute«, kommentiere ich, um sie aus der Reserve zu locken.

Ist natürlich ironisch gemeint. In Portland regnet es fast jeden Tag und an wenigen Orten auf der Welt braucht man seltener Sonnenschutz als hier.

Es funktioniert. Alyssa nimmt die Sonnenbrille ab, um mich unzufrieden anzusehen. Was funktionieren würde, wenn sie nicht so verdammt heiß wäre. Im Allgemeinen – und ganz besonders, wenn ihre violettblauen Augen vor Elektrizität knistern, die sich in winzigen Stromstößen auf meiner Haut entlädt.

Sie versucht, die Sonnenbrille auf dem hauchzarten Seidentuch zu drapieren. Kurzerhand helfe ich ihr und streiche das Tuch hinter ihr Ohr, um den Brillenbügel dahinterzuschieben.

»Danke«, sagt sie widerwillig.

Ich lächle. »Gern geschehen. Hübscher Schal, übrigens. Seide?«

Kurz gleitet ihr Blick zur Seite, als wäre der Schal mit einer schmerzhaften Erinnerung verbunden. »Ja. Ich mag ihn auch sehr gern. Er war ein Geschenk von Coco Chanel.«

Okay, wohl doch keine schmerzhafte Erinnerung. Wieso überrascht es mich nicht, dass sie Geschenke von Luxusmarken bekommt? Ich wette, sie hat jede Menge davon zu Hause.

»Willst du reinkommen?«

Erneut huscht ihr Blick zu dem alten Holzschild über uns. *Hawthorne's Carpentry & Antiquity* steht in abblätternden Lettern über einem gekreuzten Emblem aus Säge und Holzhammer.

»Nein. Und was tust du überhaupt hier drin?«

Shit, sogar ihre Stimme klingt sexyer, wenn sie so missbilligend ist.

Mit verschränkten Armen lehne ich mich gegen den Türrahmen. »Falsche Frage, Cupcake. Die richtige wäre, was tust *du* hier? Ich arbeite nämlich hier.«

»Du schenkst Drinks auch in antiken Holzbechern aus?«

Touché. Ich muss mir ein Grinsen verkneifen, während sie das angelaufene Schaufenster von oben bis unten mustert. »Müsstest du nicht gerade schlafen oder so?«

»Wieso, wolltest du in mein Bett?«

Wow, danke für dieses selbst verursachte Kopfkino, du Genie!
Mir ins eigene Knie schießen kann ich.

Alyssas Blick ist ... nachdenklich, amüsiert, überrascht? Mein Kopf übersetzt gerade alles mit Sex.

Ein unangenehmer Windstoß fegt durch die Gasse und holt mich fröstelnd auf den Boden der Tatsachen. Ich öffne die Ladentür in meinem Rücken.

»Willst du nicht reinkommen?«, wiederhole ich.

Also, in den Laden. Nicht in mein Bett.
Ihre Mundwinkel zucken kurz. Ich sehe, wie sich ihr Körper in Bewegung setzt, dann beäugt sie erneut die Schnitzereien im Türrahmen und die hölzernen Antiquitäten im Schaufenster. Schließlich tritt sie einen kleinen Schritt zurück. »Ich kann nicht.«

›Kann nicht‹ wie ›will nicht‹ oder wie ›sollte besser nicht‹?
Ersteres würde mich schachmatt setzen. Nein heißt nein, und das respektiere ich.

Letzteres ist mein Spezialgebiet.

Alyssa richtet ihre Sonnenbrille. »Ich muss gleich wieder los. Ich bin nur hergekommen, um ... Hier. Die hast du verloren. Ich dachte, vielleicht willst du sie zurückhaben.«

Sie reicht mir ein in ein Tuch eingeschlagenes Kleinod – meine Armbanduhr! Ja, das Ding ist so alt, dass es fast als antik durchgeht, mit einem komplizierten Uhrwerk und eingebauten Kompass, der nie nach Norden zeigt. Aber sie ist nun einmal das Einzige, das ich von meinem Vater besitze – abgesehen natürlich von der Hälfte meiner Gene.

Das Lederarmband ist gerissen, sauber durchtrennt wie von einer Schere. Kein Wunder, dass ich sie verloren habe. Kriegt Graham so was wieder hin?

Eine Mischung aus schlechtem Gewissen und Dankbarkeit flutet mich, und ohne, dass ich es bemerke, habe ich ihre Schultern umfasst, kann mich aber im letzten Moment bremsen, sie zu umarmen. »Danke, Alyssa. Ehrlich.«

Sie versteift sich und weicht meinem Blick aus. »Keine Ursache.«

In der Sekunde sehe ich die feine rosa Linie auf ihrer Wange, wie von einer alten Schnittwunde. Hatte sie die schon gestern Nacht?

Vorsichtig löse ich die Hand von ihrer Schulter und streiche sanft über die Stelle.

»Wer hat dir das angetan?«

Plötzlich glänzen ihre violettblauen Augen verdächtig, und mir kommt ein schrecklicher Gedanke.

»Sag nicht, dass du einen gewalttätigen Freund hast. Oder ein Ex?«

Sie schüttelt den Kopf. »Nein, das war nicht Kingston.«

Kingston ... Sie sagt den Namen, als müsste ich ihn kennen, doch ich runzle bloß die Stirn. Jetzt ist sie diejenige, die mich irritiert ansieht.

Wir erkennen im selben Moment, was das bedeutet.

»Ich bin ihm gestern Nacht begegnet, oder?« – »Du kannst dich an nichts erinnern!«

Wir beide sehen zur Seite, was sich seltsam unbeholfen und gleichzeitig unendlich perfekt anfühlt. Ihre Wange ist kühl und glatt, abgesehen von der winzigen rosa Linie. Erst als ich das bemerke, fällt mir auf, dass mein Daumen immer noch über ihre Haut streicht. Ich lasse die Hand wieder zu ihrer Schulter sinken.

»Ich habe ihm kein blaues Auge verpasst, oder?«, frage ich vorsichtig. Was, wenn wir uns geprügelt haben und sie –

Alyssas Schnauben unterbricht jeden Gedanken. »Du. Kingston. Wehgetan? Es ist süß von dir, dass du dir darüber Sorgen machst, aber glaub mir, das ist nicht möglich. Würdest du mich jetzt loslassen?«

Ich denke nicht daran. Immerhin hat sie mich gerade süß genannt. »Und unser Date?«

»Wir haben kein Date.«

»Du meinst jetzt gerade?«, grinse ich. So leicht lasse ich nicht locker.

»Jetzt. Später. Morgen. Nie.«

Falls sie denkt, dass sie mich mit ihrer Eisprinzessinnen-Art in die Flucht schlägt, hat sie sich getäuscht. »Wenn wir *nie* kein Date haben, ist das wie bei mathematischen Gleichungen? Minus und Minus ergibt Plus?«

Ha, Kyle wäre bestimmt stolz auf mich für dieses Wortspiel.

Ihre Augen blitzen. »Nein, das ist wie bei Magneten. Komm mir zu nahe und ich schieß dich zum Mond.«

Okay, das ist eindeutig nicht dieselbe Frau, die mir heute Nacht buchstäblich aufgelauert hat, um sich selbst in meinen Wagen zu verfrachten. Sorge überlagert jeden Schalk und allen Frohsinn.

Was ist heute Nacht passiert? Was hat dieser Kingston mit ihr gemacht?

Geistesblitzartig flackert eine dunkle Straße vor meinem inneren Auge auf. Eine hochgewachsene Gestalt im Scheinwerferlicht. Gesichtszüge wie aus Stein gemeißelt.

»Alyssa.« Trotz ihrer Warnung trete ich auf sie zu und umfasse sanft ihre Schultern. Ihre Haut ist eisig unter dem dünnen Mantel, und das nicht nur im übertragenen Sinne. »Geht es dir gut?«

Da erstarrt sie, ihre Augen weiten sich. Und Gott, sie ist so schön.

9

›Gut‹ liegt nicht im Auge des Betrachters

Alyssa

Geht. Es. Dir. Gut.

Vier Worte, die mich tiefer ins Herz treffen als ein metaphorischer Holzpflock. Ich möchte gleichzeitig auflachen, vor Wut schreien und in Tränen ausbrechen. Weil Lincoln mich schon wieder – immer noch – festhält und die Hitze seiner Hände ein unbeschreiblich warmes Kribbeln durch meine Glieder jagt. Weil er nicht aufgibt und weiterhin diese Anmachsprüche reißt, über die ich schmunzeln und mich empören und danach das Gesicht an seiner Brust vergraben will.

Vor allem jedoch, weil ich mich nicht daran erinnern kann, wann mich jemand – abgesehen von Lucy – das letzte Mal gefragt hat, ob es mir gut geht.

Erneut fällt mein Blick auf die Schnitzereien im Türrahmen der Werkstatt. Ich weiß nicht, was sie bedeuten, aber als sie das letzte Mal aufgetaucht sind, verschwanden einige Vertraute meines Vaters und wir mussten Paris über Nacht verlassen. Seitdem habe ich nie wieder von ihnen gehört.

Ich atme tief ein.

»Lass mich los, Lincoln.«

Ich wende keine liebreizende Betörung an. Ich befehle es seinem Bewusstsein, so wie mein Vater es stets tut.

Und ich hasse mich augenblicklich selbst dafür.

Da ist Verwirrung in Lincolns Blick, als er widerstrebend die Hände von meinen Armen löst. Widerstand, als er unbeholfen einen Schritt zurücktritt und sein eigener Körper nicht mehr seinem Willen gehorcht.

Zu sehen, wie dieser unbeugsame Kerl, der sich vor ein paar Stunden noch Kingston Ecclestone entgegengestellt hat, nicht mehr Herr seiner Sinne ist, verursacht mir eine Gänsehaut.

Sofort lasse ich von ihm ab.

Nein, unsere Gabe zu verwenden, ist zu grausam. Und mein Vater glaubt, das ist unsere Erlösung? Was will er, die Menschen versklaven?

»Entschuldigung«, hauche ich, weil ich keine anderen Worte finde. Dann drehe ich mich um und gehe. Ich spüre Lincolns Blick im Nacken, während ich die schmale Gasse entlangeile.

»Cupcake.«

Ich schließe die Augen und verbiete mir jede Regung über diesen ebenso leidigen wie niedlichen Spitznamen – und alle damit verbundenen Körperteile von Lincoln. Als ich mich in sicherem Abstand zu ihm umdrehe, ist er wieder der Alte, reckt mit diesem unwiderstehlichen Grinsen das Kinn. »Wir sehen uns!«

Nein, das werden wir garantiert nicht.

Nicht, bevor ich nicht Antworten habe.

Knapp zehn Minuten später bin ich ausgestiegen, kaum, dass der Bentley vor dem riesigen Gebäude aus weißem Putz und rotem Backstein gehalten hat, und eile die Stufen hinauf.

Eine junge blonde Frau stürmt aus der schweren Tür hinter dem Eisengitter. Ich weiche rechtzeitig aus, dennoch streift sie meinen Arm. Sie wirkt unzufrieden, und ich kann nicht anders, als neugierig meinen mentalen Schutzschild ein wenig zu senken, um in ihren Gedanken nach dem Grund dafür zu tasten.

Manchmal vertreibe ich mir die Zeit damit, in die Gedanken und Erinnerungen von Menschen einzutauchen und die Welt durch ihre Augen wahrzunehmen. Die grenzenlose Liebe der

Mutter für ihr Neugeborenes im Kinderwagen, nachdem sie zwei Fehlgeburten hatte. Die Erinnerungen der alten Dame auf der Parkbank an ein sommerliches Picknick mit ihrer ersten großen Liebe. Der Frust eines Autofahrers über die rote Ampel und den Rollerfahrer, der sich zwischen den Autos vorbeischlängelt.

Ich bin nicht stolz darauf, aber im Gegensatz zu den Informationssammlern nutze ich das, was ich dabei aufschnappe, nicht gegen die Menschen.

Die Gedanken dieser jungen Frau jedoch sind unscharf und verworren, als wäre ihr Kopf eine mit Rauch gefüllte Schneekugel, in der nur zusammenhanglose Gedankenfetzen auftauchen. Das passiert manchmal, wenn Menschen einen Hirnschaden haben, etwa nach einem Unfall oder bei bestimmten Krankheiten wie Demenz oder Amnesie. Mitleid überkommt mich.

Mitten in der Bewegung bleibt sie stehen. Ihr blonder Pferdeschwanz peitscht um ihre Schulter, als sie sich abrupt umdreht.

»Sorry, kennen wir uns?«

Perplex sehe ich sie an. Vielleicht hat sie wirklich ein Problem mit ihrem Gedächtnis?

Schon eilt sie mit ausgestreckter Hand auf mich zu. »Hi, ich bin Anna.«

Alles in mir schreit, sie nicht zu ergreifen. Es ist verboten, Menschen zu berühren, die nicht betört sind. Dann fällt mir auf, dass das die Regeln meines Vaters sind, und dass sie einer der Gründe dafür sind, dass wir weiterhin in den Schatten der Nacht leben und nicht vollständig voneinander profitieren können.

Bereitwillig ergreife ich ihre Hand. »Ich bin Liz, freut mich.«

Ihr Herzschlag vibriert pulsartig wie eine Basswelle durch meine Fingerspitzen, während ein Bild aus ihrem Gedankennebel hervorblitzt: Mein eigenes Gesicht, als würde sie einen mentalen Schnappschuss von mir machen. Meine kühle Hand, meine glatte Haut. Dann das Bild eines bärtigen Mannes mittleren Alters und ein ledergebundenes Notizbuch mit handgeschriebenen Namen, dann wieder Nebelrauch. Schnell ziehe ich die Hand zurück.

Ihre nussbraunen Augen leuchten, als sie mich anlächelt. »Freut mich, Liz. Bist du auch eine Studentin?«

»Nein, ich hole nur kurz etwas ab.«

»Na dann!« Sie hebt eine Hand. »Vielleicht sieht man sich.«

Sie springt die restlichen Stufen hinab und ich drücke endlich die Tür auf. Eine Sekunde später atme ich den Duft von alten Mauern und noch älteren Büchern ein.

Die Multnomah County Zentralbibliothek gehört zu den ältesten Bibliotheken im Westen der Vereinigten Staaten, und jedes Mal, wenn ich hier bin, überkommt mich ein Gefühl von Ehrfurcht. Egal, welche Antworten man sucht, wenn man sie hier nicht findet, dann gibt es keine.

»Principessa«, begrüßt mich die Archivarin. Sie sieht aus wie Anfang zwanzig, aber in Wahrheit ist sie älter als ich. »Ihr kommt spät. Wir hatten vor einer halben Stunde mit Euch gerechnet.«

Ich setze ein Lächeln auf, um mir meinen Schock über diese Information nicht anmerken zu lassen. Jetzt wird mein Alltag also nicht nur überwacht, sondern auch minutiös getaktet? Bisher hatte ich während des Tagesgeschäfts immer freie Zeit zur Verfügung, insbesondere, wenn es um die Korrespondenz mit der Bibliothek ging. Botschaften aus anderen Vampirkommunen, allesamt in versiegelten, feuerfesten Versandtaschen, werden ausschließlich persönlich abgeholt, und seit wir hier in Portland leben, fällt diese ehrenvolle Aufgabe mir zu.

Wie um ihre Worte zu unterstreichen, gleitet der Blick der Archivarin hinter der modischen, aber völlig überflüssigen Hornbrille zu der antiken Tischuhr auf dem Tresen. Ich hindere mich daran, ihrem Blick zu folgen, und hebe stattdessen das Kinn.

Sie mag älter sein als ich, aber mein Rang ist über ihrem.

»Ich wurde *aufgehalten*«, behaupte ich und neige den Hals gerade weit genug zur Seite, dass sie die feine Linie sehen kann, die von dem Angriff meines Vaters heute Nacht übrig ist.

Unwillkürlich kommen mir Lincolns Worte in den Sinn. Die Wärme seiner Berührung. Die Sorge in seiner Stimme. Wieso geht mir dieser Typ nicht aus dem Kopf?

Ich fokussiere mich wieder auf Minerva, die meine verheilende Wunde zwar beäugt, aber von meiner Ausrede nicht überzeugt scheint. Also füge ich hinzu: »Du kannst meinen Vater danach fragen, wenn du dich traust.«

Sie traut sich nicht. Stattdessen zaubert sie ein Lächeln auf ihre Lippen und händigt mir einen Stapel Aktenmappen aus. Das sind mehr als üblich. Sehr viel mehr.

Zum wiederholten Male juckt es mich in den Fingern, die Siegel zu brechen und die geheimen Nachrichten aus dem In- und Ausland zu lesen. Aber ich hüte mich. Einmal, etwa ein Jahr nach meiner Ernennung zur Kurierin, habe ich das Siegel eines besonders schweren Umschlags vorsichtig mit einem Föhn und Zitronensäure gelöst.

Wie sich herausstellte, funktionieren Vampirsiegel nicht wie Menschensiegel und meine Manipulation wurde sofort bemerkt. Ich konnte eine Woche lang die Hände nicht gebrauchen, weil mir der Marschall Obsidiankristalle durch die Handinnenflächen getrieben hatte. Und das für eine Aufstellung aktiver Vampirfamilien in Europa.

Nein, danke.

»Ich habe außerdem etwas in der Bibliothek zu erledigen«, sage ich in herrischer Tonlage.

Nachdem wir uns einen kurzen Starrwettkampf geliefert haben, beschließt sie, den Bibliothekar Dr. Wilbury zu holen. Gute Entscheidung.

»Principessa Ferrara, wie schön, Sie zu sehen«, begrüßt mich nach einer Weile ein runzliger Herr mit Tweedsakko und Gehstock. Er ist ein Mensch, aber er unterstützt unsere Vampirgesellschaft. Natürlich nicht aus freien Stücken, sondern unter Mentalkontrolle von Minerva, weil die meisten Vampire den Menschen nicht zutrauen, eigene Entscheidungen zu treffen. Ich lächle mein vornehmstes Lächeln zur Begrüßung und biete ihm meinen Arm an. »Wie geht es Ihren Eltern?«

Ja, das ist die Frage, die jeder stellt.

Jeder, bis auf Lincoln ...

Wir plaudern über das Wetter, die politische Stimmung im Bundesstaat Oregon und die Wohltätigkeits-Gala meiner Familie nächste Woche, während er mich in die zweite Etage begleitet und durch eine gregorianisch verzierte Tür. Unser Ziel ist ein kleiner Lesesaal, den nicht viele Vampire und noch weniger Menschen jemals zu Gesicht bekommen. Ich allerdings habe schon unzählige Stunden hier verbracht.

Ich lächle, als Dr. Wilbury die Leselampe an dem einsamen Pult anschaltet und den Schlüssel auf die Tischplatte legt.

»Grüßen Sie Ihre Eltern von mir, Miss Ferrara.«

Damit lässt er mich allein in dem muffigen Raum voller ledergebundener Wälzer, mittelalterlicher Folianten und selbst einiger antiker Papyri, deren Keilschrift ich noch nicht entziffern kann.

Ich verbringe fast vier Stunden zwischen den Seiten der alten Bücher, finde jedoch keine Aufzeichnung über Menschen, die immun gegen Gedankenkontrolle und Betörung sind.

Zwar sind viele Vampire gegen Gedankenkontrolle gefeit – je älter und mächtiger, desto stärker –, doch bezüglich Menschen finden sich nur Beschreibungen von Vampirjägern, die »*mit Hilfe bewusstseinsverändernder Substanzen ihren Geist vernebeln können wie schwachsinnige Seelen*«. Das ist allerdings nicht dasselbe wie eine massive Wand, und Vampirjäger gibt es nicht mehr, seit unser Prophet 1897 ihren Anführer Abraham Van Helsing tötete und damit die Großen Blutkriege beendete.

Ebenso gibt es keine Aufzeichnungen über Menschen, die immun gegen Betörungen sind. Selbst Vampire sind nicht völlig immun, auch wenn bei uns die Wirkung nur schwach und flüchtig ist, etwa, um in einer Debatte Meinungen zu lenken. In einigen Protokollen finden sich Hinweise darauf, dass Redeführer die übrigen Ratsmitglieder betört haben, allerdings wurde das 1810 verboten. Die einzigen Vampire, die der Überlieferung nach vollständig immun waren, waren unsere Heiligen: Sir Nicolas, die Heilige Mutter Sainte Perenelle, und unser Heiligster Prophet, Vlad Drăculea.

Es ist unmöglich, dass Lincoln von ihnen abstammt. Er ist ein Mensch.

Andererseits sollte meine Existenz ebenfalls unmöglich sein. Ich bin ein Vampir, und doch habe ich nie gelebt.

Aus der Nacht geboren und in Blut geschrieben.

Frustriert schiebe ich den schweren Folianten zurück ins Regal und überfliege kurz die danebenstehenden Buchrücken. Nichts springt mir ins Auge.

Außer ... eine Lücke. Hier fehlt ein Buch, dem Anschein nach nicht dicker als ein Notizbuch. Normalerweise darf niemand Bücher aus diesem Raum entwenden, denn hier lagern die ältesten und wichtigsten Schriften unserer Geschichte.

Ich nehme mir vor, Dr. Wilbury danach zu fragen, während ich meine Tasche schultere, mir die Sonnenbrille auf die Nase schiebe und den Raum sorgfältig von außen verschließe.

Prompt beginnt meine Haut zu prickeln.

»Sonnig hier drin.«

10

Was ist höllisch sexy und beißt sich an dir fest?

Alyssa

Erschrocken fahre ich herum. »Lincoln?«

Dämliche Frage. Wo sich knisternde Luft, sexy Stimme und bescheuerter Anmachspruch treffen, kann Lincoln Gabriel nicht weit sein.

Ich ignoriere sein selbstgefälliges Grinsen – und das, was es mit mir macht –, und schiebe mich an ihm vorbei.

»Wie kommst du hier rein?«

»Durch die Tür. Das ist eine öffentliche Bibliothek.«

Ich verdrehe die Augen. »Ich meine, woher weißt du, dass ich hier war? Stalkst du mich etwa?«

Er zieht eine Grimasse, als würde die Vorstellung ihn beleidigen. »Fragt die Frau, die heute Vormittag *bei mir* zu Hause aufgekreuzt ist? Keine Sorge, ich bin kein Psycho. Eine Bekannte hat es mir erzählt.«

»Eine Bekannte?«, hake ich nach.

Jetzt ist er derjenige, der die Augen verdreht, aber bei ihm sieht es selbstironisch und irgendwie niedlich aus. »Meine Schwester.«

»Du hast eine Schwester?« Unwillkürlich muss ich an die junge Frau denken, die mich vorhin fast über den Haufen gerannt hätte. »Ist sie zufällig ...« Ich beiße mir auf die Unterlippe, um nichts Taktloses zu sagen.

»Seltsam?«, beendet er den Satz für mich. »Ja, ziemlich. Was hast du vier Stunden lang da drin gemacht?«

Ein Prusten will aus mir herausbrechen, das ich schnell unterdrücke. Stattdessen lege ich einen Finger an die Lippen und tue, als müsste ich nachdenken. »Hmmm, wie wäre es mit: *Ich habe gelesen?* Immerhin ist das hier eine Bibliothek.«

Lincoln grinst wieder dieses Grübchengrinsen, das in mir das überwältigende Verlangen weckt, ihn zu berühren. Einfach, um zu spüren, ob sich seine Haut wie kühler Marmor anfühlt oder wie warmer Samt. Wie schnell sein Puls schlägt. Und ob sich seine Augen schlitzförmig verdunkeln, wenn ich ihm zu nahe komme.

Lincoln wackelt übertrieben mit den Augenbrauen. »Sexromane?«

Nimmt dieser Typ irgendetwas ernst? Kopfschüttelnd gehe ich weiter. »Wenn Sexromane für dich Blut und Schmerzen enthalten, dann ja.«

»Oh, Cupcake, du hast keine Ahnung.« Sein Blick wird intensiver, während das verlockende Pochen an seiner Halsbeuge zunimmt. Ich kann nichts anderes wahrnehmen, inhaliere seinen frisch-herben Duft nach Pinienwäldern, dunklem Amber und warmem Männerkörper wie meine neueste Lieblingsdroge. Kribbelnd schieben sich meine Fangzähne heraus, bis ich sie mit reiner Willenskraft zurückdränge.

Heilige Scheiße, ich kann nicht mitten am Tag über ihn herfallen!

Um uns beiden einen Gefallen zu tun, drehe ich mich um und marschiere den Flur entlang zum Ausgang. »Hör auf, mich zu verfolgen.«

Natürlich tut er das genaue Gegenteil: Er schließt mit zwei schnellen Schritten zu mir auf und hält trotz meines enormen Tempos mühelos Schritt. Dabei hat er immer noch dieses absurd breite Grinsen im Gesicht, das mich eigentlich wütend machen sollte, aber leider ziemlich anziehend ist – und mich *deswegen* wütend macht. Auf ihn. Auf mich. Auf alles, was ich an ihm nicht verstehe.

»Ich verfolge dich nicht. Das hier ist ein öffentlicher Ort, wir sind uns rein zufällig über den Weg gelaufen.«

»Und wir müssen rein zufällig beide zum Ausgang? Klingt sehr unrealistisch, findest du nicht?«

Er zuckt mit den Schultern. »Vielleicht. Vielleicht auch nicht.« Hört er jemals wieder auf zu grinsen? »Vieles im Leben klingt unrealistisch.«

Ja. Lebendige Vampire und immune Menschen, zum Beispiel.

»Warum verfolgst du mich?«, frage ich erneut.

»Warum bist du heute bei mir zu Hause aufgetaucht?«, fragt er zurück, hartnäckiger als gedacht. »Wirklich bloß, um mir meine Uhr zurückzugeben? Oder wolltest du mich etwa genauso dringend wiedersehen wie ich dich?«

Er wollte mich wiedersehen?

Um mir nicht die Blöße zu geben, seine Behauptung zu bejahen, beschleunige ich meine Schritte und stoße die Tür zum Foyer mit der Schulter auf. »Ich habe zuerst gefragt.«

Jäh überholt Lincoln mich, drängt mich gegen die Wand und sperrt mich zwischen seinen Armen ein, die er links und rechts von meinem Körper gegen die verputzten Mauern stemmt. Hitze durchströmt mich, die ich im Moment nicht gebrauchen kann. Seine Nähe, sein Duft, sein Blick.

»*Du* bist bei *mir* vorbeigekommen«, wiederholt er eisern. Bei den Heiligen, und seine Stimme. »Warum?«

Ich versinke in diesen Augen, in denen Grün und Gold miteinander ringen, und mir fällt jetzt erst auf, wie faszinierend seine Augenfarbe ist. Der Großteil seiner Iris ist von einem satten Grün, wie nebelverhangene Wälder, die nach außen hin dunkler werden. Doch im Inneren, um die Pupille herum, sind bernsteinfarbene, fast goldene Sprenkel wie erstarrte Feuerwirbel, gefangen in einem ewigen Kampf gegen die grüne

Dunkelheit. Eine Dunkelheit, in der ich mich zu verlieren drohe, wenn ich noch länger hineinsehe.

Abstand. Ich brauche Abstand. Und zwar schleunigst.

Ich reiße den Blick los. Und als die Tür neben uns aufgestoßen wird, auch meinen Körper aus dem Gefängnis seiner Arme.

Bevor ich am Fuß der marmornen Treppe angekommen bin, ist er wieder neben mir. »Was hältst du davon, wenn wir ein kleines Spiel spielen?«

Ich werde bestimmt kein Spiel mit dir spielen.

Er hängt immer noch an mir wie eine Zecke, als ich hinaus in den Februarwind trete. Jetzt geht er sogar rückwärts vor mir her. »Wer zuerst drei wahre Fakten über den anderen errät, gewinnt. Wenn ich gewinne, darf ich auf ein Date mit dir gehen. Wenn du gewinnst, darfst du auf ein Date mit mir gehen.«

Ich sehe ihn entgeistert an. »Das ist das schlechteste Spiel, von dem ich je gehört habe.«

»Du bist keine echte Prinzessin.«

Ich bleibe wie angewurzelt stehen. Mein Herz schlägt plötzlich heftig in meiner Brust, während ich Lincoln mit verengten Augen ansehe. Er ist der Erste, der Allererste, der das jemals ausgesprochen hat, der Erste, der damit indirekt meinen Vater infrage stellt. Und verdammt, es fühlt sich so gut an, dass ich augenblicklich süchtig werde.

Trotzdem zwinge ich mich dazu, ungerührt eine Braue zu heben.

»Dein kleines Spiel hat einen Fehler«, teile ich ihm mit, während ich weitergehe. »Du weißt nie, ob du ins Schwarze getroffen hast oder dich die andere Person belügt.«

Plötzlich tritt er so nah an mich heran, dass ich unwillkürlich die Luft anhalte. Er neigt den Kopf nach vorn, was völlig unnötig ist, weil ich fast so groß bin wie er, und sieht mir direkt in die Augen. Abermals versinke ich in dem faszinierenden gold-grünen Strudel seiner Augen. Er grinst, nur diesmal hat es nichts Jungenhaftes. Diesmal ist sein Gesichtsausdruck durchtrieben, selbstsicher und absolut unwiderstehlich. Im Tageslicht erkenne ich, dass sein Haar zimtbraun ist, am Ansatz dunkler und in den Spitzen heller, als könnte es sich nicht entscheiden, ob es in der Dunkelheit leben oder sich der Sonne entgegenstrecken will. Es ist an den Seiten kürzer und oben länger, nachlässig gestylt in einer Mischung aus Superheldenfrisur und Out-of-bed-Look.

»Glaub mir, ich weiß, wenn ich richtig liege. Und dafür muss ich nicht einmal in deine unvergesslich hübschen Augen sehen.«

Er nimmt mir die Sonnenbrille ab und ich blinzle kurz gegen die stechende Helligkeit an, während er – was zur Hölle? – sich selbst meine Sonnenbrille aufsetzt und mit den Augenbrauen wackelt. Vergessen sind alle UV-Strahlen dieser Welt, sein Anblick entschädigt meine empfindlichen Netzhäute tausendfach.

»Versuch es selbst. Los, du hast eine These frei.«

Ich nehme ihm meine Sonnenbrille wieder ab und schiebe sie mir in die Haare. Dann stelle ich meine Behauptung auf: »Du hast keine Ahnung, was heute Nacht passiert ist.«

Eine Spur Verärgerung huscht über sein Gesicht. Er schürzt unmerklich die Lippen, sein Blick gleitet für den Bruchteil einer Sekunde ab, bevor Lincoln sich wieder unter Kontrolle hat.

Und ich beginne zu verstehen, wie dieses Spiel funktioniert: Egal, wie gut du deine Gefühle im Griff hast, wenn du unvorbereitet mit einer Wahrheit konfrontiert wirst, kannst du die Reaktion deines Körpers nicht verbergen. Genauso wenig, wie ich die Reaktion meines Körpers auf ihn kontrollieren kann. Ich sollte mich von ihm fernhalten, aber ich kann nicht. Ich sollte auf der Hut sein, doch ich spüre nichts als Faszination.

»Schätze, damit steht es eins zu eins«, räumt Lincoln ein, und jetzt bin ich diejenige, die überlegen lächelt, während ich meine Schritte verlangsame, bis wir nebeneinander gehen.

»Du bist nicht in Portland geboren«, sage ich, weil das vieles erklären würde.

Ich ahne, dass ich unrecht habe, noch bevor Lincoln den Mund aufmacht. Ich sehe es an seinem Grinsen, spüre es an der geradezu diebischen Freude, die seinen Körper durchströmt und seinen Puls beschleunigt.

»Leider falsch. Geboren und aufgewachsen in der *Verbotenen Stadt der Rosen.*«

Argwöhnisch beäuge ich ihn von der Seite. Ich wusste, dass Portland die Stadt der Rosen genannt wird, aber ›verboten‹ höre ich zum ersten Mal.

Lincoln, der meine Irritation bemerkt, legt den Kopf schief. »Du wiederum bist *nicht* in Portland geboren, Prinzessin. Bonus-Punkt für mich: Du bist erst nach der Grundschule hierhergekommen.«

»Nenn mich nie wieder Prinzessin. Und das zählt nur als ein Punkt!«, knurre ich.

»Zwei zu eins«, beharrt er trotzdem. »Cupcake.«

Ich schürze die Lippen. »Und was hat dir das verraten, Sherlock? Etwa mein original Portland'scher Nachname?«

»Also kommst du tatsächlich aus Italien?«

Ich verdrehe die Augen. »Das war eine Frage, keine These, und viel zu offensichtlich. Kein Punkt für dich.« Er hebt bloß die Brauen, sodass ich schnell hinterherschiebe: »Willst du mich jetzt erleuchten, was alle Grundschüler über die Verbotene Stadt erfahren, oder nicht? Ich kenne bloß die Verbotene Stadt als Palastanlage in Peking.«

»Jep, genau daher kommt der Begriff. Genauer gesagt davon, dass in Portland die meisten Schiffsbesatzungen für die Kolonialschiffsrouten nach China zwangsrekrutiert wurden. Die Stadt hat ein großes Tunnelsystem, das im achtzehnten und neunzehnten Jahrhundert oft von Schmugglern verwendet wurde.«

Ich blinzle, während ich diese Informationen abspeichere. Zusammen mit der prickelnden Erkenntnis, dass er weiß, was hier im achtzehnten Jahrhundert passiert ist. Aus erster Hand?

Ich beschließe, vorsichtig weiterzufühlen.

»Zwangsrekrutierung wie ...?«

»Sklaverei«, bestätigt er grimmig. »Menschen können richtig abartig sein.«

Mir entkommt ein freudloses Lachen. »Du hast keine Ahnung, wie sehr. Ich studiere diese Abartigkeit und bin jedes Mal aufs Neue schockiert, wie ... Was ist?«, unterbreche ich mich, weil er sich bloß mit Mühe ein Grinsen verkneifen kann.

»Du studierst Sklaverei? Mit Ketten und allem?«

Ich lege dich gleich in Ketten, Freundchen!

»Anthropologie«, hole ich seine Fantasie auf den Boden der Tatsachen zurück und will bereits zur Erklärung auf das obligatorische »Anthro-was?« ansetzen, als er erkennt:

»Die Lehre vom Menschen.«

Überrascht klappe ich den Mund wieder zu und mustere Lincoln eingehender. Nicht viele Leute kennen das Studienfach und die wenigsten von ihnen sind Menschen. Prickelnde Begeisterung schießt durch meine Glieder, als ich einen Schuss ins Blaue wage.

»Ich bin wieder dran: Nicht schlecht für einen armen Jungen, der nicht weiß, wer sein Vater ist.«

11
Nur weil du von den Toten auferstanden bist, bist du nicht gleich tot

Lincoln

Mein Körper versteift sich, ohne, dass ich es will.

Niemand weiß, dass ich meinen Vater nicht kenne. Nicht einmal Kyle, der immer noch denkt, dass er ein reicher europäischer Geschäftsmann mit schlechtem Gewissen ist, dessen monatliche Schecks uns über Wasser halten, seit wir vom ruhigen Sellwood-Moreland-Viertel in das ärmere St. John's ziehen mussten.

»Ich bin nicht arm«, murre ich, um die Gedanken abzuschütteln.

»Zwei zu zwei, Lincoln Gabriel.« Alyssas Stimme holt mich zurück in die Gegenwart. Habe ich schon mal erwähnt, wie unwiderstehlich ich es finde, wenn sie meinen Nachnamen so ausspricht? »Und gib dir keine Mühe, es zu leugnen. Ich war heute bei dir zu Hause, schon vergessen?«

Nein, das werde ich so schnell nicht vergessen.

»Tja, wenn du heute nichts mehr vorhast, können wir dorthin zurückgehen. Du findest mich nämlich unheimlich sexy und bedauerst es jetzt schon, dass sich unsere Wege gleich wieder trennen«, behaupte ich.

Alyssas unbeeindruckter Blick ist nicht halb so überzeugend, wie sie ihn wohl gern hätte, woraufhin ich ihr höchst zufrieden mitteile: »Das war Fakt Nummer drei, also habe ich gewonnen. Date bei dir oder bei mir? Ich muss jetzt leider da lang.«

Ich deute auf das Straßenschild der Kreuzung, an der wir gerade angekommen sind. Zeit, Kyle einen Besuch abzustatten. Denn Anna hat mir bei unserem wöchentlichen Kaffee-Date nicht nur erzählt, dass sie meine neue Freundin in der Bibliothek getroffen hat – ich wusste bis heute nicht einmal, dass es im zweiten Stock einen Lesesaal gibt. Sondern auch, dass sie Kyle seit gestern Abend nicht erreicht und sich ernsthaft Sorgen um ihn macht. Womit sie wohl eher meint, dass sie sich Sorgen um ihre nächste Hausarbeit macht, die sie ohne Kyles Hilfe nämlich vergessen kann.

»Also, Date nächsten Samstag, Cupcake?«

»Nächsten Samstag kann ich nicht.« Ihre Antwort kommt viel zu schnell, sodass ich die Augen verenge.

»Kneifst du etwa?«

»Ich wünschte, ich würde bloß kneifen«, widerspricht sie. »Aber am Samstag habe ich ... eine andere Verabredung.«

Mit wem?, will das besitzergreifende Biest in mir sofort wissen.

»Wo?«, frage ich stattdessen.

Alyssas Lächeln wird verführerisch und sie lehnt sich leicht vor, als wollte sie sich an meinen Oberkörper schmiegen. Meine Haut beginnt zu prickeln. Sie schenkt mir einen Augenaufschlag, der einen Mann in die Knie zwingen kann. Doch ich halte ihren Blick fest.

»Selbst, wenn ich es dir sagen würde, würde dir das nichts nützen. Denn um reinzukommen, brauchst du eine Einladung.«

Eine Veranstaltung mit Einladung also. Ich stupse ihr Kinn leicht an, bewundere kurz, wie glatt und kühl ihre Haut ist, fast wie Satin. »Du weißt, dass mich das nicht aufhalten wird, oder?«

Ihr Lächeln ist Antwort genug.

Alyssa macht drei wiegende Schritte rückwärts und wie von einem unsichtbaren Magnetfeld gezogen, ruckt mein Körper nach vorn, weigert sich, sie gehen zu lassen. Ich muss mich aktiv bremsen, um ihr nicht wie ein liebeskranker Welpe zu folgen.

»Nächsten Sonntag also!«, rufe ich ihr nach.

Sie lächelt. *Gott, dieses Lächeln!* »Vielleicht.«

»Das war kein ›Nein‹!«

Zur Antwort hebt sie bloß eine Hand. Ich sehe ihr nach, bis nur noch ihr blondes Haar zwischen Straßenschildern, Werbetafeln und Passanten zu sehen ist, und spüre tief in mir drin, dass ich geliefert bin. Mein Herz schlägt viel zu schnell, mein Körper vibriert vor Begeisterung. Ich muss sie wiedersehen, und ich weiß nicht, ob ich bis nächstes Wochenende warten kann.

Schon ziehe ich mein Handy aus der Tasche, um in Erfahrung zu bringen, welche Veranstaltungen am Samstag eine geschlossene Gästeliste haben, als ich die Nachricht sehe:

Kyle: *Linc ... ich sterbe.*

Sofort habe ich das Handy am Ohr.

Es klingelt. Lange.

Dann: »Hi, hier ist Kyle ...«

Ich will schon anfangen, ihn und seinen Kater aufzuziehen, als mir auffällt, dass ich seine Mailbox dran habe. Mal wieder.

Ärgerlich lege ich auf und wähle gleich noch mal, da bemerke ich, dass ich in die falsche Richtung laufe.

Alles klar, langsam wäre mal wieder Konzentration angebracht.

Abrupt drehe ich mitten auf der Straße um. Ein Hupen klingelt mir in den Ohren, aber ich gestikuliere Richtung der grünen Fußgängerampel über mir. Dann höre ich endlich etwas in der Leitung.

Ein Stöhnen.

Nicht die erotische Variante, sondern eher die eines Zombies, der gerade aus seinem Grab steigt.

»Na, wieder unter den Lebenden?«, feixe ich.

Noch ein Stöhnen. Das fasse ich als Bestätigung auf.

Das Wichtigste zuerst, bevor ich irgendetwas ruiniere: »Bist du noch bei Lucy?«

Deckenrascheln. Muss er dafür ernsthaft nachschauen?

»Nee ... Bin zu Hause.« Seine Stimme klingt, als hätte er sie drei Jahre lang nicht benutzt. »Alter ... ich werde nie wieder Alkohol trinken ...«

Ich gluckse. »Du hattest einen halben Wodka Lemon. Davon kriegt man keinen Kater.«

»Sag das meinem Kopf.«

»Ich glaube eher, du hast dich heute Nacht zu sehr verausgabt und heute Morgen zu wenig getrunken.« Mein Blick streift den Kiosk, an dem ich gerade vorbeikomme. Eilig betrete ich den Laden. »Ich bringe dir ein paar Vitamine und Wasser vorbei. Hast du was gegessen?«

Ein kurzer Blick auf die Uhr. Schon nach vier?! Kein Wunder, dass es bereits zu dämmern beginnt.

»Nee ... Also doch, schon ... musste mich aber sofort übergeben. Ich glaub, ich bin krank.«

Ich packe noch Zwieback auf den Stapel Iso-Drinks, Orangen und Aspirin in meinen Armen, während ich das Handy mit der Schulter am Ohr balanciere. »Liebeskrank ist keine Krankheit, Kyle.«

Schreib dir das auf die eigene Mütze, Freundchen.

»Ich mein's ernst, ich sterbe. Ich habe diese Grippe, die gerade umgeht, oder so. Du bleibst besser weg.«

»Red keinen Quatsch, du hast –« Ich stocke, als mir ein schrecklicher Gedanke kommt. Die Kassiererin nennt mir die Summe und ich lege ihr zwei Scheine auf die Theke. »Behalt den Rest.« Die Tüte in der einen Hand und das Handy wieder in der anderen, wispere ich beim Verlassen des Kiosks: »Ihr habt doch verhütet, oder?«

»Natürlich?!« Kyles Ausbruch – also, heiseres Krächzen – ist Antwort genug.

Alles klar. Wollte nur sichergehen.

»Pass auf, du setzt dich sehr langsam auf, stellst sicher, dass du eine Hose anhast, und gehst zur Tür. Ich stehe nämlich in einer Minute davor, okay?«

Ein Murren. Dann lege ich auf.

Zwei Minuten später trifft mich fast der Schlag, als mein Kumpel mir die Tür öffnet.

Kyle klingt nicht nur wie ein Untoter, er sieht auch so aus. Seine Augen sind gerötet, seine Lippen ausgetrocknet und sein Gesicht ist so weiß wie die Wand hinter ihm. Er trägt einen langen Flanell-Pyjama, eine Strickjacke und dazu einen Schal. Im Oktober kann es in Portland zwar ungemütlich werden, aber Oregon ist nicht Alaska.

»Heilige Scheiße, Kyle!«

Ich fühle nach seiner Stirn und hole im Geiste schon Kühlkompressen aus dem Eisschrank, als ich innehalte. Sie ist nicht heiß, sondern eiskalt. Er ist eiskalt.

»Okay, vielleicht hast du dir doch was eingefangen«, räume ich ein, bevor ich meine Jacke ausziehe. »Wo sind Sean und Lexy?«

Im Gegensatz zu mir wohnt Kyle mit dreiundzwanzig nicht mehr bei seiner Mom, sondern leistet sich ein eigenes Zimmer in einer Dreier-WG mit dem schrägsten Pärchen, seit es Comic-Fans gibt.

»Europa.«

»Europa«, wiederhole ich desillusioniert. So viel zu meiner Hoffnung, dass sie in den nächsten Tagen ein Auge auf ihn haben könnten. »Wie lange?«

»Keine Ahnung. Beim letzten Status-Call haben sie sich nicht gemeldet. Michael hat ein paar lokale Zellen auf sie angesetzt, aber könnte sein, dass …«

Er verstummt, als ihm auffällt, dass er wirres Zeug redet. Bevor ich nachfragen kann, muss ich nach vorn stürzen, damit Kyle nicht umfällt wie ein Stein.

»Kreislauf?«

Er stöhnt bloß. Ich schleife ihn zurück ins Bett. Der leiseste Anflug eines schlechten Gewissens überfällt mich, weil Lucy eigentlich mich eingeladen hat. Ich hätte mir dasselbe einfangen können wie Kyle.

»Wie bist du nach Hause gekommen?«

Keine Antwort, während Kyle sich unter der Bettdecke – und dem Schal, Schlafanzug und Pulli – zitternd zusammenrollt.

Ich greife nach der ersten Flasche Iso-Drinks, öffne sie und halte sie ihm an die Lippen. »Trink aus.«

Als ich mir sicher bin, dass er trinkt, stehe ich auf und gehe in die Küche der kleinen Wohnung. Dort ziehe ich alle Schränke auf, bis ich eine große Teekanne finde, und überfliege die Teesorten.

Pfirsich-Mango, ›Türkischer Apfel‹ und Blaubeer-Vanille.

Mom würde sagen, das ist kein Tee, das ist heißes Wasser mit Geschmack.

Ich räume den kompletten Schrank aus, bis ich eine Blechdose mit losen, unbeschrifteten Teebeuteln finde. Riecht nach ... Kamille.

Meine Mutter würde zwar auf Anhieb zehn passendere Sorten gegen Schlappheit, Kopfschmerzen und zur allgemeinen Kräftigung wissen, aber Kamille ist besser als nichts.

Als das Wasser kocht, gieße ich die Teebeutel auf und lasse sie in der Kanne. Je stärker der Tee wird, desto besser. Auf dem Weg zurück in Kyles Zimmer nehme ich noch die Bettdecken von Sean und Lexy mit und begrabe meinen besten Freund darunter wie eine umgekehrte Version der Prinzessin auf der Erbse.

»Scheiße, ich bin echt auf sie reingefallen. Wie konnte ich

so dumm sein? Wie konnte ich das nicht sehen? Ich will nicht sterben, Linc!«

»Natürlich stirbst du nicht, red keinen Quatsch.« Ich lege ihm noch einmal die Hand auf die Stirn. Immer noch eisig. »Trink den Tee. Hast du ihre Nummer? Vielleicht sollten wir ihr Bescheid geben. Nur für den Fall ...«

Eine bleiche Hand bricht aus dem Deckenhaufen hervor und zeigt zitternd zum Schreibtisch. Ich angle nach der Karte, die ich gestern Abend schon in der Hand hatte. Darauf steht nur »Lucy« und die Adresse. Sonst nichts.

»Ich benutz mal deinen Laptop, ja?«

Ein Stöhnen, während ich bereits die Adresse in die Google-Suchzeile eingebe und ein paar Mal klicke. Sieht so aus, als wäre da eine Ziffer zu viel. Ich lösche die ›5‹ und überfliege die obersten Ergebnisse. Die Google-Maps-Bilder sind allesamt verpixelt, aber ich finde eine Bauprojektseite für Luxus-Apartments von vor einigen Jahren, die mit visualisierten Bildern von hollywoodreifen Panoramablicken über Portland, UV-undurchlässigen Fenstern und schallisolierten Wänden wirbt. Dazu völlig übertriebene Services wie 24-Stunden-Concierge und eigenes Sicherheitspersonal für maximale Privatsphäre in allen zwölf Eigentumswohnungen.

Bei der Klientel im *Scarlet* sollte es mich nicht wundern, dass Lucy in einem solchen Luxusbau wohnt. Wo wohnt Alyssa, im verdammten Pittock Mansion?

»Du warst echt bei ihr? Erzähl, wie war es da?«

Keine Antwort.

»Kyle?«

Keine Regung.

Alarmiert stehe ich auf und beuge mich zu ihm, halte vorsichtig die Hand vor seine Nase.

Kein Atem.

Ich rüttle an ihm. »Kyle?!«

Entsetzt reiße ich ihm die Decken weg und wickle ihn aus dem schweren Schal, um seinen Puls zu fühlen.

Was um alles in der Welt –?

Ich brauche einen Moment, um zu begreifen, was ich da sehe. An seinem Hals prangt ...

Der größte.

Gigantischste.

Blutunterlaufenste.

Knutschfleck aller Zeiten.

Alles klar, ihr hattet Spaß.

Aber ... warte mal. Ich drehe sein Kinn vorsichtig zur Seite. Die Haut an seinem Hals ist dunkelrot und lila, fast schwarz verfärbt, sodass ich kaum etwas erkennen kann. Aber entweder hat Kyle zwei identische Muttermale, von denen ich nichts wusste, oder –

Oder ihn hat etwas gebissen.

In dem Moment schnappt Kyle mit einem solchen Aufbäumen nach Luft, dass ich fast hintenüber kippe.

»Junge!«, zische ich, mehr aus Überraschung als Ärger. Mein Herz rast. »Was ist das an deinem Hals?«

Seine Hand tastet nach der betroffenen Stelle. Er weicht meinem Blick aus. »Nichts.«

»Sieht übel aus. Und definitiv nicht nach ›Nichts‹. Vielleicht sollte ich dich ins Krankenhaus fahren.«

»Was? Auf keinen Fall!« Er verzieht gequält das Gesicht, doch ich weiß nicht, ob aus Widerwillen über den Vorschlag oder weil ihm jeder Knochen wehtut. Dann wickelt er sich den Schal wieder um den Hals. »Wer muss denn wegen einer Scheiß-Erkältung ins Krankenhaus? Das wäre super peinlich, tu mir das nicht an. Mir geht's gut. Ehrlich.«

Du hast vorhin kurz aufgehört zu atmen!

Endlich hebt er den Blick. Er sieht nicht besonders gut aus. Allerdings sieht kein Kranker besonders gut aus. Ich seufze.

»Ich frage meine Mom, was wir tun können.«

»Deine Mom?! Hol sie nicht hierher! Wenn irgendwer davon erfährt, bin ich geliefert!«

Ich stöhne, während ich bereits ihre Nummer wähle. »Entspann dich, Kyle. Wenn du nicht willst, dass dich jemand so sieht, respektiere ich das.« Ich würde das auch nicht wollen. »Aber keine Widerrede, dass ich hierbleibe, bis es dir – Hi, Mom!«, unterbreche ich mich, als ich ihre Stimme am Ohr höre.

Es ist nicht meine Mutter. Es ist ihre Mailbox. Zischend lege ich auf und wähle stattdessen Annas Nummer. Sie antwortet sofort.

»Bist du bei Kyle? Lebt er?«

Meine Güte, Leute, entspannt euch! »Ja, bin ich. Und ja, tut er. Ihm geht's nur ... ziemlich beschissen. Ich will ihn nicht allein lassen, kannst du was aus der Apotheke holen?«

Ich höre, wie sie die Hand über ihr Handy legt und dann so laut flucht, dass ich trotzdem zusammenzucke. »Dieser verfluchte Idiot! Ist er bei Bewusstsein? Atmet er noch?«

Ähm ... teilweise?

»Ja«, behaupte ich.

»Gut, das ist gut. Vielleicht war sie noch jung.«

»Schätze, so Anfang zwanzig.«

»Lincoln«, stöhnt Anna, als wäre ich derjenige von uns beiden, der sinnlose Fragen stellt. Dann seufzt sie. »Rührt euch nicht vom Fleck. Ich bin in zwanzig Minuten da.«

Sie ist in vierzehn Minuten da.

Als es trommelfellzerreißend sturmklingelt, schießt Kyle aus dem Bett hoch. »Wer ist das?!«

»Anna«, sage ich und stehe auf, um meine Schwester reinzulassen.

»Oh Gott, sie wird mir den Kopf abreißen.« Ich würde gern lachen, aber aus seinen Augen spricht echte Panik. »Wenn es dazu kommt, kannst du es tun? Bitte?«

»Niemand wird dir den Kopf abreißen, Kyle. Wir haben alle mal einen schlechten Tag oder treffen schlechte Entscheidungen.«

»Schlechte Entscheidungen?!«, echot Anna, kaum, dass ich die Tür geöffnet habe. »Wo ist er?«

Sie stürmt in sein Zimmer, wuchtet ihren Rucksack auf den

Boden, der klingt, als hätte sie Eisenstangen darin, und reißt seinen Schal herunter. Als sie den Knutschfleck sieht, sackt sie neben seinem Bett auf die Knie, als wäre alle Energie aus ihrem Körper gewichen.

»Scheiße, Kyle ... Wie konnte dir das nur passieren?« Ihre Stimme ist kaum mehr als ein Wispern, und für einen Moment ist ihr Blick desillusioniert und weit weg.

»Anna?«, frage ich vorsichtig. »Was ist los?«

Statt mir zu antworten, blinzelt sie die Leere weg und richtet sich auf. »Kannst du alles bewegen? Auch die Zehen?« Kyle nickt. »Gefühllosigkeit irgendwo?« Er schüttelt den Kopf. Sie sieht auf ihre Armbanduhr, dasselbe Modell wie meine, was mich daran erinnert, dass ich Graham bitten muss, das Lederband zu reparieren. »Es ist jetzt halb fünf. Ist es länger als zwölf Stunden her?«

»Was ist länger als zwölf Stunden her?«, frage ich, zunehmend gereizt darüber, dass beide so tun, als wäre ich nicht da.

Wieder nickt Kyle. Und endlich atmet Anna auf.

»Du hast mehr Glück als Verstand. Aber du bist trotzdem ein Idiot, Kyle. Gerade du müsstest doch alle Zeichen deuten können. Konntest du wenigstens etwas über sie herausfinden? Hat sie Freunde in der Stadt? Weißt du, wo sie wohnt?«

»Leute!«, gehe ich dazwischen. »Würde mich bitte jemand –?«

»Gleich«, unterbricht Anna mich, ohne ihren Inquisitionsblick von meinem besten Freund zu nehmen, dem das schlechte Gewissen deutlich ins Gesicht geschrieben steht.

Kyle beißt sich auf die Unterlippe, sichtlich hin und hergerissen. Sein Blick zuckt zu der Visitenkarte auf dem Schreibtisch, deren Adresse ich vorhin bei Google eingegeben habe. Ich weiß nicht warum, aber unwillkürlich schiebe ich mich davor und lasse sie heimlich in seiner Schublade verschwinden.

Kyle folgt der Geste, zeigt den Anflug eines dankbaren Lächelns, schafft es jedoch nicht, mir in die Augen zu sehen.

Schließlich schüttelt er den Kopf. »Nein, sorry. Ich weiß nicht, wo sie wohnt.«

Anna stößt einen frustrierten Seufzer aus. »Wie immer ...«

Während ich zwischen den beiden hin und her sehe, fühle ich mich wie auf einem Planeten, dessen Naturgesetze ich nicht verstehe.

»Es tut mir wirklich leid, Anna.« Kyles Stimme klingt genauso desillusioniert, wie Anna aussieht. »Ich weiß auch nicht, wie das passieren konnte. Ich dachte ...«

»Nein, mir tut es leid«, unterbricht Anna ihn mit milder Wärme in der Stimme. »Du kannst nichts dafür und so etwas ist niemals deine Schuld, hörst du? Das passiert den Besten.«

Was passiert den Besten? One-Night-Stands mit sexy Bar-Bekanntschaften?

»Nein«, widerspricht Kyle, als wäre ich nicht da. »Du gehörst zu den Besten. Und dir ist das noch nie passiert.«

Endlich wandert Annas Blick zu mir. »Doch. Es ist mir sogar so oft passiert, dass Grace mich letztlich rausgeworfen hat.«

12
Geschüttelt, nicht vom Donner gerührt

Lincoln

Ich starre meine Schwester an. Was ist ihr auch passiert? Und wieso fühle ich mich wie der Trottel, der beim Sport als Letzter ins Team gewählt wird?

»Anna.« Meine Stimme klingt mehr wie ein Knurren, weil ich losschreien werde, wenn ich aufhöre, die Kiefer aufeinanderzupressen. »Was. Ist. Hier. Los.«

»Du hast Fragen.« Anna seufzt, ihr Blick voller Entschuldigungen und Mitgefühl.

»Nur dreitausend«, schnaube ich, und bevor sie mich mit einer ›Es-tut-mir-leid-aber‹-Ausrede abspeisen kann, starte ich einfach: »Warum redet ihr wie beschissene Illuminaten, was hat Kyle gebissen und was zur Hölle passiert den Besten, wofür Mom dich rausgeworfen hat? Ich dachte, das wäre gewesen, weil du ständig auf Drogen und Alkohol warst!«

Ihre Mundwinkel zucken traurig in die Höhe, als sie den Kopf schüttelt. »Es ist kompliziert, okay? Können wir wann anders darüber reden?«

»Wieso? Weil dein kleiner Bruder zu dumm ist, das zu verstehen, aber *Professor Kyle Benowitz* wie immer den Durchblick hat?«

Ausgesprochen klingt das furchtbar gemein meinem besten

Freund gegenüber. Ich werfe ihm einen entschuldigenden Blick zu, den er mit einem verständnisvollen Lächeln erwidert.

Anna indes steht auf und massiert sich den Nacken. »Lincoln ...«

»Was, Anna?«

Kyle räuspert sich. »Wie geht's deinem Kopf, Linc?«, fragt er diplomatisch.

»Wie es meinem ... Ist das dein beschissener Ernst? Sorry, aber *du* liegst halb tot in deinem Bett und fragst mich, wie es *meinem* Kopf geht? Er ist noch dran und voll funktionstüchtig, falls du das wissen willst!«

Kyle murmelt eine Entschuldigung und hüllt sich tiefer in die Decke. Sofort verzehnfacht sich mein schlechtes Gewissen, weil ich hier mit ihm streite, anstatt mich um ihn zu kümmern. Aber warum kann er nicht Klartext mit mir reden? Wir haben doch sonst keine Geheimnisse voreinander. Oder?

Anna, die zwischenzeitlich ans Fenster getreten ist und angespannt an ihrer Unterlippe knabbert, dreht sich wieder zu mir um. »Okay. Was siehst du an Kyles Hals?«

Ich starre meine Schwester an. Irgendetwas in mir regt sich, mein Kopf kombiniert die Bruchstücke wie Puzzleteile, doch mein Verstand weigert sich, das Bild zu akzeptieren, das daraus entsteht. Das Ergebnis ist noch mehr Frust und noch mehr Wut, die ein Ventil braucht.

»Keine Ahnung, sag du es mir. Ich tippe, ein fetter Knutschfleck und ein Schlangenbiss sind es nicht?«

Wenn das an Kyles Hals kein Schlangenbiss ist, dann ...

Keiner von beiden antwortet und ich bin ziemlich sicher, dass ich auch keine weiteren Auskünfte zu erwarten habe. Danke für das Gespräch.

»Ich denke, ihr zwei kommt ohne mich zurecht«, höre ich mich sagen, während sich mein Körper rückwärts bewegt. Mein Blick streift Kyle. Das Flehen in seinen Augen ist kaum zu ertragen, aber ich muss einfach hier raus, bevor ich in meinem Frust noch mehr Dinge sage, die ich später bereuen würde.

»Es ist zu deinem Schutz, Lincoln«, ruft Anna mir nach, als ich schon an der Tür bin.

Ja. Klar.

Ich nicke bloß, schüttle den Kopf, zucke mit den Schultern. Was auch immer.

»Bis später.«

Als ich zu Hause ankomme, ist meine Mutter nicht da, also kann ich sie nicht nach dem Abend fragen, an dem sie Anna rausgeworfen hat. Natürlich nicht, denn Antworten sind völlig überbewertet.

Den restlichen Sonntag verbringe ich vor Google mit der schrägsten Suche meines Lebens.

Bisswunden am Hals

Frauendämonen und Sukkubi

Vampirbiss

Vampire in der echten Welt

Alles, was ich finde, sind Fantasy-Geschichten und Verschwörungstheorien. Kopfschüttelnd schiebe ich den Laptop von mir und sehe aus dem Fenster auf die hässliche Hauswand gegenüber. Was habe ich eigentlich erwartet? Vor dem Schlafengehen lösche ich meine Suchhistorie, bevor die grünen Männchen aus Area 51 mir einen Aluhut vorbeibringen.

Am Montagmorgen habe ich einen Haufen Textnachrichten von Anna.

Anna – 00:28 Uhr: Hey, kleiner Bruder, bist du noch wach?

Anna – 00:29 Uhr: Ich kann verstehen, wenn du wütend bist und zehntausend Fragen hast. Ich weiß, wie sich das anfühlt, und es ist scheiße. Es tut mir wirklich leid, dass ich dir im Moment nicht mehr sagen kann.

Anna – 03:34 Uhr: Ich verspreche dir drei Dinge.

Anna – 03:38 Uhr: Erstens: Du wirst die ganze Wahrheit erfahren. Ich werde sie dir persönlich erzählen, wenn du mich dann noch in deinem Leben haben willst. Und du wirst verstehen, warum es ist, wie es ist.

Anna – 03:40 Uhr: Zweitens: Es ist nicht Kyles Schuld. Wenn du kannst, sei nicht sauer auf ihn und vertrag dich wieder mit ihm. Er würde dich niemals darum bitten, aber er kann gerade wirklich etwas Ablenkung gebrauchen.

Anna – 03:42 Uhr: Drittens: Ich hab dich lieb. Vergiss das nicht.

Im ersten Moment will ich mein Handy vor Wut am liebsten gegen die Wand werfen. Im zweiten zerquetsche ich es fast vor Dankbarkeit. Als meine Sicht verschwimmt, tippe ich auf ihr Profilbild, um Anna anzurufen und ihr zu sagen, dass ich sie auf ihr Versprechen festnagle.

Am Dienstag fahre ich wieder zu Kyle. Wir reden nicht über Lucy, nicht über Anna und nicht über den gigantischen rosa Elefanten im Raum, bis er nur noch eine Miniaturfigur auf dem Fensterbrett ist. Stattdessen frage ich ihn nach dem Thema seiner Doktorarbeit, woraufhin wir stundenlang zwischen Geschichten über europäische Herrscher, alten Landkarten des Mittelalters und amüsanten Chatverläufen mit seinem Doktorvater Michael Jasper versinken.

»Ich wünschte, die University of Oregon würde mich endlich zulassen«, gebe ich zu, weil alles, was er von seinem Studium erzählt, so verdammt cool klingt.

Mitgefühl huscht über Kyles Züge, als er seine Brille zurück auf die Nase schiebt. Er trägt noch einen Schal um den Hals, aber zumindest ist er wieder auf menschlicher Betriebstemperatur. »Soll ich Michael fragen, ob er etwas machen kann?«

»Von der PSU aus? Hat er denn Beziehungen zu anderen Unis?« Kyle besucht die Portland State University – eine der renommiertesten öffentlichen Unis der Gegend für Geschichte und Wissenschaft. Mit meinem Notenschnitt hätte ich nicht mal dann eine Chance, dort aufgenommen zu werden, wenn meine Familie in der Stadt nicht unten durch wäre.

»Keine Ahnung, ich kann ihn ja mal fragen.« Kyle hat bereits sein Handy in der Hand und tippt eine Nachricht an seinen Doktorvater.

»Du schreibst deinem Prof um diese Uhrzeit?«, frage ich mit einem Blick auf den Radiowecker auf seinem Nachttisch, weil meine eigene Armbanduhr noch in Reparatur ist. Es ist fast halb elf abends.

»Keine Sorge, Michael ist nachtaktiv«, kichert Kyle. »Weißt du schon, wann du deine Uhr zurückkriegst?«

»Wieso, willst du sie dir ausleihen?« Grinsend werfe ich mir eine Handvoll Erdnüsse in den Mund und verlagere mein Gewicht. Dieser alte Sessel ist auf Dauer ziemlich unbequem.

»Darf ich das denn?« Kyles Augen leuchten auf, als hätte ich ihm eine Originalabschrift der zehn Gebote versprochen. Dann räuspert er sich schnell und schiebt die Landkarten auf einen unordentlichen Stapel vor dem Bett zusammen. »Nicht so wichtig. Ist vielleicht besser, wenn du sie trägst. Gucken wir weiter?«

Bevor ich antworten kann, hat er schon die nächste Folge *Supernatural* gestartet. Zwei Tage lang tun wir kaum etwas anderes.

Am Donnerstag bekomme ich einen ungehaltenen Anruf von Lou, bei dem seine Schiefertafel-Stimme nicht das Einzige ist, das mich zusammenzucken lässt. Die Botschaft ist klar: Entweder ich komme heute Abend arbeiten, oder ich brauche nicht mehr wiederzukommen.

Ich unterdrücke einen Fluch, während Kyle die Fernbedienung aus dem Deckenberg fischt und die Serie pausiert.

»Und am Samstag bist du im Außeneinsatz, Lincoln. Sechzehn Uhr, Oregon-Convention-Center. Sei pünktlich. Und richte dich passabel her, schaffst du das?«

Warte, warte. So schnell bin ich zwischen Käse-Nachos und

Serienmarathon auf Kyles Ohrensessel nicht. Und ich könnte mich täuschen, aber: »Diesen Samstag habe ich frei.«

»Jetzt nicht mehr, Junge. Abgesehen davon, dass du die ganze Woche freigemacht hast –« An dieser Stelle würde ich gerne unterbrechen und anmerken, dass ich mich bei Chris abgemeldet und sogar für Ersatz gesorgt habe. Allerdings wäre das genauso sinnlos wie einen Vierzigtonner in voller Fahrt mit bloßen Händen stoppen zu wollen. »– wenn Personen, die sehr viel wichtiger sind als du, gezielt nach dir verlangen, stellst du keine Fragen, sondern tust, wofür du bezahlt wirst. Schaffst du das?«

Wieso klingt das nicht nach einer Einladung zum Tee? Und vor allem ... »Warte, wer hat nach mir verlangt?«

Plötzlich sitze ich aufrecht – zumindest so aufrecht, wie das in einem durchgesessenen Großvatersessel möglich ist. Spontan fallen mir zwei Dutzend Leute ein, die wichtiger sind als ich, und noch mehr, die einen Grund hätten, mir eins auszuwischen. Von den Leuten, die noch eine offene Rechnung mit meiner Mutter haben, ganz zu schweigen.

Lou pfeift beim Seufzen wie ein kaputter Lüfter. »Was genau verstehst du nicht an ›Stell keine Fragen‹?«

Ich fahre mir mit der freien Hand über das Gesicht und durch die Haare. »Sorry. Wann und wo?«

Er knurrt. »Samstag, sechzehn Uhr, Oregon-Convention-Center. Weißt du, wo das ist?«

»Lloyd District, zwischen dem *Dutch Bros* Coffee und dem Williamette River«, ächze ich, während ich mir über diese zweifelhafte Ehre und diejenigen, denen ich sie zu verdanken haben könnte, den Kopf zerbreche.

Irritiertes Schweigen, dann ein belustigtes Schnauben auf der anderen Seite der Leitung. »Du und dein belgischer Kaffee.«

»Niederländisch.«

»Hä?«

»Vergiss es.« Zu umständlich, ihm jetzt zu erklären, dass Belgien und die Niederlande nicht dasselbe sind, auch wenn beide Länder zusammengerechnet nicht einmal auf ein Drittel der Fläche von Oregon kommen. Nicht, dass ich jemals dort war, aber angeblich stammt die Hälfte meiner Gene aus Europa. Es ist das Mindeste, was ich tun kann, mich ein wenig damit auseinanderzusetzen. »Sollte ich sonst noch irgendwas wissen, Lou?«

Selbstverteidigungstechniken oder so?

»Smoking?«

»Ich rauche nicht.«

Lou pfeift schon wieder beim Atmen. »Ob du einen Anzug hast.«

Einen Anzug. Ich bin dreiundzwanzig, nicht getauft, nicht verheiratet und habe noch niemanden beerdigt. Natürlich habe ich keinen Anzug! Erst recht keinen Smoking.

Deswegen stehe ich drei Tage später in völlig normalen Klamotten – schwarze Jeans, weißes T-Shirt, Boots und Lederjacke – auf dem Martin-Luther-King-Boulevard und sehe zweifelnd an den beiden gigantischen Glastürmen empor. Eine kleinere Eventlocation als die größte Veranstaltungshalle im gesamten pazifischen Nordwesten haben sie wohl nicht gefunden?

Und vor allem, wofür? Für die *Pazifisch-Atlantische Wildlife Initiative*? Bis vorgestern wusste ich nicht einmal, dass diese Nichtregierungs-Organisation existiert. Geschweige denn, dass sie genug Mitglieder hat, um einen Ballsaal für tausend Gäste zu füllen.

Aber das hat sie offenbar. Und wenn ich mir die vereinzelten früher eintreffenden Gäste so ansehe, könnte man glatt meinen, hinter diesen schweren Türen würden die Oscars vergeben. Die Frauen tragen elegante Abendkleider oder stylishe Hosenanzüge, die Männer Anzüge mit Fliege und Einstecktuch. Manche sehen aus, als wären sie geradewegs von der Titanic oder einer 20er-Jahre-Gatsby-Party entstiegen.

Kaum, dass ich die Lobby betreten habe, erkenne ich Roxy, die offenbar heute die Schichtleitung übernimmt. Sie hält mitten im Glastrocknen inne, hebt eine schwarze Augenbraue und mustert mich von oben bis unten. Sie vergisst sogar kurzzeitig den Kaugummi in ihrem Mund.

»Was genau hast du am Dresscode nicht verstanden?«

»Offenbar dasselbe wie du«, feixe ich zurück, bevor ich mich an ihr vorbei hinter die Bar schiebe. Sie gibt mir einen Stoß, grinst jedoch so breit, dass ich den Kaugummi zwischen ihren Zähnen blitzen sehe.

Roxy ist Vollblut-Rebellin mit raspelkurzem Pixie Cut – derzeit platinblond –, Augenbrauenpiercing und messerscharfem Verstand. Heute trägt sie schwarze Boyfriend-Jeans und eine schimmernde Hemdbluse, die offen über einem schwarzen Bandeau-BH hängt. Tja, ob Lou will oder nicht, das ist wohl das Eleganteste, was Roxy jemals tragen wird. Aber sie ist die beste Barkeeperin, die ich kenne – mich eingeschlossen –, also werden die feinen Damen und Herren damit klarkommen müssen.

»Eine Idee, was das Ganze soll?«, raune ich ihr zu, während sich die ausladende Lobby zusehends mit neuen Gatsby-Gästen füllt.

Sie zuckt mit den Schultern, bevor sie eine Kiste Spirituosen auf den Tresen wuchtet. Ihr Blick geht Richtung Saaltür. »Ich schätze, wenn Kataleyna Ferrara einlädt, sagt man nicht Nein.«

Ich hätte um ein Haar die Martini-Flasche fallen lassen. »Was?«

Roxy nickt mit dem Kinn nach rechts und ich folge ihrem Blick, nur um beinahe die Fassung zu verlieren.

Vor der Tür zum Saal steht die atemberaubendste Frau, die ich jemals gesehen habe. Kein mir bekanntes Wort beschreibt annähernd diese Mischung aus zeitloser Eleganz, majestätischer Würde und weiblicher Überlegenheit. Dabei ist es weniger ihr Aussehen – obwohl sie zweifellos eine Schönheit ist – sondern ihre aufrechte Körperhaltung, ihre erhabene Ausstrahlung. Sie beherrscht den Raum bis in den letzten Winkel.

Ihre kastanienbraunen Haare sind zu einer makellosen Hochsteckfrisur eingeschlagen, die mich zum zweiten Mal innerhalb weniger Tage an Hollywoodschauspielerinnen aus den Sechzigern erinnert. Ihr schwarzes Kleid ist bodenlang, eng anliegend und so schlicht, dass es ihre mühelose Überlegenheit nur noch mehr unterstreicht – abgesehen natürlich von der gewaltigen Kette aus zwei Reihen Diamanten, die sich um ihren Hals schmiegt und von passenden Ohrringen ergänzt wird. Ihr Lächeln ist entwaffnend, als sie ohne Ausnahme jeden ankommenden Gast so herzlich begrüßt, als wäre er oder sie die wichtigste Person des Abends.

Neben Alyssas Mutter verblasst alles.

Ich starre sie an, unfähig den Blick abzuwenden, während ich schlagartig begreife, was Lou am Samstag gemeint hat. Wer eine Königin zur Mutter hat, verdient den Beinamen ›Prinzessin‹.

Sie begrüßt gerade eine ältere Dame mit einem Wangenkuss, als sie wie aus dem Nichts den Kopf dreht und mir direkt in die Augen sieht. Unruhe rieselt in meinen Nacken, aber ich bin zu verstört, um den Blick abzuwenden.

Ihre Lippen heben sich zu einem Lächeln, während ich kurz das Gefühl habe, in ihren smaragdgrünen Augen zu ertrinken. Falls ich mich jemals gefragt habe, warum ein Kaninchen im Angesicht der Schlange wie angewurzelt dasteht: Jetzt weiß ich es. Ich kann mich nicht rühren, nicht denken, ich kann nicht einmal atmen, während Kataleyna Ferraras Blick mich festhält und nicht mehr loslässt.

Dann wendet sie sich wieder der Dame neben ihr zu und erwidert nahtlos deren Gruß, als hätte sie gerade nicht das Raum-Zeit-Gefüge aus den Angeln gehoben.

Ich blinzle, erlöst von der Enge in meiner Brust, jedoch immer noch unfähig, den Blick abzuwenden. Etwas bohrt sich in meine Seite. Ein Mörserstößel. »Hör auf damit!«, zischt Roxy. »Hat dir deine Mutter nicht beigebracht, dass man fremde Frauen nicht anstarrt?« Sie pikst noch einmal zu, bevor sie mir den Stößel reicht und auf die Theke deutet, hinter der sich bereits einige Gäste angesammelt haben. »Mach deine Arbeit, bevor jemand ein Blutbad anrichtet.«

Blutbad.

Plötzlich erscheint der Raum zu klein für die anwesenden Personen. Eine beunruhigende Duftnote liegt in der Luft. Gewaltbereitschaft und Testosteron, was ich sonst nur von Schlägereien auf Hinterhöfen kenne, aber nicht von herausgeputzten Gästen in Abendgarderobe. Die Luft scheint vor Elektrizität zu vibrieren.

Was ist das?

»Kommen dir die Leute hier auch so komisch vor?«, raune ich Roxy zu, während ich Minzbündel gegen die Kante schlage, um die ätherischen Öle in den Zellmembranen freizusetzen.

Roxy gluckst. »Du meinst reich?«

Nein. Das meine ich nicht. Ich würde fast sagen, *bedrohlich*, aber das ist lächerlich. Also schüttle ich den Kopf. »Nicht so wichtig.«

Ich nehme Bestellungen entgegen und verrichte routiniert meine Arbeit aus Zerkleinern, Schütteln und Einschenken, doch ich kann mich nicht wirklich konzentrieren. Mir ist heiß und mein Kopf drückt, als wäre zu wenig Sauerstoff im Raum. Erst recht, als ein Raunen durch das Foyer geht und alle Gespräche ersterben lässt wie ein Winterhauch das Vogelgezwitscher. Unwillkürlich spannt sich mein Körper an.

Ein hochgewachsener Mann betritt das Foyer, mit dichtem schwarzem Haar, perfekt sitzendem Anzug und aalglattem Lächeln. Augenblicklich scheint die Temperatur im Raum um mehrere Grad zu fallen, während eine unerklärliche Hitze meine Eingeweide zusammenkrampft. Alles an ihm strahlt Macht aus. Sein Lächeln ist genauso gönnerhaft wie kalkuliert, als er die Hand in alle Richtungen hebt wie ein routinierter Staatsmann auf dem Weg zur Pressekonferenz. Doch seine Augen sind kalt wie Stahl, und das liegt nicht allein an der verstörend eisblauen Farbe.

Ich würde gern sagen, dass ich überrascht bin, als er nach wenigen ausladenden Schritten bei Alyssas Mutter ankommt und eine Hand um ihre Taille legt. Aber die Wahrheit ist zu offensichtlich, und die Erkenntnis, dass *das* Alyssas Eltern sind, lässt die Hitze in meinem Bauch schmerzhaft aufglühen.

Alyssas Mutter dreht den Kopf leicht, als wollte sie ihrem Ehemann etwas zuraunen, doch ich sehe nicht, dass sich ihre Lippen dabei bewegen. Sehr wohl sehe – und spüre – ich jedoch seinen Eisblick, der mich augenblicklich durchbohrt.

Hitze explodiert in mir und scheint mich von innen heraus einzuäschern. Ich verspüre den irrationalen Drang zu fliehen, aber ich kämpfe eisern dagegen an, während sich eine giftig brodelnde Bleimasse durch meine Eingeweide brennt. Ich glaube, ich muss mich übergeben.

In nächsten Augenblick geht abermals ein Raunen durch die Menge, und diesmal ist es nicht aus Ehrfurcht, sondern vor Begeisterung. Ich spüre das vertraute Prickeln aus Anziehung und Wärme im Körper, noch bevor ich den Kopf drehe und Alyssa entdecke.

Heilige Scheiße, will sie mich ...

Ich zensiere meine Gedanken, bevor mir noch mehr Schimpfwörter einfallen. Dennoch kann ich nicht verhindern, dass mir der Atem stockt, als mein Blick auf ihr bodenlanges Kleid fällt. Genauer gesagt auf das elfenbeinhelle Bein, das *nicht* von dem blutroten Stoff bedeckt ist.

Nein, Begeisterung ist nicht das Wort, das meinen Zustand am besten beschreibt. Sie trägt das verflucht noch mal heißeste Kleid auf dem gesamten Planeten. Es ist aus blutroter, glänzender Seide, die sich so sinnlich um ihren Körper schmiegt wie die Hände eines Geliebten, dass ich mich unwillkürlich frage, ob sie Unterwäsche trägt. Wie hypnotisiert betrachte ich ihre anmutigen Schultern, ihren schlanken Hals, ihr Dekolleté, das in diesem bis zum Brustbein tiefen V-Ausschnitt zum Anbeißen aussieht. Jede Bewegung umspielt ihre Kurven, jeder Schritt betont den faszinierenden Kontrast des sattroten Stoffs und ihrer makellosen Alabasterhaut. Das Kleid ist atemberaubend. *Sie* ist atemberaubend.

An der Seite von ...

Schlagartig verwandelt sich meine Erregung in Wut, als ich mich mit erschreckender Klarheit an die Nacht auf der nebeligen Straße erinnere.

Das ist der Stalker-Ex, den ich letzte Woche fast über den Haufen gefahren hätte.

13
Wut beschreibt meinen Zustand nicht annähernd

Alyssa

Ich hasse alles hiervon. Dieses Kleid, diese Veranstaltung, die demütig gesenkten Köpfe der anderen. Die begeisterten Blicke meiner Eltern. Und ganz besonders Kingstons Hand auf meinem unteren Rücken, die alle paar Schritte tiefer rutscht.

»Wenn du deine Finger behalten willst, bewegst du sie keinen Millimeter mehr«, zische ich ihm zu, während ich den Umstehenden das höfische Lächeln zuwerfe, das sie von der Tochter ihres Königs erwarten. »Vergiss nicht, dass du mein Accessoire bist. Nicht andersherum.«

Und vergiss nicht, dass ich dich nur aus einem Grund mitgenommen habe, füge ich in Gedanken hinzu. Dafür, dass er Lincoln nicht tötet.

»Keine Sorge«, raunt er zurück und dreht den Kopf zur Seite, um jemanden hinter uns anzusehen. Ich bin sicher, dass es kein Zufall ist, dass seine Lippen dabei mein Haar streifen. Aber ich kann ihm gerade leider nicht in den Arsch treten.

Stattdessen werfe ich ebenfalls einen Blick über die Schulter zu seinem Fährtensucher Joaquin, dessen linke Gesichtshälfte immer noch leichte Spuren der Brandblasen zeigt, die er von der nächtlichen Auseinandersetzung Sonntagfrüh davongetragen hat.

Meine Haut prickelt bei der Erinnerung an Lincoln, doch ich

verscheuche die Gedanken schnell. Das Prickeln ist leider deutlich hartnäckiger. Es scheint sich sogar zu verstärken, gerade so, als stünde er keine zehn Meter von mir entfernt. Aber das ist absurd. Wäre er hier, wäre er längst tot.

»Kingston! Ich freue mich, dich hier zu sehen, noch dazu in der reizenden Gesellschaft meiner Tochter.« Mein Vater legt Kingston beinahe gönnerhaft die Hand auf die Schulter. Ein paar Blitzlichter brennen sich in meine Netzhaut, doch ich ertrage den Schmerz hinter der würdevollen Maske, die von mir erwartet wird.

»Die Freude ist ganz meinerseits, Signore Salvatore.« Kingston neigt untertänig den Kopf und ich muss mich dazu zwingen, nicht die Augen zu verdrehen. Äußerlich lächele ich tapfer weiter. »Ich würde mich darüber hinaus sehr freuen, in Zukunft häufiger bei Ihnen zu Gast zu sein.«

Versuch's mal als Mätresse, sein Verschleiß ist recht hoch. Und in den Arsch kriechen kannst du ja.

Ich will Kingston ein überhebliches Lächeln zuwerfen, da bohrt sich der Wille meines Vaters wie ein Blitz in meinen Schädel, sodass ich kurz Sterne sehe. Ich verbiete mir, das Gesicht zu verziehen, obwohl mir der Schmerz Tränen in die Augen treibt.

Treib's nicht zu weit!, grollt Salvatores Stimme in meinem Kopf, während er äußerlich weiterhin lächelnd Kingstons Schulter tätschelt. »Ich bin sicher, das lässt sich arrangieren. Ich wäre entzückt, und meine Tochter ebenfalls.«

»Deine Tochter steht genau neben dir. Und sie wäre ganz und gar nicht entzückt«, zische ich, damit nicht nur mein Vater, sondern auch Kingston es hören. Zur Sicherheit schirme ich meinen Kopf gegen eine neuerliche Zornattacke ab.

Das Lächeln meines Vaters ist unbeirrt. »Keine Sorge, Kingston, sie wird sehr bald den Ernst der Lage erkennen und sich fügen.«

Ich bin keine willenlose Sklavin, die sich einfach herumschieben lässt!, zische ich lautlos, und muss im selben Moment er-

neut an Lincolns Worte denken, darüber, dass Frauen im einundzwanzigsten Jahrhundert keine Besitztümer mehr sind.

Ich spüre Salvatores Willen am Rande meines Bewusstseins,
doch ich halte ihm stand, bis meine Augen feucht werden.
Dann unterbricht uns meine Mutter, indem sie sanft jeden von
uns am Arm berührt. Ihre Finger sind willkommen kühl wie
das sanfte Streicheln des Nachtwindes, ihre Stimme fließt wie
Seide.

»Es ist kurz vor fünf. Wollen wir?«

Das Lächeln meines Vaters, das während der gesamten
Unterhaltung nicht eine Sekunde lang verloschen ist, potenziert sich auf die Strahlkraft der Sonne, als er meine Mutter
ansieht. Diesmal kann ich es ihm nicht verdenken, denn was
er an Willenskraft besitzt, hat sie an Präsenz. Sobald Kataleyna
Ferrara einen Raum betritt, beherrscht sie ihn – auf jede er-
denkliche Weise.

Manchmal frage ich mich, ob es nicht insgeheim sie ist, die
über unsere Schattengesellschaft regiert. Natürlich gab es
noch nie eine Vampirkönigin. Überhaupt gab es bisher nur
wenige Könige, denn um Vampirkönig zu werden, muss man
den vorherigen töten. So will es das Gesetz.

Ich bin die Nacht, der Tod, die ewige Verdammnis.
Wer mich infrage stellt, muss mir den Tod bringen.
Wer es versucht, wird selbst den Tod finden.
– *VD 3, Heilige Schrift des Propheten*

Es gibt nur einen Vampir, der überlebt hat, nachdem der Prophet, unser vorheriger König, starb. Salvatore Ferrara. Und
meine Mutter ist die einzige Person, vor der Salvatore sein
Haupt neigt.

»Natürlich, meine Schöne. Nach dir.«

Im Vorbeigehen legt meine Mutter die schlanken Finger unter mein Kinn, damit ich die Schultern straffe.

Ich muss mich zusammenreißen, um mir den giftigen Gefühls-Cocktail aus Wut, Frust und Verzweiflung nicht anmerken zu lassen, der meine Eingeweide in flüssige Lava verwandelt. Und um Kingston nicht doch die Handmittelknochen zu brechen, als er sie wieder an meinem unteren Rücken platziert, während wir hinter meinen Eltern den Saal betreten.

Dein Vater hat recht, höre ich mittendrin Kingstons Stimme in meinem Kopf. *Es ziehen blutige Zeiten auf. Wir sollten unsere Gefährtenbindung offiziell verkünden. Hier sind genügend Zeugen. Ich stehe auf und verkünde für alle hörbar, dass du meine Gefährtin bist. Alles, was du tun musst, ist, meinen Namen auszusprechen.*

Ich balle die Hände so fest zu Fäusten, dass sich meine Fingernägel in meine Handflächen graben.

Du bist nicht mein Gefährte, Kingston. Du warst es nie, und du wirst es niemals sein.

Sein dunkler Duft umweht mich, als er den Kopf zu mir neigt.

Ich weiß, wie dein Blut schmeckt, wenn du einen Orgasmus hast. Und du, wie meines schmeckt.

Meine Fingernägel graben sich durch die Haut meiner Handflächen und benetzen meine Fingerkuppen mit Blut, doch ich spüre keinen Schmerz. Nur Wut. Weniger auf ihn, als auf mich selbst. Denn er sagt die Wahrheit. Ja, ich habe mit ihm geschlafen. Ja, ich habe meinen Blutdurst an ihm gestillt. Aber es hatte nichts mit Liebe zu tun. Ich bin auch nur eine Vampirin, ich verspüre Durst und Lust. Früher habe ich wie jeder andere beides an Menschen gestillt, aber seit jener Nacht in Paris bevorzuge ich Blutkonserven für den Durst und Vampire für die Lust. Von beidem kann man nicht mehr nehmen, als sie geben können.

Das macht dich nicht zu meinem Gefährten, zische ich giftig.

Er widerspricht nicht, lehnt sich jedoch mit einer Selbstgefälligkeit zurück und beobachtet meinen Vater auf der Bühne, als sei das letzte Wort in dieser Sache noch nicht gesprochen.

Es folgen sechzig quälende Minuten der Selbstbeweihräucherung und des salbungsvollen Fanatismus von selbst ernannten Despoten, getarnt hinter Wohltätigkeitsfloskeln darüber, wie stark die Population von ›gefährdeten Wildtieren‹ in den letzten Jahrzehnten gewachsen ist.

Die *Pazifisch-Atlantische Wildlife Initiative*, kurz PAW, ist neben der Ferrara-Stiftung hier in Oregon das Lebenswerk meiner Eltern. Auf dem Papier ist meine Mutter die alleinige Geschäftsführerin beider Organisationen, weil mein Vater als gewählter Senator des Bundesstaats Oregon keine anderen Ämter bekleiden darf. Finanziert wird PAW von Energiekonzernen und Großindustrien, die links Wälder abholzen und fossile Ressourcen plündern, und rechts mit scheinheiligen Investitionen in den Fortbestand gefährdeter Tierarten ihr schlechtes Gewissen reinwaschen wollen.

Natürlich ist das alles Show.

PAW ist in Wahrheit ein Zusammenschluss der mächtigsten Vampirfamilien aus Europa und Amerika, ein Deckmantel, unter dem wir uns regelmäßig treffen und Informationen austauschen. Und natürlich vergöttern sie alle meinen Vater.

Schlimmer als die Selbstverliebtheit von Salvatore Ferrara ist nur die abgöttische Liebe, mit der alle im Saal an seinen Lippen hängen – Vampire und Menschen, von denen es immerhin Vereinzelte gibt. Nicht jeder in einer Machtposition ist ein Vampir, aber alle stehen in irgendeiner Abhängigkeit zu uns, sei es durch Betörung, Manipulation oder Erpressung.

Wie so oft frage ich mich, wie Menschen reagieren würden, wenn wir sie als Gleichgestellte behandeln würden und ihnen ihren freien Willen ließen. Mein Vater, der in den vergangenen Jahrhunderten feststeckt, ist sich sicher, dass sie erneut Vampirjäger ausbilden und uns erbarmungslos jagen würden. Zu gleichen Teilen aus Hass, Gier und Angst, so wie zur Zeit der Blutkriege, von 1349 bis 1897, die ganze Landstriche in

Osteuropa derart mit Vampirblut getränkt haben, dass dort bis heute nichts wächst. Die Kriege fanden erst ein Ende, als sich Abraham Van Helsing und Vlad Dracula gegenseitig zerstörten, was zum ersten Waffenstillstand der Geschichte führte, der bis heute andauert.

Cassandra hat früher behauptet, dass sich in Europa wieder einzelne Gruppen von Jägern zusammenschließen würden. Dass wir deswegen erst aus Perugia und dann aus Paris weggezogen seien. Ich glaube immer noch, dass sie sich das ausgedacht hat, weil sie immer alles besser wissen muss.

Meiner Meinung nach haben die Menschen die Blutkriege und die Fehden mit den Vampiren längst vergessen. Die unverzeihlichsten Taten auf beiden Seiten sind über sechshundert Jahre her und selbst das jüngste Blutbad über einhundert. Anders als wir leben sie nicht lang genug, als dass noch ein Zeitzeuge existiert, der sich daran erinnern könnte. Alles, was davon übrig geblieben ist, sind die Legenden, die Eltern ihren Kindern als Gruselgeschichten erzählen, und aus denen Popkultur-Werke entstanden sind, in denen wir in schaurigen Spitztürmen leben, in der Sonne glitzern oder Menschen aus unstillbarer Gier blutleer saugen.

Was nicht nur ekelhafte Völlerei wäre, sondern auch absolut unpraktikabel: Ein gesunder Mensch hat rund fünf Liter Blut im Körper. Niemand will fünf Liter auf Ex trinken und danach siebzig Kilogramm Leergut entsorgen.

Ich glaube wie die Evangelisten, dass die Menschen durchaus im Stande sind, die Symbiose zu erkennen, in der wir leben können: Wir sichern ihren Wohlstand, sie sichern unser Überleben. Nicht als Parasit und Wirt, sondern als Partner in einem freien Markt aus Angebot und Nachfrage. Wenn Blutbanken nicht mehr nur mit Manipulation und Betörung funktionieren, sondern Menschen sich aus freien Stücken in unsere Dienste begeben, egal, ob als Blutspender, Kuriere oder Mätressen. Wenn sie uns vertrauen, müssen sie nicht mit mentaler Kontrolle gefügig gemacht werden.

Das funktioniert natürlich nicht, wenn unser Oberhaupt ein Egomane mit Gottkomplex ist, der alle schlimmsten Herrschaftsformen Europas, vom französischen Absolutismus bis zur deutsch-spanisch-italienischen Diktatur, aus erster Hand miterlebt hat und sich das jeweils Beste – also, Schlimmste – herausgepickt hat.

Zugegeben, Salvatore Massimo di Ferrara ist erschreckend überzeugend. Wortgewandt, intelligent, charismatisch. Er ist nicht nur ihr König. Sie halten ihn für einen Gott.

Er hat schließlich ein Wunder erschaffen.

Mich.

Geboren aus der Nacht und geschrieben in Blut, führt uns die Rettung aus der Dunkelheit, zitiert mein Kopf ungefragt die Schrift unseres Propheten.

Salvatore ist Italienisch für ›der Retter‹. Er glaubt, dass sich die Prophezeiung auf ihn bezieht. Aber was, wenn sie sich auf mich bezieht?

Ich wurde aus der Nacht geboren. Und ich glaube fest daran, dass ich uns aus der Dunkelheit führen kann, indem ich dem totalitären Machtregime meines Vaters ein Ende setze. *Gemeinsam* mit den Menschen, weder als ihre Ausbeuter noch als ihre Feinde.

Es gab noch nie eine Vampirkönigin. Aber alles, was ich dafür tun muss, ist, das Blut meines Vaters in den Staub zu schreiben. Ich weiß, dass ich es kann. Sobald ich nur endlich meinen verdammten Blutrausch hatte!

Als hätte er meine Gedanken trotz meiner Abschirmung und der vielen anderen Personen und Gefühle im Raum gelesen, lenkt mein Vater nun das Thema auf mich.

»Bevor wir zum Ende kommen, möchte ich noch eine Verkündung machen.« Seine Stimme vibriert vor Begeisterung, als er auf die Bühne eilt, um meiner Mutter das Mikrofon abzunehmen. »Denn wir freuen uns sehr, dass das Team von PAW neue Unterstützung und frisches Blut bekommt.« Ein paar Lacher, die seine Augen schelmisch funkeln lassen. Dann heftet er seinen eisblauen Blick auf mich, und selbst auf diese Entfernung spüre ich seine Genugtuung. Ich erwidere seinen Blick so entschlossen, wie ich kann.

Wenn du meinen Namen sagst, werde ich dich vor allen Versammelten zum Duell fordern. Dann kannst du entweder deine eigene Tochter ermorden oder erleben, wie sie dich ermordet.

Seine Augen blitzen vor Begeisterung, seine Zähne vor unterschwelligem Zorn über meinen Widerspruch.

Oh, Tochter. Wir wollen doch nicht, dass dein hübsches Gesicht dauerhaft entstellt wird, oder? Und selbst, wenn es dir gelänge, mich, deinen Vater, König und Gott, zu töten, würdest du als meine Mörderin zu unserer neuen Königin aufsteigen. Dem wärst du nicht gewachsen.

Schwarze Wut brodelt in mir hoch. Ein Fehler, den ich sofort korrigiere und meinen Schutzwall hochziehe. Doch mein Vater ist schneller und schlägt gnadenlos in die Kerbe. Gleißender Schmerz schießt mein Rückgrat hinab, verkrampft meine Muskeln und lässt meine Hände zittern. Ich schaffe es nicht, mich seinem Willen zu entziehen, bis er mich wieder freigibt. Helligkeit kehrt zurück wie eine heilige Laterne im Nebel.

Siehst du? Du bist nicht einmal dieser Unterhaltung gewachsen, Principessa.

Ein Knurren entkommt meiner Kehle, weil ich diesen Kosenamen so sehr hasse. *Prinzessin.*

Salvatore hebt einen Mundwinkel, als würde er mich zu einem mentalen Schachduell herausfordern. Diesmal halte ich seinem Manipulationsversuch stand.

Dann verkündet er: »Kingston Hearst Ecclestone wird von nun an die Personalabteilung von PAW leiten. Sie kennen ihn vielleicht, er sitzt neben meiner bezaubernden Tochter – die übrigens bald ihre Verbindung bekannt geben wird.«

Frustrierte Verzweiflung schießt durch meine Adern wie Gift. Ich grabe die Fingernägel tiefer in meine längst blutigen Handflächen und ignoriere, wie sich augenblicklich vierhundert leuchtende Augenpaare auf mich und Kingston richten. Mein Vater weiß sehr genau, dass das hier nach einer Verkündung von etwas sehr viel Größerem aussieht als einer neuen Jobposition. Kein Wunder, dass alle begeistert von ihren Stühlen aufspringen und klatschen.

Nur über meine Leiche.

Mein Vater lacht, als hätte ich einen Witz gemacht. Dann hebt er die Hände, um gemeinsam mit den anderen zu applaudieren. Ich bleibe demonstrativ sitzen, während Kingston sich endlich erhebt, sein Sakko schließt und in die Runde winkt.

Als er auf der Bühne angekommen ist, wird er von Salvatore in einer großmütigen Geste in die Arme gezogen, die einen Brand in mir verursacht, der nur auf zwei Arten gelöscht werden kann. Beide beinhalten Blut. Jede Menge davon.

»Vielen Dank, Signore Ferrara. Selbstverständlich nehme ich die Ehre an und verkünde hiermit offiziell ...«, Kingston sieht mich direkt an, doch ich stehe abrupt auf, bevor er den Satz aussprechen kann.

Entschuldigt mich, ich muss kurz Blut vergießen.

14
Du siehst aus, als könnte ich einen Drink vertragen

Alyssa

»Lincoln?! Was zum verfluchten Teufel tust du hier?«

Ich weiß nicht, was schlimmer ist: Dass mein Vater immer noch glaubt, über mich bestimmen zu können. Oder dass meine Laune beim Betreten des Foyers von schlecht auf mordlustig wechselt.

Lincoln Gabriel ist hier. Ausgerechnet der Typ, wegen dessen grenzenlos mutiger Dummheit ich heute Abend an Kingston gekettet bin. Und weswegen mein hinterhältiger Vater blitzartig Spekulationen streut, die um ein Haar in der ewigen Gefährtenbindung meiner Seele an verflucht noch mal Kingston Ecclestone geendet hätten!

Und anstatt mir für dieses Opfer dankbar zu sein und schleunigst das Weite zu suchen – weit weg von allen Vampiren –, taucht Lincoln ausgerechnet hier im Congress Center auf. Nicht nur das, er lehnt mit dieser absurd attraktiven Selbstgefälligkeit an der Theke und sieht mir direkt in die Augen, kaum, dass ich die Tür aufgestoßen habe. Seine zimtbraunen Haare sind wie immer ein herrliches Kunstwerk zwischen Ordnung und Chaos und sein Outfit aus schlichtem Shirt und Lederjacke passt so herrlich wenig an diesen Ort der Dekadenz, dass ich vor Genugtuung auflachen will.

»Ich wusste gar nicht, dass du so fluchen kannst, Cupcake.«

Ich bin bei ihm, bevor sich die schwere Saaltür klickend schließt, und knalle meine Tasche auf den Tresen. Wieder einmal fasziniert es mich, dass Lincoln meinem Blick nicht ausweicht, anders als seine Kollegin. Die Frau macht sich eilig ans Gläserspülen und gibt uns ein paar Meter Raum.

»Was tust du hier, Lincoln Gabriel?«, komme ich zu meiner Frage zurück und genieße den Geschmack seines Namens auf meiner Zunge.

Für einen Sekundenbruchteil flammt etwas in seinen goldgrünen Augen auf, das meinen Blutdurst augenblicklich potenziert. Dann hebt er die Mundwinkel zu einem entwaffnend sanften Lächeln. »Keine Sorge, Cupcake. Ich habe nicht vor, ein weiterer psychopatischer Stalker-Ex zu werden. Ich arbeite hier.«

Er erinnert sich wieder an letzte Woche? Hitze und Neugierde streiten in meiner Brust. Neugierde, weil ich alles wissen will. Hitze, weil die Bezeichnung ›Ex‹ impliziert, dass wir vorher eine Beziehung haben werden.

Mit Mühe reiße ich meinen Blick von dem perfekten Schwung seiner Lippen los und sehe ihm wieder in die Augen. Sagte ich schon, dass ich es liebe, dass er nie wegsieht? Ich bin geradezu süchtig danach.

Aufreizend lehne ich mich weiter nach vorn, wohlwissend, welchen Einblick in mein Dekolleté ich ihm dadurch gewähre. Sein Blick zuckt nach unten, bevor er mir wieder in die Augen sieht. Lincoln hat sichtlich Mühe, sich auf mein Gesicht zu konzentrieren, und ich kann es ihm nicht verdenken – auch wenn ich ihm den Versuch hoch anrechne. Dieses Kleid hätte Draculas Braut gehören können. Blutrot, bodenlang und mit einem extrem gewagten V-Ausschnitt – hinten noch tiefer als vorne.

»Lügner«, raune ich, einfach um auszutesten, wie er darauf reagiert. Als sich sein Blick verdunkelt und auf meine Lippen fällt, spüre ich die Spitzen meiner Fangzähne wachsen.

»Er arbeitet wirklich hier«, bestätigt seine edgy Kollegin kleinlaut. »Anweisung von oben.«

Von oben? Das kann nur …

Ich erstarre, als mich die Erkenntnis übergießt wie Eiswasser. Meine Eltern! Sie wissen von Lincoln, von letztem Samstag. Und jetzt steht er entweder auf der Beobachtungs- oder der Abschussliste. Hat Kingston etwa sein Wort gebrochen? Oder sind sie dahintergekommen, wo ich letzte Woche war? So oder so, dass Lincoln auf Veranlassung meiner Eltern hier ist, verheißt nichts Gutes.

Mich überkommt ein Schauer, der Lincoln natürlich nicht entgeht.

»Geht es dir gut?«

Zum zweiten Mal trifft mich diese schlichte Frage völlig unvorbereitet. Ich reagiere auf die einzige Art, die ich je gelernt habe, mit dem Angriff nach vorn: »Sehe ich aus, als würde es mir nicht gut gehen?«

»Nein«, sagt er leise, wobei die Wärme in seiner Stimme meinen Schmerz nur verschlimmert. Ich will sein Mitleid nicht, genauso wenig wie diese Verletzlichkeit. Gerade will ich ihn erneut anfahren, da ergänzt er mit seinem schelmischen Grinsen: »Ehrlich gesagt siehst du aus, als könntest du einen Drink vertragen.«

Und einfach so, mit einem einzigen Satz sprengt er jede Unsicherheit und alle Ketten, mit denen die Wut auf meinen Vater mein Herz umschließt. Ich muss lachen. Und verdammt, es fühlt sich so gut an, dass ich den Kopf in den Nacken werfe und weiterlache, bis mein Bauch wehtut.

»Da hast du so was von recht. Ich verdurste.«

Bevor ich eine Bestellung aufgeben kann, stellt er mir ein Glas hin, dessen Inhalt verdächtig nach dem Getränk von letztem Samstag aussieht. »Wie heißt es?«, frage ich, weil ich beim letzten Mal nicht nach dem Namen des Cocktails gefragt habe.

»Es heißt ›Danke, Lincoln‹.« Er grinst mit dieser ganz eigenen Mischung aus sexy Selbstbewusstsein und kindlicher Freude, und abermals bin ich überwältigt von dem Anblick, vor allem, als seine Miene wieder weich wird. »Gern geschehen, Alyssa.«

Ich verdrehe die Augen, um die ungebetene Wärme zu unterdrücken, die das Brodeln in meiner Brust ablösen will. »Ich meinte das Getränk.«

»Klar.« Er zwinkert mir zu, bevor er bereitwillig antwortet: »Das von letzter Woche war ein Negroni: Gin, Campari und Vermouth. Das hier ist ein Boulevardier, mit Whisky statt Gin. Ich persönlich finde diese Variante besser.«

Er lehnt sich so weit über die Theke, dass mich sein betörender Duft umfängt. Sein Gesicht kommt meinem gefährlich nahe, bis ich abermals die goldenen Feuerwirbel in seinen Augen wahrnehme. Mein Puls beschleunigt, obwohl Lincoln bloß das Kinn in die Handfläche stützt, um meine Reaktion zu beobachten, und dabei aussieht wie ein Halbgott auf Erden.

Um mir nichts von meinem Gefühlschaos anmerken zu lassen, nippe ich an dem Glas. Bitter, süß und scharf vermischen sich in meinem Mund mit etwas Weichem. Begeisterung darüber, dass dieses Getränk tatsächlich nach etwas schmeckt, flutet meine Blutbahnen. Doch ich zwinge einen neutralen Ausdruck auf mein Gesicht, als ich einräume: »Du hast Geschmack.«

Abermals lässt er den Blick über mich gleiten, und diesmal liegt nichts Keusches darin. Diesmal verwandelt er die Hitze in meiner Brust in Lava. Die Anziehung ist so überwältigend, dass die Luft zwischen uns zu flirren beginnt. Wie eine elektrische Ladung, die mit Händen greifbar, auf der Zunge spürbar, in der Brust fühlbar ist.

Ein weibliches Räuspern neben uns zerstört den Moment. Schon will ich die edgy Barkeeperin an ihren Platz in der Rangordnung erinnern, da sehe ich, wie ihr Kopf unmerklich zur Seite ruckt.

Jetzt, wo meine Sinne nicht mehr von Lincoln ›Höllenfeuer‹

Gabriel benebelt sind, spüre ich die wachsamen Blicke der Patrouille ebenfalls im Rücken. Caleb, Desmond, Jorge und ein Typ, den ich nicht kenne, verfolgen jeden kleinsten Atemzug von mir – und damit auch jeden von Lincoln.

Es ist nur eine Frage der Zeit, bis sie meinem Vater Bescheid geben.

Das darf ich nicht riskieren.

Anstatt sie zu ignorieren, drehe ich mich demonstrativ um und durchbohre sie der Reihe nach mit meinem Blick, zwinge ihnen meinen Willen auf, angefangen mit Caleb ganz links. Die Einschüchterung funktioniert nur kurz, bevor sie wieder die Kontrolle über sich selbst haben.

Du bist dem nicht gewachsen, Principessa, hallt die Stimme meines Vaters in meinen Gedanken wider. Ich hasse es, dass er recht hat.

Planänderung: Ich setze ein Zuckerguss-Lächeln auf und winke den vier Handlangern zu. Dann stelle ich das leere Glas auf den Tresen und sehe Lincoln auffordernd an. »Wir haben ein Date.«

»Teufel, ja. In knapp sechs Stunden.«

Ich werfe einen Blick auf die Uhr über der Tür und bin überrascht, wie präzise seine Schätzung ist. Zählt er etwa die Minuten?

Lächelnd gleite ich von meinem Barhocker. »Ich bin dafür, dass wir es vorziehen.«

»Äh ...«

»Keine Widerrede!« Schon habe ich die Theke umrundet und packe ihn am Kragen seiner schwarzen Lederjacke. Sie ist erstaunlich weich. Glatt. Und warm von seinem Körper. Ich muss das Verlangen niederringen, meine Lippen auf seinen Hals zu drücken.

Ein lustvoller Blitzschlag durchfährt mich, als Lincoln mein Handgelenk umfasst. Seine Finger sind lang, stark und leicht schwielig. Und heiß, so heiß wie sein Atem, als er sein Gesicht so dicht an meines bringt, dass sich die feinen Härchen in meinem Nacken aufstellen.

»Oh, Cupcake, es gibt nur wenig, das ich gerade lieber tun würde als mit dir in eine dunkle Ecke zu verschwinden. Aber ich kann nicht, sonst verliere ich meinen Job. Ich stehe bei meinem Chef zurzeit nicht besonders hoch im Kurs, weil ich die letzten Tage meinen kranken Freund gepflegt habe und –«

Mein Finger auf seinen Lippen lässt ihn innehalten. Goldene Flammen züngeln im Grün seiner Augen. »Du verlierst deinen Job nicht«, raune ich. »Ich verspreche es.«

Ich lächle den vier Bluthunden zu und erkläre, dass ich mir kurz etwas zu trinken genehmige.

Sie werfen einen Blick auf meine Hand an Lincolns Kragen, ziehen genau den Schluss, auf den ich es anlege, und protestieren nicht. Niemand stellt sich zwischen einen Vampir und seine nächste Mahlzeit.

Dann sind wir durch die Tür.

15
Gehen eine Prinzessin und ein Bettler in eine Bar

Lincoln

»Wohin gehen wir jetzt?«, fragt Alyssa, während ich ihr eine der schweren Glastüren des Oregon-Convention-Center aufhalte.

Verwirrt hebe ich eine Braue. »Äh ... *du* hast *mich* entführt, Prinzessin.«

Als sie dicht an mir vorbeigeht, umhüllt ihr Duft mich wie ein betörendes Versprechen, wie eine bittersüße Versuchung, die ich von ihrer Halsbeuge kosten will. Ihr Lächeln wird noch ein wenig breiter, als sie den Blick hebt und mich ansieht, als wüsste sie genau, was ich gerade denke.

»Du vergisst da eine Sache, Lincoln.«

Dass es hier Zuschauer gibt?

Sie lacht leise und ich werde augenblicklich süchtig nach dem Klang. Um mir nichts anmerken zu lassen, richte ich den Kragen meiner Jacke. Mitten im Türeingang lehnt sie sich zu mir, berauscht vollkommen meine Sinne. Ihr Duft. Ihre Nähe. Ihre Lippen, so dicht vor meinen, dass ich ihren Atem auf der Haut spüre. Ich kann nichts anderes ansehen als ihre Lippen. Erst recht, als sie sich sinnlich teilen, um mir etwas zuzuflüstern.

»Ich will keine Prinzessin sein.«

Okay, in meinem Kopf hat sie etwas sehr viel Schmutzigeres gesagt.

Als sie sich zu mir umdreht, bin ich immer noch damit beschäftigt, jeden Zentimeter ihres verboten gehörenden Kleids zu betrachten. Und, wo wir schon dabei sind, ihre atemberaubende Frisur aus aufgetürmten blonden Locken, aus denen sich die Hälfte gelöst hat und wie flüssiges Gold über ihre Schulter fließt. Ich bewundere ihre aufrechte Haltung. Ihr verwegenes Lächeln.

Es gibt nichts an dieser Frau, das nicht perfekt ist. Es gibt nichts, das mir nicht den Verstand raubt.

»Entschuldige«, korrigiere ich mit spielerisch gesenktem Haupt, »Ich meinte natürlich *Königin*.«

Sie bemüht sich um eine unbeteiligte Miene, aber ich sehe ihr an, wie sehr sie gegen ein Lächeln ankämpft. Dann räuspert sie sich und neigt den Kopf, wie es einer echten Königin gebühren würde. Sie macht sogar eine dieser Gesten, die man sonst nur bei der Queen sah.

»Nun, wenn das so ist, James, dürft Ihr mich zu einem Etablissement Eurer Wahl geleiten«, geht sie auf das Spiel ein. Sogar ihr Akzent klingt perfekt.

Verblüfft reiche ich ihr meinen Arm. »Ich kenne ein vorzügliches Café nicht weit von hier, Madame.«

»Es heißt Mademoiselle, ich bin nicht verheiratet«, korrigiert sie. Ihre Stimme hat immer noch diesen höfischen Tonfall, aber ihr Blick lässt ihre Worte abermals doppeldeutig klingen.

Ich grinse, während wir aus dem überdachten Bereich in die kühle Abendluft treten. Eisiger Wind weht mir um die Ohren und ich will gerade meinen Jackenkragen aufstellen, da fällt mir auf, dass Alyssa bloß dieses dünne Nichts von einem Abendkleid trägt. Vermutlich tue ich mir selbst einen Gefallen, indem ich meine Jacke ausziehe und ihr um die Schultern hänge.

»Was ... machst du da?« Sie sieht ehrlich verwirrt aus, gerade so, als hätte ihr noch nie jemand seine Jacke angeboten. »Mir ist nicht kalt.«

Ja, klar.

»Ich meine es ernst, Lincoln. Ich brauche deine Jacke nicht.«
Sie bohrt ihre Augen in meine. Ich hebe bloß die Mundwinkel,
obwohl mir wirklich verdammt kalt ist.

Alyssa macht Anstalten, sich aus der Jacke zu winden, also
hindere ich sie daran, indem ich meinen Arm um ihre Schultern lege.

Was bin ich doch für ein Fuchs.

Ich grinse in mich hinein, und es liegt nicht nur daran, dass
ich sie gerade im Arm halte und jeder ihrer Schritte ihren Körper gegen meinen schmiegt. Na gut, vielleicht liegt es ein bisschen daran. Auch wenn das heißt, dass ich dafür frieren muss.

Ich bin froh, dass wir nur drei Minuten später das *Dutch
Bros* erreichen.

Ich ordere wie immer einen »Double Torture« – aber die
heiße Variante, denn das *Dutch Bros* ist vor allem für seine
Iced-Coffee-Blends bekannt. Als ich meine Bestellung ausgesprochen habe, wirft Alyssa mir einen vielsagenden Blick zu.

»Du stehst also auf Schmerzen?«

Ich versuche angestrengt, diesen Kommentar nicht zweideu-
tig zu verstehen. Es klappt natürlich nicht. Also lenke ich uns
beide ab, indem ich zur Menütafel über dem Tresen deute.

»Die Drinks hier haben alle solche Namen.«

Alyssas Augenbrauen wandern noch weiter in die Höhe.
»*Vampire Slayer Rebel?*«, liest sie zweifelnd vor. Ich zucke mit
den Schultern, während ich meinen Kaffee entgegennehme.
Sie hat immer noch nichts bestellt.

»Der ist wirklich gut, aber den gibt's leider nur gefrostet
und ich brauche gerade etwas Heißes.«

Kaum ausgesprochen fällt mir auf, dass jetzt *ich* zweideutige
Aussagen mache. Schnell nehme ich einen Schluck aus meinem Becher. Doppelter Espresso mit heißer Schokolade, Vanil-
lesirup und Schlagsahne. Genau, was ich jetzt brauche.

Alyssa bestellt einen schlichten Espresso, dann stellen wir
uns an einen der Stehtische, um dem älteren Ehepaar hinter
uns Platz zu machen.

»Du verträgst ganz sicher Milch und Zucker?«, fragt sie.

»Wieso, willst du mir Cupcakes backen?«

Alyssa sieht von dem Berg Schlagsahne zu meinen Lippen, und mir entgeht nicht, dass sie einen Moment länger braucht, um von dort aus zurück zu meinen Augen zu finden. Die Intensität, mit der sich ihre violetten Augen dunkel färben, lässt meine Haut prickeln. Ich bin mir sicher, dass wir beide daran denken, was ich letzte Woche in meinem Wagen zu ihr gesagt habe.

»Vanillesahne, hm?«, raunt Alyssa, als hätte sie meine Gedanken gelesen.

Aus einem unkontrollierbaren Impuls heraus halte ich ihren Blick fest und versenke meine Zunge tief in der Schlagsahne meines Bechers.

Ihre violetten Augen werden noch dunkler, während sie mir dabei zusieht, ohne zu blinzeln. »Du spielst mit dem Feuer, Lincoln.«

Lachend wische ich mir den Schaum von den Lippen. Bevor ich heruntergeschluckt habe, stürzt sie den Rest ihres Espressos herunter und packt mich abermals am Kragen. »Wir gehen.«

Nichts lieber als das. Wohin?

»Wohin willst du denn, Lincoln?«

In dein Bett. Jetzt sofort.

Alyssa wirft mir über die Schulter einen sinnlichen Blick zu, der kurz jeden Gedanken lahmlegt. Ich kämpfe diese Antwort und meine wachsende Erektion nieder, bevor ich ihr in die kühle Abendluft folge.

Wir wenden uns nach links, weg vom Oregon-Convention-Center, hin zum pulsierenden Nachtleben von Portland. Musik drängt aus den Bars, vor denen Leute in Grüppchen zusammenstehen, lachen und trinken. Einige sehen uns nach, als die Absätze von Alyssas funkelnden High Heels in der Dunkelheit widerhallen. Und ich kann selbst aus dem Augenwinkel sehen, dass sie ihre Blicke nicht von ihr losreißen können. Eine seltsame Mischung aus Stolz und Eifersucht ergreift Besitz von mir und staut sich in meinem Bauch zu dieser gefährlichen Hitze, die ich heute schon einmal gespürt habe. Ich muss mich dringend ablenken.

»Dein Vater ist also Senator von Oregon«, sage ich, um ein Gespräch zu beginnen. Ich habe die Stunde Freizeit hinter der Bar genutzt, um alles zu lesen, was Google über Salvatore M. Ferrara ausspuckt. Das M steht für Massimo. Wie der verfluchte Gladiator, Mann! Und er scheint nie zu schlafen, denn in den acht Jahren, die er jetzt im Senat ist – dabei sieht er bloß aus wie Mitte dreißig –, hat er mehr Reformen eingebracht als jeder andere, und keine einzige wurde abgelehnt. Ziemlich überzeugend, der Mann. Kein Wunder, dass seine Tochter genauso willensstark ist.

Alyssa legt den Kopf so weit in den Nacken, dass ich um ihre Sehnen fürchte. »Können wir bitte nicht über meinen Vater sprechen?«

Kein Problem. »Wonach ist dir?«, frage ich, während sie gleichzeitig fragt: »Was würdest du jetzt tun, wenn ich nicht hier wäre?«

Ich blinzle kurz, schiebe zwei nicht jugendfreie Antworten beiseite, dann hebe ich einen Mundwinkel. »Vermutlich würde ich im Oregon-Convention-Center Drinks für arrogante Schnösel mixen.«

Erst, als ich es ausgesprochen habe, fällt mir auf, dass das *ihre* Leute sind. Shit. Ich werfe Alyssa einen entschuldigenden Blick zu, doch sie ... lacht? Im Ernst, sie hält sich an meiner Schulter fest, kippt vornüber und lacht so herzhaft, dass sich noch mehr Köpfe nach uns umdrehen. Ich lege die Hände um ihre Mitte, um sie zu stützen, und verdammt, sie fühlt sich so perfekt an.

Es dauert fast zwei Minuten, bis ihr Lachen verebbt und sie sich aufrichtet. »Verzeih, aber die Beschreibung passt einfach perfekt zu den Leuten, von denen ich dringend Abstand brauchte. Also? Was würdest du an einem Abend wie heute tun?«

Ich lasse den Blick über die Bars schweifen und zucke erneut mit den Schultern. »Darts spielen, vermutlich.«

»Darts?«, echot sie. »Das spielen doch nur Leute in britischen Komödien.«

»Es gibt eine Weltmeisterschaft im Darts, okay?«, kontere ich ein wenig beleidigt.

»Das heißt nichts, es gibt sogar eine Weltmeisterschaft im Gummistiefelweitwurf.« Das lässt mich wiederum auflachen. Doch bevor ich mein Handy herausholen kann, um ihre Worte zu überprüfen, deutet sie auf die Bar auf der anderen Straßenseite: »Billard.«

Schlechte Idee. »Ich spiele kein Billard mit dir. Nicht in diesem Kleid.« Ich kann mir sehr bildlich vorstellen, wozu das führt, und ich will nicht, dass unser erstes Date mit Sex endet. Anstatt darin, dass ich sie besser kennenlerne.

Wie um meinen Entschluss auf die Probe zu stellen, lehnt sich Alyssa so dicht zu mir, dass mich ihr Duft einhüllt. Frisch und rein wie eine sprudelnde Bergquelle und so betörend wie Orchideen in der Nacht. Himmlische Versuchung und höllisches Versprechen.

»Ich sage dir etwas, Lincoln Gabriel. Heute spielst du mit mir Billard. Und dafür spiele ich morgen mit dir Darts.«

Verdammt, ich bin Wachs in ihren Händen. Geschlagen nicke ich. »Kriegst du immer deinen Willen?«

Ihr Lächeln macht süchtig. »Meistens.«

Ich halte ihrem Blick fünf Sekunden lang stand, dann weiß ich, dass ich schon verloren hatte, bevor wir dieses Spiel überhaupt begonnen haben.

16
Mordlust ist auch eine Lust

Alyssa

Eineinhalb Stunden später bin ich drauf und dran, mein Vorhaben von heute Nachmittag in die Tat umzusetzen und tatsächlich jemanden umzubringen. Als Lincoln sagte, er sei ein passabler Billardspieler, war das wohl die Untertreibung des Jahrhunderts. Von den letzten sechs Spielen hat er vier gewonnen. So oft verliere ich nicht einmal gegen Kingston und er –

Nein, ich werde jetzt nicht an Kingston denken.

Zu spät. Jetzt denke ich doch an die Scharade von heute Nachmittag. An die manipulativen Machtspielchen meines Vaters. Und die beschissene Selbstverständlichkeit, mit der er glaubt, über unser beider Leben bestimmen zu können.

Holz bohrt sich in meine Seite und ich fahre beinahe aus der Haut, bevor ich Lincolns Grinsen erkenne. »Du bist dran, Cupcake.«

Er hat wirklich aufgehört, mich *Prinzessin* zu nennen. Stattdessen nennt er mich Alyssa, wenn er es ernst meint, und Cupcake, wenn er mich ärgern will. Mittlerweile weiß ich, dass seine Schwester Anna heißt und es sein Ziel ist, Kunsthandwerk zu studieren, um den Antiquitätenladen seines Nachbarn zu übernehmen.

Ich bin ein bisschen verknallt, weil er so liebevoll von seiner Mutter spricht und den Job im *Scarlet* nur hat, um ihr zu helfen, die Miete zu bezahlen. Und ich bin gleichzeitig fuchsteufelswild, weil er so verdammt geschickt mit diesem Holzstab ist.

Nachdenklich betrachte ich die Kugeln auf dem Feld. Die fünf halben von mir und die drei vollen von ihm.

»Alyssa ...?« Jetzt meint er es wieder ernst, wie auch seine besorgte Stimmlage unterstreicht. »Alles in Ordnung? Du siehst aus, als würdest du jemanden umbringen wollen.«

Ich beuge mich tief über den Tisch und loche mit einem gezielten Stoß eine meiner Kugeln ein. »Vielleicht, weil ich genau das möchte.«

»Wen?«, fragt er sofort.

Ich schnaube, während ich mich vor der nächsten Kugel in Position bringe. »Willst du die ganze Liste oder nur den ersten Platz?«

Lincoln lacht leise und stemmt die Ellenbogen auf die Tischkante, um mit mir auf Augenhöhe zu sein. Der kegelförmige Schein der Lampe über dem Tisch wirft harte Schatten auf sein Gesicht. »Kommt darauf an, auf welchem Platz ich stehe.«

Sein Tonfall ist unbeschwert, aber seine Stimme ist rau und sein Blick so intensiv, dass es mir fast den Atem verschlägt. Er lehnt sich weit vor, sodass ich die sehnigen Muskeln an seinem Hals sehen kann.

Meine Konzentration schwindet, weil mein Durst jede Vernunft überlagert.

Ich gebe der Kugel einen gezielten Stoß. »Im Moment stehst du ganz oben.« Er hebt die Mundwinkel, als hätte er damit gerechnet. Was mich gleichzeitig neugierig und skeptisch macht. »Macht dir das keine Angst?«

Da stemmt er sich hoch und umrundet den Tisch, bis er dicht hinter mir steht. Meine Nackenhärchen stellen sich auf. Ein heißer Schauer rieselt mir in die Glieder, als er mir ins Ohr raunt: »Nein. Ganz im Gegenteil ... Denn weißt du: Mordlust ist auch eine Lust.«

Mir stockt der Atem, mein Arm rutscht ab und die weiße Kugel prallt wirkungslos gegen die Bande.

Lincolns Lächeln ist unergründlich, als er seinen Queue wieder aufnimmt und sich seinerseits vor der weißen Kugel positioniert.

Als ich sehe, was er vorhat, schnaube ich. »Das klappt niemals.«

Sein Blick wandert zu mir, während der Rest seines Körpers reglos angespannt bleibt wie der eines Panthers vor dem Sprung. »Um was wetten wir?«

Ich verschränke die Arme vor der Brust, um nicht die höchst dummen Vorschläge auszusprechen, die mir meine Libido zuflüstert. Die Kugel prallt gegen die Bande, dann gegen seine Grüne. Es klackt zweimal und die Drittletzte seiner Kugeln landet im Loch.

»Zugegeben, du bist ziemlich gut«, räume ich ein.

»Ich habe dir gesagt, ich bin in allem ziemlich gut«, erinnert mich Lincoln und hält meinen Blick fest, als gäbe es nur uns beide im Raum. Was gewissermaßen stimmt, denn bis auf unseren sind alle Tische unbespielt. Die anderen Gäste sitzen vorne in der Bar. Es ist der ideale Zeitpunkt, ihn in eine dunkle Ecke jenseits des Lichtkegels zu ziehen und uns beiden die Ekstase unseres Lebens zu verschaffen.

Allein die Vorstellung jagt einen derartigen Rausch durch meine Venen, dass ich nach Luft schnappe. Aufreizend gehe ich um den Tisch herum, bis ich auf seiner Seite vor ihm stehe.

»Geradezu ... übernatürlich gut?«, frage ich kokett und lege den Kopf schief, um meinen nackten Hals zu präsentieren, damit er mich instinktiv imitiert. Seine Halsschlagader pocht verlockend, während sein Blick auf mein Schlüsselbein fällt. Wie in Zeitlupe folgt er der geschwungenen Linie meiner Schulter, bevor er wieder bei meinem Gesicht ankommt. Wir sind uns so nah, dass ich die erstarrten Feuerwirbel in seinen Augen sehen kann. Sein Atem beschleunigt sich, doch seine Miene bleibt beherrscht. Dennoch kann ich seine Erregung spüren, als ich näher an ihn herantrete.

»Tu das nicht, Alyssa«, raunt er dicht vor meinem Gesicht.

Seine Stimme ist eine heisere Warnung, die pulsierende Hitze durch meine Glieder jagt.

»Was genau?«, frage ich unschuldig.

Seine Lippen teilen sich und die erwartungsvolle Erregung stürzt mich fast in einen Rausch. Einen Sekundenbruchteil verharren wir in diesem Magnetfeld, das sich zwischen uns aufgebaut hat.

Dann atmet Lincoln beherrscht ein und tritt einen Schritt zurück. Zumindest versucht er das, denn blitzschnell greife ich in sein T-Shirt und ziehe ihn gegen meinen Körper. Ich spüre die Ausbeulung seiner Jeans an meiner Hüfte und schmecke sein Verlangen beinahe auf der Zunge.

»Lass uns ein Spiel spielen«, hauche ich an seinem Ohr, wie ein Echo auf seinen Vorschlag letzte Woche, »Wir erraten abwechselnd etwas voneinander. Wenn du gewinnst, darfst du mich küssen. Wenn ich gewinne, darf ich dich küssen.«

Jetzt ist das Lodern in seinen Augen so intensiv, dass die Feuerwirbel darin fast zu tanzen beginnen. Ich erwarte, dass er sagt, dass dies das schlechteste Spiel sei, von dem er je gehört hat, so wie ich letzten Samstag. Stattdessen stellt er fest: »Du trägst nichts drunter.«

Ich hebe eine Augenbraue. »War das deine erste These oder hast du deine Finger gerade dort, wo sie nicht sein sollten?«

»Eins zu null, Cupcake«, grinst er.

Ich bin dran mit einer These. Ich forsche in seinen Augen, während sich ein aberwitziger Gedanke in meinem Kopf formt. Da ist vollkommene Offenheit in seinem Blick. Vertrauen. Neugierde. Kann ich es wagen, ihm zu offenbaren, was ich bin? Ohne ihn zu betören, ohne ihn zu manipulieren? Direkt und ehrlich, wenn auch nur unter dem Deckmantel unseres Spiels?

»Worauf wartest du?«, erinnert Lincoln mich daran, dass ich nicht zu lange zögern darf.

Ich kämpfe den anerzogenen Fluchtinstinkt nieder. Und stürze mich kopfüber in die schwarz brodelnde Flamme.

»Du weißt, dass ich ein Vampir bin.«

Seine Augen weiten sich kurz und ich sehe in ihnen ... Erkennen? Entsetzen? Definitiv keine Angst. Im Gegenteil, er wirkt noch erregter, als er antwortet. »Im Sinne von: Würde ich drauf stehen, meine Zähne in deinen Hals zu schlagen und an dir zu saugen? Fuck, ja.«

Der heftige Rausch in meinen Adern ist mit nichts zu vergleichen, was ich jemals gespürt habe. Mein Puls beschleunigt sich, eine kaum bezähmbare Begierde überzieht meine Haut, stärker als jedes Verlangen, das ich jemals gespürt habe.

Mein Sichtfeld schrumpft, und plötzlich ist da nur noch Lincoln. Die Hitze seines Körpers. Die Verheißung seiner Lippen. Der Duft seiner Haut, der mich nicht mehr klar denken lässt.

Ich muss wissen, wie er schmeckt. Jetzt.

»Lincoln ...«, raune ich, weil es kein größeres Aphrodisiakum gibt, als den eigenen Namen heiser geflüstert zu hören. Ich bringe meine Lippen so dicht vor seine, dass er nicht widerstehen kann. Doch anstatt ihn zu küssen, schmiege ich sinnlich die Nase gegen seinen Kiefer und inhaliere seinen Duft, fahre mit der Zunge über seine Unterlippe und sauge sie leicht ein, bis ein tiefes Stöhnen in seiner Kehle erklingt.

»Alyssa ...« Er umfasst meinen Hals, schiebt mein Kinn nach oben, um sich endlich den Kuss zu nehmen, den ich ihm schon so lange verwehre. Lust belegt seine Stimme, der Hunger in seinen Augen wird nur von dem in meiner Kehle übertroffen.

Ich lächle zufrieden, lecke noch einmal neckisch über seine Unterlippe.

Und dann schlage ich meine Zähne in seine Haut.

17
Und du dachtest, ich wäre der Böse?

Lincoln

Schmerz schießt durch mein Bewusstsein. Ich zucke zurück, meine Finger schnellen an meine Unterlippe und ich sehe ... Blut?!

Hat sie mich ... *gebissen*?

Einen Moment lang kann mein Hirn diese Erkenntnis schlichtweg nicht verarbeiten. Ich bin völlig überrumpelt. Benebelt, unfähig, einen klaren Gedanken zu fassen.

Wie in Zeitlupe wandert mein Blick von dem Blut an meinen Fingern zu Alyssas Gesicht. Zu ihren dunkelvioletten Augen, die vor brennendem Verlangen glühen. Zu ihren sündigen Lippen, deren verschmiertes Rot tausendmal heißer ist als in meiner Vorstellung.

Irgendetwas in meinem berauschten Hirn schlägt Alarm, aber ...

Fuck it. Ich will sie mehr, als ich jemals etwas anderes wollte. Jetzt.

Mit einem heftigen Ruck ziehe ich ihren Kopf zu mir und erobere ihren Mund vollständig und unwiderruflich. Als unsere Körper aufeinanderprallen, ist es, als würden die Sonne und der Mond kollidieren. Hungrig, verzweifelt, völlig berauscht von Lust und Adrenalin. Sie drängt mich rückwärts in Richtung der Backsteinwand, aber ich schiebe sie so ungestüm gegen den Billardtisch, dass ihr ein Keuchen entfährt. Noch ein Geräusch, nach dem ich augenblicklich süchtig werde, von dem ich mehr will, so viel mehr.

Augenblicklich nehme ich ihren Kopf in beide Hände und lasse meine Zunge in ihren Mund gleiten, tief, fordernd, wieder und wieder, um jeden Schmerz in meiner pochenden Unterlippe zu betäuben – und jeden rationalen Gedanken. Dieser Kuss, dieser Körper, diese Frau ist alles, was ich will.

Schon habe ich sie auf den Billardtisch gehoben, schiebe ihr geschlitztes Kleid hoch und fahre ihre Schenkel hinauf, bis ihr ein Stöhnen entweicht.

Hör nicht auf.

Es ist fast so, als würde ich Alyssas Stimme in meinem Kopf hören. Was nicht möglich ist, dennoch klingt es fantastisch. Ihre Hände zerren das T-Shirt aus meiner Jeans und gleiten unter den Stoff. Ich hole scharf Luft, weil ihre Finger so kalt sind. Sie schnappt erneut nach meinen Lippen, ich stöhne in ihren Mund.

Verflucht, ich bin dabei, die Kontrolle zu verlieren. Ich ...

... vergesse alles andere, als Alyssa mit einem Ruck mein T-Shirt zerreißt und begehrlich über meine nackte Brust streicht.

Bei den Heiligen, ich will dich. Alles von dir.

Sie stöhnt leise, saugt an meiner Unterlippe, als könnte sie genauso wenig genug von mir bekommen wie ich von ihr. Ich schmecke Campari, Whiskey und metallisches Blut auf ihrer Zunge, in meinem Mund, in unserem Kuss. Hungrig verstärke ich den Druck an ihrem Hinterkopf, dränge mich gegen sie, bis nur noch Hitze und Stoff zwischen uns ist. Sie passt perfekt in meine Arme, ihre Kurven schmiegen sich an meine Kanten, ihre kühle Haut lindert das Feuer in meinem Blut, als wären wir zwei Seiten derselben Medaille. Vollkommen gegensätzlich, aber nur zusammen vollständig.

Berauscht von dieser Vorstellung greife ich in ihr Haar und ziehe ihren Kopf leicht zurück, um den Kuss zu vertiefen.

Ihr entweicht ein leises Stöhnen und ich weiß, dass ich diesen Laut für den Rest meines Lebens hören will. Ihr Herz schlägt heftig an meiner Brust und ich weiß, dass ich für dieses Gefühl sterben würde. Ihre Finger graben sich in mein zerrissenes Shirt, halten es fest, halten *mich* fest – und ich weiß, dass ich für diese Frau töten würde.

Einen Sekundenbruchteil erschrecke ich vor meinen eigenen Gedanken. Dann fahren Alyssas Hände über meine Brust und ich vergesse alles. Ihre Finger wandern höher, streicheln meinen Hals, fahren die Linie meines hämmernden Pulses nach. Ich höre mein eigenes Blut in meinen Ohren rauschen, will alles von ihr, will –

Plötzlich zuckt sie zurück, als hätte sie sich verbrannt.

»Alles okay?«, entfährt es mir. Verdammt, ich klinge atemlos.

»Was ist das?« Sie klingt genauso atemlos wie ich, während sie entsetzt auf meine Brust starrt. »Obsidian? Silber?«

Ich folge ihrem Blick, taste automatisch nach der Silberkette mit dem Anhänger aus poliertem Schwarzen Turmalin um meinen Hals, auch Obsidian genannt. Die trage ich schon immer. So lange, dass ich sie überhaupt nicht mehr wahrnehme. »Beides. Soll ich sie ausziehen?« Schon schließe ich meine Faust um den Anhänger, bereit, mir die Kette über den Kopf zu streifen. Ich werde nicht wegen eines Schmuckstücks auf den besten Kuss meines Lebens verzichten.

»Warte.« Alyssa keucht auf. Ihre Augen sind immer noch geweitet. »Wie kannst du das tragen? Was bist du?«

18
Wenn du kein Mensch bist, was bist du dann?

Alyssa

Er schmeckt nach Vampir.

Lincoln Gabriel schmeckt nach *Vampir*!

Ich stoße Lincoln weg und greife mir in die zerwühlten Haare, starre auf die winzige Blutspur an seiner Unterlippe.

Nicht durchdrehen! Fakten, Alyssa. Vielleicht bilde ich mir das nur ein.

Er ist ein Mensch und er ist eindeutig high. Ich habe ihn nicht aktiv betört, aber er ist definitiv diesem Rausch verfallen, der uns unwiderstehlich für sie macht, der sie süchtig nach unserem Biss werden lässt. Die meisten Vampire stehen drauf. Ich nicht. Ich brauche keine Sklaven.

Und trotzdem ist Lincoln anders als alle anderen Menschen, denen ich jemals begegnet bin. Weil er Vampirblut hat? Wieso hat er Vampirblut?

Das ergibt keinen Sinn!

Und doch ergibt plötzlich alles Sinn.

Seine Resistenz gegen jegliche Form der Manipulation. Diese unerklärliche Anziehung zwischen uns, die mich gleichzeitig paralysiert und hypnotisiert, und jeden vernünftigen Gedanken zu Asche zerfallen lässt. Und das, was letzten Samstag mit Joaquins Gesicht passiert ist, wäre nun auch geklärt. Joaquins Verbrennungen passen zu Obsidiankristall, und der

Splitter um Lincolns Hals hat eine beachtliche Größe, noch dazu ist die Kette aus Silber.

Silber so scharf wie das Mondlicht
Stein so schwarz wie die Nacht
Beides tötet uns nicht,
doch es nimmt unsere Macht.
– *VD 59, Heilige Schrift des Propheten*

Aber warum kann Lincoln sie dann tragen? Wenn wirklich Vampirblut in seinen Adern fließt, müsste sie ihm die Haut verbrennen.

Sagte ich schon, dass nichts an diesem Mann Sinn ergibt? Allerdings ergibt meine Existenz auch keinen Sinn, also ...

»Wer bist du?«

Oder besser gesagt, was?

Lincoln lacht leise. Es klingt gleichzeitig nach den Glocken des Himmels und den Trommeln der Hölle.

»Ich wusste, dass ich gut küsse. Aber noch keine Frau hatte danach Amnesie.«

Amnesie?! Junge, du bist derjenige, der vergessen hat, dass ich Fangzähne habe.

»Komm runter, immerhin bin ich noch Herrin über meine Sinne«, murre ich.

Sagte sie und versuchte, nicht auf seine halb nackte Brust zu sabbern. Ich sollte an meiner Körperbeherrschung arbeiten, denn Kleidung zu zerfetzen, ist so was von uncool.

Lincolns Gesicht kommt mir gefährlich nahe. Seine Anziehungskraft bringt mich fast um den Verstand, als er meine Lippen mit einem wissenden Lächeln betrachtet. »Du weißt, dass ich das jederzeit ändern könnte. Soll ich?«

Ich will gerade nichts lieber tun als bejahen. Aber ich kann nicht. Denn wenn ich ihn noch einmal küsse, werde ich mich nicht mehr zurückhalten können.

Und entweder ist er ein Mensch, und ich bringe ihn um, wenn ich dabei wieder in einen Blutwahn verfalle wie damals in Paris. Oder er ist so etwas wie ein schlafender Supervampir. Und dann könnte er möglicherweise *mich* umbringen. So oder so, die Chancen sind hoch, dass einer von uns beiden das hier – was auch immer es ist – nicht überlebt.

Und einer von beiden wird ihre Liebe nicht überleben, hallt plötzlich das Echo einer Schriftzeile in mir wider, die ich vor Ewigkeiten in den unveröffentlichten Briefen des Propheten gelesen habe. Kurz grüble ich, ob das auch eine Art Prophezeiung sein könnte.

Nein, beschließe ich dann. Ich bin nicht so abergläubisch wie die orthodoxen Vampire, die Prophezeiungen für echt und meinen Vater für einen Gott halten.

»*Was ich will, Lincoln Gabriel*«, befehle ich ihm, sowohl mit meiner Stimme als auch mit meinem Willen, »*Ist, dass du nach Hause fährst, dich mit Klettenwurzeltee oder Brennnesseltee ins Bett legst und morgen früh aus dem bittersüßesten Traum aufwachst, den du jemals hattest. Denn das ist das hier. Ein Traum.*«

»Ein Traum …«, wiederholt Lincoln wie in Trance, als mein Wille zu ihm durchdringt. Sein Blick wird glasig, seine Hand sinkt kraftlos aus meinem Haar. Darauf bin ich vorbereitet, auch wenn es mir das Herz bricht, ihn so willenlos zu sehen.

Worauf ich nicht vorbereitet bin, ist die Art, wie mein Körper protestiert, als seine Wärme mich verlässt. Ich will ihn aufhalten, will seine Hand festhalten, aber ich darf nicht.

»Ein Traum«, wiederhole ich, auch wenn meine Stimme mehr zittert als beabsichtigt. »Jetzt geh.«

Einen Herzschlag lang passiert nichts.

Dann sehe ich fassungslos dabei zu, wie sich sein Blick klärt. Wie sich sein Griff um meine Taille verstärkt. Ich protestiere nicht, als er mich näher zieht, bis mich die Wärme seines Körpers und der stetige Schlag seines Herzens einhüllen wie ein schützender Kokon.

Und dann sagt Lincoln das eine Wort, das alles ändert.

»Nein.«

Ich blinzle, will instinktiv protestieren, aber mein Körper weigert sich, Kraft auszuüben. Meine Hände bleiben schlaff auf seiner Brust liegen, fühlen seine Wärme, spüren seinen Herzschlag. So viel kräftiger als meiner, und doch so ähnlich.

»Kein Traum ...« Lincoln schüttelt träge den Kopf, wie jemand, der kurz vor dem Eindösen noch einen Gedanken festhalten will. Ich ertrage es nicht, ihn so zu sehen. Wieso ertrage ich es nicht? Ich habe das schon tausendmal gemacht.

»Das ist kein Traum«, murmelt Lincoln, seine Lippen so nah an meinem Ohr, dass mich sein Atem streift. »Das hier ist echt.« Und langsam, ganz langsam, als würde sein Körper nur widerwillig seinem eigenen Willen gehorchen, hebt er den Blick und sieht mich an. »Du bist echt, Alyssa.«

Und plötzlich fühle ich mehr, als ich jemals dachte, fühlen zu können. Mehr, als mein Herz ertragen kann.

Dankbarkeit, Glück, Wärme.

Was ist das?

Ich fühle mich geborgen und gleichzeitig freier als jemals zuvor. Angekommen und doch am Beginn der größten Reise meines Lebens. Könnte tanzen vor Glück und spüre dennoch Angst bis in die Tiefen meiner Seele.

Angst.

Angst, noch mehr zu fühlen. Angst, nie wieder etwas anderes zu fühlen. Angst, das hier zuzulassen. Angst, jemals wieder ohne ihn zu sein.

Angst vor der Angst.

Angst vor uns.

Angst vor ...

Lincoln lehnt sich erneut vor, und alles andere verliert seine Bedeutung. Meine Gedanken. Dieser Billardraum. Die ganze Welt.

Als ich seine Hand in meinem Nacken spüre, kapituliere ich vor meinem Bewusstsein und lasse mich in seinen Kuss fallen, der alles absolut und unwiderruflich verändert.

Dieser Kuss ist anders. Tiefer. Echter.

In der Sekunde, in der sich unsere Lippen berühren, wird die Welt still und mein Herzschlag viel zu laut. Die Zeit bleibt stehen und rast gleichzeitig mit Lichtgeschwindigkeit auf den Urknall zu. Und in dieser Blase der Schwerelosigkeit sehe, fühle, höre ich … alles.

Ich kann spüren, wie der Planet unter seiner Äonenlast ächzt. Ich höre, wie sich winzige Schösslinge aus der Erde schieben, knackend aufsprießen und gleich darauf von einer Feuersbrunst versengt werden. Ich schmecke Blut, Eisen und Schmerz. Ich rieche den Regen, der das Feuer löscht und Asche in fruchtbaren Schlamm verwandelt.

Und ich weiß, dass ich nie wieder die sein werde, die ich bisher war.

Wenn das hier ein Fehler ist, dann ist es der beste Fehler, den ich je gemacht habe.

19
Ein Fehler kommt selten allein

Alyssa

Am nächsten Abend erwacht das Nachtleben von Portland aus einem ganz normalen Alltag, als hätte sich gestern Nacht nicht mein gesamtes Leben verändert. Es gibt nur einen Ort, an dem ich meine Gedanken ordnen und völlig ich selbst sein kann, ohne dass meine Eltern Verdacht schöpfen: bei meiner besten Freundin. Doch der futuristische Bau aus Glas und Metall, dessen fünftes Stockwerk ihre Eltern und sie bewohnen, ist bei meiner Ankunft strenger bewacht als Fort Knox. Von Vampiren, unauffällig als Passanten und Pendler auf Parkbänken getarnt, und von menschlichen Polizisten. Absperrband umflattert eine Seite des Gebäudes. Irre ich mich oder ist ein Teil der Fensterfront zerborsten? Wo früher der luxuriöse Eingangsbereich aus weißem Marmor war, prangt jetzt rußgeschwärzte Zerstörung. Was ist hier passiert?

Nicht, dass es mich aufhalten könnte, Lucy zu besuchen.

»Aly ...? Wie kommst du denn hier rein?« Zwei Minuten später blinzelt meine beste Freundin gegen das Licht der Abenddämmerung, als ich ihre schweren Brokatvorhänge zur Seite ziehe.

»Durchs Fenster«, gebe ich zu, stelle die beiden Pappbecher aufs Sideboard und lasse mich vorsichtig auf ihre Bettkante sinken. Natürlich fragt sie nicht nach dem Weg, den ich genommen habe, denn es ist ein Leichtes, im Schatten der Dämmerung über die Außenlampen am Gebäude hochzuklettern. Sie fragt, wie ich es geschafft habe, die Patrouillen meines Vaters unten vor dem Gebäude zu umgehen, die normalerweise unser Haus bewachen. Weswegen ich ihre Schrittmuster genau erkenne und weiß, wann ich ungesehen an ihnen vorbeischlüpfen kann. »Was ist bei euch los? Versteckt ihr etwa ein Vampirjägernest?«

Es sollte ein Witz sein, aber anstatt zu lachen, schlingt Lucy die Arme um die Beine. »Ich fürchte, ich bin los.«

»Du?« Jäh verwandelt sich meine Überraschung in Schock. »Warte, die sind wegen *dir* da unten? Du stehst unter Hausarrest? Warum bei allen Heiligen ...« Ich verstumme, als mir die schrecklichste aller Befürchtungen kommt: Hat ihr Blutrausch etwa in einem Blutwahn geendet und sie hat jemanden umgebracht?

Es gibt zwei Phasen, in denen Vampire noch tödlicher sind als ohnehin schon: Erstens, als neu gewandelte Jungbrut in den ersten vierundzwanzig Stunden nach dem Biss, wenn sich Leben und Tod in ihren Adern bekriegen und die nicht abreißende Flut von Sinneseindrücken ihres geschärften Vampirkörpers sie in den Wahnsinn treibt. Deswegen dürfen Vampire nicht mehr wahllos wandeln und jede Wandlung unterliegt einem strengen Protokoll, bei dem die frisch gewandelte Jungbrut von mehreren Ältesten überwacht und in Schach gehalten wird, bis sie sich an ihre neue Existenz gewöhnt hat.

Und zweitens: Im Blutrausch, der Jungvampire zu vollwertigen Mitgliedern der Gesellschaft macht.

Bitte sag, dass du nicht die Kontrolle verloren hast, Lucy!

»Erinnerst du dich an unseren heimlichen Ausflug ins *Scarlet*?«, fragt sie statt einer Antwort. Ich schlucke gegen den Kloß in meiner Kehle an. Wie könnte ich die Nacht vergessen, in der ich Lincoln kennengelernt habe? »Ich habe einen Jungen mit nach Hause genommen – ich habe ihn nicht getötet!«, verneint sie schnell meine aufkeimende Gedankenfrage, weil sie nicht so gut mental kommunizieren kann wie meine Eltern und ich. »Aber ... sagen wir, ich bin ein wenig über die Stränge geschlagen. Und jetzt behaupten alle, dass ich ihn gewandelt hätte! Aber das habe ich nicht, das konnte ich gar nicht! Ich schwöre es, Aly, du musst mir glauben!«

»Ich glaube dir«, beschwichtige ich sie, denn ich erinnere mich deutlich an Lucys brennenden Blicke und lodernde Haut. Als wir im *Scarlet* waren, befand sie sich noch mitten im Blutrausch. Nur Vampire, die ihn überstanden haben, können das Gift produzieren, das Menschen wandelt.

Laut Cassandra ist der Blutrausch in etwa wie die Pubertät bei Menschen, nur schmerzhafter und sehr viel brutaler. In früheren Jahrhunderten, dem ersten Zeitalter der Vampire, verfielen Jungbruten sofort in diese gequälte Raserei, was gepaart mit ihrem ohnehin rasenden Blutwahn eine tödliche Mischung ergab, die in den bekannten Schauergeschichten von blutrünstigen Dorfmassakern und massenweise Jungvampiren auf Pfählen endete.

Daher obliegt es seit der Gesetzesnovelle von 1839 den Eltern – also denjenigen, die einen Vampir gewandelt haben –, dafür zu sorgen, dass ihr Sprössling nicht vorzeitig die Kontrolle über seine neue Kraft verliert. Seit der Jahrhundertwende liegt die Toleranzgrenze bei einer Menschengeneration, also dreißig Jahren. Wenn es doch vorzeitig dazu kommt, der Blutrausch besonders brutal ist oder unsere Geheimhaltung bedroht, wird der Jungvampir ...

Eis kristallisiert in meinem Blut, als mir die volle Tragweite dessen bewusst wird, was Lucys Quarantäne bedeuten könnte: In besonders schweren Fällen wird der Jungvampir ohne Anhörung hingerichtet und die Eltern bestraft.

Das kann ich nicht zulassen.

»Von wem kommt der Befehl? Cassandras Mutter? Ich rede mit ihr!«

Lucy knetet die Hände in ihrem Schoß. »Nein, von ... unserem Gottkönig selbst.«

Ich erstarre. Eisige Angst und heiße Wut kämpfen in meinem Körper um die Oberhand. »Wieso sollte sich mein Vater in die Aufgaben des Marschalls einmischen?«

Lucy atmet tief durch. Dann beginnt sie zögernd: »Seit ein paar Tagen gab es in unserem Wohnkomplex mehrere Brandanschläge. Die Patrouillen konnten alles unter Kontrolle bringen, aber Cassandra sagt, ihre Mutter hat drei Rekruten verloren. Und vor zwei Tagen haben sie eine Lieferung Silberwaffen in den ehemaligen Schmugglergängen unter der Stadt beschlagnahmt.« Lucy verstummt kurz, den Blick in die Ferne gerichtet. »Mama sagt, dass wir jetzt schnell handeln müssen, denn in Prag hat es genauso angefangen.«

Eine Gänsehaut überkommt mich. Prag ist die Geburtsstätte der Vampirjäger. Aber wenn die Jäger wieder aktiv wären – noch dazu hier in Nordamerika –, würden meine Eltern mir davon erzählen, oder nicht? So ein wichtiges Detail würden sie nicht vor mir geheim halten. Oder?

»Das sind bloß Zufälle«, höre ich mich selbst sagen, obwohl ein Teil von mir in irrationaler Angst versinkt. »Ich meine, wie wahrscheinlich ist es, dass du ausgerechnet einen Jäger mit nach Hause nimmst und er danach mit all seinen Kameraden zurückkommt, um dein Haus anzuzünden?«

Jetzt kichert Lucy ihr mädchenhaftes Lachen, und allein dafür hat sich diese absurde These gelohnt. »Nein, es passt wirklich nicht. Dafür war er viel zu nett. Und so klug! Er heißt Kyle. Und, oh Mann, Aly, er hat so süß geschmeckt! So lieblich, blumig, ein bisschen säuerlich – wie Schokolade und gezuckerter Punsch mit Orangen und Zimt an einem bitterkalten Wintertag. Wie ein heimeliges Zuhause, weißt du?«

Ich habe keine Vorstellung davon, wie Schokolade und Punsch schmecken, und ich weiß auch nicht, wie sich ein heimeliges Zuhause anfühlt, aber Lucys selige Freude ist ansteckend. Für einen Moment schwelgt meine beste Vampirfreundin in der Erinnerung an einen Geschmack, den sie seit achtzig Jahren nicht mehr schmecken kann, als ihr menschlicher Körper starb und ihr Vampirkörper nur noch Blut wollte.

Lucy wuchs in den 1930ern in einem ungarischen Waisenhaus auf und wäre dort nach dem Zweiten Weltkrieg um ein Haar an Tuberkulose gestorben, so wie viele Waisenkinder in der Nachkriegszeit, wenn Lilian und Lazarus sie nicht zu ihrer Tochter gemacht hätten. Weil Lucy zum Zeitpunkt der Wandlung erst elf Jahre alt war, ist sie fast gleichzeitig mit mir erwachsen geworden. Der Vampir-Metabolismus ist sehr viel langsamer als der von Menschen. Das bedeutet zwar, dass wir weitaus länger leben als Menschen und dafür sehr viel weniger Energie benötigen, aber leider auch, dass wir drei Jahrzehnte in der Pubertät feststecken. Ich bin froh, dass ich diese Zeit gemeinsam mit Lucy verbracht habe.

»Ich weiß, wo Kyle wohnt und was er studiert. Und so schüchtern, wie er war, bin ich sicher, dass er seine Wohnung nicht oft verlässt. Ich müsste ihn bloß besuchen und beweisen, dass er noch lebt, aber stattdessen sitze ich hier fest!«

Jäh richte ich mich auf. Lucy mag hier eingesperrt sein, aber ich nicht. Und ich bin zufällig eine Meisterin darin, mich von Patrouillen wegzuschleichen. Wenn ich dabei enthüllen kann, dass mein Vater falsche Behauptungen aufstellt und sogar Lügen verbreitet, umso besser.

»Ich mache das! Ich schaue nach deinem süßen Kyle – Apropos süß!«, fällt mir ein. Ich lehne mich vor, um nach den beiden Pappbechern zu greifen und Lucy den richtigen zu reichen. »Ich habe dir Liam mitgebracht, Mâitre Joseph hatte gerade eine frische Spende da!«

»Heilige Güte, Liam.« Lucys Stimme vibriert vor Wonne, als sie nach dem Becher greift und das Porträtfoto betrachtet. »Ich liebe den Kerl.«

Wir haben beide keine Ahnung, wer Liam ist. Wir wissen nur, dass er auf dem Spenderfoto ein bezauberndes Grübchenlächeln und beeindruckende Halsmuskeln hat, und dass sein Blut die perfekte Mischung aus fruchtig, süß und scharf ist – was darauf schließen lässt, dass er meist fröhlich, erregt und immer ein bisschen wütend ist, wenn er Blut spendet – beziehungsweise, von Joseph dazu gezwungen wird.

Wieso kann sich niemand eine Welt vorstellen, in der die Liams dieser Welt freiwillig Blut für Vampire spenden und damit gutes Geld verdienen?, frage ich mich wie so oft. Besser als viele andere miesbezahlte Jobs ist das allemal.

»Wen hast du?«, fragt Lucy und dreht sofort meinen Becher, um das Foto zu sehen. »Anonym?« Sie verzieht das Gesicht und runzelt gleich darauf die Stirn, um den Text zu lesen, der in diesen Fällen statt eines Fotos abgebildet ist. »*Bittersüß erregte Reue mit einem Hauch lieblicher Dankbarkeit, ausgewogen kombiniert zu einem vollmundigen Geschmackserlebnis für alle Sinne.*«

Hey, keine Verurteilungen! Wenn Menschen appetitliche Serviervorschläge und blumige Beschreibungen auf ihre Lebensmittelverpackungen drucken, können wir dasselbe tun.

»Gab es nur noch einen Liam? Willst du teilen?«, fragt Lucy, während sie einen langen Zug aus ihrem Becher nimmt. Der Anblick, wie das dunkle Blut in ihrem Strohhalm aufsteigt, weckt auch meinen Durst wieder, obwohl mein Becher schon zur Hälfte leer ist.

»Nein ...« Zerstreut stille ich das Verlangen, indem ich kurz nippe. Eigentlich wollte ich das Thema nicht auf diese Weise ansprechen. »Es hat sich falsch angefühlt, irgendwie wie ...«

Fremdgehen, denke ich, behalte das Wort – und den Gedanken – jedoch für mich.

»Oh du Heilige. Meine. Güte!«, errät Lucy meine Gedanken trotzdem. »Duuu hast jemanden kennengelernt!« Schon sitzt sie so dicht vor meinem Gesicht, dass sich unsere Nasenspitzen berühren. Ihre Augen sind groß wie Untertassen. »Erzähl mir alles. Ist es Lincoln Gabriel? Oh bitte, sag, dass es er ist! Ich wette, er schmeckt wie scharfes Karamell und feuriger Honig, wie Brombeeren im Spätsommer und ...«

Ich halte ihr den Mund zu, bevor sie von noch mehr Zeug reden kann, von dem ich keine Vorstellung habe.

Tatsächlich schmeckt er ... Süß und bitter zugleich, scharf und blumig, fruchtig und herb. Ich hatte gehofft, dass mein heutiger Blutbecher so schmeckt, aber obwohl die Beschreibung passt, ist der Inhalt nur ein fader Abklatsch.

Kurz verliere ich mich in der Erinnerung an unseren Kuss. An den ersten, so ungestüm und intensiv wie eine explodierende Supernova. Und an den zweiten, innig und leidenschaftlich und so weitreichend wie das Universum selbst.

»Hallo, Erde an Aly.« Eine Hand wedelt vor meinem Gesicht. »Ich könnte mich täuschen, aber hast du da ein bisschen Sabber im Mundwinkel? Erzählst du mir jetzt, was zwischen euch passiert ist?«

Unwillig wische ich ihre Hand von meinem Mundwinkel. »Sei nicht albern. Es ist gar nichts passiert.«

Nur der weltveränderndste Kuss deines Lebens!

Lucy, die meinen Gedanken glücklicherweise nicht gehört hat, nimmt kichernd einen langen Schluck Liam. »Ich und albern? Mädchen, du siehst aus, als hättest du ... keine Ahnung, einen Geist gesehen und gleichzeitig in Zuckerwatte gebadet. Hast du eine neue Lotion mit extra Glow? Oder warte!«, unterbricht Lucy sich selbst, deren Redebedarf durch die Vampirquarantäne offenbar noch verstärkt wird. »Entwickelt sich da etwa dein Gefährtenband? Vati sagt immer, es leuchtet so hell, dass man von innen heraus strahlt.«

Ich beiße mir auf die Unterlippe. Genau darüber wollte ich mit ihr reden ...

»Aber nein, Lincoln ist ja kein Vampir«, quasselt Lucy bereits weiter. »Warte, jetzt hab ich's! Dein Blutrausch hat angefangen! Oh du Heilige, hast du wirklich von ihm getrunken?« Schon sitzt sie halb auf meinem Schoß, tastet nach meinem Puls, betrachtet eingehend meine Pupillen. »Hm, keine verdunkelte Iris, keine erhöhte Temperatur. Ist dir heiß? Spürst du ein Prickeln im Nacken?«

Nur, wenn er in der Nähe ist.

Bevor ich sie daran hindern kann, schiebt sie meine Oberlippe hoch, um meine Fangzähne zu beobachten, die durch die Blutmahlzeit minimal hervorstehen. Wenn wir erregt sind oder Blut riechen – was meist dasselbe ist –, kontraktiert das Zahnfleisch und schiebt sie bis zu einem halben Zentimeter heraus. Wenn ein Kampf bevorsteht oder Adrenalin im Spiel ist, sogar ein ganzes Stück weiter. Im Ruhezustand hingegen sind sie kaum von sehr spitzen menschlichen Eckzähnen zu unterscheiden.

»Ja, ich habe von ihm getrunken, aber es war nur ein kleines bisschen«, gebe ich zu. Und nein, leider wirkt es nicht, als würde der Blutrausch bei mir beginnen. Entweder hatte Lucy unrecht mit ihrer These von frischem Blut, oder ich werde tatsächlich nie einen Blutrausch haben.

Und dann werde ich nie stark genug sein, um meinen Vater herauszufordern. Denn so sehr ich es hasse, er hat recht. Selbst, wenn ich es schaffen würde, ihn zu töten – was ohne Blutrausch an ein Wunder grenzen würde, schließlich ist er einer der mächtigsten lebenden Vampire: Niemand will eine Königin, die keine neuen Vampire wandeln kann. Meine Regentschaft wäre kurz und blutig, bevor mich jemand anders tötet und meinen Platz einnimmt.

Warmes Blut läuft mir über die Hand, und erst da erkenne ich, dass ich den namenlosen Becher in meiner Hand so fest zerdrückt habe, dass der Inhalt überquillt. Schnell stelle ich ihn auf Lucys Nachttisch ab und ziehe ein Taschentuch aus ihrer Sextoy-Schublade, um zu verhindern, dass ich auf ihren Teppich tropfe.

»Kein Problem, da sind sowieso schon Flecken«, sagt Lucy, doch ich höre sie kaum, weil ich mich in meine Wut hineinsteigere.

Ich mag vielleicht keinen Blutrausch haben, aber ich werde keinen Tag länger zulassen, dass mein Vater weiterhin über mein Leben bestimmt – oder über Lucys Tod. Schon zu viel Zeit habe ich damit verschwendet, darauf zu warten, dass ich mich bereit fühle. Zum Teufel mit dem Blutrausch, ich werde mich niemals wirklich bereit fühlen. Jetzt oder nie!

»Weißt du was? Du hattest recht, als du neulich gesagt hast, ich soll endlich aufhören, nur zu denken, und endlich etwas tun.«

Und dieses Tun ist jetzt. Lucy ist meine beste Freundin. Ich werde sie ganz bestimmt nicht an ein Gesetz verlieren, das zu einer Zeit geschrieben wurde, als Menschen noch mit Fackeln gegen hedonistische Herrscher loszogen, bloß weil die Weltanschauung meines Vaters noch im neunzehnten Jahrhundert feststeckt!

»Das ist mein Mädchen«, grinst Lucy.

Ich nicke grimmig, während ich an meiner Hand reibe, bis die Taschentuchfasern an dem getrockneten Blut kleben bleiben. Kein Wunder, dass die meisten Vampire Stofftaschentücher bevorzugen.

»Ich frage mich nur: Welchen Vorteil hätte er davon, zu behaupten, dass du einen Menschen gewandelt hast – Jäger hin oder her – und dich zu töten? Deine Eltern sind seine engsten Vertrauten.«

Ich erwarte bei Lucy denselben entschlossenen Kampfgeist, stattdessen lässt sie die Schultern sinken und sieht Liams Blut an, als wäre es geronnen. »Ich weiß nicht. Vielleicht sind Mama und Vati in Ungnade gefallen? Ich habe sie seit einer Weile nicht mehr gesehen.«

Das kann ich mir nicht vorstellen. Lilian ist die beste Fährtensucherin meines Vaters und Lazarus ein hervorragender Spion, der selbst die schwierigsten Informationen beschaffen kann.

»Es geht ihnen bestimmt gut und sie sind nur auf einer Mission. Außerdem: Wer sollte etwas davon haben, einen Menschen zu wandeln ...?« Ich halte inne, während ich diesen Gedanken im Kopf durchspiele. Verdammt, ich weiß viel zu wenig über Vampirjäger, weil sie bisher immer nur Gruselgeschichten aus vergangenen Jahrhunderten waren. Aber sollen sie nicht übermenschliche Kräfte besitzen und in der Lage sein, Vampiren ernsthaft Schaden zuzufügen?

Ich schiebe die alarmierende Stimme beiseite, die mich daran erinnert, was Lincoln mit Joaquins Gesicht getan hat, und konzentriere mich auf das zurzeit Wesentliche. Wenn wir einen derart mächtigen Menschen wandeln würden, wäre er dann vielleicht die ultimative Waffe? Wenn ja, warum ist noch niemand vor uns auf diese Idee gekommen? Verlieren Jäger ihre Kräfte, wenn sie zu Vampiren werden? Oder hassen Vampire sie einfach zu sehr, um auch nur in Betracht zu ziehen, sie zu wandeln?

Fragen über Fragen, auf die ich keine Antwort habe. Es ist frustrierend, so alt zu sein und doch von seinen eigenen Eltern so unendlich dumm und klein gehalten zu werden.

»Nein«, sage ich, um Lucy zu beruhigen, obwohl ich mir nicht ganz sicher bin, solange ich nicht mehr über Vampirjäger weiß. »Ich glaube nicht, dass ihn jemand anders gewandelt hat. Ich bin sicher, es geht ihm gut.«

Lucy sieht betrübt auf ihren Blutbecher hinab. »Heilige Güte, ich hoffe, du hast recht. Ich hoffe so sehr, dass ich ihm nicht wehgetan habe. Er erinnert mich an meinen besten Freund damals im Heim, weißt du? Er hat dasselbe Grinsen, dieselben schiefen Schneidezähne und auch so eine ulkige Brille. Ich ...« Sie bricht kurz ab. »Ist es peinlich, dass ich mir kurz gewünscht habe, er könnte mein Gefährte werden? Obwohl ich doch weiß, dass es unmöglich ist, weil er ein Mensch ist?«

»Das ist überhaupt nicht peinlich«, sage ich ernst und meine es auch so. Schließlich hoffe ich gerade ebenfalls, dass ich ein Seelenband mit jemandem teile, der kein Vampir ist. Zumindest kein echter. Vielleicht verändert sich die derzeitige Generation von Jungvampiren einfach, und das Wissen meines Vaters und der Orthodoxen ist längst überholt.

Niemand weiß, wie Seelenbande genau funktionieren und warum es sie gibt. Wir wissen nicht einmal, welche Seelenbande es neben dem Genesisband und dem Gefährtenband noch gibt. Wir wissen nur, dass unsere Seelen bei einer Wandlung genauso splittern wie beim Tod eines Menschen. Bloß dass sie bei uns nicht entweichen können, weil unsere Körper weiterleben. Diese Bruchkanten sind wie lichtdurchflutete Risse, durch die eine Verbindung mit anderen Seelen möglich ist. Dadurch können wir Gedanken lesen und mental kommunizieren. Oder eben besonders starke Bindungen eingehen, wie das Genesisband zwischen Erschaffern und ihren Abkommen, oder das Gefährtenband zwischen Seelen mit ähnlichen Bruchkanten.

»Wer weiß, vielleicht stellt sich in ein paar Wochen heraus, dass Kyle wirklich dein Gefährte ist!«, sage ich, um Lucy aufzumuntern, auch wenn das leider sehr unwahrscheinlich ist.

Sie lacht freudlos. »Ja, falls ich bis dahin nicht gepfählt und eingeäschert wurde.«

»Das wirst du nicht!«, widerspreche ich so impulsiv, dass ich ihr fast den Becher mit Liams Blut aus der Hand schlage. Schnell stehe ich auf, um ein paar Meter zwischen uns zu bringen. »Entschuldige.«

»Keine Ursache. Ich mag die impulsive Aly. Erzählst du mir jetzt mehr von Lincoln Gabriel?«

Ich schüttle den Kopf, setze mich wieder ans Fußende ihres Bettes. »Gleich. Kann ich dich vorher noch fragen ... Reden deine Eltern oft von ihrem Gefährtenband?«

»Ständig!« Lucy verdreht liebevoll die Augen, was meinen Magen sehnsüchtig zusammenzieht und meine Brust seltsam hohl anfühlen lässt. Die Liebe, die Lucys Eltern und sie teilen, geht weit über die normale Verbundenheit des Genesisbandes hinaus. Ein Gefühl, das ich nie mit meinen Eltern verbunden habe. Selbst die Gefährtenbindung von Lilian und Lazarus ist so viel intensiver als die meiner Eltern.

»Haben sie je erzählt, wie sie es zum ersten Mal gespürt haben? Wie hat es sich entwickelt?«

Lucy nimmt einen großen Schluck von Liams Blut, bevor sie

den Becher neben meinen blutverschmierten auf ihren Nachttisch stellt.

»Das Gefährtenband entwickelt sich nicht, es kommt wie ein Blitzschlag! Es fliegt dir um die Ohren und sprengt die Welt, wie du sie bisher kanntest. BÄM!« Sie klatscht plötzlich in die Hände, was mich zusammenzucken und dann kichern lässt. »Vorher warst du nur du selbst. Jetzt bist du zu zweit. Und nichts wird daran je wieder etwas ändern. Es ist gleichzeitig der größte Segen und der größte Fluch. – Zumindest, wenn man meinen Eltern Glauben schenkt. Aber bei ihnen war das ein wenig anders, weil sie als Menschen schon Gefühle füreinander hatten. Sie beschreiben es immer wie ...« Sie macht eine Geste, die die ganze Welt einzuschließen scheint. »Alles! Himmel und Erde, Tag und Nacht, Feuer und Wasser. Nichts macht ohne den anderen Sinn, und alles ist besser, wenn er in der Nähe ist. Sie spüren einander, selbst wenn sie nicht im selben Raum sind. Sie wissen, was der andere denkt, ohne, dass er etwas sagen muss. Sie sind einfach ... eins.«

Lucy beschreibt das, was gestern Abend mit mir passiert ist, so exakt, dass ich nicht weiß, ob ich vor Hoffnung jubeln oder vor Angst weinen soll. Was, wenn es doch etwas anderes ist? Was, wenn ich mir das nur einbilde? Was, wenn Lincoln nicht dasselbe fühlt? Und was, wenn es schlichtweg unmöglich ist, weil das Vampirblut in ihm, woher auch immer es kommt, nicht stark genug ist?

»Und sie waren ganz sicher beide Vampire, als sie es entdeckt haben?«

»Das Band existiert nur unter Vampiren«, kichert Lucy mit so vielsagender Miene, als hätte sie mir damals die Vampirbräuche beigebracht, anstatt andersherum. »Das weißt du doch, du bist schließlich –« Wieder hängt sie mir vor der Nase, krabbelt beinahe auf meinen Schoß. »Warte, spürst du das Band etwa bei Lincoln Gabriel?«

»Nein, natürlich nicht!«, zische ich, weil ich nicht weiß, ob uns jemand belauscht. Und, weil ich es wirklich nicht weiß.

Aber Lucy ignoriert mich völlig. »Oh Heilige, Heilige, Heilige, wie aufregend! Leuchtet es wirklich in allen Regenbogenfarben?«

»Ähm, nein«, sage ich im Affekt, obwohl ich nicht einmal sicher bin, ob ich es wirklich gesehen habe. Wir sprechen immerhin nicht von einem tatsächlichen Band, oder? »Ich glaube nicht.«

»Du glaubst nicht, dass es in allen Regenbogenfarben leuchtet, oder dass du es bei Lincoln Gabriel spürst?«

»Hör auf, ständig seinen vollen Namen zu sagen. Lincoln reicht völlig«, beschwere ich mich, um von dieser unangenehmen Frage und meiner nicht vorhandenen Antwort darauf abzulenken. Tatsache ist, ich weiß nicht, was ich gefühlt habe. Aber ich kann auch niemanden fragen, weil niemand so ist wie ich.

Warum ist das Leben so verdammt kompliziert?

»Lucy, glaubst du –«

In dem Moment fliegt die Zimmertür auf. Und die Stimme, die jetzt ihren Namen bellt, lässt mir das Blut in den Adern gefrieren.

»Montgomery.«

20
Vampire, die bellen, beißen auch

Alyssa

»Kingston?!«

Ich bin aufgesprungen, bevor der Türgriff gegen die Wand geschlagen ist. Sein Blick streift mich und für einen Sekundenbruchteil sehe ich Überraschung in seinen Augen aufblitzen, bevor er wieder diese Maske der Gefühllosigkeit aufsetzt, die ich so verachte. Sie lässt seine Gesichtszüge noch schärfer, seine braunen Augen noch schwärzer wirken und macht seine Erscheinung, wie immer in einen tadellosen schwarzen Anzug gekleidet, um ein Vielfaches bedrohlicher. Aber mich kann er nicht einschüchtern.

»Alyssa. Ich werde nicht fragen, wie du hier reingekommen bist, obwohl das Gebäude von einem halben Dutzend Patrouillierender bewacht wird. Vermutlich auf dieselbe Art, wie vor zwei Wochen ins Auto dieses Barkeepers.« Ich verschränke die Arme, um keine Antwort geben zu müssen, die er ohnehin nicht zu brauchen scheint. Kingston heftet seinen Blick wieder auf Lucy. »Geh jetzt, Alyssa, und ich werde deinem Vater nicht sagen, dass du unbefugt hier warst. Lucilla steht unter Quarantäne.«

»Quarantäne, die sie allein und ohne deine Anwesenheit absolvieren kann«, widerspreche ich, während Sorge in meinen Nacken rieselt. »Was tust du hier?«

Statt einer Antwort blickt Kingston weiterhin starr an mir

vorbei zu Lucy. »Lucilla Montgomery, im Namen des Vampirkonsulats und gemäß Artikel 219 der Verfassung vom 8. Juli 1839 verhafte ich dich wegen unbefugten Wandelns eines Menschen und billigender Inkaufnahme unserer Entdeckung. Unter Berücksichtigung deiner Genesisbänder wird dir ein Prozess gewährt, der auf den Tag nach dem nächsten Mitternachtsball festgelegt wurde. Wird deine Unschuld bewiesen, kommst du frei. Wenn nicht, wirst du –«

»Stopp!«, gehe ich dazwischen, bevor er das Unaussprechliche sagen kann.

Lucys Lippen wispern meinen Namen, Kingstons Augen warnen mich, mich ihm nicht zu widersetzen.

Wenn du meine beste Freundin jetzt mitnimmst, werde ich dir nie verzeihen, warne ich ihn stumm.

Er verzieht keine Miene. *Und wenn ich es nicht tue, wird dein Vater keine Gnade zeigen. Nimm's nicht persönlich, aber ich ziehe deine Wut der seinen vor.*

Heiße Wut kocht in meinen Adern wie Lava, doch ich zügle mich. Ich will nicht mit Gewalt und Angst herrschen wie mein Vater, sondern mit Vernunft.

»Was, wenn ich dir sage, dass er nicht gewandelt sein kann? Du weißt selbst, dass Vampire erst nach dem Blutrausch wandeln können. Lucy wäre dazu noch gar nicht in der Lage gewesen.«

Zögern glimmt in Kingstons Augen auf, das er rasch mit seiner eisernen Maske der Ausdruckslosigkeit überdeckt. »Dein Vater sagt, er ist gewandelt. Er irrt sich nicht. Er ist unser Gottkönig.«

Ich will aus der Haut fahren, während Kingston den beiden Vampiren hinter sich ein Zeichen gibt, das Zimmer zu stürmen. Wieso begreift niemand, dass mein Vater auch nur ein Vampir ist? Kein Gott, kein allwissendes Geschöpf, er ist nicht einmal unser Prophet, auch wenn er das gern wäre.

Doch Vernunft und Logik scheinen an dem indoktrinierten

Weltbild der Wächter abzuprallen, also ziehe ich die einzige Karte, die in ihrer Welt zählt: »Und ich bin seine Tochter!«

UND IHR WERDET LUCY NICHT ANFASSEN!, befehle ich ihren Geistern, als sie dicke Handschellen aus poliertem Silber bringen.

Meine Haut kribbelt allein bei der Vorstellung, das lähmende Metall auf meiner eigenen Haut zu spüren. Zu meiner Überraschung bleiben beide Vampire wie angewurzelt stehen. Niemand wagt, einen Mucks von sich zu geben, während alle unsichere Blicke tauschen.

Eine Sekunde lang bin ich ebenfalls sprachlos darüber, dass Machtdemonstration so viel mehr zählt als Vernunft.

Worte bedeuten nichts. Taten zeigen, wer wir sind.

Wie wahr diese Weisheit doch ist. Wie dumm ich war, dass ich sie so lange nicht begriffen habe. Mit dieser neu gewonnenen Erkenntnis sehe ich die beiden Wächter einen nach dem anderen an, bohre meinen Blick in ihre. Dann sage ich ein einziges Wort: »Raus.«

Meine Stimme ist nicht mehr als ein Knurren, doch sie gehorchen sofort. Nur Kingston bleibt.

»Ich muss sie verhaften, Alyssa«, beharrt er beinahe versöhnlich, in seinem Blick liegt so etwas wie Respekt, bevor er in meinem Kopf fortfährt: *Aber ich verspreche dir, dass es ihr gut gehen wird.*

Keine Silberketten!, verlange ich.

Ein Muskel zuckt in seinem kantigen Gesicht. Schließlich neigt er widerwillig den Kopf. *Nur, wenn sie verspricht, sich nicht zu widersetzen.*

»Krass, Aly!«, unterbricht Lucy unsere stumme Konversation. »Keine Ahnung, ob Lincolns Blut nicht doch etwas ausgelöst hat, aber ich mag die neue Alyssa und ihr Feuer.«

Mein Herz setzt einen Schlag aus, als sie Lincolns Namen sagt. Und dann noch einen, als ich sehe, wie sich Kingstons Augen kaum merklich verengen. »Du hast von Lincoln getrunken. Dem Barkeeper?«

Die Sorge um Lincoln schießt durch meinen Körper wie ein

sengender Blitz. Mir bleibt nur eins: die Flucht nach vorn, die Verteidigung durch Angriff, durch gezielte Ablenkung.

»Pack deine Eifersucht wieder ein, Kingston. Es war nicht mehr als ein Mitternachtssnack.«

Okay, das war vielleicht zu viel des Guten. Jeder weiß, dass ich mir keine Lebendsnacks genehmige. Zum Glück springt mir Lucy bei, die meine Taktik wohl erkannt hat: »Du weißt schon, wenn man nachts plötzlich brennenden Durst kriegt, weil man es vor Hitze nicht mehr aushält, dann –«

»Ich weiß, was ein Mitternachtssnack ist, Montgomery«, zischt Kingston, ohne den Blick von mir zu nehmen. Er mustert mein Gesicht, meinen Hals, meinen Körper. »Dein Blutrausch hat also begonnen?«

Augenblicklich wird mir heiß und kalt. Wenn Kingston das den Konsuln erzählt, habe ich ein gewaltiges Problem.

Aber das ist morgen. Jetzt muss ich mich auf das Problem konzentrieren, das vor mir steht: Kingston, der meine beste Freundin für ein Verbrechen verhaften will, das sie nicht begangen hat.

Ohne eine Antwort auf seine Frage zu geben, recke ich das Kinn.

»Sie wird sich nicht widersetzen und du wirst ihr kein Haar krümmen. Denn ich werde beweisen, dass Lucy unschuldig ist, weil Kyle quicklebendig und kein Vampir ist. Wo wohnt er?« Die letzte Frage ist an Lucy gerichtet.

Sie zieht eine Grimasse. »Mist, ich habe mir den Straßennamen nicht gemerkt. Aber ich kann es dir zeigen! Es ist bloß einen Katzensprung über die Brücke bis nach –«

»Du gehst nirgendwo hin, Montgomery«, fährt Kingston ihr über den Mund. Sofort spannt sich mein Körper an, doch Lucys zähnebleckendes Fauchen ist schneller.

»Entschuldige mal? Verhafte mich, wenn du musst, aber zeig wenigstens genügend Anstand, eine Dame ausreden zu lassen! Und ich habe einen Vornamen – *Ecclestone*.«

Kingston bläht die Nasenflügel, schluckt jedoch mit sichtlicher Mühe einen Haufen erzürnter Erwiderungen herunter.

»Was ich sagen wollte, *Lucilla*, ist, dass ich dich nicht aus den Augen lassen werde.«

»Oh super, ein spaßbefreiter Schnösel mit Stock im Arsch als mein persönlicher Bodyguard, während ich in irgendeinem von Alectos Kerkern sitze? Jetzt geht's mir viel besser!« Lucy wirft die Arme in die Luft und steht vom Bett auf, woraufhin die Decke von ihrem Körper rutscht und ... *alles* enthüllt. Lucy ist praktisch nackt, denn sie trägt nur ein Seidenhöschen und ein halbdurchsichtiges Trägertop. Selbst ich habe Mühe, den Blick von ihren Brustwarzen abzuwenden, die sich wie zwei Speerspitzen durch den dünnen Stoff drücken.

»Brauchst du ein Foto, oder können wir mit meiner Verhaftung weitermachen?«, fragt Lucy Kingston.

Die Frage – und der Anblick – bringt ihn dermaßen aus dem Konzept, dass ich mich fast ein bisschen in meine beste Freundin verknalle.

Erstaunlich schnell fasst er sich wieder, reißt den Blick von ihrem Körper los und sieht starr aus dem Fenster. »Bis zum nächsten Mitternachtsball ist es noch mehr als eine Woche. Du packst besser ein paar Sachen ein.«

»Wieso? Mache ich dich nervös, wenn ich nackt bin?«

»Du trägst Unterwäsche«, teilt er ihr überflüssigerweise mit. »Und das ist keine angemessene Kleidung.«

»Wow. Ich wette, sie haben dich wegen deiner scharfen Auffassungsgabe eingestellt, was?«

Ich fühle mich ein bisschen wie bei einem Tennis-Match, während ich Lucys und Kingstons Wortgefecht beobachte. Ich liebe es, wie gut meine beste Freundin Konter geben kann.

»Ich gebe dir fünf Minuten, um dich zu verabschieden«, räumt Kingston ein, bevor er sich Richtung Tür dreht. »Und Montgomery«, sagt er über die Schulter.

Lucy verdreht die Augen. »Was, *Ecclestone*?«

»Du versuchst besser nicht, auf dem Weg zu Alecto zu fliehen. Sie ist weitaus gnadenloser als ich.«

Damit wirft er die Tür hinter sich ins Schloss.

Lucy schnaubt. »Also den dramatischen Abgang hat er schon mal drauf.« Schon zieht sie Schubladen und Schranktüren auf und wirft Klamotten in eine Tasche. Ich spüre ihre Wut auf Kingston, aber auch ihre Angst, obwohl sie beides mit energischem Tatendrang zu überspielen versucht. Mit jedem Teil, das in ihre Tasche fliegt, wird mein Herz ein wenig schwerer.

Entschlossen lege ich meine Hand auf ihre. »Keine Sorge, Lucy. Alecto ist immer noch Cassandras Mutter. Sie wird dich nicht schlecht behandeln.« Zumindest hoffe ich das. »Und bei dem Prozess werden wir beweisen, dass du unschuldig bist.«

Lucy nickt, beschreibt mir den Weg zu Kyles Wohnung und dann zieht sie mich fest an sich. »Pass bitte auf dich auf! Nicht nur, was deinen Vater angeht, der wirklich, wirklich furchteinflößend ist. Sondern auch wegen Kyle. Wenn wir uns irren und er frisch gewandelt ist ... Jungbruten sind gefährlich.«

Ich lächle selbstbewusster, als ich mich fühle. »Vampire, die hoffentlich bald den Blutrausch erleben, auch.«

Jetzt grinst sie. »Ich mag die feurige Alyssa, die endlich ihre gottgegebene Macht einsetzt und nicht nur redet, sondern Taten folgen lässt. Egal, ob deine neue Hitze vom Blutrausch kommt oder aus dir selbst.«

Ich drücke sie noch einmal fest an mich. Ja, ich mag die neue Alyssa auch. Ich hoffe nur, dass ich mich damit nicht so weit aus dem metaphorischen Fenster lehne, wie jetzt gerade aus dem echten, als ich meinen Abstieg über die hervorstehenden Außenlampen an der glatten Hauswand beginne.

21

Brennt die Sonne so oder ist das meine Seele?

Lincoln

Alyssa ist ein Vampir. Vampire sind keine Schauermärchen. Schauermärchen sind die Realität. Die Realität beherbergt Vampire. Vampire wie Alyssa.

Ich muss einen Schritt von der Werkbank zurücktreten, um nicht an meinen ewig kreisenden Gedanken zu ersticken – und an der Hitze in Grahams Werkstatt.

Seit ich heute Morgen wach geworden bin, dröhnt mein Schädel. Trotzdem habe ich Google und all meine Hirnzellen bemüht, um irgendeinen Sinn in all dem zu finden. Google war wenig hilfreich und mein Hirn kaum nennenswert besser. Aber Schlangenbisse sind definitiv raus. Sukkubus-Dämonen waren lange im Rennen, doch Alyssa hat buchstäblich zu mir gesagt, dass sie ein Vampir ist. Sie hat mich gebissen. Sie ist atemberaubend und ihre Präsenz ist überwältigend. Und wenn Kyle letzte Woche keinen Vampirbiss wie aus dem Bilderbuch am Hals hatte, dann weiß ich auch nicht.

Dass Vampire existieren, ist die logischste Erklärung, so unlogisch sie auch sein mag.

Bleibt nur die Frage: Wenn Alyssa ein Vampir ist, warum finde ich das nicht scheißgruselig, sondern absolut berauschend?

Mitten in diesem Gedankengang erscheint ein Tischbein in

meinem Blickfeld. Ich schalte die Schleifmaschine ab, um es entgegenzunehmen. Meine Ohren klingeln laut in der plötzlichen Stille, während Holzstaub im Licht der untergehenden Sonne tanzt.

Ohrenschützer wären nicht schlecht, du Genie.

»Das nennst du sauber abgeschliffen, Junge?«

Schon auf den ersten Blick erkenne ich die abstehenden Nasen und scharfen Kanten am Holz. Stirnrunzelnd drehe ich das Tischbein.

»Wie konnte ich das denn übersehen?«, frage ich mehr mich selbst als ihn, während ich das Bandana herunterziehe, das ich zum Schutz über Mund und Nase getragen habe. Holzstaub vermischt sich mit dem Schweiß auf meiner Stirn, den ich mit dem Handrücken wegwische.

Graham gluckst, sodass sein mächtiger Bauch wie Götterspeise wackelt. »Indem du schon den ganzen Tag nur halb bei der Sache bist. Wo sind deine Gedanken, hm?«

Ohne, dass ich es will, denke ich an Alyssa.

Wieder.

Immer noch.

Ununterbrochen.

Alyssa, die ein Vampir ist. Ein Vampir, der mich gebissen hat. Gebissen, wie die Male an Kyles Hals. Kyle, der wieder vollständig unter den Lebenden weilt. Lebende, die keine Untoten sind. Untote wie die Frau, die all meine Sinne beherrscht.

Fuck ...

Beim Aufwachen dachte ich für den Bruchteil einer Sekunde, dass alles nur ein Traum gewesen sei. Ihr Kuss, ihre Lippen, ihr Körper. Wir.

Aber je länger ich darüber nachdachte, je öfter ich die Szene im Kopf abspielte, desto mehr wusste ich, dass das echt war. Der Billardtisch, ihr blutrotes Kleid, mein zerrissenes Shirt, in dem ich geschlafen habe. Und diese nervige kleine Wunde an meiner Unterlippe, an der ich dauernd mit der Zunge spiele muss. Das winzige Loch ist nicht geschwollen und tut nicht weh, aber es erinnert mich an sie.

Prompt fällt Grahams Blick auf meine Lippe. »Ich nehme an, ich müsste mal den anderen sehen?«, bemüht er den viel zitierten Konterspruch auf eine Kampfverletzung im Gesicht.

Ich kann nur entrückt den Kopf schütteln. »*Er* ist eine *sie*. Und sie ist die beeindruckendste Frau, der ich jemals begegnet bin.« Ich will jedes Detail von ihr beschreiben, ihre Augen, ihre Stimme, ihre Haare, ihr Lachen. Aber ich scheitere daran, adäquate Worte zu finden.

Die Hitze hier drin bringt mich noch um, und die Tatsache, dass ich beim Schleifen ein Tuch über Mund und Nase tragen muss, macht es nicht besser. Normalerweise ist es nicht so heiß in Grahams Werkstatt.

»Kannst du vielleicht die Heizung runterdrehen?«

Plötzlich hellt sich sein Gesicht auf, als hätte ich seinen gesamten Antiquitätsbestand auf einmal gekauft. »Die Heizung ist überhaupt nicht an. Vielleicht denkst du ein bisschen zu intensiv an deine Angebetete?« Unwirsch will ich mich aus seinem Griff winden, aber ein Schraubstock ist nichts gegen Grahams Arm. »Wart ihr bei ihr zu Hause? Wo wohnt sie? Ist sie nett?«

Nett würde ich es nicht nennen.

»Sie hat ... Biss«, weiche ich aus. Jedenfalls hat sie extrem spitze Zähne.

Weil sie ein Vampir ist!

Zum wiederholten Male muss ich diese irrationale Mischung aus Fluchtinstinkt und Begeisterung niederringen, die mich überkommen will, kaum, dass ich daran denke.

Grahams Lachen bebt in meiner Brust, weil er mich immer noch im Schraubstockgriff hält. »Dann behandle sie wie deine einzig wahre Liebe und wie deinen schlimmsten Feind. Diese Art von Frau ist gefährlich. Sie ist das Beste, was dir je passieren wird, und gleichzeitig das Schlimmste. Ich weiß, wovon ich rede.«

Das lässt mich aufhorchen. Graham hatte eine Tochter, die vor einigen Jahren an einer Krankheit gestorben ist, aber er hat nie von einer Frau gesprochen. »Was ist mit Mrs Hawthorne passiert?«, frage ich, bevor mein Taktgefühl eingreifen kann.

Als hätte jemand die Sonne ausgeknipst, verfinstert sich seine Miene. Er nimmt die Hand von meiner Schulter. »Sie hat sich für ein anderes Leben entschieden. Hat ihr das Herz rausgerissen ...«

Okay ... Wieso klingt das nicht nach einer normalen Trennung?

Weil deine Freundin möglicherweise ein Vampir ist und du jetzt überall Gespenster siehst!

Das stimmt. Ich habe zehntausend Theorien und noch mehr Fragen. Die wichtigste: Ist sie meine Freundin?

Dicht gefolgt von: Ist sie wirklich ein Vampir?

Ja, in dieser Reihenfolge, weil ich offenbar null Selbsterhaltungstrieb habe.

Und dann, in ungeordneter Reihenfolge: Warum hat sie mich gefragt, wer ich bin? Werde ich auch einer, weil sie mich gebissen hat? Wenn es Vampire gibt, gibt es dann auch Werwölfe und wandelnde Mumien? Kenne ich andere Vampire? Wie alt ist Alyssa – und wie lange schon?

Gott, mein Kopf platzt! Und diese Hitze bringt mich um.

»Ich muss mal Luft schnappen. Den Rest mache ich morgen, okay?«

Graham winkt gutmütig ab. »Um den Rest kümmere ich mich, du hast schon genug getan. Immerhin ist heute Sonntag und du musst dich auch mal ausruhen.«

»Heute ist Sonntag?«, entfährt es mir. »Am Sonntag war unser Date!«

Zählt es, dass wir unser Date schon gestern hatten? Will sie mich jetzt nicht mehr? Wieso habe ich Idiot nicht nach ihrer Nummer gefragt? Benutzen Vampire überhaupt Handys?

Ich bin kurz davor, durchzudrehen. Zehntausend Fragen, Tendenz steigend.

Und es gibt nur einen Ort, an dem ich Antworten finde. Bei Alyssa.

Wenn ich nur wüsste, wo sie wohnt.

Zum Glück weiß ich, wo jemand anders wohnt, der ebenfalls ein Vampirdate hatte. Wie dumm und blind ich war, das Offensichtliche nicht wahrhaben zu wollen.

In Kyles Schreibtischschublade liegt die Karte mit Lucys Adresse und wenn Lucy auch ein Vampir ist, kann sie mir sicherlich sagen, wo ich Alyssa finde.

Manchmal ist dein Kopf doch zu etwas zu gebrauchen, Kumpel.

Ich muss völlig wahnsinnig sein.

Kaum, dass ich die Tür zu Grahams Laden hinter mir geschlossen habe, rufe ich Kyle an. Mailbox.

Ach komm schon, Mann!

Fluchend lege ich auf und sperre unsere Wohnungstür auf, die gleich nebenan liegt. Ich erwarte, meine Mutter in der Küche zu finden, aber sie ist nicht da.

»Mom?« Keine Antwort. Ist sie schon auf der Arbeit?

Schulterzuckend sprinte ich die Treppe hoch ins Bad. Als ich das sägestaubbedeckte T-Shirt auf den Wäschehaufen fallen lasse, fällt mir auf, dass das zerrissene T-Shirt von gestern noch da liegt. Das sollte ich entsorgen, damit meine Mutter keinen Schock kriegt. Im Spiegel überprüfe ich kurz meine Unterlippe, fahre noch einmal mit der Zunge über die zwei kleinen Löcher, dann springe ich unter die Dusche.

Als ich wieder herunterkomme, steht meine Mutter in der Küche.

»Hey, Baby!«

Irritiert bleibe ich stehen. »Mom? Ich dachte, du wärst schon auf der Arbeit.«

»Ja, fast. Ich war gerade im Garten und wollte noch die hier zum Trocknen aufhängen.« Sie bündelt einen kleinen Strauß Kräuter und bindet sie geschickt mit der Schnur zusammen, die sie mit den Zähnen festgehalten hat. »Gehst du noch weg?«

»Ja, kurz zu Kyle. Dauert nicht lang«, beschwichtige ich sie, als ihr besorgter Blick zum Fenster gleitet. Die Sonne ist mittlerweile vollständig untergegangen, die Dämmerung taucht den winzigen Innenhof, den Mom zum Kräuterbeet umfunktioniert hat, bereits in schemenhaftes Grau vor Mitternachtsblau.

Mit einem gewinnenden Grinsen gebe ich ihr einen Kuss auf die Schläfe und stibitze mir einen Apfel aus der Obstschale. »Ich verspreche, dass ich vor Mitternacht zurück bin, meine gute Fee.«

Sie gibt mir einen nachsichtigen Klaps mit dem Küchentuch, in das sie gerade die Kräuter einwickeln wollte. »Du bist zwar nicht Cinderella und ich keine Fee, aber wehe, du liegst nicht in deinem Bett, wenn ich morgen früh von der Arbeit zurückkomme. Ich bringe dir auch etwas vom Bäcker mit. Bagel oder Cupcake?«

Cupcake.

Prickelnde Hitze schießt durch meinen Körper, als mich die Erinnerung überkommt, die ich gerade einigermaßen unter Kontrolle hatte. Plötzlich muss ich den Blick abwenden, weil ich Angst habe, dass mir meine Gedanken auf die Stirn geschrieben stehen. Wenn ich Alyssa nicht bald wiedersehe, werde ich die Wand hochgehen. Oder an der Vorstellung zugrunde gehen, wie ich sie gegen jene Wand presse und mich auf ihr verewige, bis keiner von uns beiden mehr klar denken kann. Ich will ihr Stöhnen in meinem Mund hören, ihre Zähne auf meiner Haut. Ich will mein Blut schmecken und ihren Orgasmus, wenn sie –

Ich muss hier raus.

Rastlos fahre ich mir mit beiden Händen über das Gesicht, greife mir in die Haare. Mom streckt die Hand aus, um mir die zerzausten Haare zu ordnen, und streicht versonnen über meine Wange.

»Mein Baby«, sagt sie mit einem Lächeln, obwohl Tränen in ihren Augen schimmern, »Die Zeit vergeht so schnell ... Ich kann mich noch genau daran erinnern, wie winzig du warst. Sag, wenn du etwas gegen die Kopfschmerzen brauchst.«

Ich lasse zu, dass sie meine Stirn befühlt, weil ihre Hand so herrlich kühl ist, aber ich ziehe instinktiv den Kopf zurück, als sie meine Unterlippe inspizieren will.

»Mir geht's gut. In Grahams Laden war es heute nur extrem heiß und staubig. Keine Sorge.«

Ich nehme ihre Hand von meinem Gesicht und wir ringen kurz darum, wer wessen Finger umschließen darf. Ich gewinne und drücke ihr grinsend noch einen Kuss auf die Schläfe, dann stecke ich mir den Apfel zwischen die Zähne und nehme meine Jacke vom Stuhl.

Wie von einer inneren Eingebung gestoppt, bleibe ich mitten in der Tür stehen. »Mom, sag mal ...« Zögerlich drehe ich mich zu ihr um. »Warum bist du damals wirklich gefeuert worden?«

Mein Handy unterbricht mich. Der Klingelton dröhnt so laut durch die winzige Küche und die Vibration ist so stark an meiner Hüfte, dass ich fluchend zusammenzucke.

Es ist Anna!

Schnell winke ich meiner Mom und verlasse die Wohnung, dann nehme ich den Anruf an.

»Lincoln!«, quietscht meine große Schwester an meinem Ohr. So euphorisch habe ich sie nicht mehr erlebt, seit sie beim letzten Halbmarathon unter den ersten fünfhundert durch die Ziellinie kam. »Graham hat gesagt, es beginnt! Du weißt Bescheid?«

Beginnen? Stirnrunzelnd schlage ich den Jackenkragen gegen den Wind hoch, obwohl er meine Haut angenehm kühlt. »Definiere ›Bescheid‹.«

»Deine Freundin ist ein Vampir!«

»Was? Nein!«, platze ich heraus. Hitze schießt mein Rückgrat hinab, doch seltsamerweise liegt es mehr an der Tatsache, dass Anna das weiß, als dass sich meine Schlussfolgerung tatsächlich bestätigt. »Wie kommst du darauf?«

»Lincoln«, sagt sie mit ihrer Große-Schwester-Stimme, bei der ich ihr gutmütiges Augenrollen geradezu vor mir sehe. Es ist dieselbe Tonlage, die sie immer hatte, wenn ich log. Etwa, wenn ich feierlich schwor, ich hätte nicht die letzten Kekse gefuttert, aber mein gesamter Pyjama voller Krümel war.

»Wurde Kyle von einem gebissen?«, will ich im Gegenzug wissen.

»Ja«, antwortet sie, ohne zu zögern.

Ich weiche einem älteren Paar in bunten Jacken aus, das die Architektur bestaunt, und nicke seltsam besänftigt. »Heißt das, du erzählst mir jetzt alles?«

»Deshalb rufe ich an. Ich bin gerade unterwegs, aber ich habe mein Versprechen nicht vergessen, kleiner Bruder.«

»Also schön«, gebe ich nach, während ich nach links in die nächste Straße einbiege. Dabei vermeide ich, ihre Unterstellung zu bestätigen oder das V-Wort in den Mund zu nehmen. »Und was soll nun beginnen?«

»Dein Rausch, natürlich! Hitzewallungen, Migräne, Taubheitsgefühl.« Sie klingt wie ein Kind zu Weihnachten, während sie diese körperlichen Warnsignale aufzählt, die allesamt Anzeichen für ernsthafte Krankheiten sein können. Die Leitung beginnt zu rauschen, sodass ihre Stimme abwechselnd lauter und leiser wird. »Du hast ... ganz schön warten lassen, ... dachte ehrlich, da kommt nichts mehr ... wird so was von begeistert sein!« Das Knacken wird stärker.

»Bist du in einem Funkloch?«, frage ich und halte mir ein Ohr zu, um ihre Stimme besser zu verstehen, die jetzt nur noch abgehackt bei mir ankommt.

»Glaub schon. ... gerade nicht in Portland ...ber das müssen wir feiern. Wollen wir uns die Tage im *Dutch Bros* ...? So in einer Woche ... zurück. Shit, Sekunde ...« Ich höre, wie sie das Handy mit der Hand abdeckt und ein paar Worte gewechselt werden, aus denen ich bruchstückhaft *Kyle*, *Wohnung* und *Hil-*

fe heraushöre. Als Anna das Handy wieder am Ohr hat, ist ihre fröhliche Begeisterung ersetzt durch nackte Angst. »Sch...ße, Lincoln. S...g Graham, dass –«

»Hab's mitgekriegt.« Schon beschleunige ich meine Schritte. »Ich war sowieso auf dem Weg zu Kyle, bin in zehn Minuten bei ihm.«

»Nein, w...rte! Geh nicht all–«

Die Verbindung reißt ab. Und ich laufe los.

22
Nenn deinen Blutrausch, wie du willst

Alyssa

Ich finde das Wohnhaus sofort, das Lucy mir beschrieben hat. Widerstrebend trete ich einen Schritt zurück und blicke an der petrolgrün verputzten Fassade empor. In keinem Fenster der insgesamt vier Stockwerke brennt Licht, aber das muss nichts heißen. Trotzdem kann ich mich nicht gegen das Gefühl wehren, dass es unbewohnt aussieht, geradezu menschenleer. Blutleer.

Sei nicht albern, schelte ich mich in Gedanken, dann trete ich entschlossen auf die Tür zu und drücke eine Klingel nach der anderen, bis jemand den Summer betätigt. Die Klingel mit der Aufschrift *Ford – Parker – Benowitz* lasse ich aus, denn ein Überraschungsbesuch verfehlt leider seine Wirkung, wenn der Besuchte vorgewarnt ist.

Der Flur riecht muffig wie eine Gruft, als ich lautlos durch die Schatten husche. Je höher ich steige, desto mehr spüre ich, wie sich mein Herzschlag beschleunigt, wie meine Fangzähne wachsen und eine fremde Macht von mir Besitz ergreifen will. Irrationale Furcht, gepaart mit Faszination. Als würde mich etwas unaufhaltsam anziehen, etwas Gefährliches, Dunkles, und doch so Helles und Warmes wie goldenes Licht. Wie eine Kerzenflamme die Motte, die bereitwillig hineinfliegt, obwohl sie weiß, dass sie darin verbrennen wird.

Auf jeder Etage huschen meine Augen über die Türschilder.

Einige werden von silbernen Streifen Mondlichts beschienen, das durch die halb blinden Fenster hineinfällt, andere liegen völlig im Dunkeln, genauso wie die Wohnungen dahinter.

Kyle Benowitz, wo steckst du ...

Je näher ich den oberen Etagen komme, desto stärker rebelliert mein Instinkt. Irgendetwas ist da oben, und mein Körper reagiert mit einer mir unbekannten Heftigkeit. Funken schlagen in meiner Brust, entzünden eine Hitze, die sich wie Lava durch meine Blutbahnen frisst. Wo sie auf die Kälte meiner Glieder trifft, entsteht ein fast unangenehmes Prickeln.

Die letzten Stufen nehme ich lautlos wie die Nacht, eingehüllt in die Schatten, aus denen ich geboren wurde.

Ford – Parker – Benowitz

Als ich das Türschild sehe, peitscht gleichermaßen Angst und Vorfreude durch meine Glieder. Lautlos schiebe ich mich näher heran, horche auf das kleinste Geräusch, und höre doch nichts als mein eigenes Blut rauschen wie einen reißenden Fluss.

Da bekommt der Begriff Blutrausch eine völlig neue Bedeutung ...

Ich will über diesen Gedanken lachen, aber jede Faser meines Körpers ist zu sehr damit beschäftigt, diese irrationale Mischung aus Fluchtinstinkt und Jagdtrieb abzuschütteln.

In dieser Sekunde der Unaufmerksamkeit schießt ein großer Körper aus den Schatten. Alle Luft weicht mir aus den Lungen, als ich gegen die Wand pralle. Dann erwacht im Bruchteil einer Sekunde die Bestie in mir zum Leben, packt den Hals des Angreifers –

Und erstarrt, als ich die Melodie des Herzschlags erkenne.

»Lincoln?« Mein Flüstern klingt laut in der Stille.

Der kalte Druck auf meiner Kehle löst sich. Der heiße Druck gegen meinen Körper nicht. Jetzt ziehen auch meine anderen Sinne nach und ertränken mich in seinem berauschenden Duft, benebeln mich mit seiner Nähe, quälen mich mit dieser unerträglichen Hitze, die mit seiner zu verschmelzen scheint und uns beide in den Abgrund zu reißen droht.

»Alyssa ...?« Der Klang seiner Stimme lässt meinen Körper erzittern. Seine Hand betastet meine Wange, groß und rau und warm, so warm. »Was tust du hier?« Sein heißer Atem streift mich in der Dunkelheit, fruchtig und spritzig-frisch wie der Duft von Apfelblüten.

Ich zwinge meine Fangzähne mit bloßer Willenskraft zurück.

»Die Frage ist, was tust *du* hier?«, bringe ich so kontrolliert wie möglich hervor. Mein Blick fällt auf seine Lippen, so dicht vor meinen. Seine Nähe benebelt meine Sinne, raubt mir buchstäblich den Atem.

»Gott, deine Nähe bringt mich um den Verstand«, raunt er, als hätte er meine Gedanken gelesen. Seine Lippen streifen meinen Mund, mein Kinn, meinen Hals. Mir entweicht ein Stöhnen.

»Lincoln ...«

Das wiederum entlockt ihm ein Stöhnen, tief in der Kehle, fast wie ein Knurren. Jäh umfasst er meinen Hals, drückt mein Kinn hoch, bis ich die Süße seiner Lippen geradezu schmecken kann. Hitze verbrennt meinen Körper, doch ich wehre mich nicht. Ich will das hier. Ich will ihn, mehr als irgendetwas sonst. Mehr als alles auf der Welt.

»Alyssa.« Seine raue Stimme vibriert in meiner Brust, so dicht steht er vor mir. »Wir müssen reden.« Er hält mein Gesicht immer noch fest, seine Augen fixieren mich im Halbdunkel. »Du bist ein Vampir.«

Eisige Angst kriecht in meine Glieder, doch sie kann das Feuer nicht löschen. Neugierde und Furcht streiten in mir.

Er weiß es?

Blöde Frage, du hast es ihm gestern Nacht praktisch in seine Unterlippe geritzt!

Statt einer Antwort stehe ich ganz starr vor ihm, wage kaum zu atmen, während ich auf seine Reaktion warte. Die

Versuchung ist groß, sein Gedächtnis zu manipulieren und möglichst viel Abstand zwischen uns zu bringen, doch ich widerstehe dem Drang genauso sehr wie dem, meinen Körper gegen seinen zu pressen und ihn zu küssen, bis einer von uns den Verstand verliert.

Und wenn ich es wäre, was würdest du tun?

Ich weiß nicht, ob er die stumme Frage gehört hat, doch abermals fällt sein Blick tiefer, auf meine Lippen, meine Fangzähne, die sich wie von einer unsichtbaren Macht kontrolliert hervorschieben. Sein Daumen der Hand, die mein Kinn festhält, zieht meine Oberlippe nach oben, um die spitzen Ecken zu entblößen. Er stöhnt leise, und selten habe ich mich so verletzlich und gleichzeitig so mächtig gefühlt.

»Fuck, ist das heiß. Wirst du mich damit umbringen, wenn ich dich noch mal küsse?« Seine Hand hält immer noch mein Kinn, seine Lippen schweben so dicht vor meinem Gesicht, dass sie meine Haut streifen.

»Nein«, knurre ich. »Aber vielleicht werde ich es tun, wenn du mich *nicht* noch mal küsst.«

Ohne zu zögern, erobert er meinen Mund in einem alles verheerenden Kuss. Und von einer Sekunde auf die Nächste übernimmt ein dunkler, gefährlicher, ursprünglicher Trieb. Das Feuer droht mich zu verbrennen, droht uns zu verbrennen. Ich erwidere seinen Kuss, kralle die Finger in den Kragen seiner Lederjacke, glatt und wohltuend kühl. Seine Zunge, sein Körper, seine Hände sind überall, fordern unerbittlich Einlass, nehmen mich gefangen, erkunden jeden Zentimeter meiner Haut. Sein Stöhnen ist Himmel und Hölle zugleich. Seine Finger gleiten unter meine Jacke und diesmal ist er derjenige, der mein Oberteil zerreißt, um mein Dekolleté zu entblößen. Keine Sekunde später vergräbt er das Gesicht an meinem Hals, inhaliert meinen Duft. Ich rieche sein Verlangen wie mein eigenes, während ich alle zehn Finger in seinem dichten Haar vergrabe.

Ich will dich.

Mit einem Ruck hebt er mich hoch, nagelt meinen Rücken

gegen die Wand und küsst mich erneut. Unstillbares Verlangen überkommt mich wie ein Rausch. Ich schlinge die Beine um seine Hüften, ziehe ihn enger an mich, bis ich seine Härte dort spüre, wo ich sie am meisten brauche, neige seinen Kopf zur Seite, um seinen Hals zu entblößen. Sein Daumen streicht mit sanfter Bestimmtheit über meine Brustwarze unter dem dünnen Stoff meines BHs, während seine Zunge tiefer in meinen Mund –

Im Erdgeschoss fällt die Haustür ins Schloss.

Atemlos erstarren wir, lauschen in die nächtliche Stille des Hauses und hören doch nichts als unseren wilden Herzschlag, spüren nichts als das Pulsieren der Gier in unseren Adern.

Unter uns geht das Flurlicht an, irgendwo wird ein schartiger Schlüssel ins Schloss gesteckt. Eine Wohnungstür öffnet und schließt sich, dann wieder Stille.

Und als das Flurlicht unter uns erlischt, kehren meine Sinne zurück. Was auch immer gerade Besitz von mir ergriffen hat, jetzt ist es wieder in einem eisenverstärkten Käfig eingesperrt.

Früher habe ich mich immer gefragt, wie Vampire im Blutrausch so dermaßen die Kontrolle über sich selbst verlieren. Jetzt weiß ich es. Ich kam mit dem Ziel hierher, Kyle Benowitz zu finden, um meine beste Freundin vor einer Intrige meines Vaters zu retten, die ich noch nicht völlig durchschaue. Aber kaum, dass ich Lincolns Haut berührt habe, war all das unwichtig. Ich habe alles andere ausgeblendet, mich selbst völlig vergessen und sogar die Entdeckung in einem bewohnten Hausflur riskiert – von der Gefahr einer möglichen Jungbrut hinter Kyles Wohnungstür ganz zu schweigen.

Widerwillig drücke ich meine Handflächen gegen Lincolns Brust. Sofort lässt er mich herunter. Auch er scheint wieder zu Sinnen zu kommen, gemessen an der Art, wie er sich durch die dichten Haare fährt. Mich überkommt das Verlangen, es ihm gleich zu tun und meine Hände erneut in dieser zimtbraunen Pracht zu vergraben.

»Sorry, ich … was war das?«, keucht er.

Um nicht weiter über diese gefährliche Anziehungskraft nachzudenken, ziehe ich den Reißverschluss meiner Jacke zu. »Kurzschlussreaktion. Also, was tust du hier?«, lenke ich uns beide ab. »Außer natürlich, dich auf mich zu stürzen wie ein tollwütiges Tier?«

Ihm entweicht ein überraschter Laut, während er zurück zur Wohnungstür seines Freundes geht und einen Gegenstand aus der Jeanstasche zieht. Mir entgeht nicht, dass er sich im Dunkeln offenbar genauso gut zurechtfindet wie ich. »Erstens: Du bist diejenige, die über mich hergefallen ist, Cupcake. Zweitens: Ich wusste nicht, dass du es bist, ich dachte, du wärst ein ...«

Vampir?, schlage ich vor, doch er beendet den Satz anders:

»... Bösewicht, okay?«

»Bösewicht?«, echoe ich kichernd, gegen meinen Willen erheitert von seinem jungenhaften Charme. »Wie alt bist du, zwölf?«

Jetzt lacht er. Der Klang ist ungewohnt in der nächtlichen Schwärze und bringt eine Saite in meiner Seele zum Schwingen, die ich vorher nicht kannte. »Geistig? Höchstens, ja. Körperlich? Wir können gern da weitermachen, wo wir unterbrochen wurden, dann zeige ich es dir.«

Lincoln grinst und ich muss die Augen verdrehen, um ein völlig unangebrachtes Lächeln zu unterdrücken. Dann erlischt sein Grinsen. »Hör zu, wegen dieser ...« Er deutet auf seine Zähne, womit er wohl eher meine Zähne meint.

»Vampirsache«, helfe ich ihm auf die Sprünge.

Er nickt. »Können wir reden?«

Begeisterung peitscht durch meinen Körper. Er hat keine Angst! Er ist nicht betört, nicht manipuliert und dennoch verspürt er weder Angst noch Hass. Nur offene, ehrliche Neugierde. Ich wusste es!

Lincoln Gabriel ist der lebende Beweis dafür, dass die Menschen uns doch nicht so fürchten und hassen, wie mein Vater und seine orthodoxen Konsuln uns weismachen wollen. Son-

dern vielmehr fasziniert und neugierig auf unsere Anders-
artigkeit sind, wie es die evangelistischen Auslegungen der
Heiligen Schrift andeuten.

Die Neugierde des Menschen ist seine größte
Schaffenskraft ... und sein Untergang.
– VD 319, Heilige Schrift des Propheten

Voller Euphorie nicke ich. »Ja, absolut! Kann ich erst nachse-
hen, ob dein Freund zu Hause ist?«

»Klar. Hatte sowieso dasselbe vor.«

Bevor ich protestieren und ihn warnen kann, besser zurück-
zubleiben, hat Lincoln bereits einen Schlüssel mit einem Anhänger in Form eines Chevrolet Impala, einem einzelnen En-
gelsflügel und einer Pistole hervorgezogen.

»Was ist das denn?«

»Der Schlüssel zu seiner Wohnung«, grinst Lincoln. »Er ist
immerhin mein bester Freund.«

»Nein, ich meine den Anhänger.«

»Ach das ... nur ein Insider von einer Serie, die wir ...«, er
bricht ab, weil er sich ein Lachen verkneifen muss, während er
die Tür aufschließt. »Hey, das hier wird gerade mein eigenes
Supernatural. Egal, suchst du etwas Bestimmtes bei Kyle
oder ...«

Seine Stimme versagt, als die Tür aufschwingt, und ich weiß
sofort, warum: Die Wohnung ist komplett verwüstet. An der
Wand gegenüber der Tür hängt ein Bild schief, das Anime-
Poster daneben ist zerrissen.

Nicht gut.

Alarmiert betreten wir den Eingangsbereich, setzen lautlos
einen Schritt vor den anderen. Die anderen Räume sehen nicht
besser aus: In der Küche sind Schränke und Schubladen aufge-

rissen, überall liegen Kleider und Papiere auf dem Boden, die Tür links vom Flur hat einen tiefen Kratzer im Holz.

»Was ist hier passiert?«, haucht Lincoln, der jetzt doch seine Handytaschenlampe auf das Chaos richtet.

Eine Jungbrut im Blutwahn, denke ich schockiert, während Lincoln sich an mir vorbeischiebt. Als seine Hände dabei sanft meine Schultern umfassen, durchströmt mich gleichermaßen Ruhe und Rastlosigkeit. Und als er mich wieder loslässt, fühlt sich mein Körper so kalt und allein an wie nie zuvor.

»Kyle?«, flüster-ruft er in die Stille. »Kyle! Ich bin's!«

Spinnst du?!, fauche ich in seinem Kopf, doch wie immer reagiert er nicht auf Mentalkommunikation. Es ist so fremdartig, mit jemandem zu sprechen, der weiß, was ich bin, aber nicht mental kommunizieren kann, dass ich es fast vergessen hätte. Also reiße ich ihn an der Schulter herum und lege einen Finger auf die Lippen. Er versteht sofort.

Langsam schieben wir uns voran, auf die halb zerstörte Tür zu, die gesplittert in den Angeln hängt. Ein eisiger Luftzug weht aus dem Zimmer, als wäre das Fenster offen. Plausibel, wenn das hier das Werk eines Vampirs ist. Vampire brauchen keine Türen.

An der Tür angekommen, schiebt Lincoln das Holz vorsichtig auf. Es gibt keinen Laut von sich, doch der Luftzug wird stärker.

In der Sekunde dringt ein Wimmern an mein Ohr, kaum lauter als ein Atemzug.

Eine Gestalt kauert mitten in dem verwüsteten Zimmer. Das Fenster ist nicht nur offen, es ist komplett zersplittert. Scherben glitzern im Mondlicht wie Diamantsplitter, Kissenfedern schweben über den Boden wie Seelen über Gräbern.

Es ist eine Frau.

Unwillkürlich graben sich meine Finger in Lincolns Schultermuskeln, während ich gleichzeitig spüre, wie seine Hände meine Arme umfassen, bereit, mich hinter sich zu schieben und sich schützend vor mich zu stellen.

Selten hat sich etwas so fremd und gleichzeitig so schön angefühlt.

Er weiß, was ich bin, er weiß, dass ich stark bin. Und trotzdem würde er mich schützen. Entweder spricht das für sein unendlich großes Herz voller Mut und Liebe – oder für seine grenzenlose Leichtsinnigkeit.

Bevor ich mich für eines von beiden entschieden habe, hebt die Frau den Kopf und stößt einen markerschütternden Schrei aus.

23

Ein Band aus goldenem Licht und nachtschwarzem Abgrund

Lincoln

Instinktiv reiße ich Alyssa zu Boden und rolle uns herum, schütze sie mit meinem Körper. Ich weiß nicht, was ich erwartet habe, aber nichts passiert. Außer, dass ich einen mittelschweren Tinnitus davontrage und Alyssas Duft allgegenwärtig ist. Es stimmt, was man sagt: Wenn ein Sinn beeinträchtigt ist, reagieren die anderen umso stärker. Ich kann in der Dunkelheit weniger sehen, aber dafür höre, rieche und fühle ich alles umso intensiver.

Die Geräusche der Nacht vor dem zerbrochenen Fenster: Wind in den Gassen, entfernte Autoreifen auf der nassen Straße, irgendwo bellt ein Hund.

Alyssas Körper, der so kühl und glatt an meinem ist, obwohl uns immer noch dieses Feuer aneinander schmiedet, das niemals zu verglühen scheint.

Das Schluchzen der Frau, deren Stimmbänder ich geradezu zittern hören kann, wenn sie –

Warte mal ... sie weint?

Während ich noch mit der Bestandsaufnahme meines Trommelfells beschäftigt bin, schält sich Alyssa bereits aus meinen Armen und steht auf. Die Leere, die sie hinterlässt, ist schlimmer als der grausamste Wintertag. Ich komme ebenfalls auf die Beine, während sie behutsam auf die Frau zugeht.

»Lilian ... Beruhige dich, alles ist gut. Ich bin es, Alyssa.«
Das Zittern lässt nach, die sprungbereite Körperspannung der Frau nicht.

»Alyssa. Schickt dein Vater jetzt etwa schon dich, um mich zu erledigen?«

Was zur ...?

»Nein!«, unterbricht Alyssa meine Gedanken. Ihre Stimme ist so hart und kalt wie Stahl. »Das ist nicht wahr, Lilian. Ich lasse dir die Anschuldigung durchgehen, weil du verwirrt und verletzt bist. Aber ich bin nicht die Marionette meines Vaters. Ich war es nie und ich werde es nie sein. Ich bin ohne sein Wissen hier. Für Lucy! Und ich brauche Antworten, Lilian: Was ist passiert? Was tust du hier?«

Die wichtigste Frage hat sie vergessen: *Warst du das hier, Lilian?*

Aber ich mische mich nicht ein, sondern beobachte bloß mit wachsender Unruhe, wie Alyssa an die hysterische Frau herantritt. Gefährlich nah. Unwillkürlich spannen sich meine Muskeln an, bereit, jederzeit einzugreifen.

»Lilian, ich brauche Antworten«, wiederholt Alyssa. Gerade, als sie die Schulter der bebenden Frau berühren will, schlägt Lilian ihre Hand weg und springt fauchend zurück. Sofort bin ich auf den Beinen, doch Alyssa hat die Situation unter Kontrolle. Sie ist eine starke Frau, sie kann auf sich selbst aufpassen.

»Zu spät, es ist zu spät, viel zu spät. Sie haben den Jungen ... und meine arme kleine Lucy ist verloren, verdammt, ver...« Ein neuerliches hysterisches Schluchzen. »Dein Vater wird sie umbringen, ich weiß es! Ich spüre es. Er will uns bestrafen. Wir waren zu unvorsichtig und jetzt wird unsere Lucy sterben, sterben, sterben ...!«

Halt, Moment! Ich brauche kurz einen Time-out, um meine Gedanken zu sortieren, denn in diesen paar Sätzen steckt so viel Dynamit, dass diese Lilian damit nicht nur Kyles Wohnung wegsprengen könnte, sondern die gesamte Realität.

Erstens: Lucy hat Kyle zu einem Vampir gemacht? Wann soll das passiert sein, ich habe gestern mit ihm die siebte Staffel von *Supernatural* beendet!

Zweitens: Diese Frau, Lilian, ist Lucys ... Schwester? Geliebte? *Erschafferin* – oder wie immer man das nennt? Sie wehklagt wie eine Mutter, aber ich bezweifle, dass Vampire Mütter haben, außerdem sieht sie keine zehn Jahre älter aus als Lucy. Andererseits ... altern Vampire überhaupt? Und wie alt ist Alyssa wirklich?

Zu viele Fragen, konzentrier dich aufs Wesentliche.

Drittens: Alyssas Vater hat einen Mord befohlen? Was ist das hier, die Vampirmafia und er ist der Boss? Das Echo von Lous Schiefertafelstimme durchschneidet diesen Gedankengang: *Sie ist die Prinzessin, Junge.*

Sie ist die Prinzessin.

Sie ist die Vampir-Prinzessin!

Dann ist Alyssas Vater – *Heilige Scheiße!* Der Senator von Oregon ist der Vampir-*König*?

Was kommt als Nächstes? Jared Leto, Angelina Jolie und Elon Musk sind auch Vampire?

Wobei, eigentlich gar nicht so abwegig ... Was ist mit den anderen Übermensch-Promis? Jeder, der überirdisch attraktiv ist, Unfassbares geschaffen hat, nie zu schlafen scheint und ewig jung bleibt?

»Ich schwöre dir, Lilian, ich bin hier, um zu beweisen, dass Lucy nichts damit zu tun hat«, fährt Alyssa fort. »Ich weiß, dass sie noch nicht wandeln kann. Und ich werde meinen Vater davon überzeugen. Aber dafür musst du mir sagen, wo der Junge ist, der hier wohnt.«

»Er ist dreiundzwanzig und heißt Kyle«, stelle ich klar.

Die blutunterlaufenen Augen der Vampirin richten sich auf mich, und augenblicklich ballt sich ein rasender Feuerball in meinem Bauch zusammen. Ähnlich wie ... genau wie ...

Ich reiße die Augen auf. Genau wie im Convention Center, als ich Alyssas Vater und all die anderen Gäste gesehen habe.

Allesamt wie aus der Zeit gefallen, allesamt zum Sterben schön. Weil sie alle Vampire waren.

Dann fallen mir die seltsamen Fragen und Blicke ein, von Kyle im *Scarlet*, von Anna, selbst von Graham.

Ist dir heiß, Lincoln? Hast du Kopfweh? Kribbelt deine Haut?

Ja, verdammt!

Aber warum?

Blindlings taste ich nach der Lehne des Ohrensessels, in dem ich diese Woche noch mit Sam und Dean den Toren der Hölle entkommen bin und Cheerios gefuttert habe. Wie unendlich weit weg Serienmarathons plötzlich erscheinen. Und wie nah die Hölle. Jetzt ist der Sessel zerfetzt, genau wie das Bett, dessen Matratze aufgeschlitzt über dem zerbrochenen Holzgestell hängt. Und von meinem besten Freund fehlt jede Spur.

Ich will schreien, will fluchen und das Zimmer auf den Kopf stellen, um einen Hinweis darauf zu finden, wo er ist. Aber ich darf keine Schwäche zeigen. Nicht, wenn mir die Feindseligkeit dieser Vampirin so eiskalt entgegenpeitscht wie ein Schwall Schneeregen im Gesicht.

»Wer ist er?« Lilians Stimme ist so kalt wie ihr Blick, dem ich standhalte, ohne zu blinzeln.

Dieser Er *hier wird dein Untergang sein, wenn du mir zu nahekommst, verstanden?*

In Gedanken lege ich bereits die zwei kurzen Schritte zum Bett zurück, um den Holzpfosten des zerstörten Gestells als Pflock einzusetzen. So macht man das doch, oder? Einen Pflock durchs Herz? Als wäre die stumme Botschaft bei ihr angekommen, verengt sie minimal die Augen. Wachsam. Lauernd.

»Er ist gefährlich«, warnt Lilian meine Freundin.

Verdammt richtig, denke ich, während meine Augen zu tränen beginnen, weil der Drang zu blinzeln übermächtig wird.

Ein Grollen bildet sich in Lilians Kehle. Instinktiv spannt sich mein Körper ebenfalls an.

»Wag es nicht …«, knurrt Alyssa, da schießt Lilians Körper be-

189

reits mit der Geschwindigkeit einer Kanonenkugel nach vorn. Ich weiche zurück, erkenne in derselben Sekunde, dass ich nicht schnell genug sein werde, und wappne mich für den Aufprall.

Der nicht kommt.

Alyssa rammt Lilian zur Seite wie ein Linebacker den gegnerischen Quarterback. »*STOP!* Er gehört zu mir, lass ihn in Ruhe!«

»Er ist ein Feind!«, faucht Lilian zurück.

»Nein, ist er nicht! Er ist –«

»Du hast ja keine Ahnung, Alyssa!«, fährt Lilian ihr über den Mund. »Er ist –«

»*LINCOLN GABRIEL IST MEIN GEFÄHRTE!*«, ruft Alyssa verzweifelt – und unterbricht nicht nur unser Starrduell, sondern auch das Raum-Zeit-Gefüge.

»Ich bin was?«, höre ich mich selbst sagen, während etwas Seltsames in meinem Körper vorgeht. Ich spüre buchstäblich, wie mein Herz aufhört zu schlagen, fühle das Vakuum, das daraufhin in meinem Körper entsteht. Als wäre ich unter Wasser und meine Lunge würde nach Luft schreien. Nur, dass es nicht Sauerstoff ist, den ich brauche, ... sondern sie.

Mein Handy, das ich als Lichtquelle benutzt habe, gleitet aus meinen plötzlich tauben Fingern.

Die Leute nennen Alyssa eine Prinzessin, aber sie ist so viel mehr. Sie ist eine Königin, eine Göttin.

Und sie hat mich gewählt.

Und ich will nichts anderes als sie.

Jetzt. Immer. Für immer.

Doch schon entgleitet sie mir, genau wie der Sauerstoff in meiner Lunge, genau wie der Unterdruck, der mein Herz zum Schlagen bringt.

Sag etwas. Tu etwas. Halt sie fest!, schreit mir mein Unterbewusstsein zu. Und ich sage das Einzige, das Sinn ergibt.

Das Einzige, das wichtig ist.

Das Einzige, das zählt.

Jetzt und jemals sonst.

»*Alyssa.*«

In der Sekunde, in der das Wort meine Lippen verlässt, füllt sich das Vakuum in meiner Brust und pumpt das Leben in meinen Körper, und plötzlich bin ich so voll, dass ich nicht weiß, wohin mit all diesen widerstrebenden Gefühlen.

Liebe.

Hass.

Verlangen, Verrat.

Wut und Wohlwollen, Himmel und Hölle.

Und Angst, Angst, so viel Angst.

Angst, sie zu verlieren.

Angst, mich selbst zu verlieren.

Angst um sie, Angst um mich.

Angst um die Welt.

Es fühlt sich an, als würde ich von innen verbrennen und aus der Asche meines Lebens wiedergeboren werden, als würde eine Tür in meinem Innersten aufgeschlossen, aus der gleichermaßen goldenes Licht in meinen Körper fließt und nachtschwarze Leere in meine Seele sickert.

Mein Handy schlägt auf dem Boden auf.

Und dieses kurze Geräusch lässt mich bis ins Mark erstarren. Nicht, weil es so ohrenbetäubend laut in der Stille ist, jetzt, da ich wieder Herr meiner Sinne bin. Sondern weil all die Gefühle, all die Qualen, die mir wie eine Ewigkeit vorkamen, nur diesen Sekundenbruchteil angedauert haben, in dem mein Handy zu Boden fiel.

Wenn das ein Vorgeschmack auf die Ewigkeit war, dann kann mir die Ewigkeit gestohlen bleiben.

»Ich bin was?«, wiederhole ich, drängender diesmal, weil soeben Frage Nummer dreitausendvierhundert plus eins in meinem Kopf aufgeploppt ist: *Was zur Hölle ist gerade passiert?*

»*Erkläre ich dir später*«, flüstert Alyssa nah an meinem Ohr. Bloß, dass sie immer noch zwei Meter weit weg steht und den Mund überhaupt nicht bewegt hat.

Hat sie gerade *in meinem Kopf* gesprochen?

Ich wage einen kurzen Blick zu der Frau, die ich mit jedem

Atemzug weniger verstehe, aber mit jeder Sekunde mehr begehre. Nie habe ich irgendwo hingehört, hatte nie etwas ganz für mich. Ausgerechnet von dieser Göttin zu hören, dass ich ihr Was-auch-immer bin, dass sie zu mir gehört, ausgerechnet zu mir, dem vaterlosen Niemand vom falschen Ende der Stadt, lässt mir auf die bestmögliche Weise den Atem stocken.

»Ich höre dein Herz bis hierher stolpern, kannst du das bitte unter Kontrolle kriegen?«, flüstert sie schon wieder in mein Ohr. Von allen Seiten gleichzeitig.

Was zur Hölle? Kannst du bitte aufhören mit dem, was auch immer du gerade tust?, denke ich irritiert zurück. Dabei ziehe ich eine derartige Grimasse, dass sich eine steile Falte zwischen Lilians Augen bildet. Lilian. Die hatte ich völlig vergessen.

Das müssen wir wohl noch üben, schmunzelt Alyssa lautlos.

Alles klar, ich habe den Verstand verloren. Fassungslos schüttle ich den Kopf, gleichzeitig frustriert, amüsiert und maximal verstört von der Tatsache, dass wir uns gerade *in meinem Kopf* unterhalten!

Lilians Augen weiten sich kurz, dann verengt sie sie wieder. Sie lässt sogar einen Fangzahn aufblitzen. »Das ist unmöglich, du musst dich irren. Er kann nicht dein Gefährte sein.«

Ein tiefes Knurren bildet sich in Alyssas Kehle – und es ist mit Abstand das heißeste und gleichzeitig angsteinflößendste Geräusch, das ich jemals gehört habe. »Stellst du mich infrage, Lilian?«

Lilians Augen sind immer noch auf mich geheftet wie die eines Raubvogels auf die Maus am Boden. »Er ist keiner von uns.«

Verdammt richtig, als ich zum letzten Mal nachgesehen habe, habe ich mich nämlich weder von Blut ernährt noch in einem Sarg geschlafen.

Schlafen Vampire in einem Sarg?

Natürlich nicht, du Idiot.

Das ist wieder Alyssas Stimme. Hört sie ernsthaft live alles mit, was ich denke?

Zu unser beider Leidwesen: ja, antwortet sie in meinen Gedanken, während sie in der Realität weiterhin Lilian nieder-starrt. »Lincoln. Ist. Mein. Gefährte.« Alyssa tritt sogar einen kleinen Schritt vor, woraufhin Lilian unwillkürlich dieselbe Distanz zurückweicht.

Eine Sekunde lang flirrt die Luft vor Anspannung, sodass ich abermals das kaputte Bettgestell ins Auge fasse – diesmal, um Alyssa zu retten. Dann senkt Lilian, obwohl sie eindeutig die Ältere ist, demütig den Kopf.

Schlagartig ist die Feindseligkeit aus der Luft gesaugt, als hätte ein Regenschauer die schwüle Hitze aus den Asphaltritzen der Stadt gespült. Und als Lilian mich jetzt ansieht, glänzt fast so etwas wie Respekt in ihren Augen.

»Verzeih. Ich bin Lilian Montgomery. Es freut mich, deine Bekanntschaft zu machen.«

Äh ... Unfähig, diese Hundertachtzig-Grad-Wende und vor allem das greifbar verschobene Machtgefüge zu begreifen, nicke ich bloß.

»Und jetzt erzähl mir alles, was du weißt«, fordert Alyssa Lilian mit der würdevollen Bestimmtheit einer Königstochter auf. Gott, ich bewundere diese Frau jede Sekunde mehr ...

Das bedeutet aber nicht, dass ich gutheiße, dass sie jetzt permanente Zuhörerin meiner Gedanken ist!

Glaub mir, ich finde das genauso befremdlich wie du, antwortet sie, ohne Lilians Bericht darüber zu unterbrechen, dass sie nach Lucys Verhaftung heimlich auf eigene Faust auf die Suche gegangen sei, die Wohnung jedoch bereits in diesem Zustand und ohne Zeichen von Kyle vorgefunden habe.

Dann solltest du vielleicht auf deiner Seite meiner Schädeldecke bleiben, denke ich zurück und wende mich von Lilian und der zerstörten Umgebung ab, um Alyssa einen warnenden Blick zuzuwerfen.

Als sie ihn erwidert, glaube ich entschuldigende Reue in ihren Augen zu erkennen. Nein, ich *spüre* sie im eigenen Körper.

Wenn du das nicht gewollt hättest, hättest du nicht meinen Namen sagen dürfen.

24
Wer nur glaubt, was er sehen und anfassen kann, glaubt an die falschen Propheten

Alyssa

Was habe ich getan?

Wieso hat das Gefährtenband funktioniert?

Was ist hier passiert?

Wo ist Kyle?

Schuldbewusst betrachte ich die aus dem Regal gerissenen Bücher, die zerbrochene Brille auf dem Nachttisch. Das Zimmer sieht verwüstet aus, aber nicht nach einem frisch gewandelten Vampir. Eine Jungbrut hätte in ihrem Blutwahn die Möbel zu Kleinholz verarbeitet.

Auch eine halbe Stunde später, nachdem Lilian zu Alectos Kerker aufgebrochen ist, um nach Lucy zu sehen, bin ich unfähig, Lincoln in die Augen zu sehen. Mein einziger Lichtblick ist: Kyle ist nicht tot und kein Vampir. Lilian sagte, die Spuren deuten nicht auf einen Kampf hin, sondern auf mutwillige Zerstörung, um es nach einem menschlichen Einbruch aussehen zu lassen. Sie konnte keine Spur von Blut oder Tod in der Luft wittern – dafür jedoch den Geruch von Vampiren der königlichen Leibgarde.

Das ergibt zwar keinen Sinn, aber ich glaube ihr. Lilian ist die beste Fährtensucherin, die ich kenne.

Doch wenn wirklich mein Vater die Hände im Spiel hatte, wie konnte Kyle dann entkommen?

Außer ...

Ich hebe ruckartig den Kopf, während Lincoln Bücher und Papiere in allen Sprachen und Größen durchblättert.

Außer, Kyle ist nicht entkommen. Sie haben ihn mitgenommen! Aber warum? Und wohin?

»Du schuldest mir Antworten«, höre ich Lincolns Stimme durch das Gedankenchaos in meinem Kopf, das jetzt zu allem Überfluss in regenbogenfarbenes Licht getaucht ist. Er schiebt die verstreuten Papiere, die er durchgesehen hat, auf der Kommode zu einem Haufen zusammen.

Ich schulde ihm weit mehr als das. Ich hatte ja keine Ahnung ...

Ich will mich bei Lincoln entschuldigen, will ihn auf Knien um Vergebung anflehen, denn der wachsame Blick in seinen Augen ist schlimmer als jede Strafe, die ich jemals in den fensterlosen Kerkern von Perugia oder unter den unbarmherzigen Generälen von Prag erdulden musste.

Aber genau diese Erfahrungen haben mich gelehrt, keine Schwäche zu zeigen. Ich bin die Tochter des Vampirkönigs und meine Schwäche wäre unser Untergang.

Wenn Lincoln nicht vorher *mein* Untergang ist ...

Ich denke, das wird auf Gegenseitigkeit beruhen, sagt er so plötzlich in meinem Kopf, dass ich zusammenzucke. Die Tatsache, dass er die Mentalkommunikation über unsere neue Verbindung so rasend schnell beherrscht, ist erschreckend. Obwohl Lucy seit fast achtzig Jahren ein Genesisband mit ihren Eltern verbindet, fällt ihr diese Art der Kommunikation immer noch schwer.

Lilians Worte hallen durch meinen Kopf: Lincoln ist kein Vampir. Aber wenn ich eines mit Sicherheit weiß, dann, dass unsere Seelen miteinander verbunden sind. Spätestens, seit er vorhin die Gefährtenbindung akzeptiert hat, indem er meinen Namen ausgesprochen hat. Und das bedeutet, dass mein Vater sich geirrt hat: Menschen sind nicht schwach. Sie sind zu denselben Kräften fähig wie wir.

Mein Vater ist nicht unfehlbar.

Er ist nicht Gott.

Er ist nicht unser Erlöser.

»Hey, sieh's positiv, Cupcake«, lenkt mich Lincolns Stimme ab. Ob er meine negativen Gefühle gespürt hat? »Es ist zwar verflucht beängstigend, aber ich kann mir weitaus Schlimmeres vorstellen, als eine direkte Gedankenverbindung mit der umwerfendsten Frau zu haben, die mir je begegnet ist. Und falls wir dabei fallen, fallen wir zusammen.«

Es könnte an der frischen Seelenverbindung liegen oder an meinen offenliegenden Gefühlen, aber mein Herz möchte ein bisschen schmelzen bei diesem Satz. Zumindest, bis Lincoln mit seinem patentierten Grinsen hinzufügt: »Ob ich dich auffange, falls ich vor dir unten bin, überlege ich mir noch.«

Jetzt möchte ich ihn einfach nur erwürgen. Wieso muss ich trotzdem lächeln?

»Also schön. Stell deine Frage, und dann lass uns von hier verschwinden.«

»Fragen«, korrigiert er und zeigt auf seine Schläfe. »Hier drin sind ungefähr dreitausend.«

Ich schüttle den Kopf. »So viel Zeit haben wir nicht. Ich kann nicht ausschließen, dass es hier gleich vor Vampiren wimmelt.«

Entweder, weil Kyle tatsächlich entkommen ist und sie weitere Fährtensucher auf ihn ansetzen. Oder, weil sie ihn tatsächlich entführt haben und alle Spuren verwischen wollen. Ich muss dringend meinen Vater zur Rede stellen – oder besser noch, Alecto. Während ich im Kopf bereits meine Worte zurechtlege, lässt Lincoln nicht locker.

»Erste Frage: Ist ›Gefährte‹ eure Bezeichnung für ›Fester Freund‹ und kann ich dich jetzt offiziell meine Freundin nennen?«

Ich starre ihn an. *Das* ist seine erste Frage? Nicht, wie alt ich bin, woher wir kommen, wie viele es von uns gibt, ob wir wirklich in der Sonne verbrennen und wie man uns töten kann?

Verdammt, wieso fühlt sich mein Herz plötzlich an wie weiche Butter?

Nachdenklich sehe ich Lincoln dabei zu, wie er einzelne Bücher aus dem Regal aufklappt und zurücklegt, hinter die Kommode blickt und sogar die Matratze anhebt.

»Ja«, beantworte ich seine Frage schließlich wahrheitsgemäß, »Es tut mir leid, dass ich dich da mitreingezogen habe, aber Lilian ...«

... hätte dich getötet, denke ich für mich.

»Oh, mir tut es ganz und gar nicht leid, Cupcake. Ich nenne dich in Gedanken schon den ganzen Tag meine Freundin.«

Das macht mich so sprachlos, dass ich einen Moment lang nicht weiß, wohin mit meinen Gefühlen. Schnell verschränke ich die Arme vor der Brust, um mein Herz einzusperren. »Was machst du da eigentlich? Suchst du etwas Bestimmtes?«

»Ja. Kyle hat sich immer alles aufgeschrieben. Wenn er wusste, was hier vorgeht – und sagen wir einfach, ich bin ziemlich sicher, dass er das wusste –, dann steht es in irgendeinem seiner Bücher.«

»Unter der Matratze?«

Das Grinsen, das er mir jetzt zuwirft, könnte die kälteste Nacht erwärmen. »Das Versteck unter der Matratze ist ein sehr heiliger Ort für einen Mann, weißt du?«

Okay, vergiss die Wärme. Jetzt schwanke ich zwischen Feuersturm und Eisregen. Was ist es nur an diesem Typen, das Schmetterlinge aus purem Glück in meinem Bauch tanzen lässt, und gleichzeitig den Wunsch weckt, sie allesamt einzuäschern?

»Ach ja? Was würde ich unter deiner Matratze finden?«

»Ein Bild von dir?« Wieder grinst er.

»Du hast kein Bild von mir«, knurre ich, um mich gegen das aufflammende Verlangen zu stemmen – dies ist weder der richtige Ort noch die richtige Zeit, um sich in Blutrausch und Lust zu verlieren. Ich schiebe die peinliche Erinnerung an unseren Ausrutscher im Flur vorhin beiseite.

»Ganz genau, Cupcake.« Gut gelaunt zuckt Lincoln mit den Schultern und lässt die zerschlissene Matratze fallen. »Und deswegen würdest du nichts unter meiner Matratze finden.«

Jetzt muss ich doch gegen ein Lächeln ankämpfen. »Spinner ...«

»Aber du hast gelächelt«, beharrt er mit dem selbstzufriedenen Grinsen eines Kindes, das sich zum ersten Mal selbst die Schuhe gebunden hat.

Ja, verdammt ... Nicht nur ich habe gelächelt. *Meine Seele* hat gelächelt. Und das macht mir mehr Angst, als ich zugeben will.

Du bist trotzdem ein Spinner, sage ich in Gedanken, um das Thema abzuschließen, bevor ich laut frage: »Können wir los? Ich möchte dich lieber nicht hier wissen, falls gleich doch noch ein paar wirklich fiese Vampire auftauchen. Nicht alle sind so nett wie ich.«

Im selben Moment ärgere ich mich darüber, dass ich etwas gesagt habe, das ihm möglicherweise Angst machen könnte, während ich eigentlich das Gegenteil beweisen will. Lincolns Antwort ist ein grimmiger Seitenblick, der gleichzeitig gekränkt und gefährlich wirkt. »Glaub mir, ich komme klar. Wenn mir das Leben eins beigebracht hat, dann, auf mich selbst aufzupassen. Und ein paar Vampire machen mir keine Angst.«

Erleichtert atme ich aus. Ja, die Glaubensansätze der Orthodoxen sind so was von überholt.

Lincoln durchsucht noch eine Schublade, dann dreht er sich zu mir um und lehnt sich mit der Schulter gegen das Regal. Er sieht unfassbar gut aus, mit dieser erhobenen Braue und den verschränkten Armen. »Wie kommt es eigentlich, dass niemand weiß, dass es Vampire gibt?«

Um seine muskulöse Brust nicht weiter anzustarren, gehe

ich meinerseits zum Bücherregal und ziehe wahllos Titel heraus. Gesetze der Physik, Lexika und einige philosophische Abhandlungen. Kyle ist ein gebildeter Mensch. »Es gibt durchaus Menschen, die von uns wissen. Sie sind nur zu klug, zu machthungrig oder zu eingeschüchtert, um es herumzuerzählen.« Oder sie sind betört und manipuliert, denke ich, doch das behalte ich für mich und stelle das Buch wieder zurück, »Und selbst wenn: Was glaubst du, würde passieren, wenn du dich morgen ins Lloyd Center stellst und verkündest, deine Freundin wäre eine Vampirin?«

Lincoln spielt den Gedanken kurz im Kopf durch, dann zeigt ein leises Lächeln, dass er die Absurdität versteht: »Sie würden mich entweder für verrückt halten oder an volltätowierte Gothic-Bräute in BDSM-Schuppen denken.«

Ich nicke, unwillkürlich stolz auf seine schnelle Auffassungsgabe. »Geschichten über Vampire sind so eng mit unserer – eurer – Kultur verwoben, dass die Grenze zwischen Fiktion und Wahrheit fließend ist. Abgesehen davon: Unsere Nähe macht süchtig, selbst unser Biss ist mehr Rausch als Schmerz. Wenn ein Mensch einmal in den Kreisen der Vampire verkehren durfte, gibt er das nicht freiwillig auf.«

Teufel, ja, zucken Lincolns Gedanken durch meinen Kopf und entzünden schlagartig ein Buschfeuer in meinem Körper.

Mein Blick fällt auf seine Unterlippe, woraufhin er unwillkürlich mit der Zungenspitze über die Wunde fährt. Erkennen flackert in seinem Blick, als er sich daran erinnert, wie der Biss seine Lust gesteigert hat. Hitze brodelt in mir, als ich mich daran erinnere, wie ungestüm er mich danach an sich gezogen und wie hungrig er mich vorhin im Hausflur geküsst hat.

»Damit wäre meine nächste Frage auch geklärt: Man kann also gebissen werden, ohne selbst zum Vampir zu werden«, kombiniert er, während ich wie hypnotisiert seine Zunge anstarre, wie sie leichte Kreise zeichnet und einen unwiderstehlich feuchten Glanz auf seiner Lippe hinterlässt.

Ich nicke knapp, weil ich gerade nicht im Stande bin, zu erklären, dass ein Vampir vor dem Blutrausch niemanden wandeln kann.

»Tu das nicht, sonst verheilt es nicht«, flüstere ich stattdessen und trete auf ihn zu. Teils, weil ich nicht möchte, dass er länger als nötig verletzt ist, egal wie klein die Wunde. Teils, weil ich dem Anblick nicht länger widerstehen kann. »Lass mich ...«

Ich bringe meine Lippen so dicht an seine, dass ich hören kann, wie seine Atmung flacher wird und sein Puls beschleunigt. So dicht, dass ich seinen Duft tief inhaliere und seine Körperwärme auf meiner Haut spüre. Seine Hände legen sich an meine Hüften, seine Lippen öffnen sich leicht, und ich brauche all meine Selbstbeherrschung, um nicht auf der Stelle über ihn herzufallen und bis zum Morgengrauen mit ihm in der Ewigkeit zu vergehen.

Stattdessen küsse ich nur die verletzte Seite seiner Unterlippe, nehme sie zwischen die Lippen und lecke sanft mit der Zunge darüber, um die kleine Wunde zu versiegeln.

Seiner Kehle entringt sich ein Stöhnen, sein Griff um meine Hüften wird besitzergreifender. Wilde Lust schießt durch meinen Körper, die ich jedoch mit Mühe zügle.

Du beendest das besser schnell, knurrt er in meinem Kopf, weil sein Mund gerade vereinnahmt wird. Zur Antwort lasse ich meine Zungenspitze neckisch zwischen seine Lippen gleiten, was ihm ein weiteres Stöhnen entlockt. *Fertig?*

Ja, ich bin fertig – zumindest mit seiner Wunde. Mit ihm noch lange nicht.

Geduld, Lincoln, erwidere ich sinnlich, während ich mich ausgiebig dem Rest seiner Unterlippe widme, *ich mag es, wenn du mir ausgeliefert bist.*

Da zieht er meine Hüfte so ruckartig gegen sich, dass ein Hitzeball in meinem Bauch explodiert. Hungrig greift er in mein Haar und erobert meine Lippen mit einem leidenschaftlichen Kuss, der mich alles andere vergessen lässt. Augenblicklich presse ich mich gegen ihn und dränge ihn vorwärts, doch genau wie bei unserem ersten Kuss widersetzt er sich und drängt mich stattdessen rückwärts. Ein kurzes Kräftemessen folgt, bis er kurzerhand hinter meine Oberschenkel fasst und mich hochhebt. Mir entweicht ein Keuchen, als mein Rücken gegen das Bücherregal prallt, doch die kleine Niederlage ist mir egal.

Er gehört mir, und das ist Sieg genug. Es fühlt sich zu gut an, *er* fühlt sich zu gut an, riecht zu gut, und schmeckt zu gut! Ich bekomme nicht genug von der spritzigen Süße auf seinen Lippen, in meiner Nase, in meinem Mund. Frisch und fruchtig und explosiv wie das pure Leben. Was ist das? Ein Gefühl? Sein letztes Getränk? Unsere neue Bindung?

Du meinst ... den Apfel, den ich vorhin gegessen habe?, fragt er in meinem Kopf.

Überrascht reiße ich die Augen auf. So schmecken Äpfel?

Lincoln, der meine Gedanken auf diese kurze Entfernung scheinbar selbst dann hören kann, wenn sie nicht für ihn bestimmt sind, löst die Lippen von meinen, um mir schockiert in die Augen zu sehen.

»Du weißt nicht, wie Äpfel schmecken?«

Da ist ehrliche Bestürzung in seiner Stimme, was in mir eine seltsame Mischung aus Scham und Trotz weckt. Ich will kein Mitleid.

»Ich ernähre mich von Blut, schon vergessen?«, zische ich und höre selbst, wie scharf meine Stimme klingt. Unfähig, mit der Situation umzugehen, richte ich meinen Blick auf meine blassen Arme, die immer noch um seinen gebräunten Hals geschlungen sind, auf die pulsierende Schlagader zwischen seinen sehnigen Muskeln. Dabei hoffe ich inständig, dass dieselbe Technik, die meinen Vater aus meinem Kopf aussperrt, auch gegen die Gefährtenverbindung hilft.

Es scheint zu funktionieren, denn jetzt senkt Lincoln den Kopf, um mir in die Augen zu sehen. Seine Hände halten mich immer noch sicher fest, während meine Beine immer noch um seine Hüften geschlungen sind.

»Das ist nicht die Antwort auf meine Frage, Alyssa«, sagt er mit einer Sanftheit, die ich nicht verdiene. »Vergisst man, wie etwas schmeckt, nachdem man zum Vampir gewandelt wurde?«

Im selben Atemzug höre ich, wie sich die eine, alles entscheidende Frage in seinem Kopf kristallisiert. Mein Körper versteift sich, noch bevor er den Mund öffnet.

»Alyssa, wie bist du ...«

Frag nicht. Bitte frag nicht.

Er hält sofort inne. Stattdessen nimmt er meine Hand, und die Wärme, die Ruhe, die von ihm auf mich übergeht, ist so fremd, so surreal. Vor einer halben Stunde noch war ich allein, trieb als einsame Seele ziellos in der Ewigkeit. Und jetzt ist er hier, so allumfassend, so unausweichlich, dass ich mir ein Leben ohne ihn nicht mehr vorstellen kann. Seelenbande sind gruselig, und wäre ich nicht in einer Vampirgesellschaft aufgewachsen, die ihr gesamtes Dasein auf diese Verbindungen ausrichtet, würde ich es genauso wenig glauben wie die Propaganda meines Vaters und Prophezeiungen der alten Schriften.

Dass Lincoln noch nicht durchgedreht ist, grenzt an ein Wunder, denn Wissen ist beängstigend. Vor diesem Hintergrund ist es auch keine Überraschung, dass die allwissenden Vampirorakel längst den Verstand verloren haben und nur noch in unzusammenhängenden Sätzen und Rätseln sprechen. Ich habe erst einmal eines gesehen, und ich brenne nicht darauf, diese Erfahrung zu wiederholen. Damals in Prag, als meine Mutter ihm – oder war es eine Sie? Die halbmumifizierten, fleischlosen Kreaturen machen die Unterscheidung schwer – mein Blut zum Beweis des Wunders meiner Existenz opferte.

»Lass uns von hier verschwinden, okay?«, bitte ich.

Lincoln gehorcht sofort, lässt mich behutsam an sich hinabgleiten, bis ich wieder auf meinen eigenen Beinen stehe. Trotzdem hält er mich noch fest, schützt mich mit seinem Körper und der Geborgenheit seiner Nähe.

Widerwillig wirft er noch einen letzten Blick durch den Raum, dann wendet er sich wortlos ab. Ich spüre seine Sorge um seinen Freund und seinen Zorn auf diejenigen, die ihm das angetan haben, bis in meine Knochen, als ich ihm nacheile.

»Es geht ihm gut, Lincoln. Da bin ich sicher.«

Wieder nickt er bloß, während er mir die Wohnungstür aufhält und hinter mir sorgfältig zuzieht, als könnte die unversehrte Eingangstür ungeschehen machen, dass die Wohnung dahinter verwüstet ist. »Nächste Frage: Konntest du von Anfang an meine Gedanken lesen?«

Jetzt bin ich diejenige, die zusammenzuckt. Nicht nur, weil ein Hauch bitterer Anklage in seiner Stimme mitschwingt, sondern auch, weil er so verdammt kluge, zielgerichtete Fragen stellt. Doch er verdient Antworten, und ich schulde ihm zumindest den Versuch einer Erklärung.

»Jein. Normalerweise können wir die Gedanken von Menschen lesen und mächtige Vampire können sie auch manipulieren. Aber bei dir ging beides nicht.«

Er bleibt vor mir im Hausflur stehen, wohl, um diese Information und ihre Bedeutung sacken zu lassen. Dann bricht ein goldener Lichtschein durch die Gewitterwolke um seine Gedanken, ein winziger Spalt, der seine Wut vertreibt und durch den ich seine ureigene Heiterkeit förmlich spüre.

So wie bei ›Twilight‹? Nur, dass ich Bella bin und du Edward?

Schlagartig fällt jegliche Sorge von mir ab. Dieser Typ! Ich will die Augen so sehr verdrehen, dass ich ein Schleudertrauma davontragen könnte, aber ich will auch vor Erleichterung auf die Knie fallen.

Keine Twilight-Vergleiche mehr, Lincoln!

Er grinst bloß. *Beantwortest du meine Frage, Cupcake?*

Kopfschüttelnd steige ich hinter ihm die Stufen des leeren Treppenhauses hinab. Wir machen immer noch kein Licht, denn ich brauche keins und Lincoln ... entweder auch nicht, oder er kennt den Weg im Schlaf. Etwas, worüber ich mir später den Kopf zerbrechen muss.

»Tut mir leid, dich enttäuschen zu müssen, du bist keine Special Snowflake in einer Young-Adult-Geschichte. Es ist eher ... Du hast einen starken mentalen Schutzschild, wie ihn Vampire haben, damit wir nicht ständig wahrnehmen, was in den Köpfen der anderen vorgeht. Ich konnte deine Gedanken nur dann sehen, wenn du aktiv gesendet hast.«

»Aktiv gesendet? Oh, warte!« Die Haustür schon in der Hand, dreht er sich zu mir um, seine Augen groß vor Erkenntnis. »*Dadurch* hat Lilian gedacht, ich sei gefährlich.«

Ja, noch etwas, das mir ernsthaft Sorgen bereitet. Warum war Lilian so überzeugt davon, dass er gefährlich sei, dass sie ihn ohne Vorwarnung angegriffen hat?

Ich schiebe den Gedanken vorerst beiseite, trete an ihm vorbei ins Freie und bin sofort umgeben von der nächtlichen Stadt: das Flüstern des Windes in der Luft, die Vibration der Autoreifen und Straßenbahnen in der Erde. »Wieso, hast du ihr etwa in Gedanken gedroht?«

»Mehr oder weniger.« Er zieht eine Grimasse. »Eher mehr. Zu dir oder zu mir?«

Er wendet sich instinktiv nach rechts und ich folge ihm, während ich abermals Bewunderung und Dankbarkeit empfinde. Für seinen Mut und sein großes Herz, für seinen unerschütterlichen Frohsinn und seine große Klappe, und dafür, dass er, angesichts der Enthüllungen der letzten Stunden, nur ein winziges bisschen die Nerven verliert.

»In dem Fall: ja. Es gibt Gedanken, die eher Selbstgesprächen gleichen. Die bleiben hinter dem Schutzschild und wir können sie nur wahrnehmen, wenn wir aktiv in einen Geist eindringen. Sofern du nicht einem wirklich mächtigen Vampir gegenüberstehst, spürst du dieses Eindringen auch, wie Ameisen auf der Haut oder einen kalten Schauer im Nacken. Und dann gibt es zielgerichtete Gedanken. Quasi immer dann, wenn du dir vorstellst, du würdest etwas zu jemandem sagen, das ausgesprochen nicht angemessen oder gesundheitsförderlich wäre.«

Shit, denkt er ertappt. *Du weißt also, was ich im* Scarlet *über dich gedacht habe?*

Ich muss lächeln. *Dafür musste man keine Gedanken lesen können.*

»Punkt für dich«, gibt er zu, und die Tatsache, dass ihm das nicht peinlich ist, macht ihn nur noch attraktiver.

Eine Weile lang gehen wir schweigend nebeneinander. Dann scheint ihm etwas einzufallen, und plötzlich wirkt er verlegen. »Darf ich dich fragen …«, er vergräbt die Hände tief in den Jackentaschen und meidet meinen Blick. *Wie alt bist du?*

»Du darfst. Laut meinem aktuellen Ausweis bin ich dreiundzwanzig. In Wahrheit wurde ich im Jahr 1929 in Perugia geboren, einer kleinen Bergstadt im Norden von Italien.«

Er zeigt keine Regung, während er diese Information verarbeitet. »Krass. Als du sagtest, du hättest diesen Schal von Coco Chanel …«

Ein Lächeln stiehlt sich auf meine Lippen. Daran erinnert er sich?

Ich erinnere mich an jedes Wort, das du jemals in meinem Beisein gesagt hast, Alyssa.

Erneut scheint mein Herz zu klein für die Gefühle, die seine Worte in mir auslösen. Jetzt bin ich diejenige, die seinem Blick ausweicht. »Ja. Damit meinte ich, dass sie ihn mir geschenkt hat. 1944, kurz bevor sie aus Paris in die Schweiz floh.«

Ich verdränge die Gedanken an das, was ich aus Trauer und Frust über den Verlust einer guten Freundin beinahe getan hätte.

»Warte, während des Zweiten Weltkriegs? Das ist …« Allmählich sickert die Länge eines Vampirlebens zu Lincoln durch. Dabei bin ich noch jung, kaum einhundert Jahre alt. Überwältigt fährt er sich durch die zimtbraunen Haare, dann sieht er mich an, mustert den Körper einer jungen Frau Anfang zwanzig.

»Tut es weh?«

Er meint den Biss. Doch ich höre nicht nur unendliche Behutsamkeit aus seiner Stimme heraus, sondern auch unterschwellige Wut. Wut auf die Vampire, Wut auf jeden, der mir etwas antun könnte.

Das darf ich nicht zulassen. Ja, wir können brutal und grausam sein. Aber das sind Menschen auch.

Entschlossen bleibe ich stehen und nehme Lincolns Hand in meine.

»Wir sind keine Monster, Lincoln. Erstens wandelt nicht jeder Biss, und die, die es nicht tun, sind höchst berauschend. Ein Orgasmus ist nichts dagegen.«

Ich wähle bewusst diese Formulierung, doch sein Interesse ist nur von kurzer Dauer. »Du weißt, dass ich nicht von dem Biss an sich spreche, Alyssa«, sagt er eindringlich und sieht mir fest in die Augen.

Hat es dir wehgetan, kein Mensch mehr zu sein?

Ich zögere, betrachte unsere verschränkten Finger. Er ist mein Gefährte, er wird es ohnehin früher oder später erfahren.

Lincoln drückt meine Hand. »Entschuldige. Es ist okay, wenn du nicht darüber reden möchtest.«

»Nein, das ist es nicht. Die Wahrheit ist, ich weiß nicht, wie es sich anfühlt, durch einen Biss gewandelt zu werden.«

Oder wie es ist, ein Mensch zu sein, denke ich, kann es aber nicht aussprechen.

Lincoln zieht mitfühlend die Brauen zusammen. »Weil du dich nicht erinnerst?«

Ich schüttle den Kopf, hole tief Luft.

Und sehe ihm fest in die Augen.

»Weil ich nicht gebissen wurde. Ich wurde als Vampir geboren.«

25
Der Geschmack von Schokolade

Lincoln

Ich brauche eine Sekunde, um zu begreifen, was Alyssa gerade gesagt hat. Stille. Sprachlosigkeit.

Nicht gebissen?

»Du wurdest ... als Vampir geboren?«

Heilige Scheiße.

Ich versuche, mir vorzustellen, wie es sein muss, zu leben, aber gleichzeitig nicht zu leben. Nie gelebt zu haben. Niemals die Sonnenstrahlen auf der Haut genießen zu können. Nichts zu schmecken, nichts zu ...

»Warte.« Ich bleibe abrupt stehen, als mir ein schrecklicher Gedanke kommt. Sie hat vorhin gesagt, sie weiß nicht, wie Äpfel schmecken. Klar, Vampire ernähren sich von Blut, da verlieren normale Lebensmittel wohl ihren Reiz. Aber es ist nicht so, dass sie sich nicht daran erinnert. Sie wusste es noch nie! Sie kennt keine Cupcakes, sie isst keine Milch und keinen Zucker.

Entsetzt sehe ich Alyssa an. Ein Fahrradfahrer saust an uns vorbei, die Reifen surren auf der nieselfeuchten Straße.

»Du weißt nicht, wie Schokolade schmeckt.« Es ist keine Frage, damit sie keine Antwort geben muss. Trotzdem zeichnet sich auf ihrem Gesicht die mittlerweile vertraute Mischung aus Schmerz, Trotz und Missbilligung ab.

Prompt umschließe ich ihre Hand fester und ziehe sie mit

mir, in Richtung der besten Bäckerei des Viertels, in der ich schon unzählige Stunden verbracht habe.

»Was tust du, Lincoln?« Alyssas Stimme ist ein gefährliches Knurren, doch ich lasse mich nicht beirren. Es duftet schon von Weitem nach frisch gemahlenem Kaffee und frischem Gebäck. Karamellisierter Zucker und würziger Zimt überlagern den Geruch von nassem Asphalt und kalter Stadtluft.

»Kannst du das riechen?«, frage ich. »Dieses Süße, Karamellartige in der Luft?«

»Ja, kann ich. Aber noch mal, ich kann es nicht schmecken!« Jetzt klingt sie gefährlich gereizt, aber das ist mir egal. Ich winke dem Barista Josh, während ich mir im Vorbeigehen eine der Wolldecken schnappe, die auf allen Outdoor-Stühlen für Gäste bereitliegen. Dann führe ich Alyssa zu der gewundenen Treppe im hinteren Bereich. Der Duft von frisch gebackenen Waffeln, Puderzucker und Kaffeebohnen fühlt sich an wie nach Hause kommen. Kein Wunder, dass das Sweet Haven um diese späte Uhrzeit noch so gut besucht ist. Im ersten Stock angekommen empfinde ich unwillkürlich Stolz über die vielen besetzten Tische, während ich die Tür mit der Aufschrift ›PERSONAL‹ aufstoße und den Aufenthaltsraum durchquere, um auf den winzigen Balkon zu treten.

»Du hältst wohl nicht viel von Grenzen und Regeln, was?«, bemerkt Alyssa amüsiert.

Offensichtlich nicht, immerhin bin ich mit einer Vampirin zusammen.

Sie schmunzelt, dennoch füge ich hinzu: »Ich habe hier gearbeitet, bevor ich den Job im *Scarlet* bekommen habe. Es gibt nichts Besseres als die Aussicht bei einer heißen Schokolade.«

Damit lege ich mir die Decke über die Schulter und klettere die Feuerleiter hinauf aufs Dach. Als ich oben ankomme, steht Alyssa schon dort.

Alles klar.

Sie stemmt die Hände in die Hüften und lächelt dieses unwiderstehliche Halblächeln. Sinnlich, selbstbewusst, übernatürlich schön. Ihr blondes Haar weht sanft im Abendwind.

»Lincoln ...« Alyssa sträubt sich immer noch, während ich sie behutsam in die Decke einwickle. »Ich brauche keine Decke. Du weißt, dass mir nicht kalt ...«

Sie verstummt, als ich die Wolldecke dennoch bis über ihre Schulter ziehe und dabei sanft über ihre Wange streichle. Ihre violettblauen Augen sind wie dunkle Seen, in denen sich der Nachthimmel spiegelt, als sie mich ansieht.

»Das weiß ich«, sage ich leise. »Es geht nicht darum, wie Schokolade schmeckt. Es geht darum, wie es sich anfühlt.« Ich streiche ihr eine hellblonde Strähne hinters Ohr und versinke für einen Moment in ihren Augen, aus denen sie mich so neugierig ansieht.

»Vertraust du mir?«, frage ich leise.

Sie blinzelt. Schluckt. Nickt.

Lächelnd ziehe ich die Decke um ihre Schultern zurecht. »Dann schließ die Augen.«

Ihre schmalen Brauen zucken widerwillig, doch sie gehorcht.

Vergiss nicht, dass ich schneller und stärker bin als du, warnt sie mich in Gedanken.

Ich schmunzle. *Und älter.*

Ein Grollen entkommt ihrer Kehle, das mich leise lachen lässt. »Keine Angst«, sage ich dann.

»Ich habe keine Angs...«

Ich lege einen Finger auf ihre Lippen, damit sie verstummt, und fahre dann mit den Fingerspitzen die Kontur ihrer Wange nach, bringe mein Gesicht nah an ihres. »Spürst du die warme Umarmung der Decke? Das sanfte Streicheln auf deiner Haut?«

Ihre Lippen öffnen sich leicht, als ihr Atem flacher wird. Sie nickt kaum merklich, ihre Mundwinkel heben sich zu einem Lächeln. Der Anblick lässt auch mich lächeln. Ich beuge mich vor und streiche hauchzart mit meinen Lippen über ihre, so sanft, dass sie sich kaum berühren.

Fühlst du das hier?

Sofort will sie mich küssen, doch ich halte ihr Gesicht fest, ziehe meinen Kopf zurück, bis unsere Lippen wieder gerade so voreinander schweben. Alyssas Atem ist warm auf meinen Lippen, ihre Haut kühl unter meinen Fingern. Ich streiche mit der Nase über ihre, küsse ihre Stirn, ihre Nasenspitze, hauche die sanfteste Andeutung eines Kusses in ihre Mundwinkel.

Sie lässt es geschehen. Ich betrachte ihre flatternden Lider, ihre rosigen Lippen, und ich möchte diesen Anblick für immer festhalten.

Schließlich lege ich meine Lippen auf ihre und küsse sie vollständig. Sie reagiert mit der Zerbrechlichkeit einer Kirschblüte, aber der Stärke des Meeres, drängt sich gegen mich, zieht mich an sich und lässt mich nicht mehr los.

So schmeckt Schokolade, denke ich, als wir uns voneinander lösen.

Ihr entfährt ein kaum hörbarer Laut, als sie zitternd ausatmet. Ihre Augen öffnen sich und darin liegt die ganze Welt vor mir ausgebreitet.

»Danke, Lincoln ... Das ist das Schönste, was in meinem ganzen Leben jemals jemand für mich getan hat.«

Verdammt ... Ihre Stimme ist so voller ehrlicher Überwältigung, dass plötzlich ich derjenige bin, dem die Brust eng wird.

»Gern geschehen.« Ich lächle, streiche ihr noch eine Strähne hinters Ohr und genieße die Stille, in der wir schweigend dem Moment nachhängen. Schließlich stütze ich mich nach hinten auf die Arme, betrachte die Dächer, die sich als schwarze Konturen gegen den lichtverschmutzten Nachthimmel abheben, und wechsle das Thema. »Soso, in deinem ganzen Leben«, nehme ich ihre letzte Aussage wieder auf und hoffe, dass sie das Grinsen in meiner Stimme hört. »Also bezeichnen sich Vampire nicht als tot? Werden viele von euch geboren?«

Ist es verwerflich, dass ich den finsteren Blick, den sie mir jetzt zuwirft, heiß finde? »Nein. Wir können zwar nicht auf natürliche Weise sterben, aber wir sind nicht so untot, wie manche Geschichten uns darstellen. Wir haben nur einen sehr, sehr, *sehr* langsamen Stoffwechsel. Und nein. Ich ...«, sie holt tief Luft, »Ich ... bin die Einzige.«

Ich blinzle. Ach du Schande ...

»Deswegen nennen sie dich die Prinzessin!«

Sie nickt halb, schüttelt halb den Kopf. »Auch. Mein Vater ist der Vampirkönig, aber mein Titel bedeutet nichts. Bei Vampiren gibt es keine Erbfolge, es wird derjenige zum König, der den amtierenden Machtinhaber tötet. Allerdings bin ich der Grund, aus dem noch niemand gewagt hat, meinen Vater zu stürzen. Sie halten ihn für unseren Erlöser, weil er ein Wunder aus der Nacht erschaffen hat: mich. Vampire sind sehr abergläubisch, und es gibt diese Prophezeiung: ›Geboren aus der Nacht und geschrieben in Blut führt uns die Rettung aus der Dunkelheit‹.«

Rettung. Salvation. Salvatore. Alles klar.

Überhaupt kein Gottkomplex, der Typ.

Alyssas Oberkörper kippt nach vorn, als sie kichern muss. Es klingt wie Musik in meinen Ohren. Unwillkürlich wandert meine Hand an ihren Rücken und streicht sanft darüber, während ich über die Dächer hinweg in die Richtung sehe, in der Kyles Wohnhaus liegt.

»Egomane in Machtposition, schön und gut. Aber was sollte dein Vater davon haben, Kyle etwas anzutun?«, frage ich mehr mich selbst als sie.

Alyssa dreht gedankenverloren eine helle Haarsträhne um ihre Finger. »Ich bin mir noch nicht sicher. Es ergibt keinen Sinn. Außer ...« Sie sieht mich ernst von der Seite an. »Wie viel weißt du wirklich über Kyle?«

»Ich weiß definitiv, dass er kein Vampir ist!«, wehre ich sofort ab, obwohl mir unwillkürlich die seltsame Szene mit Anna in den Sinn kommt. Sie beide wussten, dass es Vampire gibt.

Ich muss dringend mit meiner Schwester reden und alle

Antworten einfordern, die sie mir versprochen hat. Was macht sie überhaupt außerhalb von Portland und wieso ist sie erst nächste Woche wieder da?

»Wir ... sollten los«, sagt Alyssa. »Wir brauchen beide Antworten. Denn ich fürchte, wir stehen am Anfang eines Kriegs, dessen Schlachtfeld ich noch nicht überblicken kann, und Kyle war nur das erste Bauernopfer.«

Bei diesem Gedanken spannt sich jeder einzelne Muskel in meinem Körper an. Ein Bauernopfer? Kyle ist ein Mensch, keine Schachfigur!

Alyssas kühle Hand legt sich auf meine Brust, und erst dadurch bemerke ich, dass ich vor Wut zittere.

»Ich sehe das wie du«, sagt sie mitfühlend, aber mit der Härte einer Kriegerin. »Und ich werde ihn finden, das verspreche ich dir. Ich bin sehr sicher, dass er entweder von der Marschall-Konsulin festgehalten wird, die so etwas wie meine Tante ist. Oder von meinem Vater persönlich.«

Hitze brodelt unter meiner Haut, als ich an den aalglatten Mann von der Gala denke, dessen Eisblick jeden das Weite suchen lässt, der nur einen Funken Selbsterhaltungstrieb im Körper hat.

Ich gehöre offenbar nicht dazu. Denn ich stehe auf und ziehe Alyssa mit mir auf die Beine. »Ich komme mit. Egal, was du vorhast: Ich bin dabei, Cupcake. Wird ohnehin Zeit, dass ich meine zukünftigen Schwiegermonster kennenlerne, was?«

Eigentlich dachte ich, dass sie das zum Schmunzeln bringt. Stattdessen löst sie sich aus meinem Griff. »Nein. Ich will nicht, dass du in seine Nähe kommst, solange ...«

Sie beendet den Satz nicht, aber ich höre ihn trotzdem in ihren Gedanken: *Solange ich noch nicht weiß, wer du bist.*

»Was soll das heißen? Du kennst mich, ich bin Lincoln Gabriel, wohne mit dreiundzwanzig noch bei meiner Mom und jobbe als Barkeeper und Schreiner, weil ich an der University of Oregon ständig abgelehnt werde.«

Sie beobachtet nachdenklich, wie ich die Decke zusammenfalte. »Hat deine Mutter dir gesagt, dass du Vampirblut in dir hast?«

Wie bitte? Vampirblut? Wieso glaubt sie das denn?

»Erstens, weil ich weiß, wie Vampirblut schmeckt«, antwortet sie, obwohl ich diese Frage nicht laut gestellt habe. An ihre ständige Anwesenheit in meinem Kopf muss ich mich wirklich gewöhnen. »Und zweitens: Weil das Gefährtenband nur zwischen Vampiren bestehen kann.«

Ich starre sie an, die Decke gegen meine Brust gedrückt, unfähig, das Gehörte zu verarbeiten. Eine Sekunde, in der mein Herz schmerzhaft lebendig in meiner Brust hämmert.

Zwei Sekunden, in der meine Gedanken rasen.

Es ist erstaunlich, wie ein einziger Satz dein gesamtes Leben auf den Kopf stellen kann. Wie du von einer Sekunde auf die andere alles infrage stellst, woran du dein Leben lang geglaubt hast.

Bin ich ein Vampir? Ist meine Mutter ein Vampir?

Nein. Nope. Völlig ausgeschlossen.

Instinktiv will ich über diese absurde Vorstellung lachen. Dann wirft mir mein masochistisches Hirn plötzlich tausend Puzzlestücke vor die Füße, die ein völlig neues Bild ergeben.

Meine Mutter arbeitet nur nachts. *Ausschließlich* nachts. Zufall?

Wir leben in dieser winzigen Wohnung in einer schmalen Gasse, in die kaum Sonnenlicht fällt. Warum?

Sie ist die klügste, gebildetste Person, die ich kenne, und weiß praktisch alles. Weil sie so viel Zeit hatte, vieles zu lernen?

Sie kennt sich mit Heilkräutern aus und kreiert Teemischungen, die besser wirken als Medikamente. Welcher Mensch im einundzwanzigsten Jahrhundert tut so was?

Und vor allem hat sie vorhin so seltsam reagiert, als sie die Wunde an meiner Unterlippe gesehen hat – die übrigens vollkommen verheilt ist, seit Alyssa sie vorhin geküsst hat. Fast vermisse ich die Erhebung, wenn ich mit der Zunge darüber fahre, weil sie mich an Alyssa erinnert hat. Aber jetzt gerade habe ich andere Probleme.

Was, wenn meine Mutter ein Vampir ist?

Oder mein ...

Alyssas Blick trifft meinen. »Wer ist dein Vater, Lincoln?«

Ich spüre, wie etwas in mir einrastet, auf eine schrecklich falsche Weise. Instinktiv schüttle ich den Kopf.

»Ich weiß es nicht. Ich weiß nur, dass er ...«

Aus Europa stammt.

Wie Alyssa.

Wie all die alten Geschichten über Vampire.

Ich habe das Gefühl, dass mein Herz vergessen hat, wie es zu schlagen hat, denn plötzlich scheint die Welt riesengroß und ich winzig klein.

Aus der Nacht geboren und in Blut geschrieben.

Was zur Hölle bin ich?

26
Wie man einen König Schachmatt setzt

Alyssa

Als ich zu Hause ankomme, hat der fast kreisrunde Vollmond bereits den Mitternachtszenit überschritten. Trotz der Leibwächter, die die Posten der Patrouille eingenommen haben, bleibe ich stehen und bewundere die strahlende Scheibe am Himmel. Mit der frischen Erinnerung an die pure Glückseligkeit, die Lincolns Kuss auf dem Dach des Bistros in mir ausgelöst hat, wirkt der Mond noch heller, noch wohlwollender. So sehr, dass es sich fast anfühlt, als könne er meine Gefühle für mich aufbewahren und mit seiner gesamten Strahlkraft an mich zurücksenden, wann immer ich ihn ansehe. Vielleicht ist das der Grund, aus dem meine Mutter so viel Zeit damit verbringt, den Mond anzusehen.

Ich werde dich immer lieben.
So wie die Sonne
Den Mond liebt.
In diesem Leben
Und im Nächsten.
– *VD 1036, Unveröffentlichte Schriftsammlungen des Propheten*

Der Gedanke ist tröstlich und unendlich traurig zu gleich. Schnell schüttle ich ihn ab und beeile mich, endlich ins Haus zu kommen.

Fahles Licht wirft groteske Schatten auf die Zufahrt, in der die sechs Limousinen des Beraterstabs meines Vaters parken. Wieso wundert mich das nicht?

Eine der Patrouillen sieht mich kommen, doch ich zeige bloß den Stapel Aktenmappen, um ihn zum Schweigen zu bringen. Der einzige Grund, das Haus zu verlassen, wann immer ich muss, ist, die neuesten Berichte abzuholen. Es werden täglich mehr, und die Neugierde, einen davon aufzureißen und den Inhalt zu lesen, bringt mich fast um den Verstand.

Gerade will ich die Stufen zum Eingangsportal hinaufsteigen, als mich ein sanfter Hauch von rechts erfasst, kaum mehr als das Streicheln des Windes. Ich drehe den Kopf zu unserem Skulpturengarten neben dem Haus und entdecke sofort meine Mutter.

Majestätisch wie die Nacht steht sie inmitten der überlebensgroßen Steinskulpturen, ihr bodenlanges Kleid umweht sie wie ein Trauerschleier, während sie zum fast gefüllten Vollmond hinaufsieht. Er hatte schon immer eine besondere Wirkung auf sie. Und ihr schierer Wille scheint stets die Wolkendecke zu vertreiben, um einen Blick auf ihn zu erhaschen.

Bis der Mond vom Himmel gefallen und die Sterne verglüht,
bis alle Städte verbrannt und die Mitternachtsrose verblüht,
wird die Nacht den Tag begehren, und der Tag die Nacht verehren.
In diesem Leben und im Nächsten.
– *VD 1037, Unveröffentlichte Schriftsammlungen des Propheten*

Der Wille meiner Mutter schneidet wie die Sense des Todes durch das Gedicht in meinem Kopf.

Du kommst spät. Die einzige Begrüßung, die sie jemals für mich hat. Ihre körperlose Stimme ist ätherisch und dennoch allgegenwärtig, scheint wie immer von allen Seiten gleichzeitig in meinem Kopf zu flüstern.

Ich will schon weitergehen, da dreht sie sich zu mir um. Ihr ebenmäßiges Alabastergesicht strahlt mit dem Mond um die Wette.

Und doch kommst du genau richtig. Es wird Zeit.

Ein feines Lächeln umspielt ihre Lippen, von dem ich nicht weiß, ob es mich aufmuntern oder bis in die Tiefen meiner Seele verängstigen soll.

Mach deinen Zug, Tochter. Hab keine Furcht. Der Anfang vom Ende beginnt.

»Ich habe keine Furcht«, sage ich entschlossen. Laut genug, um es ernst zu meinen, zu leise, als dass sie es hören könnte. Trotzdem wird ihr Lächeln so breit, dass ihre Fangzähne hervorblitzen.

Dann senkt sie den Kopf und eine Wolke zieht vor den Mond, lässt meine Mutter mit der Dunkelheit verschmelzen, als sei sie nie dort gewesen. Und wieder lässt sie mich allein. Allein mit meinen Fragen, allein mit meinem Schmerz. Allein mit dem ewigen Kampf gegen das Monster, das sie zu meinem Vater erwählt hat.

Ich schlucke die Trauer herunter und verwandle sie in Entschlossenheit, während ich die wenigen Marmorstufen hinaufsteige und das Eingangsportal aufstoße, hinter dem Horrace bereits auf mich lauert.

»Willkommen, Prinzessin«, sagt er und betont wie immer jeden einzelnen Buchstaben, »Euer Vater erwartet Euch bereits. Er befindet sich –«

»Im Audienzzimmer, ich weiß«, schneide ich ihm das Wort ab. Mein Vater ist nie irgendwo anders.

Vor der Tür bleibe ich stehen, überprüfe meinen mentalen

Schild und wappne mich innerlich für das, was mich erwarten wird.

Ich bin nicht gewappnet für den Anblick, der sich mir bietet.

Im Raum befinden sich sechs Personen. Mein Vater, wie immer in einem schwarzen Maßanzug, dessen Schlichtheit seine Macht um ein Vielfaches zu potenzieren scheint.

Rechts von mir am Kamin steht Franklin, sein engster Berater und Schatzkämmerer, der sich immer noch kleidet wie ein altenglisches Walross mit Monokel und einem Wams, das über seinem Bauch spannt.

Am Spieletisch daneben sitzt Theodorus, Rechtsprüfer und Gesetzschreiber, der seine spitze Vogelschnabelnase viel zu oft in fremde Angelegenheiten steckt – so wie jetzt, als er seine stechenden Augen geradezu in mein Hirn bohrt, um zu sehen, was ich denke und wo ich heute war.

Fahr zur Hölle, Theodorus! Ich bin nackt durch die Straßen getanzt und habe mit Gottes Engeln und allen Fürsten der Hölle gesündigt. Gleichzeitig!

Pikiert wendet er den Blick ab und fixiert das Schachbrett vor sich.

Ich ignoriere das amüsierte Lächeln auf dem Gesicht meines Vaters und setze meine Bestandsaufnahme fort.

Auf der bequemen Bank vor dem Schreibtisch sitzt Cato, der einen weich aussehenden Mantel wie eine römische Toga über die Schulter geschlungen trägt, und selbst für Vampir-Verhältnisse steinalt aussieht. Es heißt, er sei zur Zeit der Kreuzritter in Jerusalem gewandelt worden, was ihn fast so alt machen würde wie den Propheten und die Heiligen Urvampire. Dennoch hat er eine messerscharfe Beobachtungsgabe und ein untrügliches Gedächtnis.

In der Mitte des Raums steht Alecto, Cassandras Mutter und die einzige Frau der Runde, deren rabenschwarzes Haar zu einem strengen Zopf zurückgebunden und mit goldenen Flechtsträhnen durchzogen ist. Als Marschall sichert sie seit Jahrzehnten die Ordnung und den Frieden in der Vampirgesellschaft. Ich habe nie die Tragweite ihrer Aufgaben begriffen. Vielleicht, weil ich immer auf mich selbst und mein persönliches Problem mit meinem Vater fixiert war, sodass ich blind für die Probleme der Vampirgesellschaft war.

Jetzt verschließe ich nicht mehr die Augen vor dem, was sie tut. Alecto bildet Spione aus und foltert Verräter.

So wie bei diesem Treffen. Denn der Anblick des letzten Mannes im Raum lässt mir alles Blut aus dem Gesicht weichen und mein Herz erstarren. Es ist Lazarus, Lucys Vater. Sein blasser Oberkörper ist entblößt und er hängt vornübergebeugt, mit verdrehten Armen und schmerzverzerrtem Gesicht auf einen hohen Lehnstuhl gefesselt.

Alles in mir krampft sich bei seinem Anblick zusammen. Vampire können dank ihrer schnellen Regenerationsfähigkeit nicht sterben, es sei denn, man schneidet ihnen das Herz heraus oder trennt ihren Kopf ab. Aber sie können leiden.

Vor allem, wenn ihnen ein Obsidiankristall von der Größe einer Faust in der Brust steckt.

Mein Körper zuckt instinktiv zurück, nicht nur, weil ich mich lebhaft an die Bekanntschaft mit Lincolns Anhänger erinnere, dessen Berührung wie Feuer ist, das endlos schwelt. Ich will mir nicht vorstellen, welche Höllenqualen Lazarus im Augenblick durchleidet. Und wie lange schon.

So lange, wie es nötig ist, antwortet die Stimme meines Vaters. Ich will ihm einen wütenden Blick zuwerfen, aber ich kann den Blick nicht von Lazarus' verdrehten Gliedmaßen abwenden.

Schwarzes Blut quillt aus der Wunde wie Teer, überzieht den polierten Kristall und tropft zähflüssig in seinen Schoß. Sein Atem kommt in gepressten Stößen, doch sein geschundener Körper ist nicht der Grund, aus dem sein Wille kurz davor ist, zu brechen. Es sind die Bilder, die Alecto unerbittlich in seinen Kopf pflanzt. Von Lucy. Verängstigt und verstört im Kerker. Beim unausweichlichen Schuldspruch, geschunden und gequält. Während der Vollstreckung der gerechten Strafe, blutig, blass und tot.

Das ist nicht echt, sage ich mir. Lucy geht es gut. Lucy ist unschuldig.

Ich kann nicht länger hinsehen.

»Aufhören!«, rufe ich, als ich es nicht mehr ertrage. Wie können Theodorus und mein Vater dabei seelenruhig eine Partie Schach spielen?

»Tochter«, begrüßt mich mein Vater verbal, damit alle Anwesenden seine gönnerhafte Stimme hören. Natürlich, ohne sich vom Fenster wegzudrehen oder meinen Befehl zum Aufhören an Alecto weiterzugeben. »Du kommst gerade rechtzeitig. Du hast doch immer von Verständigung mit den Menschen geträumt, nicht wahr? Von einer *Symbiose*.« Er spricht das Wort aus wie eine Krankheit. »In der wir sie ebenbürtig behandeln. Gleichgestellt. Willst du erfahren, wie sie es uns danken? Lazarus, alter Freund, wärst du so freundlich, zu wiederholen, was deine Tochter getan hat?«

Lazarus hat sichtlich Mühe, die vor Schmerz zusammengebissenen Kiefer voneinander zu lösen. »Unsere Existenz ... preisgegeben.«

»Unsere Existenz preisgegeben«, wiederholt mein Vater und sieht mich dabei so durchdringend an, dass mir bewusst wird, dass auch ich unsere Existenz preisgegeben habe. An Lincoln. Schnell verschließe ich meinen Geist, bevor mein Vater fortfährt: »Was kann daran so schlimm sein, nicht wahr? Es war schließlich bloß ein dummer Menschenjunge, oder etwa nicht?«

Jedes seiner Worte bohrt sich tiefer in mein Fleisch, bis ich vor ohnmächtiger Frustration zittere. Der einzige Lichtblick ist, dass Lucy offenbar doch nicht vorgeworfen wird, einen Menschen gewandelt zu haben. Außer, mein Vater hält diese Information gezielt als Trumpf vor mir zurück.

Lazarus keucht unter der Last der auferzwungenen Bilder.

»Es war nur ein dummer Mensch. Oder etwa nicht?«, wiederholt mein Vater nachdrücklich.

»Vampir...jäger«, bringt Lazarus hervor. Meine Augen werden groß.

»Das ist eine Lüge!«, rufe ich aus, auch wenn ich nicht weiß, ob auf Kyles Zugehörigkeit oder Lucys angebliches Vergehen und die Schreckenspropaganda, die mein Vater daraus strickt.

Mein Vater verengt die Augen. Ich spüre seinen Willen am Rande meines Bewusstseins, doch es ist sein Kämmerer Franklin, der antwortet.

»Warum seid Ihr nicht unser Zünglein an der Waage, Prinzessin? Sprecht Euer Urteil: Stellt Ihr das Wort Eures Vaters infrage oder das von Lazarus? Vielleicht sollten wir den Verräter sofort hinrichten, wenn er selbst unter peinlicher Befragung lügt.«

Instinktiv will ich antworten, dass mein Vater lügt. Dass er nicht unfehlbar ist und sich auch in etwas anderem geirrt hat: Meinem Seelenband mit einem Menschen und der Tatsache, dass sie nicht grundsätzlich Angst oder Hass auf uns empfinden. Aber Franklins Frage ist eine Falle. Er will, dass ich meinen Vater infrage stelle, um Lazarus' Leben zu retten. Doch weil mein Vater lediglich Lazarus' Worte wiederholt hat, würde ich dadurch unweigerlich Lazarus beschuldigen.

Wütend sehe ich von Franklin zu meinem Vater, der überlegen lächelt, während er eine Figur auf dem Schachbrett versetzt.

»Schach«, teilt er Theodorus mit – und indirekt auch mir.

Es stimmt, ich kann buchstäblich weder nach links noch nach rechts. Aber zum Glück bin ich kein König – und nicht allein auf dem Brett.

Der Reihe nach sehe ich alle Konsuln im Raum an. Bis auf zwei Mitglieder ist der Vampirrat vollständig versammelt. Derselbe Rat, der nach dem Mitternachtsball über Lucys Schicksal entscheiden wird. Wenn ich sie jetzt schon überzeugen kann, muss Lucy keinen weiteren Tag in Alectos Kerker verbringen. Ich straffe die Schultern.

»Lucy hat Kyle keine Informationen gegeben, sondern ihn bloß betört. Sie war zu dem Zeitpunkt noch im Blutrausch. Das kann ich bezeugen.«

Theodorus' Augen blitzen auf. »Weil Ihr dabei wart?«

»Darum geht es nicht«, fährt ihm Alecto über den Mund. Vermutlich weiß sie ohnehin von Cassandra, dass ich vorletzte Woche mit Lucy im *Scarlet* war. »Lucy hat ihre Adresse an einen Jäger weitergegeben.«

Ohne, dass ich es verhindern kann, entgleisen mir die Gesichtszüge. Denn ja, das passt gut zu meiner verpeilten besten Freundin. Mir fällt das Absperrband vor ihrem Gebäude ein, der rußgeschwärzte Eingangsbereich – und dass Lucy von Anschlägen berichtet hat. Mein Vater hat also doch recht, es ist keine Propaganda.

Entsetzt schließe ich die Augen.

Lucy! Warum hast du das getan?

Aus demselben Grund, aus dem du den Tod eines unschuldigen Menschen in Kauf genommen hast, höre ich die Stimme meines Vaters in meinem Kopf – zusammen mit den ungebetenen Bildern aus Paris, die ich seit achtzig Jahren zu verdrängen versuche.

Die schokoladenbraunen Augen des jungen Mannes, als ich ihn vor dem Moulin Rouge abfange. Sein betörender Duft, süß vor Erregung, bitter vor Reue und herb vor Enttäuschung. Sein verlockender Puls, sein rauschendes Blut, als er mich gegen die nächste Mauer drängt. Musik in meinen Ohren. Seine Lippen auf meinem Hals, als ich ihn mit Leichtigkeit betöre. Sie sind sanft zuerst, dann heißer, drängender, gröber. Doch die Schnallen und Knöpfe an seinem Gehrock sind aus reinem Silber, es lähmt meinen Körper, während er vor Lust kein Halten mehr kennt.

Kein Entkommen.

Als er das Gesicht in meinem Dekolleté vergräbt und mir

seinen Hals präsentiert, beiße ich zu. Nicht, um zu trinken. Sondern, um zu überleben.

Eine säuerlich-salzige Note in meinem Mund, als Angst von ihm Besitz ergreift. Seine panischen Gedanken, als er begreift, was mit ihm geschieht. Meine Unfähigkeit, mich loszureißen, bis er vor mir zusammenbricht. Der grausige Anblick, als die damalige königliche Leibgarde mich findet, dem Mann das Genick bricht und ihn vom Balkon eines nahe gelegenen Hotels wirft, damit es nach Selbstmord –

STOP!

Ich stemme mich mit aller Kraft gegen die Bilderflut, die wie ein grausames Stakkato auf mich einprasselt. Die sanfte Stimme meines Vaters streichelt meine Sinne.

Fürchte dich nicht, mein Kind. Das passiert allen jungen Frauen. Es passiert dir und es passiert Lucy. Das war keine Böswilligkeit. Sprich mir nach.

»Das hat Lucy nicht böswillig getan«, wiederhole ich. »Das war bloß –« Ich kann mich im letzten Moment stoppen, die eingeflüsterten Worte meines Vaters zu wiederholen, die ein Schuldgeständnis für Lucys Verfehlungen wären.

»*Leichtsinn*?«, hilft mir mein Vater auf die Sprünge.

Ich beiße die Zähne fest zusammen und stemme mich gegen seine Einflüsterungen und die Bilderflut, bevor sie mich erneut überrollen kann.

Wenn ich das hier gewinnen will, muss ich anfangen, wie der Vampirkönig zu spielen.

»Taktische Kriegsführung«, entgegne ich fest.

Das überrascht ihn. Sein Wille zieht sich zurück, die Bilder aus jener Nacht verschwinden vollends.

»Taktische Kriegsführung, hm? Warum sollte die Tochter meines engsten Vertrauten absichtlich Informationen an Vampirjäger weitergeben ...?« Salvatore schnippt mit den Fingern, als hätte er die Lösung. »Sicherlich, um die Jäger zum Angriff zu provozieren, damit sie diejenigen sind, die den Frieden brechen.«

Ich hasse seine Spielchen und die Art, wie er seine Macht

demonstriert. Doch mir bleibt nichts anderes übrig, als dasselbe zu tun.

»Lass Lucy frei. In Wahrheit ist es nicht sie, die du willst.« Meine Stimme klingt selbstsicherer, als ich mich fühle. Gut so. Ich recke das Kinn noch ein wenig höher. »Ich schlage dir einen Handel vor.«

Mein Vater hebt bloß eine Augenbraue, während Franklin und Alecto leise lachen. Cato hingegen sieht mich aus geduldigen, grauen Augen an.

Theodorus setzt eine weiße Schachfigur. Mein Vater wirft einen kurzen Blick auf das Spielfeld, verzieht die Mundwinkel und setzt einen seiner schwarzen Türme, um Theodorus' Läufer zu schlagen. Damit opfert er den Turm, aber was ist schon eine einzelne Figur, wenn er am Ende Theodorus' Dame schlagen kann.

Ein Handel ist nicht genug. Du musst dich mehr anstrengen, Tochter. Macht wird immer mit Opfern bezahlt. Je größer die Macht, desto schmerzhafter das Opfer. Also, was bist du bereit, zu opfern?

Eine eiskalte Klaue greift nach meinem Herzen, als meine Gedanken instinktiv zu Lincoln zucken. Schnell unterdrücke ich das Schaudern.

Ich straffe die Schultern. »Hier ist mein Vorschlag: Du lässt Lazarus und Lucy frei und alle Anklagen gegen sie fallen. Und ich werde mich darum kümmern, dass die Jäger, die durch Lucy von uns wissen, verschwinden.«

Ich habe meine Worte sorgsam gewählt. Wenn Kyle kein Jäger ist, muss er nicht verschwinden. Und wenn doch: Verschwinden heißt nicht sterben. Ich kann ihm eine neue Identität im Ausland verschaffen.

»Dafür seid Ihr zu schwach, Prinzessin«, schnaubt Theodorus und zieht seine Dame auf das Feld des schwarzen Turms – mitten in die Falle, die mein Vater ihm gestellt hat. Genau wie ich mit meiner Wortwahl.

Ich blecke die Zähne in seine Richtung. »Weil Ihr so genau

wisst, wozu ich fähig bin? Als ich zuletzt nachsah, war ich die einzige meiner Art.« Mit Genugtuung beobachte ich, wie mein Vater Theodorus' Dame nimmt. Dem Schreiber entgleiten kurz die Gesichtszüge.

Gut gespielt, Tochter, sagt mein Vater in meinem Kopf. Seine Anerkennung lässt mein Herz widerwillig in meinen Hals hüpfen – bloß, um bei seinen nächsten Worten brutal zerquetscht zu werden: »Verschwinden ist nicht genug. Töte sie.«

Die Erkenntnis, dass er meine sorgfältig gewählten Worte durchschaut hat, ist niederschmetternd. Lazarus stöhnt leise, doch ich kann nicht sagen, ob wegen der Schmerzen oder meiner ungeheuerlichen Aufgabe. Hilfesuchend sehe ich zu Alecto. Ihr Lederpanzer quietscht leise, als sie das Gewicht verlagert.

»Ein fairer Deal. Und es wäre ein Beweis deiner Stärke, Prinzessin.«

Ich bin nicht sicher, ob Alecto meinem Vater wirklich zustimmt oder eine makabre Art hat, mir ihre Unterstützung zu signalisieren, denn ihre Worte übergießen meine Haut mit lähmendem Silber. Ich kann Kyle nicht töten.

Tja, zu schade, dass du ihn auch nicht wandeln kannst, schneidet die Stimme meines Vaters durch mein Gefühlschaos. *Denn eine rasende Jungbrut im Nest der Vampirjäger wäre verlockender als ein toter Jäger.*

Alles in mir wird taub. Er würde Kyle nicht wandeln, um sich seine möglicherweise vorhandenen Kräfte als Vampirjäger zunutze zu machen. Sondern, um ihn absichtlich auf Menschen loszulassen und ein Blutbad anzurichten. Das ist selbst für seine Verhältnisse barbarisch.

Der Vampirkönig lächelt undurchdringlich und für einen Moment bin ich so starr vor Entsetzen, dass mir nicht auffällt, welche Information er mir enthüllt hat. Ein Anklagepunkt gegen Lucy lautet schließlich, dass sie Kyle gewandelt hätte. Und er hat mir gerade das Gegenteil enthüllt. Sofort nutze ich meine Chance.

»Möchtest du, dass ich den Menschenjungen für dich töte,

werter Vater? Oder soll ich ihn lieber wandeln? Schade, dass Lucy das nicht konnte, weil sie den Blutrausch noch nicht überstanden hat.«

Für einen Sekundenbruchteil spüre ich den Zorn des Vampirkönigs hochlodern wie eine Stichflamme, doch er verbirgt seine Wut – auf mich oder auf sich selbst? – hinter einem perfekten Lächeln.

Indes blitzen Catos kluge Augen aufmerksam. Er hat es begriffen. Was ist mit den anderen?

Franklin stößt ein Bellen aus, das seinen Bauch wackeln lässt. »Was weiß ein Kind über den Blutrausch? Hat er bei Euch etwa endlich eingesetzt, Prinzessin?«

Die heiße Wut, die jetzt in mir hochschießt, könnte uns alle verbrennen. »Ihr solltet froh darüber sein, Kämmerer, dass ich noch nicht im Vollbesitz meiner Vampirkräfte bin und Euch –«

GENUG!

Der Wille meines Vaters peitscht wie ein Donnerschlag durch den Raum und schneidet mir das Wort ab. Cato tauscht einen winzigen Blick mit Theodorus, der jetzt seinen Läufer gefährdet, um meinem Vater einen Springer zu nehmen.

»Ich nehme dein Angebot an, Tochter. Lucy und Lazarus werden rehabilitiert. Dafür wirst du Alecto helfen, alle Menschen zu töten, die durch Lucy von unserer Existenz erfahren haben. Alecto?«

Die zählt sofort auf: »Kyle Benowitz. Michael Jasper. Jeanne Lefebre. Anna Gabriel. Lincoln Gabriel.«

Ein Schrei hängt in der Luft. Mir fällt erst auf, dass es meiner ist, als mein Vater mit einem abscheulichen Lächeln den Kopf schieflegt.

»Lincoln Gabriel ist kein Mensch!«, platzt es aus mir heraus, bevor ich auch nur nachgedacht habe. Ich muss Lincoln aus der Schusslinie kriegen, ich darf ihn nicht verlieren. Ich kann ihn nur auf eine Art retten. Entschlossen baue ich mich zu meiner vollen Größe auf. »Er ist mein Gefährte. Und niemand wird ihn anrühren.«

Stille, in der alle Blicke zu meinem Vater huschen, in angstvoller Erwartung dessen, wie er darauf reagieren wird.

Stille, in der ich ein Stoßgebet zu unserem Propheten schicke, dass ich keinen schrecklichen Fehler begangen habe.

Stille, in der selbst die Nacht den Atem anzuhalten scheint.

Salvatore Ferrara erträgt die Stille nicht nur, er badet darin, kostet die atemlose Spannung wie eine seltene Blutgruppe bis zum letzten Tropfen aus.

»Lincoln Gabriel«, sagt er schließlich, und mir gefällt kein bisschen, wie er den Namen ausspricht. »Du weißt nicht, wer er ist.« Seine Zähne blitzen auf und ich muss alle Körperbeherrschung aufbringen, um nicht in Raserei zu verfallen und alles und jeden in diesem Raum dem Erdboden gleichzumachen. »Bedaure, aber du liegst falsch, Tochter. Er ist weder ein Vampir noch dein Gefährte.«

Wieder entsteht eine Pause, doch diesmal bin ich diejenige, die sie erträgt. Und niemals habe ich etwas so sehr begriffen wie in diesem Moment: Stille ist Macht.

In dieser Sekunde bin ich die Stille.

Ich bin die Macht, und alle hier spüren es.

Weil ich die einzige meiner Art bin.

Was weißt du?, knurrt mein Vater in meinem Kopf, der meine neue Gewissheit ebenfalls gespürt hat.

»Ich weiß«, antworte ich mit fester Stimme, damit es alle hören, »was Lincoln mit Joaquins Gesicht angestellt hat, und Kingston kann es bezeugen.« Ich verziehe das Gesicht beim Gedanken an den Vampir, mit dem mein Vater mich gern verbinden würde, als wäre ich eine willenlose Marionette, ein Bauernopfer in einem mittelalterlichen Spiel von Adelshäusern. Aber ich bin keine einfache Schachfigur. Ich bin die verdammte Königin. »Ich weiß auch, dass ihr ihn beobachten lasst, weil ihr seine Gedanken weder sehen noch ihn betören könnt. Und ich weiß, dass ich es sehr wohl kann. Weil wir verbunden sind.«

»Ihr habt Euch mit einem Menschen verbunden?«, echauffiert sich Theodorus, kurz bevor sein König von einem gewagten Offensivzug meines Vaters Schach gesetzt wird. Die Tatsache, dass mein Vater dabei seine eigene Deckung vernachlässigt, sagt mir mehr über seinen brodelnden Gemütszustand, als er ahnt. »Das dürft Ihr nicht tun!«

Ich zeige Theodorus meine Fangzähne. »Dann verklagt mich doch, wenn Ihr ein Gesetz dafür findet, Schreiberling!«

Damit schiebe ich seine Hand von dem König, den er gerade in Sicherheit ziehen wollte, und setze stattdessen mit seinem Springer den ungeschützten König meines Vaters Schachmatt.

Theodorus stößt einen spitzen Schrei aus, Franklin zwirbelt bedächtig seinen Schnurrbart. Cato sieht mich weiterhin aus geduldigen grauen Augen an.

Mein Vater hingegen ... Ist das Angst in seinen Augen? Respekt? Ich wünschte, es wäre Respekt.

»Schachmatt«, verkünde ich unnötigerweise, um ihm wenigstens eine winzige Geste der Anerkennung zu entlocken. Ein Nicken wäre bereits genug. Stattdessen:

Du kannst ihn betören?

Frustriert blicke ich auf das Schachbrett, ziehe jedoch schnell meinen Schutzschild hoch, um mir meine Enttäuschung nicht anmerken zu lassen.

»Du irrst dich, Tochter«, verkündet mein Vater laut. »Er kann nicht dein Gefährte sein. Es ist unmöglich.«

»Nein«, widerspreche ich mit der Macht absoluter Gewissheit. Ich weiß, dass Lincoln mein Gefährte ist. Ich weiß, dass er kein einfacher Mensch ist. Ich weiß, dass mein Vater nicht unfehlbar ist. Und ich weiß, dass er das weiß. Mein Lächeln ist genauso grausam wie seines, als ich feststelle: »Zum ersten Mal bist du derjenige, der sich irrt, Vater.«

Niemand regt sich, alle sind wie versteinert, während sich der Wille meines Vaters wie ein Giftstachel in meinen Kopf bohren will. In der zum ersten Mal bewussten Ausübung meiner Macht fällt es mir erstaunlich leicht, ihm zu widerstehen.

Plötzlich weht ein sanfter Hauch von Jasminblüte und Mitternachtsrose zu uns heran, umspült alle Sinne wie ein kühler Gebirgsbach und dämpft alle Gemüter. Die Konsuln erstarren und senken demütig das Haupt, während diese verhasst-geliebte Mischung aus Angst und Geborgenheit in meine Glieder fließt. Ein Muskel zuckt im Gesicht meines Vaters, kurz darauf senkt er das Haupt in einer Geste, die man nur als Respekt bezeichnen kann.

Meine Mutter steht in der zweiflügeligen Tür zum Audienzzimmer, majestätisch wie die Nacht. Wie immer lautlos. Wie immer atemberaubend. Wie immer mit diesem ätherischen Lächeln auf den Lippen, das die Wonnen des Himmels verspricht – oder die Qualen der Hölle. Und als sich ihre Lippen teilen, bohren sich ihre Worte wie ein eisiger Dolch mitten in mein Herz.

»Warum laden wir Lincoln nicht zu uns ein und finden heraus, wer von euch beiden recht hat?«

Als sie mich direkt ansieht, spüre ich ihre Vorfreude wie ein Echo des Prickelns auf meiner eigenen Haut.

Ich brenne darauf, ihn endlich persönlich zu treffen.

Und alles in mir wird taub, als mir bewusst wird, dass ich möglicherweise den größten Fehler meines Lebens begangen habe.

Ich habe vielleicht den König Schachmatt gesetzt. Doch ich habe die Königin dabei völlig unterschätzt.

27
Da bekommt der Begriff Schwiegermonster eine völlig neue Bedeutung

Lincoln

»Graham, bist du da? Hast du meine Mom gesehen?«

Ich lausche in die abenddämmrige Werkstatt, den Kopf zur Tür hereingestreckt, das Glöckchen über mir mit der Hand umschlossen, damit es nicht ununterbrochen schellt. »Grams?«

»Hier drüben«, kommt es aus dem hinteren Teil, kurz darauf erscheint seine massige Gestalt im Durchgang. »Du sollst aufhören, mich zu nennen wie deine Großmutter, Junge. Und nee, hab deine Mom seit letzter Woche nicht gesehen.«

Mist ... ich auch nicht. Seit meine Weltanschauung vor zwei Tagen auf den Kopf gestellt wurde, haben sich die Arbeitspläne von Mom und mir stets unglücklich überschnitten.

»Muss nix heißen, ich war ziemlich beschäftigt. Neue Lieferung aus einem Museumslager.«

Er deutet auf den Haufen Holzschrott auf der Werkbank links von mir. Und obwohl ich gleich zur Schicht ins *Scarlet* muss – Lou ist seit ein paar Tagen besonders schlecht auf mich zu sprechen –, trete ich ein. Ich erkenne auf Anhieb ein altes Wagenrad, einen gesplitterten Turmschild, der aussieht, als hätte er den ersten Kreuzzug überlebt, eine Krücke und ... eine Waffe?

Irritiert ziehe ich den kurzen Griff aus dem Haufen hervor. Er ist glatt und handlich, wie von einer Pistole oder Axt. Der Haufen gerät ins Wanken, als ich erneut daran ziehe, um das Gerät zu befreien.

Als Erstes kommt ein Metallhebel zum Vorschein, dann ein im Dreieck gespannter Draht und zum Schluss ein kunstvoll gearbeiteter Rundbogen, in dessen Mitte ein spitzer, länglicher Gegenstand aus angelaufenem Metall sitzt.

»Was ist das für Zeug?«

Ich neige das Teil nach vorn und beuge mich darüber, um über den Metallstift hinweg auf den Rundbogen zu blicken. Das ist unfassbar gut gearbeitetes Handwerk, die vielen Details und Schnitzereien wirken über hundert Jahre alt und gleichzeitig glänzt das Holz wie frisch geölt. Meine Haut beginnt zu kribbeln, als ich mit dem Finger über den Abzug fahre. Faszinierend, wie perfekt der Griff in der Hand liegt.

In der Sekunde löst sich die Sehne, und der Stift schießt heraus, bohrt sich direkt unter mir in die Werkbank.

»Shit!«

Mit pochendem Herzen zucke ich zurück, starre das Ding an. *Heilige ...!* Das ist eine Handarmbrust!

Mein Herz macht noch einen panischen Satz, als Graham erneut in der Durchgangstür erscheint. Sollte Lou mich in den nächsten Tagen feuern, will ich meinen Job hier nicht auch noch verlieren. »Ich schwöre, das war keine Absicht.«

Vorsichtig, damit es nicht erneut losgeht, lege ich das Teil neben den Schrotthaufen. Graham gluckst bloß.

»Keine Sorge, die Werkbank kriegst du nich' kaputt. Sind interessante Sachen dabei, oder?«

Da er nicht ausrastet, wie ich angenommen hatte, schlägt meine Panik augenblicklich in Neugierde um. Ich ziehe den Metallstift aus der Werkbank – das Ding hat sich fast zehn

Zentimeter tief reingegraben! – und spanne ihn erneut in die Vorrichtung. Kinderleicht.

»Vorsicht, die geht ins Auge, wenn man nicht damit umgehen kann«, mahnt Graham, während ich auf die Dartscheibe an der entgegengesetzten Wand ziele, auf die wir manchmal ein paar Runden werfen, um unsere Augen von der nahen Detailarbeit zu entspannen und wieder auf die Ferne zu justieren. »Anna hätte sich beim ersten Mal fast –«

Er verstummt, als sich der Metallstift tief in den Triple Ring unter der 20 bohrt. Eine Sekunde lang starrt er zwischen dem umfunktionierten Dartpfeil und mir hin und her, dann pfeift er anerkennend durch die Zähne.

Zufrieden grinsend betrachte ich die Sehne. Ziemlich genau justiert, das Teil. Auf den ersten Versuch sechzig Punkte, die höchste Punktzahl, die man mit einem einzigen Wurf erreichen kann. Die meisten Leute denken, das Bull's Eye in der Mitte wäre das höchste Feld, aber das gibt nur fünfzig Punkte.

»Woher hast du das Zeug?«, frage ich, während ich den Auslösemechanismus genauer untersuche, jetzt, da kein Stift eingespannt und das Ding ungefährlich ist.

»Wie ich schon sagte: Lagerauflösung. Du glaubst nicht, welchen Scheiß die Leute bunkern, bis sie irgendwann sterben und ihre Erben den Mist loswerden müssen. Behalt sie«, sagt er, als ich die wirklich schöne Waffe wieder ablegen will.

Irritiert hebe ich den Kopf. »Was soll ich damit?«

Graham zieht den Stift mit einiger Kraftaufwendung aus der Dartscheibe – und vermutlich auch aus der Wand dahinter, was mir ein schlechtes Gewissen verursacht –, kommt auf mich zu und hält ihn mir hin.

»Mehr Dartscheiben zerstören?« Er lacht bellend. »Du kannst jedenfalls mehr damit anfangen als ich. Im Ernst, niemand kauft mir so was ab, die Leute wollen Möbel, Musikinstrumente und Ausstellungsstücke. Das Ding hat keinen Wert.«

Widerstrebend nehme ich den Metallstift. Er ist schwerer als angenommen und an einigen Stellen bläulich dunkel angelaufen, als wäre das Material oxidiert.

»Das ist echtes Silber«, stelle ich fest und versuche augenblicklich, ein wenig Sulfid mit dem Daumen abzureiben, was natürlich nicht funktioniert. Bei den alten Spiegeln, die hier ankommen, müssen wir immer eine Mischung aus Zitronensäure und Natron auftragen.

Graham brummt zustimmend. »Sieht nicht so schön aus, aber die Eigenschaften bleiben dieselben.«

Kurz durchzuckt mich die verstörende Erinnerung, wie Alyssa auf meine Kette reagiert hat, und plötzlich wiegt der Stift in meiner Hand eine Tonne. Ich werde das Teil besser los, bevor ich mich in eine Bar begebe, in der regelmäßig Vampire zu Gast sind.

Kopfschüttelnd ziehe ich einen der Polierlappen aus der Kiste unter der Werkbank und wickle den Stift darin ein, dann klopfe ich Graham gegen den Arm, damit er zur Seite tritt.

»Ich muss zur Arbeit. Wenn du meine Mom siehst, kannst du ihr sagen, dass ich gegen zwei zurück bin und ...«

Ich halte irritiert inne, als vor dem Schaufenster ein junger Mann mit einem großen Karton unterm Arm umherstreift. Kein Versandpaket, sondern eine Schachtel, anthrazitgrau und mit Deckel, wie ein gigantischer Schuhkarton.

»Erwartest du Post, Grams?«, frage ich verwundert. Von einem Luxus-Modelabel?

»Nope. Und es sieht nich' aus, als wollte der zu mir.«

Tatsächlich inspiziert der junge Mann das Klingelschild der Nachbarwohnung – unserer Wohnung. Sorge rieselt in meinen Nacken, schon bin ich auf dem Weg zur Tür. Das Glöckchen schellt, als ich sie aufziehe, der Kerl zuckt zusammen, wie von der Tarantel gestochen.

»Kann ich helfen?«

Er wirkt überrumpelt, fummelt dann mit fahrigen Bewegungen an dem Schildchen des riesigen Kartons.

»Ich habe eine Lieferung für Lincoln G...abriel?«

Das Rieseln im Nacken schwillt zu einem Gebirgsbach an, während ich ihn misstrauisch mustere. Sein Gesicht ist blass, aber nicht auf die aristokratische Art wie bei Alyssa oder Lucy – die einzigen mir bekannten Vampire, die ich bisher von Nahem gesehen habe. Nein, dieser Typ wirkt eher kränklich. Blutleer. Fast wie Kyle neulich.

Mein Herz krampft sich zusammen, als ich an Kyle denke. Immer noch keine Spur von meinem besten Freund. Immer noch kein Zeichen von Alyssa, obwohl sie sich seit zwei Tagen melden wollte. Ich weiß nicht, um wen ich mir mehr Sorgen mache.

Die Pockennarben im Gesicht des jungen Mannes sind schlecht verheilt und er schwitzt. Steht er unter Drogen?

Mein Blick fällt auf seinen Hals, genauer gesagt, seinen hochgeschlossenen Rollkragenpullover, und er beginnt sofort, sich zu winden. Alles klar, also diese Art von Droge.

»Okay, dann gib die Lieferung mal her.«

Er hält die Box fest umklammert. »Ich habe noch eine Nachricht.«

Eine Nachricht. Wo sind wir, im dreizehnten Jahrhundert?

Da fällt mir ein, wie alt Alyssa ist und – ja, vermutlich überbringen Vampire auf diese Weise Nachrichten.

»Schieß los?«

Anstatt einen Vers zu rezitieren wie ein mittelalterlicher Minnesänger, zieht er einen Umschlag aus seinem Mantel. Okay, wir sind also mindestens im achtzehnten Jahrhundert angekommen.

Vorsichtig nehme ich die XXL-Schachtel und den Umschlag entgegen. Er ist aus dickem, teuer aussehendem Papier, auf dem in schwungvoll geschriebenen Buchstaben mein Name prangt. Ich halte die burgunderrote Tinte ins Licht und hoffe inständig, dass sie kein Blut ist, dann betrachte ich das rote Wachssiegel.

Mein Blick fällt auf den Typ, der immer noch vor mir steht und sich nicht regt.

»Ich hoffe, du erwartest keine Bezahlung, Kumpel. Ich habe kein Geld in der Tasche.«

Das erste Lächeln erscheint auf seinem Gesicht, träge, wie in einem Rausch. »Oh, ich wurde schon bezahlt.« Alles klar, keine weiteren Fragen. Wieder fällt mein Blick auf seinen bedeckten Hals, doch er deutet auf den Umschlag in meiner Hand. »Du musst ihn öffnen. Du musst das Siegel brechen.«

Okayyy, klingt kein bisschen, als würde ich damit einen Jahrhunderte alten Fluch in Gang setzen.

»Und ... wenn ich lieber nicht will?«, frage ich und lüpfe stattdessen den Deckel der Schachtel, um hineinzuspähen. Ich erkenne bloß schwarzes Seidenpapier.

Da reißt der schmächtige Typ meinen Arm zu sich und starrt mich aus aufgerissenen Augen an. »Du musst! Sie will es so!«

Schon gut, entspann dich!

»Sie?«, frage ich nach, während ich seine kalten Schweißfinger von meinem Handgelenk löse. Unwillkürlich schlägt mein Herz schneller, als mir ein Gedanke kommt: *Alyssa?*

Sein Starren wird noch intensiver. »Die Königin der Nacht!«

Gänsehaut überzieht meinen Körper, als ich das Siegel breche und eine handgeschriebene Einladung herausziehe.

Lincoln Gabriel,
die Königin der Nacht erweist dir die Ehre,
zu ihrem Mitternachtsball zu erscheinen.
Verspäte dich nicht und sei vorbereitet.
Erwartungsvoll
Kataleyna di Ferrara

28

Wenn Vampire zum Tanz laden, hast du besser Feuer im Blut

Lincoln

Vier Stunden später habe ich eine grobe Ahnung davon, wie sich Cinderella gefühlt hat, als sie in einem verzauberten Kürbis zum Schloss des Prinzen gefahren wurde. Kaum, dass ich meine Schicht zur Hälfte beendet hatte, hat Lou mich in den Smoking aus dem Karton gesteckt – offensichtlich bekommen nicht nur Frauen von ihren absurd reichen Verehrern Abendkleidung geschenkt – und in eine Limousine verfrachtet.

Hut ab vor der Küchenmagd mit den Glasschuhen, wenn sie auch nur im Entferntesten so nervös war wie ich. Obwohl die Nacht eisig ist und ein scharfer Wind weht, der die Wolken über den Vollmond treibt wie in Zeitraffer-Aufnahmen, scheint mein gesamter Körper in Flammen zu stehen. Allerdings war das Schloss in Cinderellas Fall nicht voller Vampire, stand nicht in den Arlington Heights und hatte nicht den spektakulärsten Ausblick über Portland, den ich je zu Gesicht bekommen habe.

Als Kind habe ich einmal das Pittock Mansion besucht, das berühmte Herrenhaus im französischen Renaissance-Stil, in dem sich mittlerweile ein historisches Museum mit authentischer Einrichtung der Jahrhundertwende befindet. Damals habe ich mir vorgestellt, in einem vierstöckigen Haus wie diesem zu leben – ein Stockwerk inklusive eigenem Hintereingang allein für die Bediensteten –, in dem für jede Tätigkeit ein eigener Raum vorhanden ist, vom Musikzimmer über das Nähzimmer bis zum Schreibzimmer.

Verglichen mit dem Haus, vor dem ich jetzt stehe, ist das Pittock Mansion eine Gartenlaube. Und dieser Ausblick ... Nie habe ich meine Heimatstadt aus diesem Blickwinkel gesehen, nicht einmal vom Scenic Trail aus, auf dem Kyle und ich öfter wandern waren. All die blinkenden Lichter, die winzigen Lichtpunkte der Autos, die sich durch die Straßen schieben.

Ich könnte ewig hier stehen und das pulsierende Nachtleben beobachten. Aber der Strom ankommender Gäste schiebt mich ins Innere. Ich mustere sie unauffällig aus dem Augenwinkel, und muss erneut gegen die Paranoia ankämpfen. Vampire sehen Menschen so verdammt ähnlich. Woran erkennt man sie? Das da vorn ist der Bürgermeister. Ist er ein Vampir?

Bleib cool, Junge. Nicht durchdrehen.

Du wirst nicht durchdrehen, höre ich plötzlich eine andere Stimme in meinem Kopf. Die einzige Stimme, die zählt. *Der Bürgermeister ist übrigens kein Vampir. Er und seine Frau glauben, sie dinieren regelmäßig beim Senator von Oregon.*

Ich muss mir ein Lächeln verkneifen, während mein Blick bereits suchend über die Menschenansammlung vor dem Haus wandert. Allein die Tatsache, dass sich zwei Dutzend Leute zwischen der gepflasterten Einfahrt und dem zweiflügeligen Eingangsportal aufhalten können, zeugt von der Größe dieses Vorplatzes.

Wärmer.

Das schelmische Lächeln in Alyssas Stimme lässt meine Haut prickeln, während ich die Fenster der majestätischen Fassade nach ihrer Silhouette absuche. Ich bin mir nicht sicher, ob sie ihren Aufenthaltsort oder meine Körpertemperatur meint.

Heißer.

Vorsicht, Cupcake.

Mein Blick erfasst ein gigantisches Panoramafenster im ersten Stock, hinter dem ich aber keine Bewegung ausmachen kann, dann einen Balkon im zweiten Stock, bis hoch zum Dachfirst mit vielen kleinen Spitztürmen.

Tiefer.

Jetzt ist ihre Stimme kaum mehr als ein sinnliches Raunen, das mein Blut zum Brodeln bringt, noch bevor ich sehe, wie sie aus den Schatten des Balkons tritt und auf mich hinabschaut wie eine Königin.

Du spielst mit dem Feuer, Alyssa.

Ich spüre ihr Grinsen bis hierher, als sie die Arme auf die Brüstung stützt. Blonde Locken ergießen sich wie Weißgold über ihre nackten Schultern.

Nein. Ich spiele mit dir, Lincoln. Komm hoch, wenn du dich traust.

Ich lächle grimmig. *Worauf du wetten kannst.*

Noch eine Sekunde lang nehme ich ihre strahlende Gestalt im Mondlicht in mich auf, bevor ich den Blick losreiße und die zwei Treppenstufen zum offenstehenden Eingangsportal erklimme – wo mich der Anblick einer zweiten Frau stoppt wie eine unsichtbare Wand. Alyssas Mutter steht so plötzlich vor mir, als hätte sie sich aus der Luft materialisiert, ihre schiere Präsenz raubt mir den Atem. Nicht nur im übertragenen Sinne, sondern buchstäblich. Ihr bodenlanges, diamantbesetztes Kleid umhüllt sie wie die sternenfunkelnde Nacht, ihr schwarzes Haar ist in majestätischen Locken über eine Schulter drapiert, gekrönt von einem rubinbesetzten Kamm. Mein Lächeln erstarrt auf dieselbe Weise wie mein Blut, bevor ein verstörendes Prickeln meinen gesamten Körper überzieht wie eine Armee Ameisen.

Ihre mandelförmigen Augen, mahagonibraun und zum Sterben schön, weiten sich in einer Mischung aus Faszination und Begeisterung.

Es ist also wahr ...

Ihre Stimme ist kaum mehr als ein Flüstern, und doch höre ich sie so klar und melodisch wie das Piano irgendwo im

Haus. Gefangen zwischen Furcht und Faszination, stehe ich bloß da und starre sie an.

Was genau ist wahr?

Der Ausdruck, mit dem sie mich von oben bis unten mustert, ist mehr als verstörend. Erst recht, als sie die Augen schließt und tief einatmet, als hätte sie gerade am größten Aphrodisiakum geschnüffelt, seit die alten Griechen Ambrosia entdeckt haben. Kein bisschen gruselig.

»*Lincoln Gabriel.*«

Heilige Scheiße, selbst ihre Stimme hat diesen sinnlichen Unterton, den ich definitiv nicht von einer dreitausend Jahre alten Frau hören will. Nichts für ungut, Lady, du siehst heiß aus, aber …

»Mutter!«

Alyssa steht am oberen Absatz der opulenten Marmortreppe, und ihr Anblick trifft mich wie ein Tritt in die Magengrube. Sie ist so unfassbar schön, dass es wehtut, sie anzusehen. Ihr helles Haar schimmert wie das Licht der Morgensonne, ergießt sich wie ein Wasserfall über ihre perlweiße Haut. Ihr Kleid ist eine Kaskade aus changierenden Rottönen, die in hypnotischen Raffungen ihre Kurven umschmiegen und an ihrer linken Hüfte zusammenlaufen.

Unwillkürlich frage ich mich, wie weit man den Rock hochschieben kann, ohne das Kleid zu ruinieren. Alles in mir strebt zu ihr, doch eine unsichtbare Macht hält mich an Ort und Stelle.

Kataleyna Ferrara sieht mich immer noch an, ohne zu blinzeln. Wie eine Schlange die Maus. Wie eine Göttin ihre Schöpfung. Wie eine Geliebte ihren Angebeteten.

»*Komm mit mir. Ich schenke dir die Ehre des Ersten Tanzes. Du willst doch mit mir tanzen, ist es nicht so?*«

Ihre Stimme ist in meinem Kopf und doch in der Realität. Es ist anders, als mit Alyssa zu sprechen. Die Vampirkönigin streckt eine alabasterweiße Hand aus, und ich verspüre den irrationalen Drang, sie zu ergreifen. Ja, ich will mit ihr tanzen, mehr als alles andere auf der Welt.

Moment mal, nein, will ich nicht!

Mitten in der Bewegung halte ich inne. Kataleynas Blick verändert sich leicht, wird interessierter. Überraschter. Begeisterter.

»Lincoln!«, ruft Alyssa, und ihr ungehaltener Tonfall macht deutlich, dass es nicht das erste Mal ist, dass sie mich ruft.

Ich bin hier, versichere ich ihr in Gedanken, doch es fühlt sich nicht an, als wäre sie in meinem Kopf. Es fühlt sich nicht einmal an, als wäre ich selbst in meinem Kopf. Was ist das?

Wieder sehe ich zu Alyssa hoch, sehe ihre verkrampfte Hand um das aufwendig geschnitzte Geländer, und wie schnell sich ihre Brust in der blutrot-schwarzverlaufenden Korsage hebt und senkt. Ihr Kleid sieht aus, als stünde sie in Flammen, wie ein Phoenix kurz vor der Auferstehung.

Ich *fühle* mich, als stünde ich in Flammen. Erst recht, als sich eisige Finger an meine Wange legen und meinen Kopf mit sanfter Bestimmtheit wieder nach vorn drehen.

Heilige Scheiße, Kataleynas Gesicht ist keine zehn Zentimeter vor meinem! Wie hat sie die Distanz zwischen uns so schnell überwunden?

»Augen auf mich, Lincoln. Du bist doch wegen mir hier, ist es nicht so?«

Instinktiv will ich nicken, während die Hitze in meinem Innersten schier unerträglich wird. Aus der Nähe wirken ihre Iriden fast rötlich und ihre Haut so makellos wie Silber im Mondlicht. Ein völlig irrationales Verlangen, sie zu berühren, überkommt mich.

»Ich ... bin hier für ... Alyssa«, presse ich hervor, nachdem ich kurz die Worte sortieren musste. Mein Blick wandert die opulente Marmortreppe hinauf, die die Eingangshalle beherrscht wie die Pforte zum Himmelreich.

Kataleynas makelloses Antlitz schiebt sich abermals vor mein Sichtfeld. Das Feuer in meinem Blut kocht über und droht, mich von innen zu verbrennen, als sie ihre Lippen dicht an mein Ohr bringt. Ihr Atem ist eisig wie ein Winterhauch, als sie erneut tief einatmet und beglückt aufseufzt.

»Ich habe so unendlich lange gewartet.« Ihr unheiliges Flüstern stellt jedes einzelne Härchen an meinem Körper auf, noch mehr als ihre langen Fingernägel, die meinen Nacken streicheln. *»Und so beginnt es. Geboren aus der Nacht und geschrieben in Blut.«*

Sie zieht den Kopf zurück und sieht mir fest in die Augen, bevor sie – was zur verfluchten Hölle? – ihre Lippen auf meine drückt und mich küsst.

Brodelnde Lava bricht aus mir hervor wie ein explodierender Vulkan, überzieht meine Haut mit flüssigem Feuer und lässt meinen Kopf fast platzen.

Meine Hand schießt an ihren Hals und drückt zu, bis sie von mir ablässt.

Erneut blitzt Erkennen in ihren Augen auf, doch diesmal wirkt sie nicht überlegen. Diesmal wirkt es fast wie ... Unglaube? Abscheu? Hass?

Dann blinzelt sie und ist wieder vollumfänglich die unantastbare Königin der Nacht.

Das Licht scheint heller zu werden, meine Brust gelöster und mein Kopf leichter. Die Musik kehrt zurück, die leisen Gespräche der Umstehenden erreichen mein Ohr.

Kataleyna Ferrara zieht sich zurück, ein undeutbares Lächeln umspielt ihre Mundwinkel. »Dein Gefährte besteht den Test, Tochter. Du kannst jetzt herunterkommen. Amüsiert euch. Doch kommt nicht zu spät zum Mitternachtstanz.« Ein letztes Lächeln in meine Richtung, ein würdevolles Kopfnicken. »Willkommen im Schoß der Nacht, Lincoln Gabriel.«

Entgeistert starre ich sie an.

Was. Zur Hölle. War *das?*

Das *war der Wille der Vampirkönigin! Sie hat dich betört. Hast du mich nicht gehört?*

Alyssas Stimme in meinem Kopf zu hören, ist so erleichternd, dass ich lächeln muss, obwohl sie alles andere als erheitert klingt. Tatsächlich gleicht sie eher einem Feuerteufel, als sie die Treppe hinabfliegt und auf mich zustürmt, sodass sich der blutrote Stoff um ihre Beine nur so bauscht.

Kataleynas Sternenrobe indes funkelt mit dem Licht von tausend Sternen, als sie sich umdreht und nahtlos ein ankommendes Ehepaar begrüßt, als hätte unsere Unterhaltung nie stattgefunden. Moment mal, dieses Ehepaar ist doch mit mir zusammen angekommen!

Wie viel Zeit ist vergangen? Hat unsere Unterhaltung überhaupt stattgefunden?

Dieser Gedanke und jeder andere verliert seinen Sinn, als mich Alyssas Körper mit der Kraft eines Kometen trifft. Alle Luft weicht mir aus den Lungen, eine Sekunde später liegen ihre Lippen auf meinen, saugen, beißen, beanspruchen mich mit Haut und Haar.

Wenn du mich noch einmal aussperrst, werde ich dich leiden lassen.

Meine Antwort ist ein tiefes Grollen in meiner Kehle, während ich ihren Kuss mit derselben Heftigkeit erwidere.

Nur zu. Ich werde jede Sekunde davon genießen.

Ein Lächeln umspielt ihre Mundwinkel, bevor ihre Zunge tiefer in meinen Mund gleitet. Ich greife in ihr unfassbar weiches Haar und biege ihren Oberkörper nach hinten, bis sie sich mir völlig ergibt, küsse ihren Mund, ihr Kinn, ihren Hals. Ihr leises Stöhnen bringt mich fast um den Verstand. Berauscht vergrabe ich die Nase in ihrem Haar, inhaliere ihren Duft nach frischen Bergquellen und betäubenden Orchideen so tief, dass er sich in jeder Zelle einnistet. Ihr Körper ist warm an meinem, geradezu ...

Irritiert sehe ich sie an. »Du bist heiß.«

Sie schenkt mir ein sinnliches Lächeln, als sie den Zeigefinger in meine Fliege hakt und mir den Oberkörper entgegenbiegt. Ihre Hand gleitet über den dünnen Stoff meines Hemds, ihre Brüste drücken sich so fest gegen meinen Körper, dass ich kaum noch klar denken kann. »Ich weiß. Du auch.«

»Das meine ich nicht. Dein Körper. Du bist …«

Du bist ein Vampir, beende ich den Satz in Gedanken, weil ich nicht weiß, wer uns zuhört. *Deine Haut ist immer kalt. Warum bist du heiß?*

Von einer Sekunde auf die andere verdunkeln sich ihre blauen Augen zu einem tiefen Violett. »Vielleicht, weil ich gerade zusehen musste, wie meine Mutter meinen Gefährten küsst? Völlig gleichgültig, ob es ein Test war oder nicht.«

Ja, auf diese Erfahrung hätte ich auch gern verzichtet. Aber was bedeutet, ›bestanden‹ zu haben? Bin ich jetzt ein königlich zertifizierter Vampir? Oder ein geprüfter Nicht-Vampir?

Hör auf, so viel nachzudenken, gurrt meine Lieblingsstimme in meinem Kopf. Verdammt, klang sie schon immer so sexy oder ist das nur der Kontrast zur Stimme ihrer Mutter? *Es bedeutet, dass du jetzt offiziell mein Gefährte bist. Also hör auf nachzudenken und küss mich.*

Das lasse ich mir nicht zweimal sagen. Schon ziehe ich sie erneut an mich, da spüre ich die Präsenz einer dritten Person in der ansonsten leeren Eingangshalle.

»Principessa. Mein Herr.« Ein Butler steht dort, ein blank poliertes Tablett mit Kelchen voll blutroter Flüssigkeit auf der ausgestreckten Hand balancierend, und deutet hoheitlich nach rechts, auf den breiten Türbogen, durch den die anderen Gäste verschwunden sind. »Der Tanz beginnt in wenigen Minuten.«

Ich kann mir ein Grinsen nicht verkneifen.

Der Tanz der Vampire?

Alyssa stößt mir einen Ellenbogen in die Rippen, doch ich halte ihren Arm grinsend fest, schiebe meine Hand in ihre und ziehe sie an meine Seite. Ich vergrabe die Nase erneut in ihrem Haar, während wir auf den Durchgang zugehen, hinter dem Musik, Gelächter und Stimmengewirr erklingt.

»Was, wenn ich dir sage, dass ich nicht tanzen kann?«, raune ich an ihrer Schläfe. Ich kann einfach nicht genug von ihr bekommen.

»Dann müsstest du mir ein würdiges Gegenangebot machen.«

Sie neigt den Kopf zur Seite, als ich meine Lippen an ihrer Wange hinabgleiten lasse. »Mir fallen da ein paar Dinge ein«, murmle ich gegen ihre seidige Haut, während ich einen Blick auf die locker achtzig Gäste im nächsten Raum werfe. Für den gigantischen Tanzsaal mit den hohen Stuckdecken und den vielen brennenden Kerzenleuchtern an der Decke habe ich kaum Aufmerksamkeit übrig, genauso wenig für die Musiker an den Instrumenten oder die Berge von Häppchen, die eindeutig für die menschlichen Gäste bestimmt sind. »Aber ich bin nicht sicher, was die Leute davon halten würden.«

Alyssas Lachen vibriert in meinem Körper und meiner Seele. »Glaub mir, der Großteil davon hat schon weitaus Heftigeres gesehen.«

»Da wäre ich mir nicht so sicher«, raune ich in ihr Ohr und spüre, wie sie vor Lust erschaudert. »Nicht bei dem, was ich mit dir vorhabe.«

29
Es heißt nicht umsonst Blutrausch

Alyssa

Hitze schießt in meine Glieder, durch meine Blutbahnen, zwischen meine Beine. Ich kann nicht mehr klar denken, bin wie benebelt von diesem Flimmern, dieser Gier, seiner Nähe.

Dieses Feuer hat nichts mehr mit der Wut auf meine Mutter zu tun. Dieses Feuer kommt aus den Tiefen meiner Seele, aus meinen innersten Trieben, aus meinem dunkelsten Wesen. Dieses Feuer kann nur auf eine einzige Weise gelöscht werden.

Blut.

Völlig vergessen ist der Ball, der Tanzsaal, die Willkommensrede meines Vaters. Hier sind nur Lincoln und ich. Sein Körper, so dicht an meinem. Sein überwältigender Duft, nach Pinienwäldern und dunklem Amber. Seine Stimme, auf meiner Haut, in meinem Kopf.

Und seine Hand ... Ihr Heiligen, seine Hand. Verborgen vor den Augen der anderen wandert sie meinen Rücken hinauf, legt sich in meinen Nacken und drückt leicht zu, bis mir ein leises Stöhnen entweicht, das mein Sichtfeld rot vor Lust und Gier färbt.

»Du spielst mit dem Feuer, Gabriel«, wiederhole ich seine Worte von vorhin und öffne die Lippen gerade weit genug, dass er die Spitzen meiner Fangzähne sehen kann. Ich spüre deutlich, wie weit sie hervorstehen, als sie leicht über meine Unterlippe kratzen.

Augenblicklich verdunkelt sich Lincolns Blick vor Lust. Und erneut, anstatt Angst zu haben, ist er es, der lächelt. »Nein. Ich spiele mit *dir*.«

Ich halte das nicht länger aus. Ich brauche ihn, begehre ihn, verlange nach ihm.

Seine Lippen legen sich erneut gegen meine Schläfe, bis ich fast den Verstand verliere. »Wie lang müssen wir noch hierbleiben?«, fragt er leise.

Lustvoll drücke ich den Rücken durch, schmiege die Nase gegen seine Halsbeuge und inhaliere seinen Duft. Ein Bouquet aus süß, blumig, scharf und würzig, das besser riecht als sein kleines Bistro, besser schmeckt, als Schokolade es jemals könnte.

Ich fahre mit der Zunge über seine Unterlippe und sauge sie leicht ein, erinnere uns beide an meinen ersten Biss. Ein tiefes Stöhnen erklingt in seiner Kehle. Ich sehe das Verlangen in Lincolns Blick, spüre das Feuer in seiner Seele – das Feuer in *meiner* Seele, und ich kann nicht anders. Ich muss ihn schmecken, fühlen, hören.

Im Bruchteil einer Sekunde habe ich ihn am seidigen Revers seiner Smokingjacke gepackt und schiebe ihn rückwärts aus dem Raum.

»Entführst du mich schon wieder, Prinzessin?«

Obwohl er den verhassten Spitznamen benutzt, verspüre ich nichts als berauschende Lust.

Nur ein bisschen. Ich wohne im Westflügel.

»Du bewohnst einen ganzen Flügel?«, erkennt er, während wir die Eingangshalle durchqueren. »Alles klar, wenn du nicht mindestens ein Himmelbett, zwei Kleiderschränke und eine frei stehende Badewanne hast, dann ...«

Ich halte ihm den Mund zu, damit er aufhört zu quasseln, weil uns zu viel Personal beobachtet.

Wie kann der Mann, der mir vor einer Minute noch Anzüglichkeiten ins Ohr geraunt hat, derselbe Junge sein, der jetzt die Deckenfresken und juwelenbesetzten Kronleuchter bewundert, und dabei fast mit einer Frau des Servicepersonals kollidiert? Ich kenne ihren Namen nicht, weil sie nicht zu unserem Hauspersonal gehört, sondern zum Caterer.

Zu Festen wie diesen müssen wir natürlich Menschennahrung bereitstellen. Vampire schmecken nichts und können Lebensmittel auch nicht verwerten, dennoch bedienen sich die meisten aus Gewohnheit mit am Buffet, genauso wie die meisten noch Kaffee trinken. Mein Vater tut es, um seine Blutzirkulation zu erhöhen, damit er einen wärmeren Händedruck hat, wenn er anderen Staatsmännern begegnet.

Ja, Vampire sind Meister des Versteckspiels. Aber damit ist Schluss, wenn ich erst an der Macht bin.

Zum Glück weicht die Kellnerin geschickt aus und offeriert uns stattdessen ihr poliertes Messingtablett – kein Silber! – voller blutrot gefüllter Kelche.

Lincoln zögert.

Es ist Wein, kein Blut, sage ich lautlos, und dann hörbar: »Trink. Ich habe gehört, es soll der beste Wein seines Jahrgangs sein.«

Dennoch verharrt seine Hand in der Luft.

Trink, fordere ich ihn mental auf. *Du wirst es brauchen.*

Gehorsam nimmt er einen Kelch, bevor ich ihn weiterziehe. Der dichte Teppich schluckt unsere Schritte, als wir uns immer weiter entfernen von der Musik, dem Tanz und der Gesellschaft, die meine Eltern einmal im Monat bewirten.

»Nur, damit du es weißt«, sagt Lincoln, während er die Gemälde im Korridor zu meinem Flügel bewundert, und nimmt einen letzten großen Schluck Wein, ohne mich aus den Augen zu lassen, »Ich stelle mir gerade vor, wie ich diesen Wein von deinem Körper trinke.«

Von einer Sekunde auf die Nächste kann ich mich nicht mehr beherrschen. Ich falle über ihn her wie eine Furie, ziehe ihn am Revers zu mir und küsse ihn hart. Er schmeckt kühl und alkoholbitter und ein bisschen seltsam.

Seltsam?, lacht seine Stimme in meinem Kopf, während er

den Kelch blind in die Fensternische neben uns stellt. Dann umfasst er meinen Kopf und lässt seine Zunge tiefer in meinen Mund gleiten, zieht mich eng an sich und fährt die Konturen meines Körpers nach. Seine Hände sind überall, streichen über meine Arme, meine nackten Schultern, mein Schlüsselbein. Als seine Linke den Ansatz meiner Brust erreicht, stöhne ich in seinen Mund, umschließe seine Hand mit meiner und drücke fester zu.

Jetzt stöhnen wir beide, und es ist das heißeste Geräusch, das ich jemals gehört habe. Wir schaffen es kaum durch die Tür zu meinem Zimmer, bevor er mich von innen dagegen drückt und zwischen seinen starken Armen und seinem harten Körper gefangen nimmt.

Schon nesteln meine Hände an seiner Fliege, zerren das Hemd aus seiner Hose. Es ist fast ein bisschen schade, denn er sieht unfassbar gut aus in diesem Smoking, der ihm wie auf den Leib geschneidert ist.

»Das ist kein bisschen schade«, raunt er dicht vor meinen Lippen, weil meine Gedanken bei Körperkontakt wohl niemals geheim sind. »So muss ich kein schlechtes Gewissen haben, wenn ich dir gleich dein Kleid vom Leib reiße. Du siehst fantastisch darin aus, wie eine teuflische Sünde, atemberaubend und unerreichbar.« Wie um seine Worte zu unterstreichen, fahren seine Hände die Konturen meiner Taille nach, während seine Lippen zu meinem Ohr wandern. »Aber ich wette, du siehst noch viel fantastischer ohne dieses Kleid aus.«

Mir entweicht ein Wimmern, das er in einem leidenschaftlichen Kuss erstickt. Schon greift er hinter meine Oberschenkel und hebt mich hoch, trägt mich hinüber zu meinem Bett und legt mich auf die weich gefederte Matratze.

Seine Hand drückt meinen Oberkörper in die Kissen, fixiert mich auf dem Bett, während seine Lippen tiefer wandern, über meinen Hals bis zum Ansatz meiner Brüste. Bevor ich die Korsage ausziehen kann, hat er bereits mit einem heftigen Ruck die Haken auseinandergezogen. Ein leises Reißen zeugt davon, dass nicht alle überlebt haben, doch das ist mir egal.

Ich will ihn, alles von ihm. Jetzt.

»Du hast mich«, raunt er gegen meine Haut. »Alles von mir. Für immer.«

Mein Herz setzt einen Schlag aus, meine Brust wird eng bei der Wärme, die mich umhüllt. Nicht wie das Feuer, das in mir lodert, seit mein Blutrausch begonnen hat. Sondern eine allumfassende, tiefe Wärme, die jedes bisherige Gefühl unwichtig werden lässt.

Dann erreicht seine Zunge meine Brustwarze. Er stöhnt gegen meine Haut und der Laut vibriert bis tief in mein Innerstes.

Lincoln zieht die Korsage weiter auf und seine Lippen wandern tiefer und tiefer und tiefer. Seine Hände ziehen Lagen aus Seide und Tüll über meinen Hintern und ich muss die Finger in die Laken krallen, um mich nicht auf ihn zu stürzen und die Kontrolle zu übernehmen, als ich fast völlig nackt vor ihm liege, nur noch bekleidet mit einem Spitzenhöschen und der aufgerissenen Korsage. Anstatt sich endlich ebenfalls seiner Hose zu entledigen, streichelt er die Innenseiten meiner Schenkel, umfasst meine Hüften und zieht mich tiefer, um mein Höschen zur Seite zu schieben.

Fassungslos hebe ich den Kopf. »Was tust du da?«

»Ich habe doch gesagt, dass ich mit dir spielen werde, Cupcake.« Mir bleibt die Luft weg, als ich mich schlagartig an seine allererste Beschreibung von mir erinnere. An seine Zunge in der Vanille-Sahne. »Und ich tendiere dazu, meine Versprechen zu halten.«

Sein Blick verhakt sich mit meinem, und ohne mich aus den Augen zu lassen, neigt er den Kopf und versenkt seine Zunge ... in mir.

Mir entweicht ein Keuchen, als Atemlosigkeit und Verzückung zu einem einzigen Rausch werden. Ich werde definitiv nie wieder ein Törtchen ansehen können, ohne an Lincolns

Zunge zu denken. Bloß, dass ich sie jetzt auch für immer spüren werde.

In meinem ganzen Leben hat mich noch kein Mann auf diese Weise berührt. In meinem ganzen Leben bestand der einzige Grund darin, Sex zu haben, meinen Partnern – oder Partnerinnen – Lust zu bereiten, damit ihr Blut noch süßer, noch intensiver schmeckt. Die Geschmacksexplosion in meinem Mund ist es, die mich stets zum Höhepunkt brachte. Nicht die Bewegungen von Hüften. Oder Zungen.

Oh, ihr Heiligen …

Hör auf, nachzudenken, knurrt Lincoln in meinem Kopf, während mich sein Mund mit jedem Zungenschlag näher an einen Abgrund drängt, in den ich nicht zu blicken wage.

Stöhnend werfe ich den Kopf zurück, bäume mich auf. Mein Herz rast, pumpt Blut wie brennende Säure durch meinen Körper, lässt meine Haut in Flammen stehen. Was geschieht hier?

Lass den Orgasmus zu, Alyssa. Komm für mich.

Seine Stimme stößt mich fast über den Abgrund. Doch ich stemme mich dagegen.

»Nein.«

Ich weiß, was ein Orgasmus ist. Das hier ist etwas anderes. Das hier ist heißer, hungriger. Die Lust in mir schwillt zu einer anderen, fast unstillbaren Gier an. Das ist der Blutrausch. Wenn ich ihn jetzt zulasse, gibt es kein Zurück mehr.

»Nein«, wiederhole ich, stoße Lincoln von mir und komme auf die Knie, fahre mit den Händen über sein seidenweiches Hemd.

Erkennen flackert in seinen Augen. »Du willst etwas anderes.«

Schon zieht er die Fliege aus seinem Kragen und knöpft das Hemd auf, entblößt seinen Hals. Plötzlich ist mein Mund wie ausgedörrt. Die Spitzen meiner Fangzähne graben sich in meine Unterlippe, weil ich mich kaum noch kontrollieren kann, als ich das pulsierende Verlangen unter seiner Haut sehe.

Der Drang, meine Zähne in seinen Hals zu schlagen und zu trinken, bis einer von uns das Bewusstsein verliert, ist so übermächtig, dass ich zurückzucke.

»Nein.« Ich weiche zurück, wende den Blick ab. Ich traue mir selbst nicht, nicht in diesem Fieberrausch. Was, wenn ich nicht aufhören kann? Was, wenn es so wird wie ihn Paris? Ich kann ihn nicht wandeln, also würde mein Biss ihn töten. Oder schlimmer noch, die Leute meines Vaters würden das wieder erledigen.

Ich kann ihn nicht verlieren. Ich darf ihn nicht beißen.

Da nimmt Lincoln mein Gesicht in beide Hände. Seine Lippen glänzen feucht von meiner Nässe und schüren mein Verlangen erneut. »Ich gehöre dir, Alyssa. Und du gehörst zu mir. Ich weiß nicht, was das für Vampire bedeutet, aber für mich bedeutet das, dass ich dir vertraue. Und ich gebe dir, was du brauchst. Egal, wie du es brauchst. Verstanden?«

Ich nicke, dann schüttle ich den Kopf, unfähig, meine Gefühle einzuordnen. So bestimmend und gleichzeitig liebevoll hat noch niemand mit mir gesprochen. Aber es hat auch noch niemand solche Worte zu mir gesagt.

Seide raschelt, als seine Smokingjacke auf dem Boden landet, kurz darauf windet er sich aus dem Hemd. Lincolns Oberkörper ist atemberaubend und ich kann nicht anders, als die Hand auszustrecken und seine harte Brust zu berühren. Seine Haut ist so warm, so weich. Und die Muskeln an Armen, Schultern und Brust sind so definiert, dass Da Vinci den Vitruv nach ihm hätte zeichnen können.

»Tu es, Alyssa.«

Seine befehlende Stimme ist genauso verführerisch wie seine pochende Halsschlagader. Die Gier in mir brennt, so heiß, dass ich vor Zurückhaltung zittere. Meine Hände gleiten über seine warme Haut, wandern seine Schultern hinauf – und stoppen vor dem geschliffenen Obsidian-Anhänger um seinen Hals.

Bevor ich reagieren kann, umschließt er den Teufelsstein

und zerrt die Kette über seinen Kopf. Sie landet achtlos bei seinen anderen Klamotten neben dem Bett. Und mich hält nichts mehr.

Ich winde mich aus dem Höschen, presse meine nackte Haut an seine. Unsere Lippen kollidieren, und das Einzige, was unsere Körper noch trennt, ist diese leidige Anzughose. Ungeduldig zerre ich daran.

»Du willst mir geben, was ich brauche? Dann tu es richtig. Ich will dich nicht nur schmecken. Ich will dich in mir spüren, wenn ich komme.«

»Fuck, du hast keine Ahnung, wie sexy du bist, wenn du mir Befehle erteilst, oder?« Er stöhnt leise, zerwühlt meine Haare, presst mich an sich. Und hält sich dennoch zurück. Ich sehe in seinen Gedanken, dass er sich darüber ärgert, keine Kondome mitgebracht zu haben.

Leise lachend sauge ich an seiner Unterlippe. »Ich bin ein Vampir, Lincoln. Ich kann dich nicht anstecken und du mich nicht.«

Seine grün-goldenen Augen sehen mich ernst an. »Ich mache mir keine Sorgen um Krankheiten, Alyssa. Du wurdest geboren.«

Eine unbekannte Woge des Glücks flutet mich, weil er das sagt, als wäre es etwas Normales. Weil er so umsichtig ist. So besonnen. Dennoch bringe ich meine Lippen dicht an sein Ohr und flüstere: »Glaubst du nicht, dass die einzige geborene Vampirin der Welt Maßnahmen dafür ergreift, dass sie zu jeder Zeit selbst über ihren Körper bestimmen kann?«

Lincoln zieht den Kopf zurück und sieht mich an. Sein Blick brennt wie tausend Sonnen, dann stürzt er sich auf mich und verschließt meine Lippen mit einem hungrigen Kuss. Seine Lenden drängen gegen meine und erst jetzt merke ich, wie sehr er sich zurückgehalten hat.

Wir schaffen es nicht, uns unserer restlichen Klamotten zu entledigen. Die offene Korsage hängt genauso lose von meinen Schultern wie seine Hose von seinem linken Knöchel, als ich ihn nach einem kurzen Machtgerangel auf meine Matratze pinne. Dann sehen wir beide atemlos dabei zu, wie ich auf ihn gleite und ihn langsam in mich aufnehme.

Unsere Vereinigung ist erregender als alles, was ich jemals gespürt habe. Mir entweicht ein zitterndes Wimmern, das zu einem Stöhnen wird, als er meine Hüfte umfasst und den Winkel ändert, bis er mich vollständig ausfüllt.

»Oh, fuck ...« Lincoln presst den Kopf ins Kissen, ohne mich aus den Augen zu lassen, und der Hunger in seinem Blick ist noch größer als der in meiner Kehle, während seine Hände an meinen Seiten hinaufgleiten und meine Brüste umfassen. Sein Stöhnen entfacht ein Inferno in meinem Innersten. »Fuck, Alyssa ... Du bist unbeschreiblich.«

Grinsend lehne ich mich vor, um an seiner Unterlippe zu saugen. Er reagiert sofort, verschließt meinen Mund mit einem feurigen Kuss und umfasst meinen Hintern, um unser Tempo zu erhöhen. Weiter und weiter und immer weiter, bis all meine Sinne von seiner Lust erfüllt sind und mein Blut zu brodeln beginnt. Ich inhaliere seinen Duft, kann seine Erregung buchstäblich auf der Zunge schmecken.

Jäh drücken sich seine Finger in meine Haut, um mich zu bremsen. Er knurrt gegen meine Lippen, als er begreift, was ich tue. »Schlag dir das aus dem Kopf. Hier geht es nicht nur um meine Lust, Alyssa.«

Damit rollt er uns herum, bis ich unter ihm liege, und winkelt mein Bein an. Ich umklammere ihn wie ein Parasit, während er mir mit jedem Stoß ein bisschen mehr die Selbstbeherrschung raubt, die Luft zum Atmen, die Kontrolle über meinen Körper. Bis ich in Lust ertrinke – in meiner eigenen Lust.

Als der Blutrausch die Kontrolle übernimmt, brennt das Feuer tausendmal heißer, als ich es mir jemals ausgemalt hätte, frisst sich durch meine Haut wie das Licht der Mittagssonne. Und obwohl ich darin verbrenne, kann ich nicht genug bekommen.

Lincolns Stöße werden heftiger, sein Atem unkontrollierter. Sein Blut pulsiert so verlockend, dass ich fast wahnsinnig werde vor Verlangen.

»Tu es«, knurrt Lincoln, dem meine Gedanken nicht verborgen bleiben.

Ich schüttle den Kopf. Nein. Ich kann nicht garantieren, dass ich mich zurückhalten –

»Tu es!« Er stößt härter in mich, so tief, dass ich vor Verzückung schreie. Ich kann nicht mehr atmen, nicht mehr denken, kann nur noch fühlen und in diesem Rausch vergehen. Die Lust reißt mich mit wie ein Orkan, als auch Lincoln auf seinen Höhepunkt zurast. Und als sich alles in mir zusammenzieht, sprengt die Explosion alle Ketten in meinem Innersten. Ich klammere mich an ihn, ziehe ihn tiefer in mich, reite seine Ekstase wie meine eigene.

Und dann grabe ich meine Fangzähne in seinen Hals.

Lincoln kommt mit einer Heftigkeit, die meine Sinne beinahe lähmt. Sein Orgasmus schmeckt süßer als alles, was ich jemals gekostet habe, heißer als die Sünde, intensiver als die Lust. Ich zwinge mich zu kleinen, langsamen Schlucken, koste jeden Tropfen. Und ich schaffe es, mich zu kontrollieren, während er sich weiter in mir bewegt, stärker keucht, immer noch nicht genug hat.

Genau wie ich niemals genug von ihm haben werde.

30
Romeo und Julia sind ein Scheiß gegen diese Tragödie

Lincoln

Ewigkeit.

Ewig...keit.

Ewig.

Ich könnte ewig hier liegen. Ich könnte ewig ihren Duft inhalieren, ihre Haut streicheln und ihre Gedanken fühlen. Ihr Körper ist merklich abgekühlt – oder meiner hat sich zu sehr erhitzt. Jedenfalls ist das Inferno zu einer stetigen Wärme heruntergebrannt, wie ein nächtliches Feuer im Kamin.

Natürlich hat Alyssa einen Kamin in diesem Palast von Zimmer, doch der ist im Augenblick erloschen. Wir liegen immer noch halb ausgezogen auf ihrem Bett, ihr Kopf an meiner Schulter, meine Hand in ihrem Haar. Mondlicht fällt durch das große Sprossenfenster herein und malt unheilige Kreuze auf den Parkettboden und groteske Schattenspiele auf die Wände. Fast ist es, als würde das riesige Zimmer atmen, als wäre eine Bedrohung mit uns im selben Raum.

Doch selbst, wenn die Hölle uns verschlingen würde, es wäre mir egal. Denn diese Nacht, dieser Moment fühlt sich an wie die Ewigkeit. Ich fühle mich an wie die Ewigkeit. Und ich weiß: Bis in die Ewigkeit werde ich Alyssa niemals vergessen.

Ihre Lippen. Ihre Zähne. Mein Blut.

Ich muss an die Prophezeiung denken, deren Worte ihre

Mutter vorhin wiederholt hat, und ein Schauer überkommt mich: *Geboren aus der Nacht und geschrieben in Blut.*

»Wie kommt es, dass Vampire an Prophezeiungen glauben?«, frage ich leise.

Alyssa denkt eine Weile nach, bevor sie antwortet. »Weil Vampire abergläubische Kreaturen sind ... Und, weil es die Worte unseres Propheten waren«, räumt sie nach kurzem Zögern ein.

Ich hebe den Kopf, um sie anzusehen. »Prophet?«

»Vlad Drăculea.« Sie flüstert, weil ihr der Name solche Ehrfurcht abringt. »Er war unser letzter König. Sein Tagebuch ist unser Evangelium, und seine Briefe an seine verlorene Geliebte sind unsere Prophezeiung. Er war derjenige, der uns aus dem Schatten führen wollte. Der Legende nach war Vlad ein weiser Mann, ein starker Herrscher. Ein verehrter König. Als er fiel, wurde er zu unserem Propheten.«

Der Prophet. Vlad Dracula. *Der* Dracula? Mir ist klar, dass jede Geschichte zwei Seiten hat, aber Prophezeiungen und Liebesbriefe klingen nicht nach der blutrünstigen Bestie, von der ich gehört habe.

»Weil er keine blutrünstige Bestie war«, tadelt Alyssa, die meine Gedanken erneut wahrgenommen hat. »Die meisten Geschichten der Menschen feiern Van Helsing und seine Vampirjäger als Helden. Aber Abraham Van Helsing war ein grausamer Mann. Sein Hass auf die Vampire war so grenzenlos, dass er bereit war, ganze Landstriche niederzubrennen. Kinder. Frauen. Und die Geliebte des Propheten.«

Plötzlich sitzt ein Kloß in meiner Kehle. »Was ist mit ihr passiert?«

Alyssa schmiegt sich enger an meinen Körper, ihre Gedanken sind düster. »Sie wurde in Stücke gerissen, verbrannt und ihre Asche in die Nacht verstreut.«

Grabeskälte kriecht über meine Haut. Das ist metaphorisch gemeint, oder?

Alyssa lächelt traurig, bevor sie beginnt, ihr Evangelium zu rezitieren:

»Und die unbändigen Qualen rissen sie entzwei,
und ihre Seele zersprang in die Splitter von tausend Sternen,
während ihr Körper in Flammen aufging
und zur ewigen Nacht wurde.
Und erst, wenn die Nacht den Tag gebärt
und die Felder sich rot färben,
bricht ein neuer Morgen an.
VD 1066, Unveröffentlichte Schriftsammlungen des Propheten.«

Mein Mund ist so staubtrocken, dass ich nicht gleich antworten kann. Es klingt poetisch. Aber die Vorstellung, dass es eine detailgenaue Beschreibung sein könnte, ein Zeitzeugnis, wie ein ... Augenzeugenbericht.

Ein Stöhnen entweicht meiner Kehle. »Sie haben ihn zusehen lassen.«

Alyssa nickt, und ich fühle mich wie benebelt vor Schock. Romeo und Julia sind ein Scheiß gegen diese Tragödie.

Jetzt muss sie lächeln. »Ja, seine Gedichte und Briefe an seine Geliebte haben tatsächlich Generationen von Romantikerinnen hervorgebracht. Selbst meine Mutter mag sie.«

»Du auch?«, frage ich. »Hast du ein Lieblingsgedicht?«

Sie lächelt. »Ja, ich auch. Und ja, ich habe ein Lieblingsgedicht.

Ich werde dich immer lieben.
So wie die Sonne
Den Mond liebt.
In diesem Leben
Und im Nächsten.«

Ich hänge an ihren Lippen, bis sie geendet hat und ihre herrlich violettblauen Augen zurück zu meinen zurückkehren.

»Das ist ... wow«, sage ich überwältigt, einfach um irgendetwas zu sagen, obwohl Worte dem nicht gerecht werden können. »Hat er sie schon geliebt, bevor er ein Vampir wurde?«

»Das weiß ich nicht. Ich glaube eher, es war seine Hoffnung darauf, dass sie sich irgendwann wiedersehen würden.«

»Shit ...«, entfährt es mir, weil ich keine Worte dafür habe, wie grausam es sein muss, ewig zu leben und von der Person getrennt zu sein, die man am meisten liebt. Ich könnte nicht von Alyssa getrennt sein.

»Nur, damit du es weißt«, stelle ich klar, »Da wir ohnehin schon dieses Vampirband-Dings teilen. Ich werde dich ebenfalls –«

Sie unterbricht mich, indem sie ihre Lippen auf meinen Mund drückt.

Alles klar. Zu früh. Und uncool, Worte von heiligen Propheten zu stehlen. Ist notiert.

Dass du mich daran hinderst, es auszusprechen, macht es nicht unwahrer, denke ich hartnäckig, während ich sie in meine Arme bette und ihren Kuss erwidere, der jetzt, nachdem die Hitze heruntergebrannt ist, wohlig warm schmeckt.

Du hast mir noch nicht gesagt, warum deine Haut so heiß ist.

Du solltest aufhören, so viel nachzudenken, während du mich küsst, erwidert sie lautlos, dann drückt sie ihre Lippen auf meinen Hals, genau an der Stelle, die noch leicht von ihrem Biss kribbelt. Mein Nacken fühlt sich verspannt an, als hätte ich die Schulter zu lange falsch belastet, aber überraschenderweise schmerzt er nicht. Als ich mit den Fingern über die Stelle fahre, sind die zwei kleinen Löcher bereits geschlossen, versiegelt durch Alyssas Kuss. Es stimmt tatsächlich, ein Vampirbiss ist nicht blutig, wie manche Filme ihn darstellen, sondern im Gegenteil wie die beste Droge der Welt. Die Erinnerung an den Rausch weckt augenblicklich meine Erregung.

Vergiss es, Lincoln. Du hast genug Blut für eine Nacht verloren, tadelt sie lautlos.

»Du musst mich ja nicht noch einmal beißen«, antworte ich. »Wie kann ich eigentlich sicher sein, dass ich mich nicht verwandle? Wie kontrollierst du, ob du jemanden zum Vampir machst?«

Plötzlich versteift sie sich an meiner Seite, und ich spüre ihr Unbehagen wie mein eigenes. »Du wirst dich nicht verwandeln. Weil ich ...« Alyssa zögert.

Ein genervtes Stöhnen im Raum lässt mein Blut gefrieren. Weil es nicht zu Alyssa gehört. »Alyssa kann es nicht.«

Schlagartig sitze ich aufrecht im Bett – und bezahle die Bewegung sofort mit heftigen Kopfschmerzen. »Fuck ...« Ich presse die Augen zusammen und eine Hand gegen meinen Schädel. Ein Kater ist nichts gegen dieses Dröhnen. Klar, Alkohol saugt mir ja auch keinen halben Liter Flüssigkeit aus dem Körper.

Ich spüre Alyssas Bedauern in unserer Verbindung, kurz bevor sich ihre Wut auf unseren ungebetenen Gast richtet. Wie lang sitzt die Frau schon im Schatten und beobachtet uns?

»Was tust du hier, Cassandra?«

Ja, Cassandra, und hat dir die Vorstellung gefallen?

Die Dunkelheit gluckst, offenbar konnte sie meine Gedanken hören. Das muss dieses Senden gewesen sein, von dem Alyssa gesprochen hat.

»Die vielfältigen Talente einer Spionin«, erklärt Cassandra, womit sie rein gar nichts erklärt. »Zugegeben, bei einer Vampirin im Blutrausch und einem Menschen mit Wunderblut ist es nicht sonderlich schwer, sich zu verbergen. Auch wenn Süßholzgeraspel noch nie mein Ding war. Schade, dass ich nicht früher angekommen bin. Ich hätte zu gern gesehen, ob du ihn wirklich fesselst, Cousine. Oder er dich?«

Fesseln? Ich will Alyssa einen fragenden Blick zuwerfen, werde aber wieder von einer Bohrmaschine in meiner Schädeldecke bestraft. »Fuck ...«

»Dein erster Biss?«, fragt die Dunkelheit. »Ein Liter Verbenentee sollte einen Mann von deiner Statur wiederherstellen. Oder diese neumodischen Eisentabletten.«

Zähneknirschend robbe ich über das Bett, um nach meinen

Sachen zu tasten. Licht wäre natürlich großartig – falls es in einem Vampirhaushalt überhaupt Deckenlampen gibt.

Hör auf, so einen Blödsinn zu faseln, Lincoln!, zischt Alyssas Stimme, und ich erkenne an ihrer Tonlage, wie gereizt sie aufgrund von Cassandras Erscheinen ist. Oder ist dieser Blutrausch daran schuld, den Cassandra erwähnt hat? Was ist das?

»Es ist unsere Art der Pubertät«, antwortet Cassandra, aber ich bin nicht sicher, ob sie bloß meinen verwirrten Gesichtsausdruck deutet oder meine Gedanken gelesen hat. »Erst danach erwachen unsere vollständigen Vampirkräfte – und unsere Fähigkeit, Menschen zu wandeln.«

Blutrausch. Ich hoffe, das ist nicht so gruselig, wie es klingt.

Bist du in diesem Blutrausch?, frage ich Alyssa. *Kannst du deswegen niemanden wandeln?*

Anstelle einer Antwort brennt gleißende Helligkeit meine Netzhäute weg. Als ich wieder einigermaßen klar sehen kann, ist der Raum in gedimmtes Licht getaucht. Alyssa hat nicht nur einen Kamin und ein Bett von der Größe einer kleinen Spielwiese, sondern auch eine frei stehende Badewanne auf goldenen Löwenfüßen – in ihrem Schlafzimmer! –, einen antiken Sekretär, der in Grahams Laden ein kleines Vermögen einbringen würde, einen mit purpurrotem Samt bezogenen Hocker vor einem Schminktisch, auf dem ein paar Flakons stehen – und eine ausladende Récamiere, auf der eine griechische Sagengestalt thront wie von einem Maler hindrapiert.

Cassandra trägt ein lindgrünes Kleid, dessen Träger mit kupferfarbenen Broschen gehalten werden, die zu ihren Ohrringen passen. Die blond-schwarz gesträhnten Haare trägt sie wie eine Göttin der Antike zu einer Hochsteckfrisur und mit einem Kupferreif fixiert.

Hey, diese dunkel umrahmten Augen kenne ich doch. Sie hat vor ein paar Wochen an meiner Bar einen Bloody Mary bestellt.

Ihr Lächeln ist genauso gefährlich wie ihr Aussehen. »Ich freue mich auch, dich wiederzusehen, Lincoln.«

Sie lässt den Blick über meinen halb nackten Körper gleiten wie eine Schlange, die abwägt, wie lange die Beute ihrer Wahl ihr wohl im Magen liegen wird.

Da liegst du falsch, Herzchen. Ich bin keine Beute!

Herausfordernd hefte ich meinen Blick auf sie, bevor ich mich umdrehe und in meine Hose steige. Cassandra schnalzt enttäuscht mit der Zunge, woraufhin mir ein Knurren vom Bett sagt, dass meine Freundin kurz davor ist, ein Blutbad anzurichten. Meine Mundwinkel zucken.

Sag nur ein Wort und ich bin dabei, Cupcake.

Alyssas Lächeln streichelt meine Seele, bevor sie unseren Gast anfunkelt. »Nimm deine Augen von meinem Gefährten und komm zur Sache, Cassandra. Was willst du?«

»Sieh an, unsere Prinzessin entdeckt ihren Befehlston. Ich muss zugeben, er steht dir, Alyssa.« Ich knöpfe mein Hemd zu, und da die Show damit wohl vorbei ist, zupft Cassandra gelangweilt an ihrem Kleidsaum. »Es ist nach Mitternacht, der Ball hat längst begonnen. Und ihr habt das Beste verpasst.«

Auch Alyssa erhebt sich jetzt vom Bett und richtet ihre Korsage mit geübten Fingern. »Danke für die Information, aber nein, danke. Ich habe kein Bedürfnis, Blutorgien und Initiationsriten beizuwohnen.«

Erst recht nicht in der Nähe meiner Eltern, höre ich sie in Gedanken hinzufügen.

Cassandra betrachtet ihre manikürten Fingernägel. »Erschieß nicht die Botin, aber ich dachte, das interessiert dich: Heute Nacht gibt es ein doppeltes Blutopfer.«

Schlagartig verharren Alyssas Finger an der Korsage. Ihre geweiteten Augen huschen zu mir, und die Angst darin tröpfelt eisige Beunruhigung in meinen Nacken.

»Kyle?«, platzt es aus mir heraus.

»Wer ist Kyle?«, fragt Cassandra mit einer Unschuld, die ich ihr nicht abkaufe.

»Ich dachte, dein Job ist es, alles zu wissen«, entgegne ich und ernte Alyssas stolzes Lächeln am anderen Ende unserer Verbindung, während Cassandra die Augen verdreht.

»Punkt für dich, Wunderjunge. Nein, keines der Blutopfer ist *Professor Kyle Benowitz*.« Cassandra betont die Bezeichnung derart herablassend, dass mir ein sengender Feuerstoß das Rückgrat hinabschießt. »Es sind zwei Jäger.« Sie richtet ihre Katzenaugen auf Alyssa, die immer noch damit beschäftigt ist, die Ösen ihrer Korsage zu schließen. »Aber das wusstest du bereits, nicht wahr, Cousine?«

Was soll das heißen?

Mein Blick gleitet zu meiner Gefährtin, die zischend flucht. Offenbar ist ihr aufgefallen, dass ich vorhin die Hälfte der Ösen herausgerissen habe. Ich würde es jederzeit wieder tun.

»Du hast es ihm nicht gesagt?«, fragt Cassandra, der meine Verwirrung abermals nicht entgeht. »Soll ich es für dich tun? Ich könnte ihm auch gleich sagen, was *er* –«

Binnen eines Wimpernschlags ist Alyssa bei Cassandra. Die andere Vampirin springt auf, doch Alyssa bekommt ihren Hals zu fassen. Ein Gerangel entsteht, sofort suche ich die Umgebung nach einer potenziellen Waffe ab. Grahams Handarmbrust wäre jetzt nicht verkehrt, aber die liegt zu Hause auf meinem Schreibtisch.

»Was ist dein verfluchtes Problem, Cassandra?«, faucht Alyssa, die die Spionin so hart gegen die Wand wuchtet, dass die Parfümflakons auf dem Konsolentisch wackeln. Das Kribbeln in meinem Nacken wird zu einem drängenden Pochen, potenziert sich mit meinem Kopfschmerz und zwingt mich fast in die Knie. Cassandras Eckzähne blitzen im gedimmten Lichtschein, ihre Augen sind vor Zorn so schwarz wie Onyxperlen. »Du willst wissen, was mein Problem ist?«, zischt sie, »Vier Silben, Prinzessin: Vam-pir-jä-ger!«

Ich blinzle, als sich etwas in mir regt.

Und zum zweiten Mal innerhalb weniger Tage beschießt mich mein Hirn mit Momentaufnahmen, die plötzlich ein völlig anderes Bild ergeben als zuvor.

Kyles schlechtes Gewissen gegenüber Anna, weil er auf Lucy ›hereingefallen‹ ist, und Annas kryptische Textnachrichten.

Die Melancholie meiner Mom, weil die Zeit so schnell vergangen ist, und Grahams Grinsen, nachdem ich die Armbrust abgefeuert habe.

Die ständigen Fragen nach meinem Befinden, nach Kopfschmerzen und Kribbeln im Nacken, und Annas begeisterter Anruf, weil ich neulich in der Werkstatt fast eingegangen wäre vor Hitze. Ihre Ankündigung, dass sie mit mir feiern wollte und ich alle ganz schön lang hätte warten lassen. Ich dachte, das wäre auf mein Wissen über Vampire bezogen gewesen. Was, wenn es auf etwas anderes bezogen war?

Mein Blick huscht zu Alyssa. Wenn Vampire erst mit dem Blutrausch ihre vollen Kräfte entfalten ... gilt das auch für ihre Feinde?

Der Gedanke ist so ungeheuerlich, dass ich ihn besser gut vor Alyssa verberge.

Widerwillig distanziere ich meinen Geist von der Frau, die ich liebe. Mit der ich buchstäblich verbunden bin.

Sie ist die Prinzessin der Nacht.

Aber was, wenn ich noch etwas viel Schlimmeres bin?

31
Bauernopfer im Königsspiel

Alyssa

»Du merkst es vielleicht nicht in deinem Elfenbeinpalast«, faucht Cassandra weiter, »Aber mit diesen Barbaren ist nicht zu spaßen! Seit Jahren versuchen wir, die Vampirjäger in Schach zu halten –«

»Du meinst wohl, sie sind in der Unterzahl«, wirft Lincoln ein, dessen Stimme plötzlich eisiger ist als jemals zuvor. Sein Geist ist seltsam umwölkt, wie die Sonne an einem bedeckten Tag. Cassandra beachtet ihn nicht einmal.

»– aber sie vermehren sich wie Ratten! Sie zünden unsere Häuser an, lauern unseren Patrouillen auf, und jetzt sind sie kurz davor, uns den offenen Krieg zu erklären, weil die Tochter des Vampirkönigs ihre Aufgabe nicht sonderlich gründlich erledigt hat!«

Ihr Vorwurf stößt mich derart vor den Kopf, dass ich zurücktaumle. Mein Blick huscht zu Lincoln, der mit seinen eigenen Gedanken beschäftigt scheint. Wieso kann ich sie nicht wahrnehmen?

Cassandra spricht von der Aufgabe, vier Menschen zu töten, um meine beste Freundin und ihren Vater zu retten. Zwei davon sind Lincoln wichtig: Kyle und seine Schwester Anna, die immer noch außer Lande ist. Somit blieben nur Michael Jasper, einer von Kyles Professoren, und dessen Freundin Jeanne Lefebre.

Ich konnte Alecto davon überzeugen, dass es unklug sei, sie

in ihrem alltäglichen Umfeld zu töten, selbst ein Unfall könnte Misstrauen wecken. Wenn sie Vampirjäger wären, wäre ihr Tod ein Verstoß gegen das Friedensabkommen. Und wenn nicht, würde er zumindest Fragen aufwerfen, genau wie Kyles zerstörte Wohnung, die von der Polizei nach vampirischer Manipulation als Einbruch deklariert wurde.

Also haben wir in der Wohnung von Michael Jasper und Jeanne Lefebre eine spontane Reise nach Europa inszeniert – Prof Jaspers Forschungsgebiet –, und Alecto hat das Gedächtnis einiger Nachbarn manipuliert, damit sie die Indizien bestätigen. Währenddessen habe ich Kyles zerbrochene Brille in Annas Wohnung geschmuggelt, damit sie bei ihrer Rückkehr hoffentlich die Zeichen erkennen und fliehen kann. Vielleicht kann ich sie retten.

Michael und Jeanne hingegen konnte ich nicht retten. Es ist grausam, aber wenn ich wählen muss zwischen Menschen, die Lincoln am Herzen liegen, und Fremden, dann wähle ich Lincolns Seelenheil.

Das Paar wurde in Alectos Kerker verschleppt, wo ich gehofft habe, auch Kyle zu finden. Vergeblich, von ihm fehlt immer noch jede Spur. Ich dachte, Alecto würde die beiden einfach erledigen. Ich hätte nie gedacht, dass mein Vater soweit gehen würde, wieder Blutopfer zuzulassen.

Schwarzes Feuer lodert in meiner Brust, und es liegt nicht an meinem Blutrausch. Es liegt an der Erkenntnis, die mich plötzlich trifft.

Krieg!

Vampirjäger!, höre ich in der Sekunde Lincolns Stimme. Sein Geist ist wieder unverhüllt und ich spüre seine Bestürzung so deutlich, als wäre es meine eigene. Vielleicht ist es auch meine eigene, denn ich kann gerade nicht klar denken. Die Erkenntnis ist zu gewaltig.

Mein Vater *wollte*, dass die Jäger uns den Krieg erklären. Und er hat mich dafür benutzt.

Wie konnte ich so dumm sein?

Cassandra rückt kopfschüttelnd ihre zahlreichen Armreifen zurecht. »Du hast das Richtige getan, Alyssa. Es wäre ohnehin dazu gekommen, aber jetzt bist du in einer Vertrauensposition. Du hast dich unter den Konsuln bewiesen – insbesondere vor meiner Mutter. Gräme dich nicht, es war ein kleines Übel für das größere Wohl. Je früher du das begreifst, desto besser für uns alle.« Ihr Blick fällt auf Lincoln. »Und ihr solltet jetzt wirklich runtergehen, bevor noch jemand den Kopf verliert.«

Frage, kündigt Lincoln in meinem Kopf an, während wir meinen Flügel verlassen. Er klingt distanzierter als sonst, nicht ganz wie er selbst, aber das mag auch daran liegen, dass ich selbst immer noch vor Wut, Scham und Fassungslosigkeit zittere.

Einzahl?, frage ich also zurück in der Hoffnung, ihn zum Lächeln zu bringen.

»Na gut, es sind zwei«, räumt er verbal ein, bevor Cassandra zu uns aufschließen kann. »Erstens: Wie sehr meinte sie das mit den rollenden Köpfen wörtlich und wie sehr im übertragenen Sinne? Ich meine, Blutorgie und Blutopfer klingt nicht, als gäbe es da viel Interpretationsspielraum, aber Enthauptungen –?«

»Es kann beides heißen«, kürze ich seine Gedankenspirale ab. »Man kann einen Vampir nur töten, indem man seinen Kopf abtrennt.«

Er wird still. *Oder in Stücke reißt und verbrennt ...*

Ich zwinge mich dazu, nicht an das Evangelium und die Geliebte des Propheten zu denken.

»Also keine Pflöcke durchs Herz?«, hakt Lincoln nach.

Ich stoße die Tür zum Zwischenflur auf. »Wenn der Pflock silberbeschichtet oder aus Eschenholz ist, lähmt er uns. Das ist lästig, weil wir uns selten allein befreien können. Aber es bringt uns nicht um. Und deine zweite Frage?«

Silber!

Ich halte irritiert inne, als er stehen bleibt, sein Blick starr auf etwas auf dem Boden gerichtet – oder in seiner Erinnerung. Woran denkt er?

»Lincoln?«

Statt meine unausgesprochene Frage zu beantworten, hebt er den Kopf. »Wie lange gibt es schon Vampirjäger?«

Ein hohles Lachen ertönt hinter uns. »So lange, wie es Vampire gibt«, antwortet Cassandra. Diese Vampirin hat es drauf, sich anzuschleichen. Ich bin immer noch fassungslos, dass ich sie vorhin in meinem Schlafzimmer nicht wahrgenommen habe, nicht einmal ihre Präsenz. Liegt das an ihrem Talent oder meinem Blutrausch, der jedes Geräusch zehnfach zu verstärken scheint – einschließlich meines eigenen Blutstroms, über dessen rauschender Brandung alles andere wie in weiter Ferne klingt. Äußerst unpraktisch! Aber das erklärt, wie Jungbruten in ihrer Raserei so leicht ausgeschaltet werden können. All ihre Sinne sind so hypersensibel, dass sie sich selbst im Weg stehen.

»Wo Licht ist, ist auch Schatten«, fährt Cassandra fort, »Tag und Nacht, Himmel und Hölle. Jäger und Beute. Sie glauben wirklich, dass *sie* die Jäger wären.« Sie lacht. »Ihre Ursprünge dienten der Selbsterhaltung, zur Zeit der ersten Vampire, die sich zugegeben wie hirnlose Bestien durch die Landstriche fraßen. Na ja, Menschen waren auch mal Steinzeitkreaturen. Aber was aus ihnen geworden ist, das ist jenseits von Gut und Böse. Selbst, als wir uns weiterentwickelten und verhandeln wollten, haben sie nicht aufgehört. Tja, und sie hassen uns so richtig, seit Dracula ihren geliebten Van Helsing getötet hat.«

Wow, Cassandra hätte Schriftgelehrte werden sollen anstatt Spionin. Ich werfe einen kurzen Blick zu Lincoln, um zu sehen, wie mein Gefährte diesen kurzen Abriss unserer Geschichte auffasst, doch erneut erstaunt er mich damit, wie gefasst er auf weltverändernde Enthüllungen reagiert.

»Nichts gegen euren Propheten, aber ich bin ziemlich sicher, dass Van Helsing Dracula getötet hat«, entgegnet er. Täusche ich mich oder klingt seine Stimme schärfer als sonst?

Cassandra verdreht die Augen. »Oh, da fühlt sich jemand in seiner Menschenehre gekränkt. Also, pass auf, Klugscheißer: *Abraham* Van Helsing hat im Jahr 1897 Dracula getötet, ja – und, wohlgemerkt, sich selbst gleich mit. Es war also kein Sieg, nur um das klarzustellen. Wie dem auch sei, das war über ein halbes Jahrtausend, nachdem Dracula den *ersten* Van Helsing getötet hatte, nämlich – Gabriel! Was für ein Zufall.«

Sie lacht in sich hinein, doch meine Augen werden groß, während Lincoln bloß eine Braue hebt.

»Gabriel Van Helsing? Nie gehört.«

»Weil er streng genommen kein Van Helsing war, auch wenn er ihnen manchmal zugeschrieben wird. Einige halten ihn für den Erzengel Gabriel höchstpersönlich, der auf die Erde geschickt wurde, um das Böse auszutreiben. Tja, euer Gott ist wohl doch nicht so mächtig.«

»Scheint so«, murmelt Lincoln, und abermals sind seine Gedanken schemenhaft verschwommen.

Plötzlich schrumpft mein Gesichtsfeld, mein Hörvermögen, all mein Dasein auf diese wabernde Rauchwand zwischen uns. Das reißende Rauschen in meinen Ohren verstummt und Einsamkeit greift nach mir. Kein Laut dringt an meine Ohren, weder vom Tanz im Südflügel noch von der wahren Veranstaltung des Abends unter unseren Füßen. Nicht einmal das nächtliche Konzert der Zikaden dringt durch die isolierten Wände unserer Villa.

Schließlich zuckt Lincoln mit den Schultern und setzt sein unbekümmertes Grinsen auf. »Wie auch immer. Meine zweite Frage war: Wieso sagte Cassandra vorhin ›nach unten‹? Wir sind im Erdgeschoss.«

Da eilt Cassandra grinsend ein paar Schritte voraus und öffnet die verborgene Kassettentür wie eine Kammerdienerin. Sie knickst sogar in ihrem eleganten Empire-Kleid. »Weil, egal wie weit unten du bist, du immer noch eine Etage tiefer sinken kannst. Willkommen auf dem wahren Mitternachtsball der Vampire.«

Kaum, dass wir das innen liegende Treppenhaus betreten haben, ist die Blutorgie unüberhörbar. Der Geruch von Sex und altem Gemäuer liegt in der Luft. Gedämpfte Schreie, lustvolles Stöhnen und das Klatschen von Haut auf Haut dringen an mein Ohr.

Die Gewölbe unter dem Haus sind vollständig ausgebaut und mit indirekten Wandleuchten und antiken Raumteilern bestückt, die viel Privatsphäre bieten, aber auch Sitzgruppen und Spielmöbel für die Extrovertierten und Voyeure. In einer Sitzgruppe rechts von uns wird gerade eine Vampirin von drei männlichen Mätressen verwöhnt. Etwas weiter hinten schart sich eine Gruppe aus Männern und Frauen um ein Paar in wilder Ekstase. Einige der Zuschauer haben ebenfalls Sex, andere trinken voneinander oder sehen bloß zu. Dazwischen tanzen, reden und trinken Vampire in allen erdenklichen Konstellationen von- und miteinander.

Und über alldem liegt ein wabernder Nebel aus Lust und Verdammnis, der das Ganze in eine surreale Traumszenerie verwandelt. Skurril genug, dass einige der wenigen Menschen hier unten ihre Erlebnisse morgen für einen besonders intensiven Drogentrip halten werden. Gleichzeitig ist der Nebel dicht genug, um unsere Nachtsicht zu begrenzen und unsere anderen Sinne zu schärfen: fühlen, schmecken, riechen, hören.

Aus dem Augenwinkel sehe ich, wie Lincoln mich entgeistert anstarrt. »Während der Bürgermeister oben Walzer tanzt, geht hier unten das ab?«

Nicht so laut!, zische ich in Gedanken und greife nach seinem Arm, um ihn an mich zu ziehen. Meine Mutter hat ihn zwar als meinen Gefährten anerkannt, aber er ist immer noch ein Mensch – zumindest teilweise. In jedem Fall ist er heiß wie die Hölle, und die Hälfte der Vampire hier würde jede Mätresse und jeden zweiten Vampir sofort für ihn links liegen lassen.

Warum finden wir nicht heraus, was er ist?, fragt plötzlich die ätherische Stimme der Nacht in meinem Kopf. Meine Mutter steht vor uns auf der Tanzfläche, keine zwei Meter entfernt.

»Seht, wer uns beehrt«, verkündet sie. *»Meine Tochter und ihr Gefährte.«* Unwillkürlich umklammere ich Lincolns Arm fester. Ihre Stimme ist nicht laut, dennoch erreicht sie jeden Winkel der Katakomben, selbst über den wummernden Bass und das vielstimmige Stöhnen hinweg. *Du kommst zu spät*, fügt sie lautlos hinzu, wobei ihre Stimme sowohl tadelnd als auch traurig klingt.

Und du hast meinen Gefährten geküsst!, schieße ich zurück. *Sei froh, dass wir überhaupt hier sind.*

Sie lächelt bloß, dann fällt ihr Blick auf Lincoln. Ich spüre das Aufflammen in ihren Augen, als sie die Bissmale an seinem Hals sieht.

Ich sehe, du hattest Spaß.

Ich muss meinen mentalen Schutzschild hochziehen und den Blick abwenden, um sie nicht anzufahren. Meine Mutter ist nicht der Feind. Mein Vater ist es. Wie konnte er nur zulassen, dass es wieder Blutopfer gibt? Wo sind sie? Und warum sollen wir dabei sein?

»Kommt.« Meine Mutter duldet keinen Widerspruch, als sie sich umdreht.

Während wir ihr durch die Katakomben folgen, sieht Lincoln sich schweigend um. Ich kann seine widerwillig wachsende Erregung spüren und habe augenblicklich fauchende Eifersucht im Bauch.

Meine Mutter führt uns durch drei weitere Räume in eine Seitenkammer, in der eine einzelne Gestalt wie eine lebendige Mumie auf einem Kissen sitzt.

Alles in mir erstarrt, als ich das Orakel erblicke. Panik überkommt mich, ich will weglaufen, aber ich kann mich nicht rühren.

»Lincoln Gabriel«, flüstert die Stimme des Orakels von allen Seiten gleichzeitig. Die Kreatur war einmal ein Vampir, jetzt gleicht sie eher einem verfaulenden Ghul. Ihre Haut ist vollständig verrottet, schwarzglänzendes Blut bedeckt ihre Sehnen und Knochen wie Teer. Lidlose Augen starren ins Leere, ver-

flucht dazu, alles zu sehen und niemals zu schlafen. *»Ich habe dich erwartet.«*

Orakel mehren ihr Wissen, indem sie das Blut derjenigen trinken, die sie um Hilfe bitten. Dafür gewähren sie ihren Opfern Einsicht. Aber diese Einsicht ist immer in Rätsel verpackt. Wie ein gesplitterter Spiegel, von dem jede Scherbe ein anderes Bild reflektiert.

»Tritt vor.« Das Orakel streckt eine skelettierte Hand aus und meine eigene Hand verkrampft sich in Lincolns Arm. Er lehnt sich nach hinten, aber der Wille des uralten Vampirs zieht ihn unweigerlich an.

Warte!, rufe ich, doch da hat das Orakel bereits mit der Schnelligkeit eines Wendigo seine Hand gepackt und die Zähne in seinem Unterarm versenkt.

Lincolns Schmerzensschrei geht mir durch Mark und Bein.

»Hör auf!«, schreie ich das Orakel an, doch da taumelt es bereits zurück, wie von einem Hammer getroffen. Die lichtlosen Augen sind jetzt so weit aufgerissen wie der Mund: drei gähnende Abgründe in dieser schwarzen Fratze.

Apathisch schüttelt es den Kopf.

»Unmöglich ...!«

Dieser Ausruf lässt einen Ausdruck im Gesicht meiner Mutter aufblitzen, den ich noch nie gesehen habe. Lauernd, neugierig ... furchtsam?

»Alles klar, bedien' dich ruhig«, zischt Lincoln, der schmerzverzerrt seinen Arm festhält. Und so schrecklich das hier auch ist, so sehr liebe ich ihn dafür, dass er selbst in dieser grotesken Situation und nach all den Eindrücken dieser Nacht nicht seinen Humor verliert.

Indes hat sich das Orakel wieder gefangen und sitzt reglos auf seinem Kissen. *»Ein Blutopfer für eine Frage. Stell deine Frage.«*

Ich halte die Luft an, während ich höre, wie die Fragen durch Lincolns Geist wirbeln.

Wer ist mein Vater?

Wo ist Kyle?

Warum teile ich dieses Band mit Alyssa?
Ist meine Mutter ein Vampir?
Bin ich ein Vampir?
Oder bin ich ein ...
Und dann stehe ich ganz still, als er seine Frage stellt:
»Was bin ich?«

32
Ein Missgeschick der Natur

Lincoln

Die Zeit scheint stillzustehen, während ich reglos auf die Antwort dieses ... Wesens warte.

Orakel, so
uffliert Alyssa in meinem Kopf und ich reiße den Blick lange genug von der grotesken Horrorgestalt los, um meine Gefährtin anzusehen. Meine Gefährtin, die ein Vampir ist. Auch wenn ich vielleicht etwas völlig anderes bin.

Sag es, du Schleimhaufen, bitte ich stumm, um endlich Gewissheit zu haben. Und gleichzeitig: *Oh Gott, bitte sag es nicht.*

Mein Unterarm pocht genauso hohl wie mein Herz in diesem Vakuum, das meine Frage erzeugt hat.

Das Orakel bleibt so lange still, dass ich die Hoffnung verliere, noch eine Antwort zu bekommen. Dann öffnet es den Mund.

»*Er ist ein Mensch, aber er ist noch viel mehr.*

Er ist der Feind, aber er ist einer von uns.

Er ist die dunkelste Nacht und der Lichtbringer.

Er ist das Ende vom Anfang und der Anfang vom Ende.

Er ist eine Ausgeburt der Gewalt, ein Missgeschick der Natur, eine Gräueltat geboren aus Hass und Blut.«

Die Wunde an meinem Unterarm pocht heftiger, erst vor Schock, dann vor Wut. Nicht darüber, dass ich gerade noch üblere Beleidigungen über mich gehört habe als auf der Middle School, nachdem wir umziehen mussten. Sondern darüber, dass diese Antwort so hilfreich war wie ein leeres Wasserglas in der Wüste.

»Das ergibt keinen Sinn«, knurre ich. *Aber das weißt du sicherlich selbst!*

Das Orakel fletscht die Zähne in dem lippenlosen Mund.

»Die Wahrheit ist die Wahrheit. Selbst wenn dein Geist nicht in der Lage ist, sie zu begreifen!«

Es will sich bereits in sich zurückziehen, da ertönt die Stimme von Alyssas Mutter, die bisher nur neben uns stand wie eine in Chanel gehüllte Marmorstatue.

»Wird er sie töten?«

Wie bitte?

Mir wird eiskalt, entsetzt starre ich erst Alyssas Mutter an und dann das Orakel. Wer wird wen töten? Will ich die Antwort überhaupt hören?

»EIN BLUTOPFER, EINE FRAGE! Das gilt selbst für die Nacht!«, zischt das Orakel, doch Alyssas Mutter muss nur ihre Zähne blecken, damit es fauchend kleinbeigibt.

Das Orakel antwortet erneut mit einem beschissenen Glückskeksspruch.

»Was schon tot ist, kann man nicht töten,
und was unsterblich ist, kann nicht sterben.
Und doch wird einer von beiden diese Liebe nicht überleben.
Manches muss sterben, um zu leben,
und manches hat nie wirklich gelebt.
Liebe endet mit Tod.
Mit Zähnen, Silber, Blut, Feuer, Asche, Schmerz.«

Was zur verfluchten Hölle soll das bedeuten? Danke für nichts, du widerlicher Haufen Schleim!

Schnaubend sehe ich Alyssa an – doch die starrt wie vom Donner gerührt durch das Orakel hindurch. Hat sie etwas anderes gehört als ich? Oder kann sie mehr damit anfangen?

Alyssa?, frage ich in Gedanken, aber da ist plötzlich eine Wand. Ich spüre, dass unsere Verbindung noch vorhanden ist, doch es ist, als wäre ihr Geist hinter einer dichten Wolkenmauer verborgen. Flüchtig wie weißer Rauch, aber undurchdringlich.

»Alyssa«, wiederhole ich verbal.

Sie blinzelt, wie um einen Gedanken abzuschütteln, und als sie endlich den Blick hebt, sieht sie mich an wie einen Fremden. Angst greift nach meinem Herzen, drückt so fest zu, dass ich nicht mehr atmen kann. Egal, was ich bin, egal, was das für unsere Beziehung bedeutet. Unsere Verbindung ist echt. Meine Gefühle sind echt, und ich weiß, dass ihre es auch sind. Und ich werde nicht zulassen, dass Alyssa jemals daran zweifelt. Schon gar nicht, weil ein Schleimhaufen Glückskekssprüche ausspuckt.

Alyssa, sieh mich an.

Ich nehme ihre Hand in meine und endlich, endlich regt sie sich. Ihre Finger verschränken sich mit meinen. Die Wolkenwand löst sich auf und ich will am liebsten aufseufzen vor Erleichterung.

Tu das nie wieder, warne ich sie in Gedanken und drücke ihre Hand fester, während wir den Raum des Orakels verlassen. Ich will so weit wie möglich weg von diesem Ding und ihm am liebsten nie wieder begegnen.

Der Vorraum ist nicht viel größer, aber wenigstens leer. Die Musik und Geräusche der Blutorgie dringen gedämpft hierher, vielfach widerhallend vom Echo des Tunnellabyrinths, in das ich Alyssa führe. Fackeln in schmiedeeisernen Wandhaltern werfen unstete Schatten auf unsere Gesichter. Als ich sicher bin, dass uns niemand gefolgt ist, ziehe ich Alyssa an mich.

»Rede mit mir, Cupcake.«

Ich benutze bewusst diesen Spitznamen, mit dem ich sie sonst aufziehe, um sie daran zu erinnern, wer ich bin. Wer wir sind. Sie schüttelt den Kopf, weicht mir aus. Sieht mich erst an, als ich sanft ihr Kinn umfasse und ihr Gesicht anhebe. Als sich unsere Blicke treffen, spüre ich ihre Qualen, bevor sie den Mund öffnet.

»Du bist ein Vampirjä...«

Ich lege ihr zwei Finger auf die Lippen, damit sie das Wort nicht aussprechen kann, das seit Cassandras Anschuldigung in meinem Hinterkopf kreist wie Krähen über einem Schlachtfeld.

»Vielleicht«, gebe ich zu. »Aber das ändert gar nichts.«

»Das ändert alles, Lincoln!« Ihr Blick ist starr vor Schreck, ihre wunderschönen Augen so angsterfüllt, dass es mir die Brust zuschnürt. »Ich fasse es nicht, dass mein Vater recht hatte. Er hatte von Anfang an recht. Was, wenn er immer recht hat? Wenn er wirklich der allwissende Gottkönig ist und ich nichts weiter bin als der lebende Beweis für seine Unfehl...«

»Alyssa!« Ich fasse sie an den Schultern und schüttle sie sanft, damit sie aufhört. »Du weißt, wer du bist. Also lass dir von niemandem einreden, dass du schwach oder minderwertig bist. Nicht von deinem Vater. Nicht von deiner Mutter. Und erst recht nicht von einem widerlichen Haufen Schleim.«

Sie lacht, aber es klingt wie ein Schluchzen. Ihre violettblauen Augen glänzen feucht und der Anblick versengt mir fast das Herz. Ich will nicht, dass sie weint.

»Wenn du es so sagst, klingt es, als hättest du recht.«

Ich grinse, erleichtert, wieder den vertrauten Kampfgeist in ihrem Blick zu entdecken. Das ist meine Freundin. Meine *Gefährtin.* »Ich habe immer recht«, behaupte ich, um ihre Stimmung zu heben. Als sie tatsächlich lächelnd die Augen verdreht, ziehe ich sie an mich. Das ferne Wummern der Musik verblasst hinter ihrem Herzschlag, den ich spüre wie meinen eigenen.

»Sperr mich nicht aus, Alyssa. Egal, was dieses Ding gesagt hat, wir werden es gemeinsam lösen, okay? Das hier«, ich hebe unsere verschränkten Hände zwischen unsere Gesichter, »Das hier ist echt. Das hier ist unsterblich. Das hier ist alles. In meinem ganzen Leben hatte ich nie irgendetwas, und jetzt habe ich das Beste, was ich mir jemals hätte vorstellen können. Und das bist du.« Abermals hebe ich ihr Gesicht an, um ihr in die Augen zu sehen. »Ich liebe dich, Alyssa. Scheiß auf die Worte des Orakels.«

Alles an ihr versteift sich. »Sag das noch mal.«

»Scheiß auf die Worte des Ora–«

Ihre Hand schnellt an meinen Mund. Sie stellt sich auf die Zehenspitzen, um ihre Lippen von außen gegen ihren Handrücken zu legen, bis sich unsere Nasen fast berühren. »Das andere«, flüstert sie.

Sie lockert den Druck ihrer Handfläche und ich wiederhole sofort: »Ich liebe dich, Alyssa.«

In diesem Leben, und wenn das zu kurz ist, dann auch im Nächsten.

Ein Laut entringt sich ihrer Kehle, halb Lachen, halb Schluchzen. Dann nimmt sie die Hand weg und drückt ihre Lippen auf meine. Es ist ein verzweifelter Kuss und er schmeckt nach Asche und Sehnsucht. Vielleicht war es das, was das Orakel meinte? Dass Liebe das schönste und schlimmste Gefühl zugleich ist?

»Ich werde dich niemals loslassen«, sage ich und meine es so.

Ein zitterndes Schluchzen hallt von den Tunnelwänden wider. Weint sie etwa?

»Versprichst du es? Egal, was passiert?« Ihre Stimme klingt so brüchig, wie ich sie noch nie erlebt habe. Kurzerhand ziehe ich ihren Kopf gegen meine Schulter und streichle beruhigend über ihr Haar.

»Ich verspreche es«, raune ich gegen ihre Schläfe. »Egal, was passiert.«

Wie um meine Worte zu verhöhnen, geht in dieser Sekunde ein Beben durch den Boden und lässt meine Seele erzittern.

33
Eine Ausgeburt der Gewalt

Alyssa

»Was ist das?«, fragt Lincoln. Sein Körper spannt sich an und ich hasse es, dass dieser wundervolle Moment vorbei ist.

Das Beben wird wellenartig, als wäre es lebendig. Wie ... Dutzende stampfender Füße. Rhythmisches Gemurmel mischt sich in den Klang, bis mir alle Haare zu Berge stehen.

Lincolns Augen sind starr vor Schreck, seine Finger verkrampfen sich um meine Taille.

Cassandras Worte fallen mir wieder ein und mein Körper erstarrt vor Angst.

»Die Blutopfer«, hauche ich.

Mein Herz krampft sich zusammen. Wie kann etwas so Schreckliches passieren, während Lincoln noch vor zehn Sekunden das Schönste gesagt hat, das ich jemals gehört habe?

»Scheiße«, entfährt es Lincoln. »Bitte sag mir, dass Kyle nicht dabei ist!«

Das hoffe ich. Aber ich weiß es nicht mit Gewissheit. Was, wenn er die ganze Zeit hier gefangen war? Nicht in Alectos Kerker, sondern hier, direkt unter meiner Nase?

Schon löst Lincoln sich von mir und eilt den schummerigen Korridor zurück, aus dem wir gekommen sind.

»Warte!« Ich hole ihn ein, krampfe meine Finger fester in den Stoff seines Hemdes. Er muss wissen, dass ich seine Gefühle erwidere! Aber ich weiß nicht, wie man so etwas sagt.

Ich habe es noch nie jemanden gestanden. »Lincoln, du sollst wissen, dass ich dich auch ...«

»Nein, dein Freund ist nicht unter den Blutopfern«, zerschneidet die ätherische Stimme der Nacht meine Worte wie Papier. Kurz darauf taucht meine Mutter in den Tunneln des Labyrinths auf. Ihre bloße Präsenz reicht aus, um den Raum bis in den letzten Winkel zu füllen. *»Aber ja, er ist hier.«*

Ich starre sie fassungslos an. *Muss das ausgerechnet jetzt sein?*

Ihr Blick streift mich kaum. *Ja. Du würdest jedes Wort bereuen.* Darf ich das vielleicht selbst entscheiden?

Der schwere Messingschlüssel zur Kammer des Orakels verschwindet in einer ihrer Rockfalten, als sie sich in Bewegung setzt. Sofort heftet sich Lincoln an ihre Fersen. »Du weißt, wo Kyle ist?«

Sie wirft ihm einen Blick zu, der deutlich macht, dass es nichts gibt, das meine Mutter nicht weiß. Aber ist das wirklich so? Warum hat sie dann all die Jahre untätig zugesehen?

Ihr Lächeln streift meine Seele. *Ist die Spinne untätig, wenn sie geduldig wartet, bis sich die Fliege in ihrem Netz verfängt?*

Diese Worte beunruhigen mich mehr, als ich zugeben will. Doch sie hat sich bereits Lincoln zugewandt: *»Ihr kamt zu spät. Möglicherweise könnt ihr nichts mehr ausrichten.«*

Ich spüre, wie sich Lincolns gesamter Körper versteift. »Zu spät wofür?«

Sie führt uns an dem Raum vorbei, in dem hungrige Vampire stampfend auf das grausame Ritual warten. Es gab seit Ewigkeiten keine Blutopfer mehr, ich selbst kenne sie nur aus Überlieferungen. Ritualistische Opfer, die bei lebendigem Leibe unter allen Vampiren geteilt werden, um die Gemeinschaft zu stärken.

Galle schießt meine Kehle hinauf. Ich habe das hier getan. Ich habe diese beiden Jäger gefangen. Ich dachte, sie würden hingerichtet werden, ein kurzer, schmerzloser Genickbruch wie bei dem jungen Mann in Paris.

Verzeih mir, flehe ich Lincoln stumm an.

Wir betreten den Nebenraum, in dem der Geruch nach Blut ungleich stärker ist. An der Wand hängen zwei gekreuzigte Gestalten mit auf die Brust gesunkenem Kopf. Ein Mann mit starker Brustbehaarung und eine Frau, aus deren strähnigen Haaren Blut tropft und sich in einer kleinen Lache unter ihren nackten, in der Luft baumelnden Füßen sammelt. Michael Jasper und Jeanne Lefebre.

Ihre schlaffen Körper sind in nachtschwarze Roben gehüllt, ihr Puls ist kaum noch hörbar. Ich hoffe, sie sind schon zu besinnungslos, um zu spüren, was mit ihnen passieren wird.

Verzweifelte Wut mischt sich in meine Schuld zum grausamsten aller Gefühlscocktails.

Zwei Vampire stehen vor der Wand, nur auf einen Befehl wartend, die bewegliche Konstruktion in den Nachbarraum zu schieben. Fassungslos lauschen wir auf das Stampfen nebenan. Ein ungeahnter Feuersturm braut sich auf Lincolns Seite unserer Verbindung zusammen, und obwohl ich ihn verstehe, bin ich überwältigt von der Intensität seines Zorns.

»Was ist das hier, Alyssa?« Er klingt so wütend, dass ich ihn kaum wiedererkenne. Eiskalte Klauen schlagen sich in meine Eingeweide. Wer ist dieser zornige Mann und was ist mit dem Jungen passiert, der mir vorhin seine Liebe gestanden hat?

Die Augen meiner Mutter weiten sich in aufrichtigem Interesse, ein Kribbeln der Vorfreude fließt durch ihren Körper und streift mein Bewusstsein.

Er erwacht.

Augenblicklich überzieht lähmende Kälte meine Glieder, als hätte mich jemand in flüssiges Silber getaucht. Erwachen ...?

Wir haben den Blutrausch. Sie haben das Erwachen. Und so beginnt es.

Er wird ein Vampirjäger? Jetzt?

Nein!

Nein, nein, nein, nein. Das werde ich nicht zulassen. Das darf nicht sein, das kann nicht passieren.

»Wie kann ich es aufhalten?«, frage ich meine Mutter, doch sie bleibt stumm. Ihr sternenübersätes Kleid bauscht sich auf, als sie in den rechten Korridor des unterirdischen Labyrinths abdreht. »Mutter!«, rufe ich ihr nach. Vergeblich. Sie ist still und unergründlich wie die Nacht.

»Komm, Lincoln Gabriel. Ich bringe dich zu deinem Freund.«

Das muss sie ihm nicht zweimal sagen. Sofort setzt Lincoln ihr nach – und lässt mich einfach stehen.

Ich will mich übergeben. Ich will schreien. Ich will die Zeit eine Stunde zurückdrehen und niemals mein Zimmer verlassen.

Dann würde Kyle hier unten ohne uns sterben.

Ich will Lincoln sagen, dass ich ihn liebe. Aber ich bezweifle, dass er das jetzt noch hören will.

Meine Mutter führt uns weiter. In der Sekunde spüre ich, wie im großen Versammlungsraum eine gottlose Kreatur die Menge teilt wie Moses das Meer. Bloß, dass er sein Volk nicht aus der Wüste führen will, sondern aus der Nacht. In Lincolns Welt.

Mein Vater beginnt zu sprechen, und unkontrollierbare Wut lässt Lincoln derart erzittern, dass ich es bis in meinen eigenen Körper spüre.

»Willkommen, Kinder und Freunde der Nacht. Ich habe euch ein Blutopfer versprochen.«

Ein Schrei bricht aus Lincolns Kehle, der vielfach von den nackten Steinwänden des Labyrinths widerhallt, jedoch von der begeisterten Blutgier der drei Dutzend Vampire verschluckt wird.

»Ihr habt so lange gewartet. Daher sind es nicht irgendwelche Opfer. Es sind zwei Vampirjäger, die unsere als Friedensangebot gedachten Informationen gegen uns verwendet haben!«

Friedensangebot? Vor einer Woche noch hat er mir eingebläut, dass Lucys Gedankenlosigkeit das alles ausgelöst hätte. Jetzt stellt er es so dar, als hätten wir ein Friedensangebot ausgesprochen? Das kann nur bedeuten, dass er niemals vorhatte, Lucy freizulassen – oder Lazarus.

Ohnmächtig vor Wut lausche ich, wie mein Vater fortfährt, Lüge um Lüge zu verbreiten:

»Stattdessen haben sie uns den Krieg erklärt! Und sie wollen es so aussehen lassen, als wären wir daran schuld. Sie opferten einen ihrer eigenen Leute, einer ihrer Schriftgelehrten, der unsere Heiligen Texte interpretiert und in Waffen gegen uns verwandelt!«

Lincoln taumelt zurück, als hätte ihn eine Druckwelle getroffen, dabei ist es bloß der Schlag der Erkenntnis. Er wusste es nicht. Er wusste nicht, dass sein bester Freund auch ein Vampirjäger ist. Und doch hat er es geahnt, denn jetzt flucht er lautlos und überschüttet sich mit Vorwürfen und Selbsthass.

Kyle, du Idiot! Wieso hast du mir nie was gesagt? – Anna, du Verräterin! Wie konntest du ihn da mit reinziehen?

Und dann sagt mein Vater den einen Namen, der alles verändert.

»... und sie haben unsere arme Lucilla dazu verführt, ihn zu wandeln, weil sie wissen, dass uns nichts anderes übrig bleibt, als sie dafür zum Tode zu verurteilen. Sie wollen, dass wir uns selbst zerstören. Aber das werden wir nicht zulassen!«

Tosendes Gebrüll, das jedes einzelne Haar auf meinem Körper aufstellt.

Nein, nein, nein! Das ist alles so schrecklich falsch! Ich muss diese verdrehten Wahrheiten richtigstellen! Lucy trägt keine Schuld. Sie konnte ihn nicht wandeln. Ich habe es dem Konsulat doch bewiesen! Ich habe doch getan, was er wollte, und die beiden Jäger gefangen. Trotzdem kommt mein Vater mit seiner Lüge durch, weil es niemand wagt, ihn infrage zu stellen.

Das muss enden. Hier und jetzt. Mein Blutrausch hat begonnen, also wenn nicht jetzt, wann dann?

Entschlossen mache ich kehrt und stürme in Richtung des großen Versammlungsraums. Doch eine unsichtbare Wand stoppt mich, noch bevor ich die nächste Biegung erreicht habe.

Ich werde ihn aufhalten, jetzt sofort.

Das wirst du nicht tun!, befiehlt meine Mutter.

»Lass mich los!«, fauche ich und stemme mich gegen ihren

Willen. Egal, wie sehr ich mich anstrenge, ich schaffe keinen winzigen Schritt vorwärts.

Ich spüre Lincolns verwirrte Sorge am Rande meines Bewusstseins, doch ich bin zu beschäftigt, mich gegen den Willen meiner Mutter zu wehren.

»*LASS. LOS!*«

Du verschwendest wertvolle Zeit, antwortet sie ruhig, ihre Aura so unbewegt wie ein spiegelnder See in der Nacht.

Unter Aufbringung all meiner Kraft springe ich vorwärts.

Eine unsichtbare Welle explodiert vor meiner Brust und wirft mich nach hinten, sodass ich mehrere Meter über den Boden schlittere.

»Alyssa!« Lincoln zieht mich auf die Beine und funkelt meine Mutter zornig an. »Fass sie nie wieder an!«

Sie ignoriert seine Warnung und dreht sich wieder um. Ihre Stimme bleibt wie ein sanftes Echo zurück.

Deine Zeit wird kommen, Tochter. Aber sie ist nicht jetzt.

»Aber dann wird Lucy sterben!«, fauche ich ihr nach, während ich die Schrammen an meiner Schulter beäuge. Sie schließen sich, bevor Lincoln sie entdecken kann.

»Lucy wird überleben.« Ihr Blick fällt auf Lincoln. »Wenn dein Gefährte schnell genug ist.«

34
Eine Gräueltat aus Hass und Blut

Lincoln

Fassungslos starre ich Alyssas Mutter an.

Selten habe ich so viel Hass verspürt. Auf Kataleyna, auf Alyssas Vater, auf Kyle, Anna, mich selbst. Die ganze beschissene Welt!

Ich bin ein Vampirjäger. Mein bester Freund ist ein Vampirjäger, sogar meine verdammte Schwester! Wieso hat es niemand für verflucht noch mal nötig befunden, mir ein Sterbenswörtchen zu sagen?

Wie konnten Alyssas Eltern schon lange vor mir wissen, was Sache war?

Befehl von ganz oben, knarzt das Echo von Lous Stimme in meinem Ohr. Haben sie mich deshalb auf diese Gala zitiert? Um mich im Auge zu behalten? Haben sie womöglich sogar deswegen ihre Tochter auf mich angesetzt? Um mich um den Finger zu wickeln? Um mich in ihre Fänge zu bekommen?

Ich kann es nicht ertragen, Alyssa anzusehen. Erst recht nicht, wenn sie tatsächlich dafür verantwortlich ist, dass diese zwei Menschen gleich einem Haufen blutrünstiger Bestien zum Fraß vorgeworfen werden! Wusste Alyssa, dass Kyle hier unten ist? Unter ihrem verdammten Haus?! Hat sie mich deswegen verführt?

Ich schwöre dir, ich wusste nicht, was mein Vater vorhat!, fleht

Alyssa in Gedanken. *Ja, ich habe geholfen, die beiden zu fangen. Aber das habe ich nur getan, um Kyle und Anna zu retten!*

»Anna?!« Ich wirble so plötzlich herum, dass Alyssa um ein Haar gegen mich prallt. Sie will die Hände auf meine Brust legen, aber ich halte ihre Handgelenke fest. Ich kann ihre Berührung gerade nicht ertragen.

Was zum Teufel hat meine Schwester damit zu tun?, fauche ich lautlos, damit Kataleyna uns nicht hört, die fast in den Schatten dieses beschissenen Labyrinths verschwunden ist.

Ihr Name stand auf einer Todesliste!, beteuert Alyssa ebenfalls stumm. *Auf derselben Liste wie Kyles. Und ... deiner. Ich dachte, wenn ich einen Teil einfange, kann ich euch anderen retten. Ein kleines Übel für ein größeres Gutes. Bitte, Lincoln ...*

Ich starre sie an. Das Entsetzen in ihren Augen ist echt.

Bitte ...

Ihr Flehen klingt echt.

Und Scheiße, meine Gefühle für sie sind auch echt.

»Genauso, wie meine Gefühle echt sind«, flüstert sie. »Ich schwöre es. Bei allem, was mir heilig ist. In diesem Leben und im Nächsten.«

Fuck.

Ich fahre mir mit beiden Händen durch die Haare, unschlüssig, was ich tun soll. Dann entscheide ich mich, ihr zu glauben.

»Scheiße, Cupcake ...«

Ihre Erleichterung wirft mich fast um wie eine Druckwelle. Scheiße. Wie konnte ich überhaupt an ihr zweifeln?

»Kommt rasch!«, zerschneidet Kataleynas Stimme meine Gedanken. Eine unsichtbare Macht drängt uns vorwärts. Kataleyna. Widerstrebend setze ich mich in Bewegung und sehe, wie Alyssa dasselbe tut.

All mein Zorn richtet sich auf diese verfluchte Frau in den Schatten der Gänge vor uns und auf ihren noch verfluchteren Ehemann in den Tiefen der Gewölbe hinter uns.

Je tiefer wir in das Labyrinth vordringen und je verzerrter die Schlachtrufe der Bestien von den Steinwänden widerhallen, desto heftiger bebt mein Körper. Wut färbt die Ränder meines Sichtfelds schwarz, Adrenalin schärft meine Sinne, bis ich nichts mehr denke und alles höre, rieche, sehe, schmecke.

Alyssas Herzschlag, doppelt so schnell wie sonst.

Der klamme Mörtel zwischen den Steinen.

Das Ende des Tunnels, an dem uns zwei hochgewachsene Gestalten erwarten.

Der Geschmack von Blut und Asche in meinem Mund.

»*Wir sind da. Alyssa, lass uns allein*«, erklingt Kataleynas Stimme wie das Wispern der Schatten, als der Tunnel vor einer verschlossenen Tür endet, vor der zwei kraftstrotzende Vampire stehen. An der rechten Wand führt eine Steintreppe hinauf. Ein Hinterausgang?

Die Blicke der Wächter bohren sich in meinen Schädel. Ich bohre zurück.

»*Lasst uns allein*«, unterbricht der Befehl der Nacht unser Starrduell.

Die zwei Vampire gehorchen augenblicklich, während Alyssa gegen unsichtbare Fesseln anzukämpfen scheint. Sofort lodert meine Wut heißer.

»Ver...giss ... es! Ich lasse Lincoln ... nicht –« Eine einzelne Geste ihrer Mutter lässt sie nach Luft ringen, ein einfaches Heben ihrer Hand, als würde sie die Nachtluft kontrollieren. Das ist natürlich völlig unmöglich.

Meine Hand schnellt an Kataleynas Hals, doch innerhalb eines Blinzelns verschwindet sie vor mir und taucht fünf Meter weiter entfernt im Korridor wieder auf. Mein Nacken prickelt, als würde eine Horde Ameisen darüber krabbeln.

»*Ich bin beeindruckt*«, sagt Kataleyna leise wie der Wind und doch laut genug, dass ich es bis hierher hören kann. »*Das ging schneller als erwartet.*«

Keine Ahnung, was sie meint, aber es ist mir egal.

Geht es dir gut?, frage ich Alyssa, doch ich pralle an einer Mauer aus Rauch und Schatten ab. Bloß, dass sie diesmal nicht weiß und durchscheinend ist, sondern schwarz wie die Nacht.

Das ist Kataleynas Werk.

Die Vampirkönigin lächelt mich an. »*Cleverer Junge. Jedes Band hat zwei Enden, weißt du?*«

»Lass sie in Ruhe«, knurre ich. Kataleyna entlässt ihre Tochter mit einer erneuten Geste und diesmal bin ich nicht mehr so sicher, ob sie nicht doch die Luft kontrollieren kann. Eiswasser tröpfelt in meinen Nacken, als sie langsam wieder auf uns zukommt. Ich zwinge mich, stehenzubleiben, obwohl der Fluchtinstinkt übermächtig wird.

Lincoln!, höre ich Alyssa in Gedanken rufen, doch ihre Mutter unterbricht sie.

Ich sagte, später, Tochter. Geh jetzt! Oder es war alles umsonst. Dein Gefährte wird überleben. Kataleynas Braue wandert noch ein Stück höher. *Zumindest heute Nacht.*

»Fahr zur Hölle«, antworte ich reflexartig. Niemand sagt mir, was ich wann zu tun habe, erst recht keine manipulative Queen-Bitch.

Kataleynas Lachen ist schneidend wie ein in Gift getauchter Dolch. »Du hast keine Ahnung, was die Hölle ist, Lincoln Gabriel. Aber du wirst es schon sehr bald erfahren.«

Meine Fäuste verkrampfen sich, als Alyssa tatsächlich auf dem Absatz kehrtmacht und den Gang entlang marschiert.

»Ich sagte, hör auf, sie zu kontrollieren!«

Noch ein Lachen. »Du willst mir etwas befehlen? Du hast wahrlich mehr von ihm in dir, als es den Anschein macht. Zu schade, dass dein Blut vergiftet ist von diesem abscheulichen Barbaren.«

Sie lässt den Blick über meine Gestalt wandern, als würde sie etwas freilegen wollen, das niemand außer ihr sehen kann, während alles in meinem Kopf schreit: Mehr wovon und von wem spricht sie?

In der Sekunde schleudert sie einen eisernen Gegenstand in meine Richtung. Geistesgegenwärtig hebe ich die Hand und blocke ihn ab, bis er klirrend vor mir auf den Steinboden fällt.

Ein Schlüssel?

»Genug Zeit verschwendet. Du findest deinen Freund hinter dieser Tür. Bring ihn von hier weg, bevor es zu spät ist. Das Gift des Vampirkönigs ist bereits in seinem Kreislauf, dir bleiben maximal zwei Stunden.«

Moment mal, das Gift des *Vampirkönigs*? Jenes Vampirkönigs, der keine fünf Minuten zuvor einer blutrünstigen Horde erklärt hat, dass Lucy Kyle gewandelt hätte? Was für eine kranke Scheiße geht hier eigentlich ab? Wie abartig ist dieser Typ? Und welches falsche Spiel spielt seine Frau?

»*Worauf wartest du?*«, zerschneidet Kataleynas Stimme meinen unheiligen Zorn auf dieses gottlose Ehepaar. »Beeil dich. Und noch etwas.«

Sie tritt so dicht vor mich, dass ich unwillkürlich den Atem anhalte. Ein sanfter Duft von Jasminblüte und Nachtwind steigt mir in die Nase, ein kühler Gegenstand drückt sich in meine Hand. Als ich hinabsehe, erkenne ich eine kurze, gebogene Klinge mit einem eingekerbten Widerhaken an der Spitze. Die Klinge glänzt selbst im Zwielicht der Katakomben wie flüssiges Mondlicht. Silber?

Auf Kataleynas makellosen Marmorzügen erscheint ein feines Lächeln. »Silber ist für Monster.«

Hat sie gerade ernsthaft ›The Witcher‹ zitiert?

Ihr herausfordernder Blick könnte Länder in die Knie zwingen. »Was glaubst du, woher der Autor sein Wissen hat?«

Damit schreitet die Königin der Nacht zurück in den Korridor, während ich ihr mit Schlüssel und Dolch in den Händen nachstarre.

»Kataleyna«, rufe ich ihr nach. Sie bleibt stehen.

»Ich tue das, weil du der Lichtbringer bist«, beantwortet sie meine Frage, bevor ich sie gestellt habe. »*Der Anfang vom Ende. Geboren aus der Nacht und geschrieben in Blut.*«

Eine Sekunde stehe ich noch wie versteinert da.

Dann renne ich um Kyles Leben.

Der Schlüssel gleitet zweimal aus meinen schwitzigen Fingern, bevor das Schloss endlich nachgibt. Der Raum dahinter ist kaum größer als eine Gefängniszelle – und genauso leer. Kyle liegt bewusstlos auf einem Vorsprung, der aus dem rohen Fels geschlagen ist. Es gibt keine Möbel, kein Waschbecken. Nicht einmal einen Eimer. Nur klamme Steinwände und die eiserne Tür.

Seine Haut ist eiskalt, als ich neben ihm auf die Knie falle und an ihm rüttle. Kein Wunder, er ist halb nackt und hier drin hat es gefühlte Minusgrade. Zum zweiten Mal innerhalb zu kurzer Zeit halte ich ihm einen Finger unter die Nase. Entweder atmet er nicht oder ich bin zu nervös, um etwas zu spüren. Ich presse mein Ohr auf seine Brust. Sein Herz schlägt. Immerhin.

»Wach auf, Kyle!« Ich rüttle noch einmal an ihm, schlage ihm auf die Brust, verpasse ihm eine Ohrfeige. Sein Kopf kippt zur Seite und ich springe mit einem Fluch zurück. Wenn ich dachte, dass Lucys Knutschfleck schlimm aussah, so werde ich jetzt eines Besseren belehrt.

Diese Bissspuren sind ungleich tiefer und die Wundränder brutal aufgerissen, wie von einem schartigen Messer geschlagen anstatt von zwei Präzisionsnadeln. Und mit einem Mal flammt der Hass auf Alyssas Vater so lodernd in mir hoch, dass ich mich an Kyles steinerner Pritsche festhalten muss.

Schwarze Flecken tanzen vor meinen Augen, mein Herz rast, Schweiß tritt mir auf die Stirn, rinnt mein Rückgrat hinab und sickert in mein Hemd.

Halb geronnenes Blut klebt an den Wundausgängen und zieht eine gummiartige, rotglänzende Spur seinen Hals entlang, die so absurd breit ist, dass ich jedem Halloween-Kostümierten geraten hätte, weniger Kunstblut zu verwenden.

Aber das hier ist kein Kunstblut. Es ist Kyles Blut.

Und diese Erkenntnis reißt mich zurück in die Gegenwart, in der jede Sekunde zählt. Was hat Kataleyna gesagt? Zwei Stunden?

Das kriege ich hin.

35

Von Gottkomplexen und Mutterinstinkten

Lincoln

Ich brauche viel zu lang, um meinen besten Freund hochzuhieven, die Treppe hochzuschleifen und in ein Taxi zu verfrachten, dessen Fahrer glücklicherweise keine Fragen stellt.

»Mom!!!«

Kyles lebloser Körper rutscht mir fast vom Rücken, als ich eine halbe Stunde später hektisch an unsere Wohnungstür klopfe, weil ich Kyle nicht ablegen will, um meinen Schlüssel herauszufummeln.

Scheiße, Kumpel, für so einen schmächtigen Kerl bist du verflucht schwer!

»Mom, bist du da?«

Komm schon, bitte sei zu Hause. Bitte sei ...

Die Tür öffnet sich einen Spalt breit, das Gesicht meiner Mutter erscheint hinter der vorgelegten Eisenkette. Als ob das irgendjemanden fernhalten könnte. Außer natürlich ... ist die Kette aus Silber? Ist die Tür aus einem besonderen Holz?

Mir kommt Alyssas skeptischer Blick auf Grahams Werkstatttür in den Sinn, wird jedoch von Moms Schreckensruf unterbrochen, während sie eilig die Kette entriegelt.

»Großer Himmel, was ist passiert?«

»Kyle wurde gebissen«, ächze ich unter seinem Gewicht. »Du musst ihm helfen, schnell!«

Sofort übernimmt ihr Muskelgedächtnis der Notkrankenschwester. Blitzartig räumt sie mit dem Unterarm den Esstisch frei. »Leg ihn hier ab. Wie viel Blut hat er verloren? Wie lange ist der Biss her? ... Linc?«

Ich kann nicht antworten. Ich kann nur meinen leblosen Freund anstarren. Jetzt, da die Last buchstäblich von meinen Schultern genommen wurde und das Adrenalin mit jedem Herzschlag aus meinem Kreislauf gepumpt wird, setzt der Schock ein. Fassungslos betrachte ich Kyles ausgezehrten Körper, die zerschlissenen Cargohosen, die eingefallenen Wangen.

Ich taumle zurück gegen die Wand neben der Tür und rutsche zu Boden, stemme die Ellenbogen gegen die Knie und berge den Kopf in den Händen.

»Scheiße ...! Mom, bitte, lass ihn nicht sterben. Ich weiß nicht, was ich tun soll. Das ist alles meine Schuld, ich weiß nicht, wie das alles passieren konnte, ich weiß gar nichts mehr, ich ...«

»Lincoln!« Ihr Ruf wirkt wie eine Ohrfeige, obwohl sie am anderen Ende des Raums steht. Endlich hebe ich den Kopf und sehe sie an.

»Rede mit mir. Hast du es gesehen? Wie lange ist der Biss her? Wie lange hat er angedauert?«

Hilflos schüttle ich den Kopf, hebe die Schultern. »Ich war nicht dabei, ich habe ihn so gefunden vor ... keine Ahnung, dreißig Minuten?« Welche Uhrzeit hat das Taxameter beim Einsteigen angezeigt? Bis zum Taxi hat es höchstens fünf Minuten gedauert. Oder?

Apathisch schüttle ich den Kopf. Ich weiß es nicht. Zeit ist relativ. Als Alyssa mich gebissen hat, hat es sich wie die perfekteste aller Ewigkeiten angefühlt, eine nie endende Ekstase, der längste Orgasmus der Weltgeschichte. Aber Alyssas Biss war nichts im Vergleich zu diesem hier. Und vielleicht waren es nur dreißig Sekunden. Vielleicht zehn. Vielleicht eine Minute. Oder fünf.

»Vor dreißig Minuten war er schon so?« Moms Augen werden groß, ihre geschäftigen Hände langsamer. Wie in Zeitlupe dreht sie den Kopf, um Kyles regungslosen Körper eingehender zu betrachten.

Der Sekundenzeiger der Küchenuhr bewegt sich weiter, doch alles andere ist starr. Kyles Körper. Der Blick meiner Mutter. Mein Herz.

Tick. Tick. Tick.

Dann erwacht Mom aus ihrer Apathie, öffnet eilig Schränke und Schubladen, setzt Teewasser auf und holt eine alt aussehende Medizintasche aus der Speisekammer.

Nacheinander reiht sie Utensilien auf der Arbeitsplatte auf. Ein Röhrchen, dessen Inhalt verdächtig nach Silberpulver aussieht, einen glatt geschliffenen Holzstab und einen polierten schwarzen Edelstein von der Größe einer Faust. Eins steht fest, als ich den Obsidiankristall in ihrer Hand betrachte: Meine Mutter ist kein Vampir. Im Gegenteil.

»Mom ...?«, frage ich, immer noch neben der Tür sitzend an die Wand gelehnt, viel zu erschöpft, um aufzustehen. Da fällt mir auf, dass ich selbst knapp einen halben Liter Blut verloren habe. Welchen Tee hat Cassandra noch mal empfohlen?

Ich will sie so viel fragen. Warum sagt Alyssa, dass ich Vampirblut habe. Warum ist Mom damals wirklich gefeuert worden? Wer ist mein Vater?

Aber als ich den Mund öffne, bricht eine andere Frage aus mir heraus: »Mom, warum hast du mir nicht gesagt, dass wir Vampirjäger sind?«

Ihre Hände halten inne, sie lässt den Kopf hängen wie eine besiegte Frau. Als sie wieder aufblickt, liegt unendliches Bedauern darin. »Es tut mir leid, Baby. Es ist wichtig, dass man es von selbst entdeckt, weil sie ansonsten ...«

In der Sekunde fliegt die Haustür auf. »Mom? Scheiße, Mom, ich glaube, die Hölle bricht los, wir brauchen ...« Anna erscheint neben mir im Türrahmen und ihre impulsive Panik verpufft.

Sie trägt ihre typisch schwarze Lederkorsage. Doch jetzt sehe ich, dass es nicht nur ein modisches Kleidungsstück ist. Es ist eine Rüstung. Ihre Jacke ist robust und das Halstuch, das ich stets für ein Accessoire hielt, wirkt stabil, als könnte es einem Vampirbiss standhalten. Gott, ich war so blind.

»Ach du Scheiße, ist das Kyle?« Ohne unsere Mutter um Erlaubnis zu bitten, stürmt sie herein und inspiziert seinen Biss, befühlt seine Stirn.

»Anna. Ich werde euch mit allem versorgen, was ihr braucht, aber meine Meinung hat sich nicht geändert«, sagt Mom in so ernstem Tonfall, dass meine Schwester mit erhobenen Händen vom Tisch zurücktritt, bis sie neben mir mit dem Rücken gegen die Wand stößt.

»Mom ...«, fleht sie. »Ich weiß, ich habe Hausverbot, aber es ist wirklich dringend! Ich glaube, Lincoln ist ...«

»Ich bin hier.«

Meine Schwester fährt fast aus der Haut, bevor sie mich am Boden entdeckt. Schon ist sie mir um den Hals gefallen. Ihr Haar riecht nach Lavendel ... und Feuerrauch. Unwillkürlich muss ich an die Brände denken, von denen Cassandra berichtet hat. Hat Anna sie gelegt?

»Oh Gott, du lebst! Ich dachte, sie hätten dich geschnappt. Dein Name war auf einer ihrer Listen und vorhin kam die Meldung rein, du seist im Haus des Senators gesichtet worden. Wir vermuten, dass er einer der höheren Vampirkonsuln ist ... Scheiße, ich hatte solche Angst um dich!«

Sie zerquetscht mich fast, während ich die Information, dass es offenbar ein aktives Vampirjäger-Nachrichtennetzwerk gibt, einfach zur Kenntnis nehme. Nach den Erlebnissen der heutigen Nacht bin ich nicht sicher, ob mich jemals wieder etwas schockieren kann.

»König«, korrigiere ich und spüre abermals diese namenlose Wut in mir hochkochen. Er ist für all das verantwortlich. Er hat Kyle gebissen. Er redet Alyssa Minderwertigkeitsgefühle ein. »Salvatore Ferrara ist ihr König.«

»WAS?!« Ich zucke zusammen, als Annas Ausruf mein

Trommelfell attackiert. »Der Senator von Oregon ist ihr König? Woher weißt du das?«

Weil seine Tochter meine Gefährtin ist, denke ich. Aber ich bin nicht sicher, wie gut Vampirjäger die Vampirgepflogenheiten kennen.

»Ich glaube, ich bin mit seiner Tochter zusammen.«

Zumindest hofft ein Teil von mir, dass wir das immer noch sind. Der größere Teil ist zu beschäftigt damit, den Hass auf ihren Vater unter Kontrolle zu halten. Wie abgefuckt muss ein Mann sein, um in alle Richtungen so perfide Intrigen zu spinnen?

»Liz ist die Tochter des Vampirkönigs?«, erkennt Anna.

Bevor ich mich über den Namen wundern kann, den sie Alyssa gibt, ertönt noch ein erstickter Schrei, doch diesmal kommt er von meiner Mutter. Als ich zu ihr sehe, hat sie die Hände vor den Mund geschlagen, ihre geweiteten Augen sind auf mich gerichtet.

»Mom, es ist nicht, wie du ...«, will ich sie beruhigen, doch da hat sie bereits die Hände vom Mund genommen und flüstert: »Also hatte er recht. Es beginnt.«

Eiskalte Angst lässt meinen Körper erstarren. »Wer hatte recht ...?«

Statt einer Antwort wird Moms Blick unendlich weich. Bedauernd. Und schuldbewusst, als sie Kyles mit Kräuterpaste eingeschmierten Hals loslässt und um den Tisch herumkommt. Ich stemme mich an der Wand hoch auf die Beine. Die Welt schwankt leicht.

Schlagartig wird ihr Entsetzen von ihrem Mutterinstinkt abgelöst. »Wie viel Blut hast du verloren?«

»Du hast dich von ihr beißen lassen?«, faucht Anna und kommt ebenfalls auf die Beine. »Zeig her.«

Ich schlage ihre Hand weg. »Kaum der Rede wert.« In der Sekunde erkenne ich, was Kyle passiert ist. Was Anna passiert ist. Warum Mom sie rausgeworfen hat. »Außerdem bist du nicht in der Position, mir Vorwürfe zu machen.«

Sie taumelt zurück, als hätte ich sie geschlagen, ihr versteinerter Gesichtsausdruck zwischen Trotz und Scham antwortet lauter als jede Erwiderung.

Sie war nie betrunken oder auf Drogen. Sie war high von Vampirbissen. Woche für Woche für Woche. Während sie eigentlich dafür sorgen sollte, dass niemand gebissen wird. Und jetzt kämpft Kyle um sein Leben, weil sie ihn mit reingezogen hat.

»Ich hätte dich auch rausgeworfen«, sage ich, bevor ich es verhindern kann. Instinktiv zucke ich vor mir selbst zurück und will mich entschuldigen. Doch die Worte entsprechen der Wahrheit.

»Das kann nicht dein Ernst sein, Linc.« Anna starrt mich ungläubig an, sucht etwas in meinen Augen, das sie offenbar nicht findet. Und plötzlich übernimmt ihr jähzorniges Temperament. Sie wirft die Arme in die Luft. »Du erdreistest dich, über andere zu urteilen? Wer von uns beiden fickt noch mal ihre Prinzessin?«

Bevor ich weiß, was passiert, habe ich Anna am Kragen ihrer Lederjacke gepackt und gegen die Wand gedrängt.

»Lincoln! Schluss damit!«, herrscht uns unsere Mutter an, doch ich ignoriere sie.

Lass Alyssa aus dem Spiel oder ich vergesse, dass du meine Schwester bist.

Sie reagiert nicht. Natürlich reagiert sie nicht, Anna ist schließlich kein Vampir und kann meine Gedanken nicht hören.

Entschieden lasse ich von ihr ab. »Du und deine Brandstifter-Freunde werden Alyssas Haus in Ruhe lassen.«

»Entschuldige mal? Warum? Weil du neuerdings unser neuer Oberboss bist? Du weißt kaum eine Woche Bescheid und als ich das letzte Mal nachgesehen habe –«

»Anna!«, geht unsere Mutter dazwischen. Ihr Tonfall erinnert mich schrecklich an die Nacht, in der sie mich zum Einzelkind gemacht hat.

»Weil ich das selbst in die Hand nehmen werde«, beantworte ich Annas Frage, bevor ich mich von ihr abwende.

Dabei weiche ich dem Blick meiner Mutter aus, damit sie nicht das Gefühlschaos in meinen Augen erkennt. Gott, wenn ich nicht so viel Zeit in Alyssas Bett verbracht hätte, läge Kyle nicht halb tot auf unserem Küchentisch!

Wie kann eine einzige Nacht so himmlisch beginnen und so abgefuckt enden?

»Hast du Verbenentee und Eisentabletten?«, erinnere ich mich endlich an Cassandras Worte.

Mom gluckst. »Das Wort habe ich seit Ewigkeiten nicht mehr gehört. Natürlich habe ich Eisenkraut da.«

Sie löffelt zwei gehäufte Teelöffel aus einer der Dosen, die sie schon für Kyle bereitgestellt hat. Ich bringe etwas Abstand zwischen mich und Anna und lasse mich auf einen Küchenstuhl fallen wie ein nasser Sack. Kaum, dass eine dampfende Tasse vor mir steht, setzt Mom bei Kyle eine Kanüle an, um eine Drainage zu legen. Meine Mutter kennt sich definitiv mit Vampirbissen aus.

»Graham hat deine Uhr zurückgebracht, sie liegt im Gästezimmer«, sagt Mom, während sie die Kräuter aufgießt. »Du solltest sie wieder tragen.«

»Wieso, beschützt sie mich vor Vampiren?« Meine Frage ist sarkastisch gemeint, aber Moms Blick ist undurchdringlich.

»Trag sie einfach.«

»Wenn du mir dafür ein paar Antworten gibst«, erwidere ich und nehme damit unser Gespräch wieder auf, bevor Anna uns unterbrochen hat, »Wer hatte recht, und womit?«

Annas Korsage quietscht, als sie sich im Türrahmen bewegt. Mom zögert.

Ich erinnere sie mit einer stummen Geste auf mein Handgelenk an unseren Deal. Uhr gegen Informationen.

Schließlich gesteht sie: »Dein Vater.«

Eine Sekunde lang bin ich zu erstarrt, um zu sprechen. Anna versucht sich an einem zerknirschten Lächeln, aber in mir brennt eine Sicherung durch. Wut peitscht über mich hinweg wie ein Orkan und reißt jedes bisschen Wohlwollen mit sich.

»*Ihr kennt ihn?* Wollt ihr mich zum Teufel noch mal verarschen? Mom! Du hast mir immer erzählt, du wüsstest nicht, wer er ist!«

»Nur, um dich zu beschützen«, beschwört Mom mich, während Anna halblaut hüstelt.

»Wow, endlich klingst du mehr wie er.«

»Klappe, Anna!«, fauche ich, bevor mir auffällt: »Warte, du kennst ihn? Ich meine, persönlich?« Als sie widerwillig nickt, werfe ich fast den Stuhl um, so eilig springe ich auf. »Willst du mich ... *Er lebt?!*«

Anna wippt unruhig auf den Fußballen, die Arme verschränkt, den Blick starr zu Boden gerichtet. »Jep, unverkennbar dieselben Gene.«

»Schluss jetzt, alle beide«, geht Mom dazwischen. »Anna, raus hier. Sag den anderen, ich komme später nach. Lincoln, setz dich.«

Was zur Hölle? Nein!

Früher war es immer Anna, die widersprochen hat, und ich derjenige, der wortlos gehorchte. Jetzt ist es andersherum. Anna wirft unserer Mutter einen verletzten Blick zu, doch sie geht. Ich hingegen bleibe demonstrativ stehen.

Mom registriert meinen Widerwillen mit einem missbilligenden Schulterzucken. »Gut, dann bleib stehen. Aber wenn du umkippst, bist du selbst schuld. Ich weiß nicht, wie viel sie von dir getrunken hat, aber schon ein Liter Blutverlust kann gefährlich sein. Normalerweise ist Kopfweh ein ziemlich genauer Indikator, aber das hast du vermutlich ohnehin.«

»Es geht mir gut«, behaupte ich, obwohl mich das Pochen hinter der Stirn fast in den Wahnsinn treibt.

Mit einem Seufzer kontrolliert Mom Kyles Drainage, dann stützt sie beide Hände auf den Tisch. Sie sieht erschöpft aus, als sie nach den richtigen Worten sucht. Und jetzt setze ich mich nun doch wieder, um ihre Hand zu ergreifen.

»Sorry«, murmle ich. »Ich weiß selbst nicht, was mit mir los ist. Warum ich so gereizt bin. Ich bin nur so verdammt ...«

»Wütend?«, hilft sie mir auf die Sprünge. Als ich nicke, lächelt sie milde. »Das sind wir alle, wenn wir es zum ersten Mal erleben, Baby.«

»Das Vampirjäger-Dasein?«, rate ich.

Sie nickt. »Niemand durfte wissen, dass es dich gibt, vor allem nicht sie. Aber sie sind überall, und je höher die Kreise, in denen man sich bewegt, desto zahlreicher werden sie.«

»Sie. Die Vampire«, stelle ich klar, was keiner Klarstellung benötigt. Plötzlich trifft mich die Erkenntnis wie ein Boomerang in den Nacken. »Wir sind damals weggezogen, damit wir möglichst wenig Berührungspunkte mit Vampiren haben? Deswegen hast du deinen Job verloren? Wegen ihnen?«

Mom schüttelt den Kopf. »Ja und nein. Damals fand ich durch Zufall heraus, dass eine der Aufsichtspersonen, die von der Stiftung eingesetzt waren, ein Vampir war.«

»Wie?«, frage ich sofort nach. »Wie erkennt man sie?«

»Leider nicht besonders gut«, seufzt Mom. »Es war eher Zufall. Ich trug Silberohrringe und einer war mir herausgefallen. Mr Parker wollte ihn für mich aufheben, aber ich habe gesehen, wie er zusammengezuckt ist und dann sein Taschentuch benutzt hat. Er hat unverbindlich gelächelt und ich habe versucht, mir nichts anmerken zu lassen. Von dem Moment an war es ein Wettlauf gegen die Zeit. Ich musste kündigen, damit sie mir nicht auf die Schliche kamen und ich dich weiter schützen kann, bis du bereit wärst.«

Warum? Was ist an mir so besonders? Bereit wofür?

Warum habe ich Vampirblut?, will ich fragen, doch ich schaffe es nicht, auch nur eine der Fragen zu stellen. Ich will die Antworten nicht wissen. Ich will nicht wissen, wer mein Vater ist, erst recht, wenn er laut Annas Kommentar genauso ein Scheißkerl ist wie Alyssas –

Oh Gott. Mir kommt ein so schrecklicher Gedanke, dass sich mir der Magen zusammenzieht.

»Mom, bitte sag mir, dass ich nicht Salvatore Ferraras Sohn bin.«

Ihr empörtes Auflachen ist Balsam für meine Seele. »Nein, das bist du nicht, Lincoln.«

»Sondern?«

Stille, in der Mom geflissentlich meinem Blick ausweicht.

Stille, in der das Brodeln in mir so übermächtig wird, dass die Ränder meines Sichtfelds verschwimmen.

»Das kann ich dir nicht sagen. Es ist zu riskant.«

»Mom, bitte. Anna kennt ihn doch auch. Sag mir, wer unser Vater ist!«

Totenstille im Raum. Selbst Kyle hat aufgehört zu atmen.

»Dein Vater«, korrigiert Mom schließlich und demontiert den Rest meiner Identität. »Anna ist deine Halbschwester. Du bist sein einziges Kind.«

36
Die Königin von Blut und Nacht

Alyssa

Komm mit.

Die Stimme meiner Mutter ist unerbittlich, als sie mich am Treppenfuß der Katakomben erwartet, nachdem ich endlich aus dem Labyrinth gefunden habe. Ihr nachtblaues Kleid hat sie gegen eine praktischere Garderobe aus anliegendem Langarmshirt, schwarzer Hose und gefütterten Stiefeln getauscht, nachdem das Blutopferritual beendet war. Wann hatte sie Zeit, sich umzuziehen?

»*Komm mit, Alyssa*«, befiehlt sie erneut. Mir. Meinem Körper. Meinem Geist. Und alles davon will augenblicklich gehorchen.

»Nein!« Ich stemme mich gegen ihren Willen, winde mich aus ihren unsichtbaren Klauen und trete einen Schritt zurück. Ihr Einfluss fällt von mir ab und Wut lodert so heiß in mir empor, dass ich von innen verbrenne. Lincoln ist fort und ich bin allein mit der quälenden Erinnerung an die höllische Erkenntnis und seine himmlischen Worte.

Ich liebe dich, Alyssa.

Ich liebe dich, Alyssa.

Ich liebe dich, Alyssa.

Wieso ist die erste Seele, die so etwas in meinem fast einhundertjährigen Leben zu mir sagt, ausgerechnet ein Mensch – obendrein ein Vampirjäger? Wie kann das sein?

Ich habe Eltern. *Echte* Eltern, keine Vampireltern wie Lucy. Aber Lilian hätte sich in blinder Liebe für ihre Tochter geopfert. Lazarus hat die schlimmsten Qualen durchlitten, um seine Tochter zu schützen.

Und ich ...? Ich habe eine Mutter, deren buchstäbliches Fleisch und Blut ich bin. Und sie hat diese Worte nicht ein einziges Mal zu mir gesagt. Sie hat mich nie geschützt, weder vor der zerstörerischen Geisteskraft meines Vaters noch vor der zerbrechenden Körperkraft seiner Lehrmeister. Sie hat nie um mich geweint oder für mich gekämpft.

Sie hat mich immer nur manipuliert.

Heiße Tränen schießen mir in die Augen, noch heißerer Schmerz zerreißt mich von innen, als unsichtbare Hände von allen Seiten nach mir greifen. Stöhnend krümme ich mich vornüber und muss mich an der Wand abstützen, um nicht das Bewusstsein zu verlieren.

Ich verbrenne.

Ich verbrenne.

Ich verbrenne.

»Ich weiß, wie du dich fühlst, Alyssa. Tritt ein.«

»Du weißt überhaupt nichts!«, fauche ich, meine Sicht verschwommen von Tränen und Schmerz. Meine Mutter hat bereits ihre Gemächer betreten, doch die Tür steht noch offen.

Wie sind wir hierhergekommen?

»Mein Leben lang dachte ich, dass er es wäre, der mich kleingehalten und jeden meiner Schritte überwacht hat. Dabei warst es die ganze Zeit *du*! Du manipulierst mich und betäubst meine Sinne. Du betörst meinen Gefährten, schneidest ihn von mir ab und du *küsst ihn vor meinen Augen*!«

Die letzten Worte schreie ich geradezu heraus, und dann schreie ich noch länger, bis mein Hals wund ist und meine Stimme brüchig.

Ein streichelnder Windhauch schiebt mich voran, doch ich bin zu zerstört, um mich zu wehren.

Schließ die Tür.

Als ich mich nicht rege, tritt sie an mir vorbei und tut es selbst.

»Setz dich.«

Es ist jedes Mal seltsam, ihre weiche Stimme zu hören, anstatt nur das Echo in meinem Kopf. In der Realität klingt sie sanfter, ohne die vielfach widerhallende Schärfe darin. Fast … liebevoll.

»Es ist wahr. Ich habe dir nie gesagt, wie sehr ich dich liebe«, beginnt sie dann. Hoffnungsvoll hebe ich den Kopf. Sie hat gesagt ›wie sehr‹, nicht ›dass‹. Das bedeutet, dass sie mich geliebt hat. Zumindest irgendwann einmal.

»Immer«, bestätigt sie. »Von der Sekunde an, in der du da warst, und in jeder einzelnen Sekunde der endlosen neunundvierzig Jahre, die ich dich in mir trug. Und tausendfach mehr, als ich dich endlich in meinen Armen hielt.«

Erneut brennen Tränen in meinen Augen, doch jetzt schmecken sie vor Trauer salzig-süß. »Warum hast du es mir nie gesagt?«

Sie wendet den Blick ab und sieht aus dem Fenster. Der Vollmond neigt sich dem Horizont zu, bald wird die Sonne wieder den Himmel erobern. »Meine Gefühle und Gedanken konnte ich stets vor ihm verbergen und ihm etwas anderes weismachen. Aber hättest du es gewusst, hätte er erfahren, wie viel du mir bedeutest und was ich in dir sehe. Und dann hätte er dich getötet. Das konnte ich nicht zulassen. Nicht, bevor du nicht stark genug bist, ihn zu besiegen.«

»Wer? Vater?«, flüstere ich, in der Hoffnung, dass sie nicht Lincoln meint.

Die Königin der Nacht dreht sich zu mir um. Ihre Miene ist ausdruckslos wie immer, doch jetzt sehe ich in ihren Augen Nachdenklichkeit. Furcht. Und Entschlossenheit.

»Massimo di Ferrara ist ein gnadenloser Feldherr. Ein charismatischer Anführer. Ein kalkulierender General. Er ist anerkannt und unumstößlich der König der Vampire. Aber er ist nicht dein Vater.«

Mir entweicht ein spitzer Schrei, der mehr als nur Schock ist. Er ist Überraschung, Erleichterung, Genugtuung, Erkenntnis. Dankbarkeit. Der Mann, den ich mit jeder Faser meines Herzens verabscheue, ist nicht mein Vater.

»Wer ist es dann?«

Sie hebt den Blick und ein Ausdruck huscht über ihre Züge, den ich noch nie gesehen habe: ein winziges, liebevolles, fast scheues Lächeln. Und ich weiß, was sie sagen wird, noch bevor sie einen Namen flüstert wie die Offenbarung:

»Vlad.«

Ich muss mich setzen. Unser Prophet ... war mein Vater.

Ich bin – buchstäblich – das Kind der Prophezeiung.

Meine Mutter lächelt über diesen Vergleich. »Du warst schon immer so klug. So stark. So eigensinnig. Genau wie er.«

Gedankenverloren schüttle ich den Kopf, während ich versuche, diese neue Realität zu verarbeiten. Vlad Dracula war mein Vater. Aber das bedeutet, dass meine Mutter ...!

Alles in mir erstarrt, als das Bewusstsein zu mir durchsickert, dass meine Mutter die Geliebte des Propheten war. Die Frau, an die er all diese Briefe schrieb. Die Frau, die ...

»Du bist gestorben!«, rufe ich aus. Die grausigen Worte geistern durch meinen Kopf, weil ich sie Lincoln erst vor wenigen Stunden erzählt habe.

»Oh ja, ich bin gestorben«, bestätigt meine Mutter. Sie gesellt sich zu mir auf den nachtblauen Diwan, nah genug, dass ich sie berühren könnte, aber nicht nah genug, um mich an sie zu drücken. »Nicht leibhaftig, aber als sie ihn mir entrissen, bin auch ich gestorben. Tausend Tode und noch mehr. Ich bin verbrannt, schlimmer als jedes Höllenfeuer. Und mir blieb keine andere Wahl, als so hart und gefühlskalt zu werden wie die ewige Nacht.«

Ich schlucke schwer, weil ich mir kaum vorstellen kann, wie sich dies anfühlt. »Hat er wirklich zugesehen?«

Noch eines dieser ungewohnten Lächeln, doch diesmal ist es

schmerzverzerrt. »Das musste er nicht. Er hat dasselbe gespürt.«

Meine Augen werden groß. »Er war dein Gefährte!«

Bei allen Heiligen! All diese Geschichten waren für mich immer Teil einer weit zurückliegenden Vergangenheit. Jetzt sind sie die Gegenwart. Meine Mutter war die Gefährtin unseres Propheten. Das erklärt, warum ich bei meinen Eltern nie die innige Vertrautheit gespürt habe wie bei Lilian und Lazarus, warum sie nie das Bett geteilt haben und warum sie oft monatelang getrennt sein konnten, wenn einer von beiden auf Reisen war.

Nicht der Tod hat ihren Körper zerrissen und ihre Seele eingeäschert. Sondern das durchtrennte Gefährtenband, als die Vampirjäger sie gnadenlos trennten.

»Wusste er es? Salvatore?«

Jetzt ist ihr Lächeln voller Abscheu. »Massimo hat sich diesen Namen selbst gegeben, nachdem er sich zum König gekrönt hat. Zugegeben, es hat funktioniert. Niemand hat ihn jemals infrage gestellt, obwohl er weder den vorherigen König noch dessen Mörder getötet hat.«

Diese Tatsache fällt mir jetzt erst auf. Natürlich! Selbst ich habe die Herrschaft meines Vaters nie infrage gestellt. »Weil Abraham Van Helsing und Drac... mein Vater ... sich gegenseitig töteten.«

Sie nickt erneut. Das Herrschersystem unter Vampiren ist dasselbe wie im Tierreich: Wer das Oberhaupt tötet, wird sein rechtmäßiger Nachfolger. Falls sein Mörder jedoch von außerhalb der Gruppe stammt – etwa eine Hyäne anstatt eines Löwen oder eben ein Vampirjäger –, muss derjenige, der die Nachfolge antreten will, den Königsmörder töten. Mein Va... – Massimo! – hat weder Vlad noch Van Helsing getötet. Er ist nicht unser König.

»Wie kam er damit durch? Wieso hat niemand sonst Anspruch erhoben? Es gab doch sicherlich bessere Männer als meinen – als Massimo!«

Ich muss mir dringend abgewöhnen, ihn meinen Vater zu nennen!

Der Blick meiner Mutter geht ins Leere, weit zurück in eine Vergangenheit, in der es mich noch nicht gab. »Er hatte dich. Und er hatte mich. Ich war die Gefährtin des letzten Königs, und ich habe für ihn gebürgt.«

Wieder brodelt das Blut in meinen Adern. Ich will protestieren, will sie fragen, wie sie das tun konnte, wie sie sich einhundertdreißig Jahre lang an diesen Tyrannen ketten konnte ... Aber ich begreife, warum.

Sie nickt, als sie meine Gedanken wahrnimmt. »Um dich zu schützen. Ich trug ein Vampirkind – Vlads Vampirkind! Damals war Massimo der mächtigste Vampirfürst in Europa, er hatte die größte Armee und die loyalste Gefolgschaft – abgesehen von deinem Vater, natürlich. Ich verlangte all das und seinen bedingungslosen Schutz, und im Gegenzug bot ich ihm die Krone unseres Propheten – und seine Prophezeiung.«

»Hast du ihn betört?«

Noch ein verächtliches Lächeln. »Massimo legt keinen Wert auf Frauen, Liebe oder fleischliche Gelüste. Das Einzige, das ihn interessiert, ist Macht. Als er herausfand, wer seine vorbestimmte Gefährtin war, hat er das Band verweigert und sie ermordet, um sich nicht verwundbar zu machen.«

»Man kann das Band verweigern?«, frage ich überrascht, und versuche, mir im selben Moment vorzustellen, was geschehen wäre, wenn ich Lincoln nicht vor Lilian als Zeugin anerkannt hätte, und wenn er es nicht vor ihr als Zeugin akzeptiert hätte. Würden wir dann auf ewig wie zwei zerrissene Seelenfragmente im einsamen Nichts treiben?

»Ich weiß es nicht«, antwortet meine Mutter. »Wenn man kein Herz hat, geht das vielleicht. Und es stimmt, wenn das Band reißt, ist der Schmerz schlimmer als tausend Tode und alle Qualen der Hölle. Selbst einhundertdreißig Jahre später brennt es noch wie eine entzündete Wunde, die niemals verheilen wird. Ich würde alles dafür geben, auch nur eine Sekunde lang wieder mit ihm vereint zu sein.« Plötzlich ist ihre Stimme so hart wie eine Stahlklinge. »Alles.«

Einen Moment lang legt sich Grabesstille über ihre Gemächer, während wir beide den Erinnerungen an unsere Gefährten nachhängen. Dann spüre ich etwas Kühles, Weiches an meiner Wange. Ihre Hand, die über meine Wange streicht. Das Gefühl ist so unbeschreiblich groß und weit und endlos, dass sich meine Augen mit Tränen füllen und überlaufen, bevor ich es verhindern kann.

»Meine Tochter«, haucht sie ehrfürchtig und wischt die Tränen sanft weg. »Du bist das Einzige, das mir von ihm bleibt. Sei dir gewiss, dass ich dich mehr liebe als mein eigenes Leben. Ich würde für dich sterben. Aber ich fürchte, nicht ich bin diejenige, die für dich sterben muss.«

Mein Körper erstarrt so plötzlich, dass mir der letzte Schluchzer im Hals stecken bleibt. »Was ... meinst du damit?«

»Du bist die Prophezeiung, Alyssa.«

Meine Mutter ist die Gefährtin unseres Propheten. Meine Eltern sind zwei der mächtigsten Vampire, die jemals gelebt haben! Zu was macht das mich?

»Zu unserer Erlösung«, flüstert sie voll heiliger Ehrfurcht in der Stimme. »Geboren aus der Nacht.«

Meine Augen werden groß. Die Nacht! Meine Mutter ist die Nacht.

»Geschrieben in Blut ...«, murmle ich, als ich zum ersten Mal begreife: Ich bin die Prophezeiung. Ich bin die Erlösung. Ich werde uns aus den Schatten führen!

Geschrieben in Blut. Massimos Blut?

Meine Mutter lächelt, doch es ist kein glückliches Lächeln. Dann schüttelt sie den Kopf, und alles in mir erstarrt.

Lincolns Blut.

Und einer von beiden wird ihre Liebe nicht überleben.

Die Worte des Orakels kriechen mir wie Giftschnecken unter die Haut. Und das grausame Wissen, dass sich noch nie ein Orakel getäuscht hat, schnürt mir die Kehle zu.

»Ich muss zu ihm.«

»Nein.«

Ihre Hand liegt auf meiner, doch es ist ihr bloßer Wille, der mich an Ort und Stelle hält, unfähig, mich zu bewegen.

»Es geschieht, wie es geschehen muss. Der Anfang vom Ende. Asche und Staub.«

37
Tote aufwecken

Lincoln

Zerspringendes Porzellan reißt mich aus blutigen Albträumen und lässt mich senkrecht aus dem Bett fahren. Sofort schießt mir ein rasender Schmerz in den Kopf, vervielfacht von Benommenheit und Blutverlust, und raubt mir kurzzeitig die Sinne.

Scheiße, Anna ... deine Mitternachtssnack-Gewohnheiten können ja Tote aufwecken.

Ich kann nicht zählen, wie oft sie mich nachts aus dem Schlaf gerissen hat, wenn sie betrunken – nein, high von Vampirbissen! – nach Hause kam und irgendetwas fallen ließ. Da fällt mir wieder ein, dass ich um Mitternacht noch in Alyssas Bett lag, und taste blinzelnd nach der Uhrzeit auf meinem Handy. 4:33 Uhr. Ganz toll, ich liege erst seit zwei Stunden im Bett.

Das erklärt wenigstens, warum ich mich fühle, wie von einem Güterzug überrollt. Hat Mom etwas fallen lassen? Ist Anna doch zurückgekommen und ihr nächster Streit eskaliert – mit der Frau, die zwar ihre Tochter, aber nicht meine leibliche Schwester ist? Wieso hat sie mir das erzählt, aber weigert sich, mir zu sagen, wer mein Vater ist?

Fassungslos über die Enthüllungen dieser Nacht rolle ich mich aus dem Bett und steige in meine Hose. Draußen ist es noch stockfinster, weil Portland, und weil Februar. Kein Wunder, dass Vampire gern hier leben.

Es kommt mir immer noch vor wie ein Albtraum.

Aber warum fühlt sich die Erinnerung an Alyssa an wie das Beste, was mir je passiert ist?

Erneut rumpelt etwas unten, aber jetzt klingt es eher, als wäre ein Schrank umgekippt.

»Mom?«, rufe ich, ducke mich unter dem niedrigen Türstock hindurch und lehne mich übers Geländer.

Stille.

Kein Licht.

Haben wir einen Waschbären im Haus? Oder Einbrecher?

Diese Gegend von Portland hat eine recht hohe Verbrechensrate, aber in unserer Straße wurde noch nie eingebrochen.

Vorsorglich taste ich nach meinem Handy, um die Taschenlampenfunktion zu aktivieren und sofort gegen meine Jeans zu drücken, um mich nicht zu verraten.

Mein Blick fällt auf die Handarmbrust mit dem eingespannten Silberbolzen, die Graham mir geschenkt hat. Aber ich bezweifle, dass ich einen Waschbären damit erwischen würde – oder vor Gericht damit durchkäme, wenn ich einem Einbrecher ins Knie geschossen hätte.

Ich lasse sie liegen und steige die Treppe hinunter, wobei ich an der Innenseite auftrete, damit die durchgetretenen Stufen nicht knarzen. Jahrelange Übung des nächtlichen Hinausschleichens.

Die Haustür ist geschlossen, die Fenster zum Hinterhof unbeschädigt, also ist es vermutlich kein Einbrecher.

»Mom?«, flüstere ich, nur für den Fall. »Anna?«

Wo ist meine Mutter? Wieso passt niemand auf Kyle auf?

Mir fällt auf, dass Anna jemandem ausrichten sollte, dass Mom bald nachkäme. Ich leuchte von der leeren Couch über den Wohnzimmerschrank in die Küche, in der wir einen Haufen dicker Wolldecken über Kyle ausgebreitet haben, weil Mom ihn in seinem Zustand ungern bewegen wollte.

Die Decken liegen immer noch da.

Kyle nicht.

Sofort schlägt mein Instinkt Alarm, ich leuchte hektisch in die Ecken, in den Flur, wieder in die Küche.

»Kyle?!«

Ein röchelndes Grollen, wie von einem tollwütigen Hund, lässt alles in mir erstarren. Scheiße.

Nein ...

Jedes einzelne Haar auf meiner Haut steht zu Berge, jede Zelle meines Körpers schreit mich an. Hitze lodert in mir hoch, schwillt an zu einer Feuersbrunst, die ich nur mit Mühe in Schach halten kann.

Bitte nicht.

Mein Herz hämmert so angstvoll gegen meinen Brustkorb, dass es wehtut, als ich die Luft anhalte ...

Langsam in die Hocke gehe ...

Und unter den Tisch leuchte.

Ein Blitz aus fahler Haut und roten Locken schießt auf mich zu. Scharfe Fingernägel und schärfere Zähne schnappen nach mir. Im letzten Moment kann ich zurückweichen, wobei ich fast das Gleichgewicht verliere.

»Kyle, ich bin's!«, schreie ich, während ich auf die Beine komme und den Wohnzimmertisch zwischen uns bringe.

Kyle nimmt meine Worte nicht wahr. Den Kopf steif zur Seite gelegt, richtet er sich ebenfalls wankend auf und starrt mich aus blutunterlaufenen, weit aufgerissenen Augen an wie eine ausgestopfte Eule. Ohne Blinzeln. Ohne Gefühle. Ohne Puls. Seine Zähne sind mindestens doppelt so lang wie Alyssas und tropfen vor rosa gefärbtem Speichel, der offenbar von seinem eigenen Zahnfleisch kommt.

Der Rest seines Oberkörpers ist ... sehr nackt und sehr sehnig. Seine Erscheinung entspricht nicht im Entferntesten der anmutigen Eleganz von Alyssas Familie und Freunden, mit der geduckten Haltung und den zum Sprung bereiten, leicht gebeugten Knien.

Beschwichtigend hebe ich die Hände, wobei der Schein der

Taschenlampe ihn trifft. Fauchend zieht er den Kopf ein und knurrt danach umso grollender.

»Okay, das magst du nicht. Sorry, mein Fehler.«

Lichtempfindlichkeit, ist notiert.

Ich drehe das Licht von ihm weg, ohne mich in völlige Finsternis zu begeben, während ich langsam auch die Couch zwischen uns bringe. Ich bin vielleicht leichtsinnig, aber nicht lebensmüde.

Fieberhaft überlege ich meine nächsten Schritte. Ich muss ihn irgendwo einsperren, bis er sich beruhigt, aber das Erdgeschoss hat keine Türen. Es besteht nur aus Küche und Wohnzimmer. Vorsichtig mache ich einen Schritt nach rechts um Tisch und Couch herum, in Richtung Treppe. Kyle macht einen lauernden Schritt nach links, als wären wir zwei Boxer im Ring.

Ich würde es lieber mit zehn Boxern aufnehmen als mit meinem halb nackten besten Freund, der jetzt Fangzähne hat.

Noch ein Schritt. Und noch einer. Kyle wird ungeduldig. Ich muss dennoch lächeln.

»Weißt du noch, wie du mich damit aufgezogen hast, ob ich gegen Sonnenlicht allergisch wäre? Mit dieser dämlichen Taschenlampe neulich, als du in der Bar auf mich gewartet hast?«

Er stößt gegen den Sessel und lässt einen ohrenbetäubenden Brüller los, packt das schwere Möbelstück und wirft es mit voller Wucht gegen den Fernseher. *Scheiße, er ist stark!*

Funken sprühen, als der Fernseher scheppernd zu Bruch geht, woraufhin sich Kyle kreischend die Ohren zuhält.

Übersensibles Gehör, ebenfalls notiert.

»Komm schon, Kyle. Du musst mich doch erkennen. Ich bin's, Lincoln! Ich weiß, dass du sauer bist, und es tut mir echt leid, dass ich dir Lucys Karte gegeben habe, aber sie war es nicht, die dich gewandelt hat. Das war Salvatore – FUCK!«

Ich rette mich mit einem Hechtsprung nach vorn, als er sich auf mich stürzt und aus dem Stand zwei Meter weit über die

Couch springt. Er kracht gegen die Rückenlehne und kippt mit dem Möbelstück um. Fauchen, Kreischen, Reißen von Stoff, als er sich hindurchgräbt.

Schnelligkeit: Check!

Scheißwut im Bauch: Check!

Und jetzt ist er richtig sauer.

Ich habe genau zwei Optionen: Die Haustür – und damit einen tollwütigen Vampir auf unsere Nachbarschaft loslassen. Oder mein Zimmer, um ihn darin einzusperren.

Fliehen oder kämpfen.

Als Kyle sich erneut auf mich stürzt, wirble ich herum und sprinte die Treppe hoch. Er bekommt mich am Bein zu fassen und ich schlage der Länge nach hin, schreie, trete, treffe etwas Hartes.

Ein Jaulen, kurz darauf ein Poltern, als er die Treppenstufen hinunterfällt. Ich ziehe mich am Geländer hoch und um die Kurve.

»Sorry, Kumpel! Ich mach's wieder gut, ich versprech–«

Ich muss mich hinter das Geländer ducken, als er von ganz unten in einem einzigen Satz die Treppe hochspringt.

»SCHEISSE, KYLE!«

Seine Fangzähne bleiben im Holz des Handlaufs stecken, nur Zentimeter vor meinem Gesicht. Und plötzlich wird mir klar, dass ich hier oben in der Falle sitze. Dass ich in echter, brutal ernster Lebensgefahr schwebe.

Dass Kyle nicht mehr Kyle ist.

Dass mein bester Freund ein Monster ist.

Augenblicklich legt sich in meinem Kopf ein Schalter um. Das wütende Inferno übernimmt die Kontrolle, mein Körper reagiert instinktiv. Ich ducke mich unter seiner klauenhaft ge-spreizten Hand weg, ziehe die Kette aus meinem Shirtkragen und ramme sie Kyle ins Gesicht. Er brüllt auf und fällt vom Treppengeländer.

Bruchstückhaft durchzuckt mich die Erinnerung an eine nebelverhangene Straße, an einen ähnlichen Schrei und ähnlichen Geruch, nach verbranntem Fleisch und Schwefel.

Ich starre den Anhänger an. Alyssas Zurückzucken, obwohl sie ihn nur gestreift hat. Das ist nicht das Silber. Es ist der Obsidian.

Mit zusammengebissenen Zähnen stolpere ich in mein Zimmer, schlage die Tür zu und schaffe es, den Schlüssel umzudrehen, bevor ich atemlos daran hinab zu Boden gleite. Mein Schädel pocht, als würde ihn jemand mit einem Vorschlaghammer bearbeiten. Die Hitze in meinen Adern brennt so heiß, dass ich mir die Haut abziehen will. Was ist das?

Egal, halt es aus! Bloß nicht wieder das Bewusstsein verlieren wie in jener Nacht auf der Straße. Diesmal ist keine Vampirprinzessin in der Nähe, die dich rettet!

Drei viel zu schmerzhafte und viel zu kurze Atemzüge vergehen, dann kracht das Gewicht einer Abrissbirne von außen gegen die Tür.

»SCHEISSE, KYLE!«, schreie ich durch die Tür. »HÖR AUF!«

Er hört nicht auf. Er wirft sich wieder und wieder gegen die Tür, bis das Holz splittert. Ich komme auf die Beine und springe zurück, als seine Hand hindurchbricht und nach dem Schlüssel tastet.

Intelligenz also noch vorhanden, er ist nicht komplett hirntot.

Mir bleiben noch exakt zwei Sekunden, bis er die Tür auf hat und ich in meinem eigenen Zimmer von meinem besten Freund zerfleischt werde!

So werde ich nicht sterben.

Bevor ich es mir anders überlegen kann, greife ich nach der antiken Handarmbrust, ziele auf die Tür. Und drücke ab, als sie auffliegt.

Ich treffe Kyle mitten ins Herz. Triple Twenty, maximale Punktzahl. Es bedeutet mir einen Scheiß.

Mein ehemals bester Freund fällt um wie ein gefällter Baum, direkt vor meine Füße, und bleibt regungslos liegen.

Ich erinnere mich an Alyssas Worte: Silber ins Herz lähmt

sie, aber es bringt sie nicht um. Pflöcke helfen nicht, nur köpfen oder ausweiden.

Ich kann Kyle nicht den Kopf abreißen oder das Herz herausschneiden. Ich kann einfach nicht.

Also drehe ich meinen besten Freund um und schalte das Deckenlicht ein, um ihm in die Augen zu sehen. Ich erkenne nichts von dem fröhlichen, nerdigen, oft schüchternen Kyle darin. Ich sehe nur Wut, Angst und endlosen Schmerz.

Scheiße … Niemand sollte so sterben. Niemand sollte so leben.

Heiße Tränen der Wut steigen mir in die Augen. Das ist alles die Schuld von Alyssas Vater. Er hat Kyles Wohnung verwüstet, ihn in diesem Dreckloch eingesperrt und ihn so brutal zugerichtet. Er hat ihn gebissen, um ihn zu wandeln. Und dann wollte er ihn auf uns loslassen. Womöglich wollte er sogar, dass ich ihn finde und nach Hause bringe. Ins Haus meiner Mutter. In *mein* Haus.

Wut wächst zu unbändigem Hass. Hass schmilzt zu endlosem Schmerz. Schmerz entfacht namenlose Wut. Wut verbrennt zu Asche und Staub. Staub wird Salvatore Ferrara sein, wenn ich mit ihm fertig bin.

Aber was ist mit Kyle?

Kraftlos rutsche ich an meinem Bett hinab und setze mich neben dem, was von ihm übrig ist, auf den Boden. Schwarzes Blut rinnt aus seiner Brust, ein scharfer Kontrast zu dem weißen Silber, aber es gerinnt, bevor es den Boden erreicht, und bildet Krusten auf seiner Haut. Er kann so nicht weiterleben. Aber ich kann ihn nicht umbringen. Ich kann einfach nicht.

Ich will nicht sterben, Linc, höre ich das Echo von Kyles Flehen in meinem Kopf, als er nach Lucys Biss fürchtete, sich zu verwandeln. Und dann erinnere ich mich an seine anderen Worte.

Wenn es dazu kommt, kannst du es tun? Bitte?

Damals habe ich nicht verstanden, was er meinte. Jetzt weiß ich es.

Scheiße.

Ich kann es nicht tun.

Minuten verstreichen. Oder Stunden. Oder Wochen, während meine Gedanken um alles kreisen und doch um nichts.

»Warum hast du mir nie was gesagt?«, frage ich ihn, obwohl ich weiß, dass er nicht antworten wird. Ich spanne die Sehne neu, ohne dass ein Bolzen eingelegt ist, und drücke ab.

KLACK.

»Warum hat mir nie irgendjemand ein Sterbenswörtchen gesagt?«

Spannen. Zielen. KLACK. Es ist kinderleicht, fast zu leicht.

»Warum hat mich mein Vater hier zurückgelassen?«

Fragen, auf die ich nie eine Antwort erhalten werde. Erst recht nicht von dem Typ, den ich fast so lange kenne wie meine Mom. Weil die Welt so scheißungerecht ist.

Zielen. KLACK.

»Warum wusste ich mein Leben lang nicht, wer ich bin?«

KLACK.

»Ich bin kein Monster.«

KLACK.

Tränen verschleiern meine Sicht. Heiß und giftig und scheißwütend, weil die Welt so beschissen ist.

»Ich.«

KLACK.

»Bin.«

KLACK.

»Kein.«

KLACK.

Mit einem entschiedenen Satz stehe ich auf und greife nach dem Silbermesser, das Kataleyna mir gegeben hat.

Scheiße.

»Ich wollte nie, dass es so endet, Kyle.«

38
Jäger und Gejagte

Alyssa

Sie kommen.

Zwei Worte, die mein Zuhause in den letzten sieben Tagen in einen Bienenstock verwandelt haben.

Sie kennen den König.

Drei weitere Worte, die einzigen, die auf der Seite noch leserlich sind und die mich und die Konsuln in Aufruhr versetzen, die Königin der Nacht jedoch nicht.

Seit dem Mitternachtsball ist nichts, wie es vorher war. Und ich bin dafür verantwortlich. Ich habe die Vampirjäger zu uns geführt, weil ich einem Menschen vertraut habe. Ich habe mich Lincoln offenbart. Ich habe Lucy mit ins *Scarlet* genommen, wo sie Kyle kennengelernt hat. Ich habe mich bewusst über die Regeln hinweggesetzt, doch es sind andere, die dafür leiden müssen. Lucy. Lazarus. Kyle. Die beiden Vampirjäger. Ihr Blut klebt an meinen Händen.

Und all das, weil ich in meinem kindischen Leichtsinn beweisen wollte, dass der Gottkönig, der sich mein Vater nannte, nicht unfehlbar ist. Dabei hätte ich nur meinen Verstand einschalten und der Geschichte folgen müssen. Massimo war nie unser König. Er hatte keinen Anspruch außer meiner Existenz. Ich hatte von Anfang an die Macht über ihn. Ich war nur zu blind, es zu sehen.

»Sind diese Berichte vertrauenswürdig?«, vergewissert sich Kingston.

Wieder huscht mein Blick zu den Dokumenten. Unscharfe Schreibmaschinenbuchstaben auf schlichtem Kopierpapier. Es sieht fast aus wie ein Romanmanuskript, von dem ein Großteil durchgestrichen wurde, weil der Autor nicht zufrieden mit seinem Werk war. Auf dem Deckblatt steht ein einziges Wort:

EXODUS

Die erste Seite beginnt mit:

Oregon, 1824
Rohfassung v1.03: Es war einmal ein Anführer, dessen Feinde vielzählig und grausam waren. Doch sie waren in alle Winde zerstreut und XXXXXXXXXX

Der Rest der Seite ist unleserlich. Bis auf die beiden Botschaften.

In meiner Vorstellung waren die Meldungen, die ich jahrzehntelang aus der Bibliothek geholt und in versiegelten Umschlägen überbracht habe, mit Zaubertinte in einer Geheimschrift geschrieben. Jetzt, da ich endlich an diesem Treffen teilnehmen kann, weiß ich es besser. Cassandra hatte recht, mein Beitrag zur Erfassung der beiden Vampirjäger wurde als Vertrauensbeweis gewertet, und nun bin ich ordentliches Mitglied des Beraterstabs. Wie sich herausstellt, verwenden wir zahlreiche Chiffren und Methoden, um die Botschaften zu verschlüsseln. Allein heute kam eine Manuskriptseite, ein mittelalterliches Rezept, dessen Mengenangaben auf verschiedene Waffen und Menschen hindeuten, und eine von Kinderhand gezeichnete Schatzkarte für ›Laras 9. Geburtstag im Nimmerland‹ mit bestätigten Standorten von Unterschlupfen.

Einer davon ist die Werkstatt, vor der ich Lincoln getroffen habe. Jetzt weiß ich, was die Schnitzereien bedeuteten. Es waren Schutzrunen.

Mein Gefährte ist ein Vampirjäger. Ich kann immer noch nicht glauben, dass er uns verraten hat. Nicht der Mann, in den ich mich verliebt habe. Nicht der Junge, der mir auf dem Dach eines Cafés gezeigt hat, wie Schokolade schmeckt. Aber wie kann es anders sein?

Ich konnte seit Tagen nicht mit ihm sprechen, weil mich jetzt nicht mehr nur die Leibgarde, sondern zusätzlich der Wille meiner Mutter an unser Haus fesselt. Und unsere Gefährtenbindung ist zu frisch, um über diese Distanz zu funktionieren. Ich spüre, dass Lincoln da ist, aber ich nehme weder seine Gedanken noch seine Gefühle wahr.

»Das ergibt keinen Sinn!« Polternd lässt Theodorus die Faust auf den Tisch krachen. Doch er kommentiert nicht meinen Beziehungsstatus, der ebenfalls keinen Sinn ergibt, sondern die Warnungen. »Ich sage, wir bleiben. Die Jäger haben uns bisher nicht angegriffen. Es ist bloß eine unorganisierte Splittergruppe –«

»Die wir dennoch ernst nehmen sollten!«, fällt Alecto ihm ins Wort. »Ihre Aktivitäten nehmen seit Wochen zu, und seit dem Mitternachtsball sichten wir täglich mehr von ihnen. Als hätten sie auf etwas gewartet.«

Mein Blick schießt zu meiner Mutter, die aufrecht und reglos wie eine Statue am Tischende sitzt. Sie ist es, die das heutige Treffen leitet, was wohl der einzige Grund dafür ist, dass ich daran teilnehme. Mein Vater ist damit beschäftigt, seinen Rücktritt als Senator von Oregon in die Wege zu leiten. Seit dem Mitternachtsball haben sich die Ereignisse überschlagen und verschiedenste Protokolle ausgelöst. Einige davon sehen erneutes Umsiedeln vor, so wie um die Jahrhundertwende aus

Prag heraus und nach Kriegsende aus Paris. Aktuell diskutieren die Berater, ob wir nach Alaska oder Vermont ziehen.

»Sie haben in der Tat auf etwas gewartet«, bestätigt die Königin der Nacht. »Auf Lincoln Gabriels Erwachen.«

Abermals trifft mich die Bedeutung der Worte wie eine Ladung Silberschrot in die Eingeweide, lähmen meinen Körper und vergiften meine Gedanken. Mein Gefährte ist ein Vampirjäger. Nicht nur das, er ist so wichtig, dass meine eigene Mutter sein Erwachen forciert hat. Warum?

Als hätten Kataleynas Worte jedes Leben aus den Anwesenden gesaugt, ist es plötzlich grabesstill im Raum. Blicke huschen umher, zu meiner Mutter, zu mir, zu Boden.

Ich höre die Fragen wie Echos in ihren Köpfen. Seit das Tosen meines Blutrauschs in meinen Ohren nachgelassen hat, kann ich alle Gedanken der Anwesenden im Raum hören. Seit das Feuer in meinen Adern ausgebrannt ist, kann ich das Flüstern des Nachtwindes fühlen und das Wispern der Bäume. Seit mein Blutdurst erträglich ist, kann ich die Gefühle der anderen schmecken. Angst, Neugierde, Verwirrung, Hass.

Wenn er ein Jäger ist, wie kann er dann der Gefährte der Prinzessin sein?

Wie konnten wir das übersehen?

Wie konnte das Königspaar das zulassen?

»Er ist mächtig«, beantwortet meine Mutter jede einzelne davon mit einem einzigen Satz. Ich starre sie an, heiße Wut erfasst mich. Sie wusste es?

Ihr Blick begegnet meinem. Auf ihrem Gesicht zeigt sich keine Regung, doch ihre Gedanken lächeln leise.

Warum glaubst du, haben wir dir keinen Einhalt geboten?

Wir? Sie hat gemeinsame Sache mit Massimo gemacht? Obwohl sie wusste, was er vorhatte?

Hitze brodelt in mir hoch, die von der Nachtkälte meiner Mutter sofort gedämpft wird. Die Angst im Raum schlägt um in Verzweiflung, die Wut in Hass, Neugierde in Mordlust. Ich spüre, wie sich mein eigener Körper anspannt, bereit, jeden einzelnen zu ermorden, der sich gegen meinen Gefährten stellt.

Egal, was geschieht, ich werde Lincoln nicht opfern. Diese Prophezeiung wird nicht wahr werden. Nicht, solange ich lebe.

Theodorus scheint als einziger nicht überzeugt. »Mächtiger als der Professor?«, fragt er, woraufhin sich alle unwillkürlich versteifen und meine Mutter angstvoll ansehen. *Professor.* So nennen sie Abraham Van Helsing, um den unaussprechlichen Namen nicht zu nutzen.

»Sehr viel mächtiger.« Der Blick meiner Mutter ist geduldig wie der einer Sphinx, als sie Theodorus niederstarrt, bis er das Haupt senkt. »Er hat seinen besten Freund getötet, noch bevor er vollständig erwacht war.«

Das erzeugt selbst bei mir eine Gänsehaut. Ich kann das einfach nicht glauben. Lincoln würde so etwas niemals tun.

»Ist er ein Nachfahre?«, fragt Kingston.

»Ausgeschlossen. Der Professor hatte keine Kinder«, stellt Alecto klar.

»Keine, von denen wir wissen«, widerspricht Theodorus.

Alecto steht auf. »Wollt Ihr meine Arbeit infrage stellen?«

»Ich stelle nur Thesen auf, Marschall. Ich sage, wir töten den Jungen, bevor er vollständig erwacht und womöglich unsere Konsuln –«

Weiter kommt Theodorus nicht, denn meine Hand drückt ihm die Luftröhre ab. Im Bruchteil einer Sekunde habe ich den Raum durchquert und ramme seinen schmächtigen Körper gegen die Wand, noch bevor mein Stuhl polternd zu Boden fällt. Angst in seinen Augen, Panik in seinen Gedanken, als ich mein Gesicht so nah vor seines bringe, dass ich die rostroten Einschüsse in seinen graublauen Iriden sehen kann.

»Niemand tötet meinen Gefährten.«

Hinter mir ertönt ein langsames Klatschen, das meine Finger um Theodorus' Hals erstarren lässt.

»*Beeindruckende Demonstration deines Blutrauschs, Tochter*«, ertönt die Stimme von Massimo Ferrara. Hinter meinem Rücken. In meinem Kopf. In meiner Seele. »*Du meinst wohl, niemand außer dir wird ihn töten. Diese Ehre überlassen wir dir natürlich, es ist schließlich dein Gefährte. Wärst du so freundlich, meinen Schriftgelehrten herunterzulassen?*«

Ich will noch fester zudrücken, aber der kühle Hauch der Nacht zwingt meinen Arm dazu, sich zu senken.

Lass mich los!, fauche ich meine Mutter in Gedanken an.

Sie antwortet mit demselben Satz, den ich in den letzten Tagen hundert Mal gehört habe.

Noch nicht.

»Die Jäger sind auf dem Weg«, verkündet Massimo und umrundet den riesigen Besprechungstisch, als wäre er zu spät zu einer Teeparty gekommen. »Wir werden ihnen zeigen, wer in Wahrheit die Jäger sind, und wer die Gejagten.« Seine eisblauen Augen heften sich auf mich. »Du willst einen dauerhaften Platz an diesem Tisch? Verdien ihn dir.«

Ich erwidere seinen Blick grimmig und stelle mit Genugtuung fest, dass die dämpfende Mauer zwischen seinem Willen und meinen Gedanken dichter geworden ist. In Wahrheit hat Massimo nichts im Vergleich zu der Macht, über die meine Mutter verfügt. Er mag der König der Vampire sein, doch sie kontrolliert die Nacht. Und ich besitze dieselbe Macht wie sie.

Noch nicht, wispert die körperlose Stimme des Abendwindes. Ich unterbreche den Starrwettkampf mit dem Mann, den ich für meinen Vater hielt, und schiebe stattdessen die Akten vor mir auf einen Stapel.

Zufrieden über meine augenscheinliche Unterwürfigkeit, wendet sich Massimo nahtlos an Alecto. »Ich brauche meinen engsten Berater und meine beste Sucherin. Lass Lucilla frei und bring ihre Erschaffer hierher.«

Kingston schnellt in derselben Sekunde hoch wie ich. »Ich übernehme das!«, ruft er so schnell, dass ich die Augen verenge. Was führt er im Schilde?

»Du wirst nichts dergleichen tun«, widerspricht mein Vater,

ohne Kingston auch nur eines Blickes zu würdigen. »Ich brauche dich hier. Alecto!«

Cassandras Mutter verneigt sich knapp und entfernt sich sofort. Kingston setzt sich widerwillig wieder hin. So aufgewühlt habe ich ihn selten gesehen.

Geht es Lucy gut?, frage ich ihn in Gedanken. Er antwortet nicht, vielleicht, weil er weiß, dass seine Gedanken nicht so gut gegen Massimos Wahrnehmung abgeschirmt sind wie meine. Zumindest, wenn man als Anhaltspunkt nimmt, dass ich sehr deutlich sehen kann, woran er denkt.

Lucy. Ihre quirligen Locken, ihre frechen Sprüche und blitzenden Augen. Ihr Lächeln, als sie eine warme Tasse Blut entgegennimmt. Ihr Herzschlag, als sie sich in eine grobe Wolldecke kuschelt.

Irritiert ziehe ich mich aus seinem Kopf zurück, ohne, dass er merkt, dass ich da war.

»Was ist mit dem Prozess?«, stellt Theodorus die Frage, die auch in den Köpfen der anderen herumgeht.

Mein Vater hebt lediglich eine Augenbraue. »Wir brauchen keinen Prozess mehr, wir haben, was wir wollten. Dieser Abschaum hat uns den Krieg erklärt.« Ein widerliches Lächeln umspielt seine Lippen. »Sie halten sich für clever, wenn sie einen Überraschungsangriff auf uns planen. Auf dieses Haus. Lasst sie kommen. Wir werden bereit sein.«

Ich erhebe mich ruckartig. Mein Kopf ist immer noch in scheinbarer Demut gesenkt. »Lincoln würde nicht zulassen, dass sie uns in diesem Haus angreifen.«

Massimos Interesse blitzt am Rande meines Geistes auf. »Stellst du mich infrage, Tochter?«

Ich bin nicht deine Tochter.

Es ist befreiend, so etwas zu denken, ohne Gefahr zu laufen, dass er es wahrnehmen kann. Trotzdem muss ich auf der Hut bleiben. Die Tatsache, dass er seine Frage laut gestellt hat anstatt in meinem Kopf, macht deutlich, wie sicher er sich seiner

Position ist. Angst ist ein guter Verbündeter für Despoten. Und nichts verbreitet mehr Angst als Krieg.

Ohne den Blick von der polierten Tischplatte zu heben, antworte ich mit fester Stimme: »Ich mache lediglich auf Lincolns Loyalität aufmerksam.«

»Weil er dein Gefährte ist?«, fragt Massimo in der verständnisvollen, ruhigen Stimme des Manipulators. »Unser vampirisches Gefährtenband bedeutet ihnen nichts. Sie lieben nicht auf dieselbe Weise wie wir.«

Stimmt. Sie lieben stärker als wir. Lincoln ist derjenige von uns beiden, der seine Liebe erklärt hat. Nicht ich.

»Bist du dir da so sicher?«, fragt Massimo, sodass ich kurz überlege, ob mein mentaler Schutzschild durchlässig geworden ist. »Er ist ein Vampirjäger und sie kennen keine Gnade. Er hat seinen besten Freund getötet. Er würde sogar dich töten, Tochter.«

Ich schüttle den Kopf, klammere mich mit jeder Faser meines Seins an seine letzten Worte.

Ich liebe dich, Alyssa.

Ich werde dich niemals loslassen.

Und mir wird bewusst, dass ich nie »Ich liebe dich auch« zu ihm gesagt habe. Weil ich nicht wusste, wie sich Liebe anfühlt, bis er diese Worte aussprach. Dann, weil ich Angst hatte. Und dann, weil unsere Welt in Stücke brach.

»Du wirst schon sehen.« Massimos Selbstsicherheit grenzt an Allwissenheit. »Er wird kommen. Und wenn es so weit ist, dann wirst du ihn töten, Alyssa. Oder ich werde es tun.«

Es kostet mich all meine Körperbeherrschung, Massimo nicht meinen Hass spüren zu lassen und weiterhin untertänig den Kopf gesenkt zu halten.

Nein, der Vampirkönig wird Lincoln nicht töten.

Weil ich vorher den Vampirkönig töten werde.

39
Nur kurz jemanden ermorden

Lincoln

Als das schmiedeeiserne Tor in Sicht kommt, kann ich mein pochendes Herz nicht mehr kontrollieren. Was tue ich hier eigentlich? Wieso tue ich das? Und warum habe ich immer noch nichts dazu gelernt?

Es war leichter als gedacht, sich der Villa, in der der Vampirkönig wohnt, zu nähern. Halb habe ich damit gerechnet, auf dem Weg von der Seite angesprungen zu werden, doch nun stehe ich unversehrt am Tor. Vielleicht zählt es doch etwas, dass ich der Gefährte ihrer Prinzessin bin.

Von allen Vampiren ist es ausgerechnet Alyssas Stalker-Ex, der auf der anderen Seite des schmiedeeisernen Tors erscheint. Natürlich habe ich nicht darauf spekuliert, dass Alyssa mir öffnen würde, aber ausgerechnet er? Von Anna weiß ich, dass er Kingston Ecclestone heißt. Wenn das kein waschechter Vampirname ist, dann weiß ich auch nicht. Seine Miene hinter der lächerlichen Sonnenbrille ist ausdruckslos und so glatt wie die handverlesenen Bodensteine unter meinen Stiefeln. Ich hasse alles hieran.

»Was willst du.«

Ich hebe eine Braue. Soll das eine Frage gewesen sein? »Ich will zu meiner Gefährtin.«

»Und wenn sie dich nicht sehen will?«

Ich ignoriere seine Frage, weil ich selbst Angst vor der Antwort habe. Wir haben seit fast einer Woche nicht mehr geredet. Unsere Verbindung ist noch da, aber ich kann sie nicht spüren. Hat sie mich blockiert? Ist sie wütend? Wurde sie von ihren beschissenen Eltern wieder einer Gehirnwäsche unterzogen? Ich wäre schon früher gekommen, aber meine Mutter und Graham sind plötzlich zu Superglucken mutiert und haben jeden meiner Schritte überwacht. Außerdem musste ich sichergehen, dass Anna mir nicht folgt. Ich traue ihr nicht mehr, und das hat nichts damit zu tun, dass sie nur meine Halbschwester ist. Für mich wird sie immer meine große Schwester bleiben.

Deswegen kann ich trotzdem auf der Hut vor ihr sein. Ich werde Alyssa nicht ins Messer laufen lassen.

Um die Antwort auf Kingstons Frage noch ein wenig hinauszuzögern, spähe ich zum Himmel hinauf. Wie immer hängt eine zementgraue Wolkendecke über Portland, aber der Vormittag ist trotzdem ziemlich hell. Ich weiß, dass Annas Truppe ihren Plan zur Mittagszeit durchführen will, wenn die Sonnenstrahlung den Vampiren am meisten zusetzt. Ich weiß nur nicht, an welchem Tag. Und mir läuft die Zeit davon.

»Mann, deine Leute müssen dich echt hassen, wenn sie dich in der Mittagssonne brutzeln lassen«, wechsle ich das Thema. »Wie sieht's aus. Lässt du mich rein?«

Statt einer Antwort bleckt er die Zähne gerade genug, dass ich seine scharfen Fangzähne sehen kann.

»Gar nicht mal so groß. Wachsen die noch?«, spreche ich meine Gedanken aus. Kyles waren mindestens doppelt so lang.

Kyle ...

Scheiße ...

Um mich nicht wieder in das selbstzerstörerische Wrack zu verwandeln, sperre ich jeden Gedanken an sein schwarzes Blut an meinen Händen tief in die Eisenkiste, die ich eigens zu diesem Zweck am Grund meiner Seele verankert habe. Darin wohnen bereits meine Menschlichkeit, meine Angst und die Erinnerung an Kyles schlagendes Herz unter Kataleynas Messer.

Hass wütet in meiner Brust wie ein Waldbrand. Hass auf mich, Hass auf die Welt. Hass auf Alyssas Vater. Wenigstens weiß ich jetzt wieder, warum ich hier bin.

Ich werde den Vampirkönig ermorden. Allein. Damit Anna und ihre selbst ernannten Wächter der Menschheit keinen Kollateralschaden anrichten können.

Grimmig fokussiere ich meine Konzentration auf Kingston.

»Ich bin ihr Gefährte, sie will mich garantiert sehen.«

Ich gebe mich überlegen, obwohl ich mir da nicht so sicher bin. Ihre Reaktion auf das Orakel, meine Reaktion auf die Blutopfer. Ihre verkorkste Familie ... und meine. So viel steht zwischen uns, seit wir uns das letzte Mal gesehen haben. Aber ändert das etwas an unseren Gefühlen füreinander? Jede Faser meines Körpers drängt zu ihr. Aber ich habe Angst, was sie tun könnte. Ich habe Angst, was *ich* tun könnte.

Einer von ihnen wird ihre Liebe nicht überleben.

Dieses beschissene Orakel! Alyssa hat recht, Vampire sind viel zu abergläubisch. Und ich werde es allmählich auch.

»Wird's bald? Ich habe an Weihnachten noch was vor.«

Kingston packt mich durch die Gitterstäbe hindurch am Kragen meiner Lederjacke – der neuen, die doppelt verstärkt und mit Silbervlies gefüttert ist –, und zieht mich gegen das Tor.

Kampfbereite Hitze schießt durch meinen Körper, doch ich ringe sie nieder. Jetzt ist nicht der Zeitpunkt, meinem Instinkt nachzugeben und mit dem Blutvergießen anzufangen. »Spar dir die Drohgebärden. Ich hatte nicht mal Angst vor dir, als deine Königin noch nicht meine Schwiegermutter war.«

Er grinst ein schmieriges Millionärslächeln. »Dein Puls sagt etwas anderes.«

Ein weiterer Hitzeball, ein weiterer Zornstoß. Ich ringe beides nieder und zucke gleichgültig mit den Schultern. Ja, dass mich mein Puls verrät, hat Anna auch gesagt. Es ist mir scheißegal. Ich bin nicht hier, um zu verschleiern, was ich bin.

»Ich habe eben einen guten Stoffwechsel. Außerdem steht

deine Prinzessin auf meinen Puls. Nicht, dass es dich was angeht, *Handlanger.*«

Er schnaubt verächtlich, dann sieht er mich überlegen an und sagt ... nichts. Ich spüre nicht einmal ein Kribbeln im Nacken. Gegen das, was Alyssas Mutter letzte Woche mit mir angestellt hat, ist sein Wille kaum mehr als der Flügelschlag einer Schmeißfliege.

Süß. Versuch's noch mal, wenn du erwachsen bist, denke ich so deutlich, dass er es hören muss.

Zischend stellt er mich zurück auf den Boden.

Zugegeben, sein eisiger Blick verursacht mir eine Gänsehaut. Doch anstatt endlich dieses verdammte Tor zu öffnen, macht er eine ruckartige Kopfbewegung, woraufhin hinter mir zwei Stiefelpaare auf dem Boden aufkommen. Ich erstarre innerlich. Die zwei waren nicht Teil des Plans. Gehören die zu Kingston?

Wie sich in Annas Kader herausstellte – ja, Vampirjäger sind militärisch organisiert, und ihrer besteht aus acht Mitgliedern –, gleicht Alyssas Haus eher einer Festung als einem Palast. Niemand, der kein Vampir ist, kommt raus. Niemand, der nicht eingeladen wurde, kommt rein. Außer, es handelt sich um den Gefährten ihrer Prinzessin.

Alles, was ich brauche, sind zwei Minuten allein mit Alyssa, um sie zu warnen, dass die Vampirjäger angreifen werden. Also lasse ich widerwillig die Körperinspektion von vier eiskalten Händen über mich ergehen. Natürlich finden sie nichts. Ich bin vielleicht leichtsinnig, mich freiwillig in ein Vampirnest zu begeben, aber ich bin nicht lebensmüde. Meine Waffen habe ich zu Hause gelassen, um nicht den Anschein einer Bedrohung zu erwecken. Kataleynas Dolch und Grahams Armbrust, die jetzt über nicht nur einen, sondern sieben Bolzen verfügt. Ich trage bloß die eine Waffe bei mir, die mir schon einmal den Arsch gerettet hat, und sie ist hoffentlich alles, was ich brauche.

»Die Kette«, fordert einer der Bodyguards. Scheiße.

Ich zwinge mich dazu, ruhig weiter zu atmen, damit sie nicht meine Unruhe riechen. Stattdessen lache ich auf, um Kingston und seine Männer abzulenken. »Das Ding? Was ist los, hast du eine Nickelallergie? Zu deiner Information, die trage ich schon länger, als ich deine Prinzessin date. Aber hey, tu dir keinen Zwang an und nimm sie mir ab.«

Der Typ versteift sich augenblicklich, betrachtet das feine Silber wie eine tickende Bombe. Sein Blick huscht zu Kingston.

»Stimmt das?«

»Nimm sie ihm ab, du Idiot«, knurrt der zurück, was meine Aussichten deutlich schmälert.

»*Es stimmt*«, ertönt da eine herrische Stimme vom Haus her, die augenblicklich meinen Magen verkrampft, mein Herz bluten lässt und meine Seele zum Schwingen bringt. Alyssa. Zwei Worte von ihr lassen alle erstarren, kaum lauter als das Rauschen der Blätter, und doch fegen sie über den Vorplatz wie ein Herbststurm.

Ich schließe die Augen, bevor ich mich zu ihr umdrehe, aber nichts kann mich auf ihren Anblick vorbereiten. Sie trägt eng anliegende Hosen aus schwarzem Leder und einen dünnen Pullover, durch dessen hauchzarten Stoff ihre helle Haut zu sehen ist. Ihre blonden Haare fließen offen über ihre Schultern und wehen sanft im Wind. Und ihre violettblauen Augen halten mich selbst auf die Entfernung genauso gefangen wie an jenem Abend im *Scarlet*, als sich unsere Blicke zum ersten Mal im Spiegel trafen. Alyssa Ferrara, die Prinzessin der Vampire, die Königin meiner Seele, ist atemberaubend, fast noch schöner als in meiner Erinnerung, und es zieht meinen Körper augenblicklich zu ihr.

»*Öffne das Tor*«, befiehlt sie Kingston in dieser neuen, tödlich ruhigen Tonlage, die mich mehr an ihre Mutter erinnert, als mir lieb ist.

»Prinzessin, er ist –«

»*Ich weiß, wer er ist*«, unterbricht sie ihn. Verdammt, diese

Frau ist so heiß, wenn sie Befehle erteilt. *»Er ist mein Gefährte, und ich bin deine Prinzessin. Jetzt öffne das Tor!«*

Scheiße, ich liebe sie.

Der Anblick, wie Kingston Ecclestone widerwillig den Kopf senkt und das Tor öffnet, ist besser als alles, was ich in den letzten sieben Tagen gesehen habe. Ich werfe ihm mein schönstes Fuck-you-Lächeln zu, als ich an ihm vorbeistolziere.

Warum bist du hier?, fragt Alyssa in meinem Kopf. Ihre Stimme klingt reserviert, beinahe abweisend, während sie in dem übertriebenen Eingangsportal stehenbleibt, knapp außerhalb des Tageslichts. Eine vollendete Erscheinung aus weiblicher Eleganz, genau wie ihre Mutter vor einer Woche. Als alles begann ...

Ich muss mit dir reden.

Sie regt sich nicht. *Dann rede.*

Ich habe keine Ahnung, wie ich den Vorhof mit dem opulenten Blumenbeet in der Mitte überquert und die drei Marmorstufen erklommen habe. Doch dann steht sie vor mir, und alles verliert seinen Sinn. Ihr Vater. Meine Schwester. Vampire und Jäger. Ich.

Alles ... außer Kyles verwirktes Leben, das tonnenschwer auf meinen Schultern lastet und meine Seele unaufhaltsam in einen brodelnden Abgrund zerrt, aus dem ich nicht entkommen kann.

Ich balle die Hände zu Fäusten und senke den Kopf, weil ich nicht will, dass sie mich so sieht.

»Es war nicht deine Schuld«, sagt Alyssas Stimme plötzlich, sowohl in meinem Kopf als auch in meinem Ohr. Anders als vorhin ist ihre Stimme jetzt sanft wie der Abendwind, ihre Hand ist ein kühles Streicheln, als sie meine Wange berührt. *Es war nicht deine Schuld. Es war die meines Vaters. Er hat ihn gewandelt.*

Hoffnungsvoll nehme ich ihre Hand in meine, suche in ihren Augen, in ihren Gedanken. *Du hasst ihn ebenfalls?*

Ich hasse ihn mit der Kraft von tausend Sternen, erwidert sie stumm. *Und noch vor dem nächsten Vollmond werde ich ihn töten.*

»Warum bist du hier, Lincoln?« Die Tatsache, dass sie diese Frage laut stellt, ruft mir in Erinnerung, dass wir Zuschauer haben.

»Ich muss mit dir reden«, wiederhole ich und nehme vorsichtig ihre Hand von meiner Wange, um sie festzuhalten. Ihre Haut ist so unfassbar weich. »Und ich musste dich sehen«, ergänze ich leiser, weil es die Wahrheit ist.

Sie sieht mir in die Augen und ich ertrinke in einem Meer aus blauvioletten Kornblumen auf einer verwunschenen Lichtung. Dann zieht sie mich in ihre Arme, und alles, was ich fühle, alles, was ich will, ist sie.

Ich umklammere sie fester, als ich je etwas gehalten habe, vergrabe das Gesicht in ihrem Haar und ziehe sie an mich, nicht bereit, sie jemals wieder loszulassen. Ich hatte viele Szenarien, wie das hier ablaufen könnte, manche Tagträume, andere Horrorszenarien. Nichts war so perfekt wie das hier.

Unsere Lippen suchen sich, finden einander, tasten sich vorsichtig vor. Dann nehme ich ihren Kopf in beide Hände und küsse sie mit der Verzweiflung von tausend ungeweinten Tränen, mit der Hitze Millionen verglühender Sonnen.

Mein Handy vibriert mit einer Nachricht, doch ich ignoriere es, während Alyssa meinen Kuss erwidert und sich so eng an meinen Körper drückt, dass ich alles von ihr spüren kann. Ihren Herzschlag, ihren Körper, ihre kühle Haut.

Du bist kühl, erkenne ich in Gedanken, weil ich nicht bereit bin, ihren Mund freizugeben. *Ist dein Blutrausch vorbei?*

Noch nicht, erwidert sie und drängt sich noch stärker gegen mich. *Aber im Augenblick gibt es nichts, das meine Hitze an die Oberfläche treibt.*

Das kann ich ändern.

Schon hebe ich sie hoch und trage sie blind nach links in ihren Flügel. Sie stöhnt in meinen Mund und ich verliere fast das Gleichgewicht.

Wir schaffen es nicht bis in ihr Zimmer, bevor sie die Finger in mein Haar krallt und meinen Kopf zurückzieht, um mein Kinn zu küssen, meinen Kiefer, meinen Hals. Mir wird schwindelig, als sengende Lust und eine eisige Vorahnung gleichzeitig über mir zusammenschlagen und mich in einen atemlosen Strudel der Verdammnis ziehen. Ich bin unschlüssig, ob ich diese Verdammnis aufhalten sollte oder nichts sehnlicher will als das hier.

Scheiß drauf. Ich packe Alyssa fester, dränge sie stärker gegen die Wand, bis neben uns der Kerzenleuchter bedrohlich auf dem Podest wackelt.

Wer zur Hölle zündet tagsüber Kerzen an?

Magst du es nicht romantisch?, antwortet Alyssas vertraute Angriffslust in meinem Kopf, während ihre Zunge heiße Spuren der Lust auf meinen Hals zeichnet. Und als ihre Zähne leicht über meine Haut kratzen, halte ich es nicht mehr aus. Ich fixiere ihren Oberkörper mit meinem an der Wand und ziehe ihr die Hose über den Hintern, schiebe ihr Höschen zur Seite, um mit einem Finger in sie einzudringen. Ihr Stöhnen ist die süßeste Qual der Welt, als sie von meinem Hals ablässt, um den Kopf in den Nacken zu legen.

Fuck ...

Tu es, jetzt gleich, stöhnt sie in meinem Kopf. *Ich will dich so sehr, dass ich fast verrückt werde.*

Schon windet sie sich weiter aus ihrer Hose und öffnet meinen Gürtel. Ich drehe fast durch vor Verlangen.

In der Sekunde schlägt ein Silbergeschoss so dicht neben meinem Kopf ein – neben Alyssas Kopf! –, dass ich völlig ausraste. »Was zur –!«

Dann erstarrt alles in mir, als ich die Frau sehe, die mit uns im Korridor steht.

»Finger weg von meinem Bruder, du Schlampe!«

40
Wo gebissen wird, da rollen Köpfe

Alyssa

Ich sehe rot.

Nicht im übertragenen Sinne, sondern buchstäblich. Mein Herz pumpt so tiefrotes Feuer durch meine Venen, dass sich mein Sichtfeld auf die Frau verengt, die mitten in meinem Flur steht.

Mein Verstand setzt aus und mein Instinkt übernimmt. Ich stoße Lincoln in Sicherheit, bevor ich mich ducke und meine Hose hochziehe. Heiße Wut überkommt mich wie ein Tobsuchtsanfall.

Nicht nur steht in meinem Flur – *in meinem Haus!* – eine *verfluchte Vampirjägerin!*

Sie hat auch noch *auf meinen Gefährten geschossen!*

Ich spüre Lincolns gelähmtes Entsetzen, höre seinen galoppierenden Herzschlag, doch ich habe keine Zeit, nachzusehen, ob es ihm gut geht. Denn die Jägerin spannt einen weiteren Bolzen ein.

»Anna!«, schreit Lincoln und stürzt vor, reißt ihr die Mordwaffe aus der Hand. »Spinnst du? Wie kommst du hier rein? Wie viele seid ihr?«

Ihr?

»Bist du bescheuert?«, keift seine Schwester zurück, »Wir planen unseren Angriff akribisch bis ins kleinste Detail, und was machst du? Stolzierst hier rein und präsentierst ihr gleich wieder deinen Hals?«

Schockstarre ergreift Besitz von mir, als sie meine schlimmsten Befürchtungen bestätigt. Lincoln hat uns verraten. Er hat sie hierhergeführt. Er hat mich hintergangen.

Lincoln ..., knurre ich in Gedanken, doch er reagiert nicht, weil sein gesamtes Wesen auf seine Schwester fokussiert ist. »Ich habe alles unter Kontrolle, Anna!«

Lincoln ... Rote Wut nimmt mir die Sicht. *Wie! Kommt sie! Hier rein!*

»Das nennst du Kontrolle? Wir hatten einen Plan, Lincoln! Und anstatt uns zu helfen, ihn durchzuziehen, vögelst du erst mal deine Vampirtuss– Fuck!«

Anna unterbricht sich und springt zurück, als ich mich auf sie stürze.

»Alyssa!«, schreit Lincoln, doch ich ignoriere ihn. Ich sehe nichts als die Frau, spüre nichts als den Rausch. Will nichts als ihr Blut. Wieder stürze ich mich auf sie, bekomme ihren Kragen zu fassen und ramme sie gegen die nächste Wand. Sie schreit auf, presst mir einen glühenden Gegenstand gegen das Handgelenk, doch das Feuer in meinen Venen brennt zu heiß, als dass mich der Schmerz lähmen könnte.

»ALYSSA, HÖR AUF!«, brüllt Lincoln.

Ich höre nicht auf. Ich werde nicht aufhören, bis ihr Blut meine Wand besudelt und meinen Teppich tränkt. Ich reiße ihren Kragen zur Seite und schlage meine Fänge in ihren –

Ein Körper rammt mich zur Seite. Meine Fänge verfehlen ihr Ziel, schrammen über Haut und ich schmecke Blut. Schockiert reiße ich die Augen auf, während Lincoln sich gegen mich stemmt, meine Arme in einem Bärengriff gefangen.

Fluchend betrachtet Anna das Blut auf ihren Fingerspitzen. Sie hat eine Schramme an der Wange, die sich bis übers Kinn zieht. Nicht tief genug, um ihr ernsthaft zu schaden, aber definitiv genug für eine bleibende Narbe.

Geschieht dir Recht, Miststück!

Alyssa!, faucht Lincoln in meinen Gedanken. Seine Augen dicht vor meinem Gesicht sprühen zornige Funken, wie ich sie noch nie bei ihm gesehen habe. *Was soll das?*

Ich starre ebenso wütend zurück. *Was das soll? DU HAST SIE IN MEIN HAUS GEFÜHRT!*

Alyssa ... Es ist nicht, wie du denkst. Ich ... Er bricht ab, streckt die Hand aus, um meine Wange zu berühren, überlegt es sich in letzter Sekunde anders. Ein Muskel zuckt in seinem Gesicht. Und da weiß ich, dass es stimmt. Der Verrat überschwemmt mich wie pechschwarzes Wasser, reißt mich mit sich in einen Strudel aus Schmerz und Ohnmacht, aus dem es kein Entkommen gibt.

»Wer zuerst drei Wahrheiten errät ...« Meine Stimme klingt kraftlos, als ich die Worte seines allerersten Spiels wiederhole. Wenn du überraschend mit einer Wahrheit konfrontiert wirst, kannst du die Reaktion deines Körpers nicht unterdrücken.

»Alyssa ...«

»Lass mich los.« Es ist nicht mehr als ein Flüstern, doch er gehorcht augenblicklich.

»Lass mich erklären ...!«

Es gibt nichts zu erklären, LINCOLN. Du hast diese Leute in mein Haus geführt.

Und damit hat er Massimo genau in die Hände gespielt.

Er wird kommen, Tochter. Und wenn es so weit ist, wirst du ihn töten, höre ich das Echo von Massimos Worten. Dann die Worte meiner Mutter: *Es geschieht, wie es geschehen muss. Asche und Staub.*

In mir tobt ein Sturm der Gefühle.

Liebe.

Hass.

Verlangen, Verrat.

Wut und Wohlwollen, Himmel und Hölle.

Und Angst, Angst, so viel Angst.

Angst, ihn zu verlieren.

Angst, mich selbst zu verlieren.

Angst um ihn, Angst um mich.

Angst um die Welt.

Es fühlt sich an, als würde ich von innen verbrennen und aus der Asche meines Lebens wiedergeboren werden, als würde eine Tür in meinem Innersten aufgeschlossen, aus der gleichermaßen goldenes Licht in meinen Körper fließt und nachtschwarze Leere in meine Seele sickert.

NEIN. Doch das wird nicht so enden. Ich werde Lincoln nicht töten.

»Geh, Anna«, sage ich bedrohlich ruhig zu seiner Schwester. »Bevor ich dich töte.«

In dieser Sekunde wird eine Sehne gespannt.

»Sorry, aber: Fahr zur Hölle, Prinzessin.«

»ANNA!«, schreit Lincoln. Doch es ist zu spät. Annas Finger krümmt sich um den Abzug.

In dieser Sekunde geht eine Druckwelle durch den Flur, die uns zu Boden wirft und die Wände erzittern lässt. Anna, die näher am Zentrum stand, wird gegen die nächste Wand geworfen, wo die Meissner Blumenvase klirrend zu Bruch geht, in der ich Orchideen und Pfingstrosen arrangiert hatte. Ihr beißender Duft verteilt sich im Flur, als das Blumenwasser den roten Teppich dunkel färbt wie frisches Blut.

»*Ich komme doch nicht ungelegen?*«, dröhnt die Stimme von Massimo Ferrara durch jede Faser und aus jeder Zelle. »*Du hattest deinen Versuch, Tochter. Jetzt bin ich dran.*«

Lauf!

Lincoln wird blass, als er meinen Gedanken hört. Er zieht mich auf die Beine, doch ich mache mich von ihm los, während seine Schwester in einiger Entfernung taumelnd auf die Füße kommt.

Am Ende des Gangs verdunkelt ein Schatten die Welt, als das Licht vor ihm zurückzuweichen scheint. Lincolns Griff um meine Hand verstärkt sich und auch in mir drängt alles zur Flucht, doch wir können nur wie versteinert dastehen.

»*Nur ... aus Neugierde*«, fährt Massimo fort, während er sich ohne Eile nähert. Sein pechschwarzer Anzug sitzt tadellos. Ein stetiges Tropfen begleitet seine lautlosen Schritte auf dem Teppich. *»Was genau habt ihr erwartet?«*

Er lässt es wie eine Frage klingen, die man Kindern auf einer Geburtstagsparty stellt, heiter, sanft und interessiert. *»Ihr brecht in mein Haus ein. Ihr schlachtet meine Wachen ab. Ihr bedroht meine Familie. Und ihr dachtet, ihr kommt damit durch?«*

Stille, in der kein Lebewesen es wagt, zu atmen.

Stille, in der das Tropfen lauter wird.

Als er näherkommt.

Und einen abgetrennten Kopf vor Annas Füße wirft wie einen Fehdehandschuh. Es ist der Kopf eines Mannes. Die rot geäderten Augen sind nach innen verdreht, die Zunge quillt wie eine dicke Schnecke aus dem aufgerissenen Mund. Das einst aschblonde Haar ist rötlich-braun verkrustet von Blut.

Ein Keuchen entkommt aus Lincolns Kehle, ein markerschütternder Schrei aus Annas, während ich jeden Funken Selbstbeherrschung brauche, um nicht der jahrzehntelangen Furcht vor der Macht des Vampirkönigs zu erliegen. Der Verstand ist das Erste, das sich verabschiedet, wenn die niederen Triebe übernehmen wollen. Meine Hände beginnen zu zittern, als das blutrote Tosen in meinen Ohren unerträglich laut wird.

Massimo lächelt milde und breitet die Arme aus, elegant wie ein schwarzer Schwan.

»Ihr habt mich gesucht? Bitte, hier bin ich. Und es wird mir eine Freude sein, heute nicht nur einen Vampirjäger zu töten. Sondern zwei.«

Als hätte sie nur auf diese Geste gewartet, hebt Anna die Armbrust.

»Das ist eine Falle!« Lincolns Körper ruckt vor, doch er ist zu langsam. Bevor er sie erreichen kann, kracht ihr Körper erneut gegen die Wand. Diesmal geht keine Vase zu Boden, sondern der Kerzenleuchter.

Binnen Sekunden fängt der alte Teppich Feuer. Eine kleine Schneise zunächst, die sich rasch ausbreitet.

Ich ziehe meinen Gefährten harsch zurück, bis er taumelt. Verrat hin oder her, ich will nicht, dass er stirbt. Weder durch Feuer noch durch Blut.

Lauf!, dränge ich ihn in Gedanken. *Die Treppe zu den Katakomben ist nur zwei Meter hinter uns. Wenn du dich beeilst, kannst du–*

»Auf keinen verdammten Fall!«, unterbricht er mich und schüttelt so heftig den Kopf, als wäre er von einer bösen Macht besessen. *Ich lasse dich nicht allein. Und ich lasse sie nicht allein. Ich lasse dieses Monster nicht noch einmal davonkommen. Das alles endet. Hier und Heute.*

Und anstatt den Rückzug anzutreten, wirft er sich zu der sich krümmenden Anna auf den Boden, nur Zentimeter von den Flammen entfernt. Ich zucke vor, werde aber sogleich von einer weiteren Druckwelle mehrere Meter nach hinten geschleudert. Weg von den Flammen, weg von dem Rauch. Weg von Lincoln.

»*LINCOLN!*«, schreie ich in Gedanken und in der echten Welt, als Massimo mitten durch die Flammen tritt, als wäre er der Höllenfürst persönlich. Unsere Haut kann verbrennen, und wir spüren die Wunden und Brandblasen, ich habe es tausendfach am eigenen Leib erlebt. Aber Massimos Wille ist stärker als das Feuer. Und seine Gier ist stärker als die Qualen.

Betäubt vor rotem Nebelschmerz rapple ich mich auf.

»*Ich gestehe dir zu, dein Mut fasziniert mich, Junge*«, sagt Massimo von allen Seiten gleichzeitig. Erhaben. Überlegen. Amüsiert. »*Oder dein Leichtsinn. Als Zeichen meines Respekts werde ich dich zusehen lassen, bevor ich dich töte.*«

»Du kannst höchstens zusehen, wie ich dich – NEIN!«, schreit Lincoln, doch bevor er reagieren kann, hat Massimo Anna am Hals gepackt und hebt sie in die Luft wie ein ungehorsames Katzenbaby, das sich kratzend und fauchend windet.

»Lass sie los!«, zischt Lincoln. »Und ich werde dir einen schnellen Tod schenken.«

Da sehe ich, dass er die Handarmbrust aufgehoben hat – und mitten auf das Herz des Vampirkönigs zielt.

Er darf ihn nicht töten! Wenn er ihn tötet, wird er zu seinem Nachfolger! Und dann muss ich ...

»Lincoln, NEIN!!!« Von einer ungekannten Kraft beseelt, springe ich vor und reiße die Waffe aus seiner Hand. »Du darfst ihn nicht töten! Wenn du das tust ...«

... Wenn du das tust, war alles umsonst!, flehe ich in Gedanken weiter, während ich ihn zurückreiße. Ein Schuss löst sich und bohrt sich in die Decke, nur Zentimeter von dem schweren Kronleuchter entfernt, der gefährlich ins Wanken gerät und uns spielend leicht unter sich begraben könnte. *Bitte, Lincoln!*

»Alles umsonst?!«, faucht Lincoln, offenbar zu aufgewühlt, um unsere Konversation vor Massimos Gehör zu verbergen, während er im Bruchteil einer Sekunde einen neuen Bolzen einlegt. Woher hat er den? Wie kann er die Waffe so schnell nachladen? Warum beherrscht er sie so gut?

Das lässt alles nur einen Schluss zu: Lincoln ist wirklich voll und ganz ein Vampirjäger. Er ist auf ihrer Seite. Er ist mein Feind.

Seine Augen sprühen Hass und Feuer, als er mich stumm warnt, ihm nicht zu nahe zu kommen. »Er wird sie töten, Alyssa!«

Zu spät. Massimo biegt Annas Hals zur Seite wie eine besonders widerspenstige Bogensehne, während sie sich mit Händen und Füßen gegen ihn wehrt. Etwas Silbernes blitzt in ihren Händen auf, doch obwohl die Klinge durch Stoff und Haut fährt, verzieht Massimo nicht einmal eine Miene. Ich schnappe nach Luft. Wieso macht ihm das Silber nichts aus?

Ich muss sein Herz treffen. Silber ins Herz lähmt jeden Vampir.

Lincoln zielt erneut. Ich remple ihn an, sodass auch der Bolzen ins Leere geht, schleife ihn aus dem brennenden Inferno.

»Lass mich los!« Er zerrt an mir, doch ich gebe nicht nach, während Tränen der Verzweiflung in meinen Augen brennen.

Es tut mir so leid, Lincoln …

In dieser Sekunde beißt der Vampirkönig zu, und Lincolns Schrei übertönt sogar den von Anna, der unbeschreibliche Höllenqualen von den rußbedeckten Wänden widerhallen lässt.

Massimo di Ferrara beißt nicht, um zu trinken. Er beißt, um zu töten, reißt mit seinen Zähnen ein faustgroßes Stück von Annas Hals heraus. Tiefrotes Blut spritzt auf die Wand und seinen Anzug, wird von der pechschwarzen Seide und den Flammen verschluckt wie das Licht von der Nacht, während Annas Gurgeln mit dem Zucken ihrer Glieder verebbt.

Lincolns Wut ist so stark, dass ich meine gesamte übermenschliche Körperkraft brauche, um ihn festzuhalten und in Richtung des rettenden Abgangs zu den Katakomben zu zerren, während Massimo Anna achtlos zu Boden fallen lässt wie eine zerbrochene Puppe. Jetzt ist sein eisblauer Blick auf Lincoln fixiert.

Und ich tue, was ich erst einmal bei meinem Gefährten getan habe.

Komm mit mir! Jetzt!, befehle ich seinem Geist und zwinge seinen Körper zum Gehorsam.

Sein Widerstand lässt nach und Erleichterung flutet mich genauso wie Scham.

Dann schüttelt er meinen Willen ab wie eine zu warme Decke, und ich erkenne meinen Fehler. Lincoln tut nie, was ich will. Er hat sich noch nie führen lassen, und er hat sich mir noch nie kampflos ergeben.

Bevor ich ihn die Treppe hinab in Sicherheit stoßen kann, um mich endgültig meinem Vater zu stellen, wirbelt Lincoln herum, packt mich an den Schultern und heftet mich gegen die Wand. Genau wie vorhin, genau wie im Lustrausch. Nur, dass jetzt Hass in seinem Blick lodert und die bernsteinfarbenen Flammen das Waldgrün fast vollständig verschlingen.

»Du hast sie umgebracht!«, schreit er. »Ich hatte ihn mitten im Visier und du hast sie sterben lassen! Das ist deine Schuld!«

Lieber sie als du!, fauche ich mental zurück, doch er hört mich nicht, zu sehr gefangen in Wut und Schmerz. »Du kannst ihn nicht töten!«

Du darfst nicht.

Da stößt mich Lincoln so heftig von sich, dass ich die Treppe hinabtaumle. »Sag mir nicht, was ich nicht tun kann, Alyssa.«

Ich falle.

Mein Körper schlägt auf dem Boden auf, doch es ist meine Seele, die dabei zersplittert. Ich fühle Knochen brechen, doch der Schmerz ist nichts im Vergleich zu der heißen Panik, die von mir Besitz ergreift. Taub vor tosender Pein und blind vor rotem Nebel komme ich auf die Beine, taumle gegen die Wand und erklimme die Treppen auf allen vieren.

Meine Knochen heilen bereits, als ich wieder in meinem Korridor ankomme, der mittlerweile einem Inferno gleicht. Meine geliebten Gemälde an den Wänden werfen Blasen vor Hitze, die Luft ist schwarz vom Rauch, sodass ich kaum einen Meter weit sehen kann. Hustenreiz will meine Lunge befallen, doch ich brauche keinen Sauerstoff, um zu überleben.

Lincoln jedoch schon. Ich höre ihn vor mir unterdrückt husten, gefolgt vom Lachen des Vampirkönigs. Aus allen Richtungen gleichzeitig. Er ist oben, links, hinter mir, überall. Ich bekämpfe die irrationale Panik und stolpere weiter vor.

»Gib auf, Junge. Und ich werde dir einen schnellen Tod schenken«, wiederholt er Lincolns vorherige Worte höhnisch. *»Du kannst mich nicht töten. Ich bin der Gottkönig der Vampire.«*

Ein scharfer Luftzug schneidet an mir vorbei. Ich weiche Massimos Angriff aus und sehe, wie auch Lincolns Gestalt im Rauch vor mir zur Seite hechtet. Der Körper meines Gefährten ist geduckt, aber angespannt. Mit einer Hand hält er die Handarmbrust fest umklammert, die andere presst ein wie flüssiges Metall schimmerndes Tuch vor sein Gesicht.

Mehr hast du nicht drauf?, höhnt Lincoln ebenfalls in Gedanken, um seine Lunge nicht mit brennendem Rauch zu füllen. Trotzdem höre ich ihn unterdrückt husten. *Hör auf, zu spielen wie ein Feigling, und kämpfe wie ein Mann, wenn du dich traust!*

Da materialisiert sich der Rauch und spuckt Massimo in den Korridor. Aufrecht, überlegen, kalt. Lincoln zögert keine Sekunde, reißt die Armbrust hoch und schießt.

Bevor sein Finger den Abzug berührt hat, hat Massimo ihn erwischt.

»VATER!«, schreie ich im Affekt und stürze vor, doch sein Wille stoppt mich wie eine unsichtbare Wand.

»Bleib zurück!«

Wie zuvor bei Anna umschließt Massimo Lincolns Hals mit einer Hand seines ausgestreckten Arms und hebt ihn mühelos hoch, als wöge er nicht mehr als ein Kind. Ich sehe Lincolns austretende Beine, höre ihn nach Luft japsen, spüre sein Leiden, als wäre es mein eigenes.

Massimo zieht meinen Gefährten dichter zu sich. *»Sei nicht dumm, Junge. Ich tue dir einen Gefallen. Weil du der Gefährte meiner Tochter bist. Wenn du mich tötest, wirst du sterben. Es ist unausweichlich.«*

Namenlose Wut lodert in mir hoch. Alles in mir schreit nach Vergeltung gegen diesen selbst ernannten Gottkönig. Für meine verlorene Kindheit. Für die geraubte Krone meines wahren Vaters. Für die Qualen meiner Mutter.

Für Lucy. Kyle. Michael. Jeanne.

Für Anna. Für Lincoln.

Für mich.

»Du irrst dich«, sage ich so kalt und leise wie der Tod. Ich zwinge die roten Nebelschleier zurück in meine Blutbahnen, spüre ihre Macht durch mich hindurch pulsieren und balle die Fäuste, endlich bereit, ihn selbst zu töten. »Du irrst dich, Massimo. Du bist nicht mein König. Nicht mein Gott. Nicht mein Vater.«

Massimo di Ferrara erstarrt.

Du weißt, wer du bist?, höre ich seine Gedanken.

Sein Blick huscht zu mir, sein Verstand arbeitet. Für einen Sekundenbruchteil verliert er seine Deckung. Und ich erkenne abermals meinen Fehler.

Denn ein Sekundenbruchteil ist alles, was Lincoln braucht, um den König Schachmatt zu setzen.

Ich sehe Silber aufblitzen und stürze schreiend vor. Doch ich bin zu langsam.

Der Silberbolzen bohrt sich mitten in Massimos Brust.

Der Vampirkönig taumelt zurück, Lincoln kracht auf den Boden und stöhnt vor Schmerz, hält sich den Hals, ringt nach Atem.

Ich stürze an ihm vorbei zu Massimo, doch viel zu schnell ist Lincoln wieder auf den Beinen.

»Weg von ihm, Alyssa.« Lincolns Stimme ist so bedrohlich leise wie der Tod selbst. Nichts erinnert mehr an den Jungen, der mein Herz erobert hat. »Du weißt, dass er den Tod verdient hat. Er hat Anna getötet. Kyle. Michael. Jeanne. Er hat dich dein Leben lang versklavt. Ich lasse ihn nicht noch mal davonkommen.«

»Ja, er hat den Tod verdient!«, rufe ich verzweifelt aus. »Aber du darfst ihn nicht –«

Eine neue Sehne spannt sich. Und ich weiß nicht, welches Geräusch schrecklicher ist. Lincolns heisere Stimme voller Hass. Oder das Einrasten der Armbrust, als er sie auf mich richtet. Der Blick meines Gefährten ist ausdruckslos und kalt wie das endlose Nichts.

»Ich will dich nicht töten müssen, Alyssa.«

Er atmet schwer, hustet, kann sich kaum auf den schwachen Beinen halten. Die brennende Luft wird ihn umbringen.

Ich dich auch nicht!, flüstere ich in Gedanken, doch er hört mich nicht. Versteht mich nicht.

»Ein letztes Mal, Alyssa ... Geh weg von ihm.«

Ich schüttle den Kopf. Darf nicht zulassen, dass er Massimo tötet. Will nicht, dass Lincoln stirbt. Kann es nicht tun.

Lincoln nickt, als würde er eine lange verborgene Wahrheit

begreifen. Schluckt, als würde die Last der Welt auf seinen Schultern liegen. Er blinzelt heftig, seine Unterlippe bebt.

Dann muss es so sein. Ich wollte nie, dass es so weit kommt, Alyssa.

Seine grüngoldenen Augen blinzeln nicht einmal, als er abdrückt. Sengender Schmerz bohrt sich in meine Schulter, direkt über meinem Schlüsselbein, treibt mir alle Luft aus den Lungen, lässt mich zurücktaumeln und stürzen.

Fassungslos starre ich auf den Silberschaft, der aus meinem Fleisch ragt. Auf das schwarze Blut, das heiß daraus hervorquillt, scharfer Kontrast zu dem polierten Silber. Lähmendes Eis kristallisiert in meinen Venen, lässt mein siedendes Blut zu Schmerz verdampfen und meine Haut sprudeln und jucken wie Säure.

Du hast auf mich geschossen ...

Du hast auf mich geschossen!

DU HAST AUF MICH GESCHOSSEN!

Lincoln reagiert nicht, den Blick fest auf Massimo gerichtet. Ein silbernes Messer blitzt in seiner Hand auf.

Massimos Augen weiten sich kaum merklich, reglos und ausgeliefert vor ihm auf dem Boden.

»Das wagst du nicht, Junge. Das wird dein Untergang sein. Du wirst sterben.«

Gelähmt von dem eisigen Gift in meinem Blut sehe ich dabei zu, wie Lincoln das Heft des Silberdolchs so umfasst, dass die Klinge nach unten zeigt. »Fahr zur Hölle, Arschloch.«

41
Aus der Nacht geboren und in Blut geschrieben

Alyssa

Lincoln durchstößt das Herz des Vampirkönigs und meine Welt erstarrt.

Nicht, weil der Mann, den ich für meinen Vater hielt, stirbt.

Sondern, weil sich die Prophezeiung erfüllt. Weil das Orakel recht behält. Ebenso wie meine Mutter, die plötzlich im rauchschwarzen Durchgang zur großen Halle auftaucht wie die Königin der Hölle.

»Ich würde für dich sterben, mein Kind. Aber ich fürchte, es ist nicht an mir, für dich zu sterben.«

Ich höre ihre Worte so deutlich, als hätte sie sie gerade erst gesagt anstatt vor einer Woche. Oder vielleicht hat sie sie auch gerade wiederholt, ich weiß es nicht. Alles ist verzerrt hinter einem Schleier aus Blut und Qual.

»Du bist die Prophezeiung, mein Kind. Du bist der Morgen, den die Nacht geboren hat. Du bist die Erlösung. Und du musst deinen Gefährten töten. Es ist der einzige Weg, uns aus der Dunkelheit zu führen. Es ist deine Bestimmung. Dein Vater hat es vorausgesehen.«

Meine Ohren klingeln vor Schmerz, meine Lunge protestiert vor Panik. Durch den Vorhang meiner Tränen sehe ich die Gestalt meiner Mutter hinter den lodernden Flammen. Ihr sanftes Streicheln kühlt meine erhitzte Haut.

»Es gibt nur eine Möglichkeit, das aufzuhalten, Tochter«, säuselt der Wille der Nacht. Ein Schluchzer bricht aus meiner tauben Kehle. *»Ist es nicht so?«*

Ihr Wille wird zu meinem, ihr Wunsch wird mein Befehl. Die Nacht wird eins mit mir. Mit äußerster Anstrengung zwinge ich meinen Arm dazu, sich zu heben. Er fühlt sich tonnenschwer an, doch es gelingt mir. Silber ins Herz lähmt uns vollständig. Aber Lincoln hat nicht mein Herz getroffen. Er hätte besser zielen sollen.

Meine Hand ertastet den Schaft. Ich keuche zischend durch die Zähne, als das Metall meine Haut versengt. Meine Finger werden taub, meine Hand rutscht ab.

Schwarze Stiefel erscheinen in meinem Sichtfeld.

Mein Blick wandert hinauf, entlang an dem Körper des Mannes, den ich zu kennen glaubte. Des Jungen, in den ich mich verliebt habe. Des Mörders, der den Vampirkönig getötet hat.

Lincoln geht vor mir in die Hocke. *»Es tut mir leid, Alyssa.«*

Ich hasse es, dass seine Tonlage so sanft ist. Ich hasse es, dass seine Stimme so rau und versengt klingt. Ich hasse es, dass er den Silberschaft aus meinem Fleisch zieht.

Ein Schrei bildet sich in meiner Kehle, als sich der Bolzen schmatzend löst. Binnen Sekunden ist das sprudelnde Eis aus meinen Venen verschwunden und die bleierne Schwere aus meinen Gliedern.

Ich bleibe reglos liegen, präge mir jedes Detail von Lincolns wunderschönem Gesicht ein. Sein Lächeln ist traurig.

In der Sekunde, in der er aufstehen will, reiße ich ihn zu Boden und ramme den Bolzen, den er mir gerade entfernt hat, durch seine Schulter bis in die rußbedeckten Fliesen. Sein Körper bäumt sich auf, seine Augen weiten sich vor Schock, dann vor Entsetzen, als er die Tränen in meinen Augen erkennt.

Geschrieben in Blut … Selbst seine körperlose Stimme in meinem Kopf klingt brüchig und geschunden. Und mich überkommt eine namenlose Wut, als mich der rote Nebel durchfließt, einhüllt, eins mit mir und der schwarzen Nacht wird.

Wieso nur musstest du ihn töten?

Wieso konntest du nicht auf mich hören?

Wieso hast du mein Haus angezündet?

Wieso hast du auf mich geschossen?

DU HAST AUF MICH GESCHOSSEN!!!

Ist es nicht so???

»Alyssa ...«

»HÖR AUF!«, schreie ich. »Sag nicht meinen Namen!« Lincoln gehorcht. Ausgerechnet jetzt gehorcht er! In seinen Augen tanzen goldenes Licht und finstere Abgründe miteinander.

In meinem Herz zerbricht etwas, als er eine zitternde, rußbedeckte Hand an meine Wange hebt. Und in meiner Seele tobt ein verheerendes Höllenfeuer, als ich die Worte in seinem Kopf höre, noch bevor er sie ausspricht.

»Ich liebe dich ... In diesem Leben und im – argh!«

Seine Worte ertrinken in einem Schmerzenslaut, als ich meine Zähne in seinen Hals schlage. Ich höre ihn schreien, schmecke seine Qualen, fühle nichts als endlosen, niemals endenden Schmerz.

Meinen. Seinen. Allen Schmerz der Welt.

Ich will ihn nicht töten. Doch ich weiß, dass ich muss.

Ich will ihn wandeln. Doch ich weiß, dass ich es nicht kann.

Ich will aufhören. Doch ich weiß, dass ich nicht darf.

Tränen tropfen heiß von meinen Wangen und mischen sich mit Lincolns Blut. Sein Griff in mein Haar verstärkt sich. Seine Finger krümmen sich.

Dann spüre ich, wie ihn die Kraft verlässt, als das Leben aus ihm hinaussickert und den rußgeschwärzten Boden rot färbt. Sein Blut schreibt unsere Liebe in den Stein unter uns.

Und ich verbrenne.

Und ich verbrenne.

Und ich verbrenne.

Und der Geist meines Gefährten erlischt.

Und das Band, das wirklich in allen Farben des Regenbogens leuchtet, wird blass und erschlafft.

Und als der letzte Regenbogenfaden zu Boden fällt wie Lincolns kraftlose Hand, zerstört mich die Trauer von innen heraus, reißt mich in zwei Hälften und öffnet eine schwelende Wunde, die nie verheilen wird.

Und ich schreie. Und ich brenne.

Und ich brenne. Und ich schreie.

Ich schreie, bis meine Lungen taub sind und meine Stimme versagt, und dann schreie ich weiter, bis der Körper meines Gefährten kalt ist und mich eisige Vampirhände von ihm losreißen.

Ich beiße klaffende Wunden und schlage blutige Schrammen, während ich weggezogen werde.

Und ich werde stumm und leer, streife jegliches Gefühl ab und werde kalt wie die Nacht, als sich verwundete, verhasste Jäger um Lincoln scharen und ihn fortschleifen.

Und da begreife ich, was es wirklich bedeutet, ewig zu leben.

Sterben ist eine Erlösung. Ewig zu leben, ist wie eine nie endende Nacht, ohne jemals die Schönheit des Sonnenaufgangs zu erleben.

Ich bin die Nacht. Ich bin die endlose, sternenlose Nacht.

Doch jetzt bin ich ihre Königin. Und die Nacht gehorcht jetzt mir.

Ende von Band 1

Wer in Zukunft über die Nacht herrscht, entscheidet sich in Band 2 der »Rise of the Night«-Dilogie: »King of Ash and Dust«, erhältlich ab April 2025

Danksagung

Jedes Buch ist eine Achterbahnfahrt der Gefühle. »Queen of Blood and Night« war eher ein Raketenflug ohne Sicherheitsgurt.

Ich habe es abgöttisch geliebt und abgrundtief gehasst, hatte Herzrasen und Heulkrämpfe, bin über mich selbst hinausgewachsen und stand mehrfach kurz vor dem Aufgeben und Zusammenbruch.

Der einzige Grund, aus dem ich nicht zusammengebrochen bin, sind die unglaublichen Menschen in meinem Leben, die mich auf diesem Weg begleitet haben. Einem Teil von euch ist das Buch gewidmet, weil es ohne euch kein Buch geworden wäre.

Ich danke meiner Lektorin Cornelia Franke, die der Rohfassung buchstäblich das Herz herausgerissen und damit ermöglicht hat, dass es das Buch werden konnte, das ich schreiben wollte. Danke!

Meinen Testleserinnen, die diesmal Unglaubliches geleistet haben. Allen voran Melli, die mein Seelenheil gerettet hat, weil du die Geschichte vom ersten Satz bis zur letzten Zeile geliebt hast, selbst wenn ich es nicht konnte. Annika, weil mich deine kluge Ausgeglichenheit und dein Humor immer erden – und weil du mir Melli vorgestellt hast. Paula, Juliane und Alex, die den Mut hatten, mir zu sagen, was alles falsch war, und mit mir zusammen die Köpfe über Lösungsmöglichkeiten zermartert haben. Das ist nicht selbstverständlich. Daniela, weil du immer zur Stelle bist, wenn ich dich brauche. Und Naddi, die mir in letzter Minute die Gewissheit gegeben hat, dass ich doch kein hoffnungsloser Fall von Autorin bin. Ich mag die Worte getippt haben, aber dieses Buch ist genauso sehr euer Verdienst.

Meinem Ehemann, der so verständnisvoll zurückgesteckt und mir Essen an den Schreibtisch gebracht hat, wenn ich zu viele Nächte durcharbeiten musste. Aileen, weil du deine eigene Deadline vorgezogen hast, um mich moralisch und physisch bis in die Nacht zu unterstützen.

Meinem Agenten Klaus sowie Christiane vom PIPER Verlag, weil ihr von Anfang an, an dieses Projekt und an mich geglaubt habt.

Und all meinen Leser:innen, die das hier lesen. Egal, ob du seit Cover Reveal darauf hingefiebert hast oder zufällig darüber gestolpert bist. Danke, dass du dieses Buch gelesen hast.

Ich hoffe, wir lesen uns im zweiten Teil wieder, denn ich bin noch lange nicht fertig mit Alyssa und Lincoln – und ich hoffe, du auch nicht.

Triggerwarnungen

Dieses Buch behandelt verschiedene Formen von Gewalt, Tod und andere potenziell triggernder Elemente:

Explizite Beschreibung von:
Alkoholkonsum: Kapitel 1-5, 13, 14, 29
Körperlicher und psychischer Gewalt: Kapitel 7, 26, 36, 39, 40
sexueller Gewalt: Kapitel 26
Gore und Darstellung von Blut: Kapitel 37, 39, 40
Folter: Kapitel 26
Tod und Mord: Kapitel 36, 39, 40
Einbruch/Wohnungsbrand: Kapitel 22-24, 39, 40

Erwähnung von:
Körperlicher und psychischer Gewalt: Kapitel 31
Stalking: Kapitel 5
Folter: Kapitel 33